《琵琶记》研究

【广东中华文化王季思学术基金⊙黄天骥学术基金丛书之三】

黄仕忠 著

广东高等教育出版社

广州

图书在版编目（CIP）数据

《琵琶记》研究/黄仕忠著. —2版. —广州：广东高等教育出版社，2011.5

（广东中华文化王季思学术基金·黄天骥学术基金丛书）

ISBN 978-7-5361-4034-9

Ⅰ.①琵… Ⅱ.①黄… Ⅲ.①琵琶记-文学研究 Ⅳ.①I207.37

中国版本图书馆 CIP 数据核字（2011）第 051502 号

广东高等教育出版社出版发行
地址：广州市天河区林和西横路/510500
营销电话：(020) 87551597
网址：www.gdgjs.com.cn
佛山市浩文彩色印刷有限公司印刷
890 毫米×1240 毫米　32 开本　10.75 印张　300 千字
2011 年 5 月第 2 版　2011 年 5 月第 3 次印刷
印数：1 501~3 500 册
定价：30.00 元

前记一

黄天骥

中国古代戏曲和古代文学作品，是取之不尽用之不竭的宝藏。华夏子孙，有责任发掘开采，分析整理，让体现着东方文化的瑰宝，在世界民族之林中焕发光辉。自然，我们也不能一味陶醉在祖先遗泽之中，审视它，研究它，弃其糟粕，取其精华，使之有助于祖国精神文明建设，才是我们整理古代戏曲、古代文学的目的。

近几年，广东经济有了飞跃的发展，许多有识之士，认识到在这块热土中弘扬中华文化的重要性。因而采取多种方式，大力推动对中华文化的学术研究。因时际会，"广东中华文化王季思古代戏曲、古代文学研究基金"得以乘风御气，建立起来。有了这个条件，我们就有可能出版丛书，在研究我国传统文化的领域中，做一点力所能及的工作。

我们出版这套丛书，也是为了纪念王季思老师。

王起，字季思（1906—1996），浙江温州人。早岁师从孙诒让、吴梅先生,以《西厢五剧注》名世。20世纪40年代后期,王季思老师到广东中山大学任教,历任中文系主任、古文献研究所所长等职。数十年来,他热爱祖国,热爱中华文化,把全部精力投入到教学和科研的工作中,在古代戏曲、古代文学领域作出了巨大的贡献。"文化大革命"后,拨乱反正,王季思老师被聘为国务院学位委员会第一届学科评议组成员、国家古籍整理出版规划小组顾问,被公认是中国古代戏曲古代文学研究的权威。

王季思老师一生热爱学生,教育青年。他常说:学术乃天下公器。学生和后辈学者向他求教,他从来都认真、热诚地给予帮助。直到七八十岁高龄,他还培养硕士生、博士生,矻矻穷年,不遗余力。他经常强调建设祖国教育和文化事业,要有人继承,渴望薪火相传,让中华文化之光一代又一代照遍大地。

弘扬中华文化,继承王季思老师匡扶后进的精神,是受过他老人家教诲的学生的共同心愿。1993年,广州市政协和中山大学联合主办"庆祝王季思教授从教七十周年大会"。其后,诸位校友像杨资元、赖春泉等学长,深感为促进学术的发展,应做一些更加切实的工作,朱孟依先生积极支持。经过各方面的努力,我们决心出版这一套丛书,希望能实现王季思老师多年的心愿,帮助热心于中国古代戏曲古代文学而又甘心坐冷板凳的学者迅速成长,让学术之花也在生长红棉的土地上盛开。

学术的殿堂是靠一砖一石垒成的,我们希

望扎扎实实地奋工添瓦，不想欣赏海市蜃楼。目前，我们的能力有限，更兼文化建设不可能一蹴而就。因此，我们的想法是：环绕着中国古代戏曲、古代文学的论题，逐年出版有较高水平的学术著作。只要持之以恒，锲而不舍，日积月累，代代相传，我们一定能在祖国学术领域的南天，垒筑起一座丰碑。

王季思老师曾有诗云：

人生有限而无限，历史无情还有情；

薪火相传光不绝，长留双眼看春星。

丛书付梓之际，我们抄录这首诗，作为奠基之石，以明旨意，兼励来者。

1996年6月16日于中山大学

前记二

欧阳光　康保成

自 1996 年广东中华文化王季思学术基金丛书第一种出版以来，迄今已过去了整整十年。十年来，我们根据有限的财力，精心甄选入围选题，在广东高等教育出版社的大力支持下，以每年一到两种的节奏，已陆续出版了 13 种著作。

看着眼前这套积少成多渐成规模的丛书，不禁让人深深感慨。这套丛书的作者基本上都是中山大学中文系的中青年学者或博士学位获得者，选题以古代戏曲研究为多，同时也涵括了古代文学研究的其他领域。这些著作也许算不上什么鸿篇巨制，我们也没有像时尚所热衷的那样对它进行包装和宣传，在当今热闹非凡的学术著作出版大潮中，它甚至显得有些冷清和落寞，但这些著作都是对有关领域作了艰苦细致的研究之后的心得之作，或对有关研究领域有所开拓，或推动了有关研究向纵深发展，自有其难以掩盖的学术价值。丛书从总体上展现了中山大学中文系中青年学者的风采，也体现了中山大学中文系沉潜、严谨、包容、开放的良好学风。

最近,珠海市民营企业家李平秋先生捐资设立黄天骥学术基金,用于支持我系古代戏曲和古代文学等学科的发展。李平秋先生1983年毕业于中山大学中文系,之后投身于市场经济大潮,艰苦创业,努力打拼,取得了事业的成功;在事业有所成就的时候,却不忘回报社会。他有感于母系的培育之恩,倾心敬佩黄天骥先生的师德人品,因而出资设立以黄天骥先生命名的学术基金,其拳拳赤子之心,殷殷校友之情,令人感佩。

这样一来,我们除了王季思学术基金之外,又有了黄天骥学术基金。两个基金虽然命名不同,其宗旨则是一以贯之的,即为传承和弘扬我国优秀传统文化推进古代戏曲、古代文学的研究而添砖加瓦,略尽绵薄。根据这一宗旨,我们将把两个基金的增值部分合并在一起使用。其中继续资助出版中青年学者高质量的研究成果,帮助中青年学者在学术上更快地成长,仍然是两个基金的主要工作。

王季思先生是中山大学中文系古代戏曲、古代文学学科的开拓者、奠基人;黄天骥先生是继王季思先生之后中山大学中文系古代戏曲、古代文学学科的领军人物,在海内外学术界享有崇高的威望。两位先生的共同特点是不仅重视学术的创造,同时也注重学术的传承,他们都倾力培养后学,提携奖掖不遗余力,这也正是中山大学中文系古代戏曲、古代文学学科能够生生不息,始终充满活力,并不断有创造性成果涌现的原因。

　　学术的发展离不开传承，也离不开积累，我们所做的正是传承和积累的工作。这一工作也许一时半会儿看不出明显的效果，但正如黄天骥先生在本丛书的"前记一"中所说的："只要持之以恒，锲而不舍，日积月累，代代相传，我们一定能在祖国学术领域的南天，垒筑起一座丰碑。"

　　让我们以此互勉。

2006 年 11 月 16 日于中山大学

目　录

绪言 ·· (1)

作者篇

一　高则诚行年考述 ·· (10)
二　高则诚卒年考辨 ·· (27)

诠释篇

三　知音君子这般另做眼儿看 ································ (38)
四　从《赵贞女》到《琵琶记》 ································ (44)
五　作品·现实·历史 ·· (56)
六　诸说平议 ·· (69)
七　《琵琶记》与中国伦理社会 ································ (75)
八　《琵琶记》与中国伦理悲剧 ································ (87)
九　《琵琶记》悲剧绪说 ·· (96)

人物篇

十　　说蔡伯喈 ··· (110)
十一　说赵五娘 ··· (121)
十二　说张公 ·· (129)

十三　说牛丞相 …………………………………………（137）
十四　说牛小姐 …………………………………………（148）

版 本 篇

十五　《新刊元本蔡伯喈琵琶记》考 ……………………（158）
十六　《风月锦囊》摘汇本《蔡伯皆（喈）》考 …………（165）
十七　潮州出土本《蔡伯皆（喈）》考 ……………………（176）
十八　昆山本《琵琶记》及其裔本考 ……………………（189）
十九　《蔡中郎忠孝传》考 ………………………………（218）
二十　明人称引之《琵琶记》版本系统探考 ……………（228）
二一　陈眉公批评本《琵琶记》是赝本 …………………（244）
二二　"元谱"与《琵琶记》的关系 ……………………（251）

比 较 篇

二三　《琵琶记》与中国戏曲史 …………………………（256）
二四　从《元本琵琶记》看明人对原作的歪曲 …………（268）
二五　从《琵琶记》的评论与改订比较元明之戏曲观 ……（280）
二六　《琵琶记》与《红楼梦》 …………………………（302）

杂 说 篇

二七　论"朱教谕所补"及其他 …………………………（316）
二八　《琵琶记》与说唱文学 ……………………………（321）
二九　杂说三题 …………………………………………（324）

主要参考书目 ……………………………………………（328）
后记 ………………………………………………………（331）

绪　言

本书是关于元高则诚《琵琶记》的专题研究。

虽然这里只是就一部独立的戏曲作品作评论和考证，但由于这一作品本身的复杂性，其间涉及的问题仍是十分广泛的，因为它与戏曲史的诸多重要问题相关联。笔者企望借助这一研究，对于认识和评价其他古代戏曲作品，对于理解戏曲史有所帮助。

关于《琵琶记》的认识和评价，自明清以来，即已歧见迭出，到晚近更是愈演愈烈，致使评价判然有别。本书总体上是试图恢复高则诚应有的位置，却无意对各家说法作一高下的判别。因为事实上也是难以简单地判别高下的。从接受美学的眼光看，明清以来的《琵琶记》评论，都是《琵琶记》接受史的一个环节。这种"接受"的历程，还与一般所说的"文学接受史"有所不同。因为戏曲与一般文学作品有异，即有着更多的"开放性"。虽然戏曲剧本得以传承至今，主要依靠刊本的功劳，但戏曲本质上却是属于舞台的，是借助舞台演出而与观众相沟通的，所以"曲无定本"。在长期的流传过程中，经受着艺人们不断的改造。艺人在表演中对于角色和主题的理解和由此而作的改造，同时受到时代和社会条件的制约，受到每一时代的价值观念和审美观念的影响。根据这种改造后的刊本与这种特定理解中的表演而得出的评论家们的观点，也就由此打上了时代与社会的深深的印痕。所以与其说某一观点合于作者"本意"，不如说所有的观点都代表了它们所处的时代。所谓的"作者本意"也只能是后人理解中的"本意"，所以不可能有一种历世代而无变、为人们所普遍接受的统一的"主题"；能被普遍接受的只能是一种理解的角度和方式而已。作品拥有一个开放的和不断丰富的结构，其内涵在不断地滋生之中，既非固定不变，亦非可以简单厘定。

十年前，当笔者通过对《琵琶记》两个系统的传本进行仔细比较，发现其间有细微而重大的差别时，欣然自喜，以为找到了久被湮埋的作者的"本意"，以为就此可以洗刷高则诚被"诬加"的罪名。它成为我的硕士论文的主要内容，后经整理发表，便是本书所录的《〈琵琶记〉悲剧绪说》一文。就所谓的"作者本意"而论，虽然仅是今天的追蹑，但我相信该文的解说仍是最为接近的，因为它与作者的经历和所处元末社会的特定条件是相合的。但问题却在于，元末短暂的时光，迅即为朱明王朝所替代，自明以降，《琵琶记》一直是以合于明代观念的方式而被理解和流传的。一种"久被湮埋"的"本意"，对于作品的流传接受史来说，也即是无意义的。一度被"遗忘"的含义，也可能是被历史所淘汰了的，故依然可能继续被遗忘。对于作品的开放的结构来说，作品的意义是一个不断生发的过程。意义是在与接受者的关系之中产生和构成的。以此而论，一切历史都是当代史，一切文学作品，都为当世阅读者而设。一般读者通常只为自己而读，非为古人而读。虽然文学史研究者不妨追蹑古人的踪迹，但那只限于历史研究的领域。故笔者所提出的"作者本意"，也只是一种丰富，而不可能替代既存的历史。明乎此，则对所有的"诬加"之辞亦大可不必深究了。因为每一时代的批评者也只是以其当时的标准，为自己时代而作取舍的。表面上他们指摘着什么，似乎作品本身真有可指摘之处，本质上却只是取其所需，并排斥不合己意者而已。故所可注意的其实不在于结论本身，而在于其结论所赖以产生的思维方式和价值观念、审美标准，等等。这些也正是"接受史"的要义。

一代有一代之文学。同一题材，在不同时代可以有不同的处理，表述完全不同的倾向。文学本质上是社会的反映。文学的理解也逃不出这一框式。今人常见的责难，是《琵琶记》改变了《赵贞女》的悲剧结局，强扭团圆，遂有"功在民间，罪在高明"之说。然而，要求元代这一书生仕途不畅的社会，依然钟情于宋代社会方有普遍性的书生负心婚变问题,并且不允许有所改变,显见其悖谬。高则诚在肯定传统的孝道伦常的前提下试图构设一种社会悲剧,使明清人觉其不可及处在于能"使人堕泪",同时又因习惯以程朱理学作观照,遂将这"动人"的内容只归于"教孝"而已。而在"与旧的传统观念做彻底的决裂"的时代,高则诚的所为便自然而然地被作为"狂热宣扬封建礼教"的典型。对于阶级间的斗争和对立的崇尚,对来自西方的以死亡为终结的悲剧概念的向往,《赵贞女》式悲剧含义和悲剧结构,遂被今人用当今的观念作了重组,正如断臂的维纳斯般,提供了无限的想象空间。但用历史的眼光观照,作为戏文的初始作品,《赵贞女》应不会超过《张协状元》所能达到的水平,则《琵琶记》的高度的艺术成就自应出于高则诚的创造。《琵琶记》的结局虽然不尽如人意,然而中国古典作品的结尾大多难免于此责。一般而论,《赵贞女》的结尾也是恶有恶报,不免略呈一些"亮色"的,只是今人在遥想其悲剧构成的时候,往往将这点"省略",故众美归之,而"恶"却移于高则诚了。其实,即使以"宣扬礼教"而论,《赵贞女》亦不逊色。因为赵贞女之可敬,正是在于她是一个古代社会的孝贤妇:侍奉公姑,独力行葬,尽到那一时代的孝贞之职,这是赵贞女得以获得社会道德的最大同情的基础,也是蔡二郎之引来极大愤慨之缘由。而高则诚所做的,不过是参照史实,抛弃了元末已无现实意义的书生负心问题,将蔡伯喈也改成一个志诚的孝子而已。不意这种写法正合于明代社会的喜尚,后世径以"教孝"一词概之,戏曲应"关风化",更成为一种口号,始作俑者遂难辞其咎了。

本书涉及了一些仍有待深入讨论的问题。
就文学内涵而论,第一,如上所述,应历史地看待文学主题的历史变换,而不是一般地以当代眼光作单纯的价值判断,以为一种题材只有一种"正确"的写法,以所谓的"生活逻辑"作判别作品的标准。以负心婚变主题为例,从《诗经》的《氓》《谷风》等篇,到汉魏乐府的《白头吟》《上山采蘼芜》,唐代的《霍小玉传》，宋代的《王魁》《赵贞女》，元代的《琵琶记》，明代的《焚香记》，清代的《赛琵琶》，无不反映着各自的时代和社会，难以定于一。《琵琶记》只是其间的一个环节而已，也依然是时代的产物，仍应历史地认识，探究其改变之由，不当以其结局不合于今人对于"悲剧"的要求，而遽下断语。

第二，如何看待《琵琶记》及其所肯定的礼教传统的问题。孝道伦理观念是封建伦理纲常的基础，而封建的礼教制度早已为当代社会所批判与否定。这使人们看到《琵琶记》肯定孝道伦理便殊觉不快，正如《窦娥冤》的孝妇和清官，一度是使其备受责难的原因，使得人们不得不曲为辩解一样。作家以其所处时代的占统治地位的思想作为创作的某些基本的概念，以此出发揭示生活的本质，展示人物的命运，却往往被不加区分地冠以"狂热宣扬封建礼教"的罪名。在今天，抛弃了民族虚无主义观点之后，古典作品所蕴含的对于礼教伦理道德的看法，应该给予新的认识。因为孝道伦理也正是东方社会之异于他种文化的主要特色之所在，它渗透在中国人的血液之中，无可逃避。以《琵琶记》的具体描写，平心绎之，则其中正深刻地揭示了礼教制度下的家庭生活，如实地展示了试图以合礼教方式行动的男女主人公，因礼教本身的矛盾而招致灾难。这在明清人看来是"忠孝"两难的矛盾，本质上却正显示出礼教制度本身的巨大缺陷，昭示了这种伦理社会之中人们行事的软弱，以及他们无可奈何的处境；只要礼教制度不加以改变，夹缝中两难的处境便是他们无法逃避的命运。就是说，从这一肯定礼教的作品中也依然可以读出对于礼教制度的怀疑。这或许正是所谓的"现实主义的胜利"吧。而父与子，忠与孝，国家与个人，情感与理智，婆与媳，新人与旧妇等，即使在当代社会，也仍是具有普遍性的问题，也即意味着作品的结构，依然能够容纳现代的含义。由此观之，《琵琶记》的内涵远较人们想象的要丰富，有待进一步的发掘。

第三，如何理解作品的复杂性的问题。因《琵琶记》评价的歧见，人们将它看做是一部"复杂"的作品。这种"复杂性"其实来自作品的流变史。其一,《琵琶记》改变了《赵贞女》中蔡伯喈的形象,也改变了故事的结局,但基本的故事框架仍同于《赵贞女》,这就意味着,高则诚虽然着意表述另一主题,但《琵琶记》的故事结构本身,仍然保有着往负心婚变与否方向阐释的可能;亦即仍然保有了《赵贞女》的谴责负心汉的含义,只是剧中以正面歌颂不负心易之而已。同一故事框架中注入不同的含义,表述不同的倾向,自然也难免产生抵牾未周之处,留下某些"疏漏",招致物议。明清人对蔡伯喈是否真孝子的怀疑,今人以"生活的逻辑"而判定结局"必然"以负心不认结束,都源于此。其二,高则诚有意为蔡邕"辩诬",在按史实改称其为孝子的同时,还融入了蔡邕在东汉末年政治黑暗时期被迫为官而致"名浇身毁"的悲剧性际遇。这其间,也还有高则诚本人对于元末社会和统治的认识,即借蔡邕故事,以寓元末情状,表述功名"孰知为忧患之始"(《东山存稿·送高则诚归永嘉序》)的观念,故肯定孝而对忠则并未明确肯定,有意无意间流露出对于现实的批判之义。只是这一因素入明以后不再被关注和重视。其三,对孝子贤妇的正面描写,使明清人以为高则诚创作的目标即在于此,往昔之誉与当今之毁均基于此。上述第二种含义的隐晦,明清人遂以为高则诚只以全忠全孝易以先前之不忠不孝,而今人则判定其为了宣扬礼教而改变《赵贞女》结局,强扭团圆。为之辩护者只能在赵五娘形象之动人或古代不负心亦属可能这样狭小的范围内力争。结果夹杂不清,众说均有其理与据,遂只能以"复杂"一词当之了。

就戏曲史而论,《琵琶记》的讨论既有其独特性,也有其普遍意义。

关于《琵琶记》的传本,本书详细讨论了两个系统传本的关系和区别。指出晚明通行本实出自昆山本《琵琶记》,并考察了昆山本的主要裔本。这种通行本,对于高则诚原作而言,是一种"歪曲";但对于明代社会而言,则是一种积极的改造,也可以说是一种"改编"。这一问题,在本书全面展开讨论时,应当说是阐释得比较清楚的。但本书收录的论明人对原作的"歪曲"一文单独发表时，由于后一部分缘由尚未充分展开，以致引得一些师友的误解，以为笔者也认同了流行的"元本"之说而全部否定明人改本的合理性。本书关于"古本系统"的陆贻典钞本、《风月锦囊》本的讨论其实解答了这一问题：其中明确论定陆钞本底本"元本《琵琶记》"刻于弘治年间，指出所谓"元本"，并非"元人刻本"，而是同于"原本"，是书坊的一种标榜。这里需要说明的是，虽然早期南戏如"四大南戏"等大多具有"世代累积"型特征，但《琵琶记》稍有不同，它是经由高则诚这样具有较高素养的文人重新创作而成的，其高度的艺术成就，使得它在明代的流传中，不像其他早期戏文那样，经受较大的改动，以致情节内容相去甚远。即它基本中止了"世代累积"的过程，而其他南戏却仍处在这一过程之中。所以《琵琶记》确有一个"原本"存在，各种传本之间有先后谱系可按；而不能在否定"元（人刻）本"存在的同时，进而以"世代累积"的笼统一词而否认判别各种本子先后的可能。《琵琶记》与其他宋元南戏之间，有特殊与一般之别。惟其如此，在讨论《琵琶记》内容时，才可以细味其间的潜台词、伏线、言外之意；而他种戏文大都不能作如是观。这也是文人之作与艺人、才人之作的区别。

在辨明《琵琶记》传本的谱系之后，通过诸多版本的比较，我们也大致可以判明何者为元末及明初面目，何者为明中叶以后所增删。但我们的工作也不仅是辨明"原貌"作何而已，而且需要更进一步从明人的评论和改动，来分析其背后所支撑的观念，从其无意识的流露中，反观元明戏曲观念的变化，了解明清戏曲审美观念的演进，比较其间创作方式、技巧等方面的异同，以填补戏曲史所缺失的一环。从戏曲刊本及评论本身来研究戏曲史的变迁，这是一个有待开拓的领域。它可以说是一种内证的方式，是对传统材料的一种新的理解、新的利用。本书只是以《琵琶记》为例证作了初步的讨论而已。在这一方面，元人杂剧和宋元戏文都有大量刊本和选本材料传世，均有待于进一步的研究。

在讨论《琵琶记》的影响和地位时，涉及这样一些问题：其一，如何看待杂剧与南戏于杭州会合后发生的交互影响？如何把南北两种体裁作为元代戏曲的总体合而观之？依笔者的初步研究，杂剧对南戏的影响是占主导地位的，它在文学上为南戏在元末的兴盛创造了条件；并以旦和末主唱的方式，使戏曲的表演艺术有了长足的进步，并最终成为南戏的有益养分。《琵琶记》正是在杂剧文学成就的基础上，借生花之笔，使南戏这种"村坊小伎"，得以进与古法部相参，卓乎不可及。因而在这一意义上，《琵琶记》既是有元一代戏曲的殿军，同时又是有明一代戏曲的开拓者。就元杂剧创作而言，它在元末即已走向衰微，就整个元代戏曲而言，则不然，因为以《琵琶记》和四大南戏为代表的南戏"中兴"，标志着元代戏曲的金声玉振。其二，就一部戏曲作品的影响而言，它涉及戏曲文学史、戏曲演剧史、戏曲批评史，以及文化史、社会发展史等领域，《琵琶记》之被视作"曲祖"，为其他戏曲作品所不可替代，正在于这数方面都有着独特的影响和地位。因而单就倾向的因素和价值标准的歧异而贬低《琵琶记》，也就显见其不公。应当重新恢复其与《西厢记》并提的地位。

在论述《琵琶记》的人物形象时，本书并不作静态的描述，而是试图"动态"地看待，既关注"原作"中包含的意义，同时又兼及明人的改造和理解的不同，从比较中予以说明。因而人物形象的含义本身也因理解者视角和需求的不同而有差异。这也可以说是"形象接受史"角度的一种探索吧。

本书的撰写，时间跨度长达十余年。其间三易其稿。部分篇章曾经先行发表，既有援引文中结论者，亦曾引起一些争议以及批评。原因既有理解角度相左的因素，也有单篇文章未易阐明的缘故，当然也不免有行文未周之处。今既以全书面目刊行，前两点已得详论，故不拟另作辩诘。但曾发表之文，则按原貌收录，附以登载之刊物名称及时间，以备读者稽考，亦以保存此十年间思索的历程。

忆昔少年气盛，以为既得作者之秘义，为之雪诬，指日可待。而今乃知属于历史的仍将归于历史，非人力之可尽。文学艺术本有合时与不合时之别。故其流传于后世各代，亦时见其幸与不幸。当其不合于时，则种种贬责亦自不免；而时势变换之后，观念变更，忽得其时，种种不实之辞转瞬已为陈迹，人们刮垢磨光，复得其温润之质。故幸时不必甚喜，不幸时亦不必过忧。《琵琶记》的情况便是如此。

作 者 篇

一　高则诚行年考述

高则诚，名明，一字晦叔，号菜根道人。浙江温州瑞安崇儒里人。则诚常自署里籍作永嘉、永宁，皆指郡而言。温州地处浙东，故后人亦称其为东嘉先生。又因崇儒里处瑞安、平阳交界，时人亦有称其为平阳人者，如元顾德辉《玉山草堂雅集》卷八所记。

约元成宗大德十年（1306）则诚出生

钱南扬先生初作《〈琵琶记〉作者高明传》，据《苏平仲文集》卷五《郑璞集序》，从苏伯衡生年推测则诚之弟宾叔约生于大德十年（1306），并假定其长于弟五岁，故生于大德五年（1301）。（见《〈琵琶记〉讨论专刊》）戴不凡先生据刘基生年为至大四年（1311），以高刘二人唱和诗文系平辈口吻，则不当有十年之差，故参照钱传，假定则诚长其弟一岁，生于1305年；刘基只比他小五六岁。（见《论古典名剧〈琵琶记〉》）后钱氏复修正己说，参酌他项材料，重新推定宾叔生于至大元年（1308），假定则诚长其弟一岁，当生于大德十一年（1307）。（见《汉上宦文存》）今复据钱传而假定则诚长其弟二岁，即生于大德十年。又，徐朔方先生据《苏平仲文集》之《郑璞集序》及卷十三之《宋君墓志铭》、《故元朝请大夫金太医院事包公墓志铭》，推定则诚约生于大德二年（1298）。（见《徐朔方集》第一卷《高则诚年谱》）

按，徐师此说似亦存在戴氏所说的与刘基年龄相差过大的问题，故本文不取。

则诚生长于一个书香家庭。父早逝；祖父高天锡、伯父高彦、弟高旸皆能诗。与高家世代联姻的阁巷陈氏，亦是书香门第。则诚的祖母系宋末诗人陈供之女；陈供之子兼善、则翁、任翁，孙昌时、得时、可时、与时、识时等也都能诗。则诚之妻，便是昌时之女。高陈两家，多有酬唱之诗文。则诚著作散佚之后，其若干诗篇及高天锡、高彦的诗作，即借《阆巷陈氏清颍一源集》而得以保存。

则诚的父祖辈都经历了宋亡于元的国难。面对异族入侵，他们的诗作表露出较深的民族感情，因而带有遗民诗的特征。如高天锡的《古镜》、《书怀》等篇，高彦的《诸葛庐》、《读秦纪》等篇即是。陈则翁在崖山之变后，造"集善院"，供宋皇帝龙牌，朝夕哭奠，并与一些遗民往来，发为歌诗。但则诚成长的年代，宋亡已二十余年，正当元蒙统治鼎盛的时期。异族统治下的压抑固然难免，但遗民的情结应已不复存在。

按，依传统的观点，评价元代文学，着眼点首先便是民族压迫和民族反抗，即强调民族矛盾。这几乎成为评价元代作家作品有无思想价值的试金石。所以一些评论者强调则诚父祖辈的亡国之痛和民族情感，以此来提高则诚的文学地位和思想地位。这在20世纪五六十年代的特殊氛围中，无可厚非。因为这也是使因肯定了礼教而备受责难的高则诚能够获得一种公认的价值支持的惟一办法。但当我们摆脱了极左的束缚，能够平静地面对历史之后，这种以偏易偏的评论也就需要修正。

如果不是囿于民族主义的情感，平心而论，元蒙王朝灭南宋一统天下之后的进步价值也是显而易见的。它结束了自唐末以来的战乱和民族之间的南北战争不断的局面，国家重归统一。到灭宋之时，蒙古统治者早已放弃了传统游牧方式下的政制，而向汉族政制靠拢；在实施高压政策的同时，为减缓民族矛盾，也作出了一系列的抚慰措施。其结果便是宋遗民的武装反抗完全平息，经济全面恢复，并且进一步得到发展。另一方面，思想的抚慰也在进行。在尊崇孔子的同时，恢复科举以笼络人心，并指定朱熹注本《四书》为惟一标准，使元蒙统治成为中华传统的一种延续。可以说除了皇帝是异族，元蒙贵族享有特权之外，表面上与唐宋时代似乎没有多大区别。反元复宋已是无望，人们惟一的希望也只能是元蒙皇帝的贤明，并在承认现实不可改变的同时，在现有体制中寻找出路。所以高则诚早年采取的便是积极入世的态度。

则诚性聪明，自少以博学称。一日倡言曰："人不明一经取第，虽博奚为？"于是自奋读《春秋》，识圣人笔削大义，属文操笔立就。一时名公卿皆慕与交。（弘治《温州府志》、嘉靖《瑞安县志》）学博而深，文高而赡，自为举子，已为学者所归。（赵汸《东山存稿》卷二《送高则诚归永嘉序》）

元惠宗至正四年甲申（1344），则诚乡试中举

元蒙统治以吏取士，设科举，"殆不过粉饰之具"。（《草木子》卷二）自延祐元年恢复科举，元统元年又一度废止达12年之久，直到是年才再度开科取士。

对则诚的热衷功名，乡前辈并不以为然。当他赴举时，妻叔陈与时有《送高则诚赴举兼简梅庄（高彦）》诗云："人生当作月中仙，九万风高鹗在天。师友一门兄弟乐，文章独步子孙贤。我怀老退居江左，汝爱飞腾近日边。此去鳌头应早得，翁翁种德已多年。"则诚后来自省说："前辈谓士子抱腹笥，起乡里，达朝廷，取爵位如拾地芥，孰知为忧患之始乎！余昔卑其言。"（《东山存稿·送高则诚归永嘉序》）说明此时则诚与经历了亡国之痛的前辈，在对现实统治的看法上是有一定的距离的。

则诚中举，时人亦有非议。陶宗仪《南村辍耕录》卷二十八云："至正四年甲申，江浙揭晓后，乃有四六长篇，题曰《非程文语》，与抄白榜同时版行。语云：……瑞安高明，托馆主有堂上之友。"大约指的是则诚的老师黄溍有过请托。以科举中断时间之长，录取人数之少，竞争之激烈，有此流言，不足为奇。

则诚尝师从金华黄溍，为朱熹四传弟子。则诚与宋濂、王祎、戴良、陈基、刘涓、蒋允升等得预黄溍门墙。（见《宋元学案·沧州路学案》，卷六九~卷七十）则诚从黄溍游，必在未第时，惟具体时间不详。作为朱熹再传弟子，则诚对朱氏学说有较深的体味。这与他重儒教伦理的倾向，颇有关系。刘基谓则诚"少小慕曾

闵"，(《从军诗五首送高则诚南征》之一）而则诚作有《闵子骞单衣记》戏文（见《南词叙录·宋元旧篇》)，今佚。此戏似系其早岁之笔。

至正五年乙酉（1345），连捷以张士坚榜成进士。授处州录事

有能声。时监郡马僧家奴贪暴，则诚委曲调护，民赖以安。既去，民立去思碑，青田刘基为文纪之。（弘治《温州府志》、嘉靖《瑞安县志》)

至正七年丁亥（1347），上陈孝女事于部使者

有司诏以乌头双表之制旌表其门。（宋濂《丽水陈孝女传碑》，《宋学士集》卷十六）

则诚于处州，"学道爱人，治教具修。郡守前宪副使徐公（思让）敬异之。比满，不忍听其去，即学宫设绛帐，身率子弟迎君而请业焉"。(《送高则诚归永嘉序》)

则诚在处州三年，名声远播。远方士夫，亦多有问候。如陈基有《送范德辉赴缙云教谕兼简高则诚》，语云："到州为谢高书记，日日相思赋索居。"（《玉山草堂雅集》卷二，按此诗陈基《夷白斋稿》及外集失收）谢应芳有《送辛明善之缙云监税兼高则诚录事》，语云："传语郡中高录事，小编求序冠篇端。"（《龟巢集》卷二，据四部丛刊续集本）

至正八年戊子（1348），辟江浙行省掾

治教俱修的政绩，名闻于台省。"行中书闻其名，辟丞相掾。儒生称其才华，法吏推其练达。而君（指则诚）亦雅以名节自励，公卿大夫咸器君行能。每他掾有故，辄以兼其事。君指典册，定是非，酬应如流。意所不可，辄上政事堂慷慨求去。时东南乂安，藩府无事，参政苏公（天爵），方以文治作兴其人。君与临川葛元哲俱见称誉，日承言议，声闻益隆矣。"（《送高则诚归永嘉序》）杨维祯

《送沙可学序》亦谓"某官来行省总事,求从事掾之贤能者",得沙、高、葛三人,"三人用而浙称治"(《东维子集》卷五)

吏事而外,文章亦著。至正九年己丑(1349)五月,为江浙行省参政苏天爵辑《两汉诏令》。八月,因公过昆山,访顾瑛;九月,为作《碧梧翠竹堂后记》;冬十月,作《送苏伯修参政之京兆尹任》三首,送苏天爵赴任。约于是年作《和赵承旨题岳王墓韵》,诗云:"莫向中原叹黍离,英雄生死系安危。内庭不下班师诏,绝漠全归大将旗。父子一门甘伏节,山河万里竟分支。孤臣尚有埋身地,二帝游魂更可悲。"(《南村辍耕录》卷三)此诗陶宗仪称为元代名人士所作数十首吊词中"最脍炙人口者"之一。昆山顾德辉称则诚"长才硕学,为时名流。往来吾草堂,具鸡黍,谈笑贞素,相淡如也。"(《玉山草堂雅集》卷八)昆山袁华有《寄张师允御史兼简高则诚省郎》,称"遥想此时高录事,定陪骢马步云衢";又有《高则诚录事》诗,有语云:"花满西泠路,烟波渺沙鸥。"(《耕学斋诗集》卷十、卷八;据四库本)诗似作于则诚初为省掾时。

至正十年庚寅(1350),从参政樊执敬核实平江圩田,蠲租米无征者四十万石(弘治《温州府志》,嘉靖《瑞安县志》)

按,据《元史》卷一九五,樊执敬于今年三月授江浙行省参知政事,而明年则诚从军南征,后年执敬战死于杭州,故核实圩田事必在今年。此系则诚为吏"练达"的业绩之一。谢应芳有《伏日怀江浙高掾史,次早友人黄仲德入杭,以诗代简》云:"伏日常年苦炎热,今年伏日风雨凉。官曹早出丞相府,宾客高会湖山堂。垂杨系马绿阴静,画舸采莲红粉香。应有新诗纪行乐,武林风物增辉光。"(《龟巢集》卷二)诗或作于是年夏。

至正十一年辛卯(1351)二月,从军南征方国珍

赵汸记其事云:"俄台民弄兵城邑,驱丁壮,集其徒海浦,连巨舰数百自固。帅阃吏勿能治。有旨行省总诸郡兵平之。省臣谓君（指则诚）温人，知海滨事，择以自从。君亦庶几因得自效。时浙东帅达公以除凶为己任，一见君欢然。既开幕府，乃以论事不合，避不治文书。于是师出逾三时，卒烦大臣自京师来，以上意抚之而后定。解严，分宪列诸将校，缓急利便，独君无一辞。以秩满日还省垣。"（《送高则诚归永嘉序》）据《元史·顺帝纪》，方国珍自至正八年十一月于台州起事，江浙行省参政朵儿只班讨之，兵败被执，国珍胁使请于朝，授定海尉。十年十二月复叛。十一年正月，命江浙行省左丞相孛罗贴木儿讨之。则诚从军即在此时。而则诚此后经历，实多与方国珍相关，故后文亦叙方氏行历。

友人刘基有《从军诗五首送高则诚南征》，（《诚意伯文集》卷十三；据浙江书局本）其二云："二月春风寒"，说明时在二月。其四云："用兵非圣意，伐罪乃天讨。""怀柔首茕独，延访及黎老。牧羊当除狼，种谷当除草。"其五云："荷锸启瓦砾，再荷天地仁。抚绥属有望，世世为尧民。"希望除首恶而抚百姓。则诚所思，当与刘基相近。

按，戴不凡先生《论古典名剧〈琵琶记〉》将则诚南征事系于至正八年，不确。因为至正八年刘基"投劾去，隐居力学"，（《故诚意伯刘公行状》，见于文集卷首）至正九年方补江浙儒学提举，而刘基上引诗当作于杭州。故则诚南征必在今年。

既开幕府，以论事不合，避不治文书——论事如何不合，今已不可考。从解严后交游之士以"儒者虽临事不见用，卒能究所守以自旌别为君贺"之语，可知事涉重大。而则诚因此对仕宦有了新的认识。

元兵此次南征失利。孛罗贴木儿欲与台州路达鲁花赤泰不花夹攻方国珍，于大闾洋遭方氏突袭兵败，孛罗贴木儿及郝万户被执。郝故出高丽奇皇后位下，请托得行，诡言于朝。七月，上命大司农达识帖睦迩及江浙行省参政樊执敬一同招谕，国珍兄弟皆登岸罗拜云。但此后国珍并未受元廷节制。次年三月即叛，杀泰不花。（《元史·顺帝纪》、《国初群雄事略》）

秩满还省垣日，则诚公开表露功名为忧患所系，对自己往日鄙视前辈关于功名为忧患之始的看法作了忏悔，并萌生退隐之念。自谓解吏事归后，"得与乡人子弟论诗书礼义，以时游赤城雁荡诸山，俯涧泉而仰云木，犹不失故吾也"。(《送高则诚归永嘉序》)《寄屠彦德并简倪元镇二首》有句云："岁晚仲宣犹在旅，年来伯玉已知非。"诗当作于此时。但归隐亦非易事。其乡人即说："今中原多故，圣天子贤宰相一旦惩膏粱刀笔之弊，尽取才进士而用之，则如吾高君者，虽欲决遁山林，亦将不可得者。"(《送高则诚归永嘉序》)

至正十二年壬辰（1352），改调浙东阃幕四明都事（弘治《温州府志》、嘉靖《瑞安县志》）

据明天顺间黄润玉据高则诚门人李孝谦永乐间所修《宁波府志》"删除繁赘"而成的《宁波府简要志》，作"庆元路推官"，并谓"文学行谊著称于时"，所记当更准确。黄溥言《闲中古今录》亦谓"历任庆元路推官，文行之命重一时"。可作助证。则诚在四明亦有政绩。"四明狱囚事无验，悉多冤，高明治之，操纵允当，囹圄一空，郡称神明。"(弘治《温州府志》、嘉靖《瑞安县志》)袁彦章有《赠高推官》诗云："风月襟怀世莫伦，政声清绝出名门。圜扉罗雀文书静，泮水旗鸾色笑温。州县按临分柱直，城池惊驻谨黄昏。笔端一点春无限，剩种棠阴及子孙。"(《书林外集》)"州县"句似指平冤狱事，故诗当作于此年以后。

是年二月，方国珍复叛，元兵征讨失利。因国珍据有海道，本年元海运不通。

是年夏，刘基亦被任命为浙东元帅府都事，参赞军务，与元帅纳琳哈喇谋筑庆元城，以拒方氏侵扰。(《故诚意伯刘公行状》)

至正十三年癸巳（1353）

江浙行省右丞帖里帖木儿、南台左侍御史左答纳失里一同招谕方国珍。帖里帖木儿辟刘基为浙东行省都事，刘基"建议招捕，以为方氏首乱，掠平民杀官吏，是兄弟宜捕而斩之，余党胁从讹误，宜从招安议"。方氏闻之惧，请重赂刘基，悉却不受。方氏使人浮海至京师贿省院台，俱纳之，准招安。十月，授方国珍徽州路治中，令纳其船，散遣徒众。元廷乃罪刘基"伤朝廷好生之德，且擅作威福"，羁管于绍兴。(《故诚意伯刘公行状》、《明史纪事本末》卷五)刘基《送顺师住持瑞岩寺序》记此事，云："凡以兵事进者，措弗用。"但方国珍其后并未接受元廷提出的条件，仍骚扰浙东。

是年夏五月，则诚作《题陆放翁〈晨起〉诗卷》，语云："此诗意高语健，不以衰老自弃，而欲尚友古人，不以蒿莱廊庙异趣。而所贵者道，则其平生所志，又非徒屑屑于事功者。或者乃以韩平原《南园记》为放翁病，岂知《南园记》惟勉以忠献事业，初无谀词，庸何伤！夫放翁病不以世俗哀，而直欲挽回唐虞气象于三千载之上，又安肯自附权臣以求进邪？至正十三年夏五月，永嘉高明谨志于左方。"(清陆时化《吴越所见书画录》卷一)赞放翁之语，亦为则诚自期，于后实验之。

至正十四年甲午（1354），转江南行台掾，数忤权贵，谢病去（弘治《温州府志》、嘉靖《瑞安县志》）

则诚何时自浙东闽幕都事转江南行台，尚无材料可以确证。然是年冬十月，则诚于绍兴宝林寺作有《唐贤首祖师墨迹跋》，疑已在江南行台掾任上，故将转任时间系于此。

按，考《元史》之《百官志》及《顺帝纪》、《福寿传》、《纳麟传》，江南行台治所在集庆（南京）。至正十六年三月朱元璋破集庆，江南行台御史大夫福寿、治书御史贺方等死之；九月，以纳麟为南台御史大夫，迁行台治所于绍兴；次年正月始设署。但则诚任江南行台掾，其任所似在绍兴。观月鲁不花（彦明）任江南行台御史中丞，本传云"由海道抵绍兴，为政宽猛不颇"；(《元史》卷一四二)南台左侍御史左答纳失里，亦任在江浙，故则诚或系江南行台浙东宪司属掾，任地则在绍兴。又行御史台职在监察，以则诚"慷慨任事"的性格，难免忤触。故志载则诚"数忤权贵，谢病去"。惟所忤究为何人何事，无考。"谢病去"后，似仍在绍兴路辖所。

刘基是年二月，始由台州来绍兴，即被"羁管"之事也。与则诚有诗文唱和。《次韵高则诚雨中三首》（《诚意伯文集》卷十六）当作于是年或次年秋冬时，因为后年二月刘基已离开绍兴。其二"露冷芙蓉捐玉佩，天寒薏苡结明珠"句，当指刘基建言捕斩方国珍反被羁管事。

自至正十一年刘基送则诚南征至今，短短三数年间，时局已发生天翻地覆的变化。方国珍自至正八年起事之后，叛服无常，占有海道，侵扰浙东。至正十一年五月，刘福通率红巾军于河南起事；徐寿辉等于蕲州起事，陈友谅往从；十月寿辉称帝，国号天完。至正十二年二月，郭子兴率众于濠州起事；三月，朱元璋往从。至正十三年，张士诚于泰州起事，次年称诚王，国号周。至正十四年以后的局势是：方国珍据浙东；张士诚据平江，侵浙西；郭子兴据安徽；则诚所处的江浙行省，元廷真正能控制者，不过绍兴、处州等数处而已。

刘基次韵诗之一云："短棹孤篷访昔游，冷风凄雨不胜愁。江湖满地蛟螭浪，粳稻连天鼠雀秋。莫怪贾生偏善哭，从来杞国最堪忧。绝怜窗外如圭月，只为离人照白头。"之三云："吴苑西风禾黍黄，越乡倦客葛衣凉。楸梧夜冷鸟惊树，霜露秋清蜂闭房。天上出车无召虎，人间卖药有王郎。干戈满目难回首，梦到空山月满堂。"刘基同期诗作也都表露了这种杞国之忧。《忧怀》篇云："群盗纵横半九州，干戈满目几时休？官曹各有营身计，将帅何曾为国谋。猛虎封狼安荐食，农夫田父困诛求。押强扶弱须天讨，可怪无人借箸筹。"《雨中遣怀》句云："思家无计铲荆棘，避地只恐触蛟鼍。"《感兴三首》之一云："风波满地鸬鹚鸟，相趁衔鱼饱一身。"《夏日杂兴七首》之三云："五湖何处堪垂钓，肠断松楸入梦思。"之五云："可叹仲宣归未得，苦吟终日倚衡茅。"（均见《诚意伯文集》卷十六）

则诚原诗已佚。其所思当与刘基相近。他们对起事的农民军如反复无常的方国珍、胸无大志的张士诚辈颇为厌恶，而元朝廷腐败无能，世事已不可为。这使他们深为苦闷。刘基于至正十六年二月起复为行省都事，从石末宜孙守处州，多有建树。经略使李国凤采其军功于朝廷，时已为元朝万户的方国珍，对刘基至正十三年之事耿耿于怀，而执政者皆右方氏，故置刘基军功不录，刘基于至正十八年愤然辞官，归隐青田。次年底应朱元璋之召，赴集庆。《故诚意伯刘公行状》云："公决计趋金陵。众疑未决。母夫人富氏曰：'自古衰乱之世，不辅真主，讵能获万全计哉！'众乃定。"而则诚在当时并无获得寻觅"真主"的机会。他所能做的便只是作隐逸之梦。"飘零王粲辞家久，牢落潘郎感发稀。"（《积雨书怀》）"曾向天涯钓六鳌，引帆风紧隔银涛。江山有恨英雄老，天地无情雨露高。七国游谈厌犀首，十年奔走叹狐毛。争如蓑笠秋江上，自脍鲈鱼买浊醪。"（《次韵酬高应文》）"何似处士倪云林，焚香清坐淡忘忧。"（《寄屠彦德并简倪元镇二首》）以上诸诗当作于本年前后。

至正十五年乙未（1355）

夏，作《余姚龙泉寺碑跋》。（《光绪余姚县志》卷十六）

余姚为绍兴路属地，时尚未为方氏所侵占。而则诚"谢病去"后，足迹仍未出绍兴路范围。

是年，方国珍侵庆元，元帅纳麟不能御，开门纳之。方氏阳尊之，沉慈溪令陈文昭、永嘉丞达海、乡进士赵惟恒于水。（清查继佐《罪惟录》列传六）此后方氏遂据有温、台、庆元三郡。

至正十六年丙申（1356）

三月，元廷因无力制方国珍，允其复降，命为海道漕运万户兼防御海道运粮万户，其兄为衢州路总管，不再要求其遣散徒众及直接受元廷节制。方氏遂公然据有温、台、庆元。并开始与元廷合作，此后岁为海运粮十余万石至京师。

五月，置福建等处行中书省于福州，铸印设官，一如各处行省之制。以江浙行中书省平章左答纳失里、南台中丞阿鲁温沙为福建行中书省平章政事。以九月至福州，罢帅府，开省署。（《元史》卷九二《百官八》；按，据《顺帝纪》，设行省事在正月壬午）

至正十七年丁酉（1357），除福建行省都事（弘治《温州府志》、嘉靖《瑞安县志》）

按，则诚是年二月尚客上虞，后有诗《丁酉二月二日访仲仁仲远仲刚贤昆季，别后赋诗以谢》，而是年夏又作有《子素先生客夏盖湖上，欲往见而未能，因赋诗用简仲远徵君同发一笑》诗（据元魏延寿《敦交集》推知），则是年则诚尚在绍兴，未有解官隐于栎社之事。又，次年方国珍派兵掠地绍兴路，侵占上虞、余姚等地，与绍兴路守将迈里古思交战。（《元史·迈里古思传》，陶宗仪《南村辍耕录》卷十）故其除福建行省都事应在是年秋或次年初也。姑系于此。

但则诚赴任已非易事。据《元史》卷一四二《庆童传》，庆童至正十八年迁福建行省平章政事，未行，拜江南行台御史大夫。传云："时南台治绍兴，所辖诸道皆阴绝不通。绍兴之东，明、台诸郡则制于方国珍；其西，杭、苏诸郡则据于张士诚。宪台纲纪不复可振，徒存空名而已。"则诚赴任，只能经过庆元由海道赴福州。

道经庆元，方氏窃据，强留幕下，力辞不从；又以礼延教子弟，亦不就（弘治《温州府志》、嘉靖《瑞安县志》）

嘉靖《宁波府志》云："即日解官，旅寓鄞之栎社沈氏楼，以词曲自娱。因感刘后村'死后是非谁管得，满村争唱蔡中郎'之句，乃作《琵琶记》传于世。"徐渭《南词叙录》亦云："永嘉高经历明，避乱四明之栎社。惜伯喈被谤，乃作《琵琶记》雪之。"《琵琶记》当成于解官之后三年间。

至正十八年戊戌（1358）

五月，元廷授方国珍江浙行省左丞兼海道运粮万户。是年方国珍侵占元廷所控制的绍兴路上虞、余姚等地。

至正十九年己亥（1359）

十月庚申，元廷授方国珍江浙行省平章政事，以庆元为浙东分省。同月，朱元璋授方国珍为福建行省平章。方氏依违于元廷与朱氏之间，首鼠两端。惟割据浙东，以作观望。（《明史》、《方国珍传》、《太祖本纪》，《国初群雄事略》）

按，徐朔方师《高则诚年谱》将则诚授福建行省都事系于是年；又以朱元璋尝授方氏为福建行省平章，谓："高则诚为方氏下属行省都事，而后人所记高氏不愿为方国珍下属云云，皆想当然之词，非事实也。"徐师此说似可商榷。《明史·方国珍传》载至正十九年三月，国珍愿以温庆台三郡献。十月，朱元璋使博士夏煜往拜国珍福建行省平章事。国珍名献三郡，实阴持两端。煜至，国珍诈称疾，自言老不任职，惟受平章印诰而已。是时国珍岁岁治海舟，为元漕运张士诚粟十余万石于京师，元累进国珍至江浙行省左丞相衢国公分省庆元。国珍受之如故。特以甘言写太祖，绝无内附意。可见仅接受朱元璋福建行省平章印诰而已的方国珍，既"绝无内附意"，则也不可能授予仍为元官的高则诚为朱氏虚授的福建行省辖下的都事。故则诚之受福建行省都事，自出元廷任命，与方氏无涉也。从则诚和其友人刘基为征讨方国珍事而历经波折的情况看，他们是绝不可能与方氏合作的。故则诚不从方氏之邀，乃系事实，非后人想当然之词。

冬，为方国珍作《余姚筑城记》

按，筑城事在是年九月至十月间，记文立石于至正二十年二月。署"承事郎福建等处行中书省左右司都事高明文；中顺大夫中书户部尚书贡师泰书；中奉大夫江浙等处行中书省参知政事周伯琦篆盖"。（《光绪余姚县志》卷十六《金石》）据《元史》卷一四五《周伯琦传》，周伯琦至正十七年后，为当时已降元的张士诚留滞平江十余年。而派人从江苏请得周氏篆盖，当需时日，故则诚此记必作于至正十九年冬十一十二月间。按，此记虽因州之官属与耆老为纪方氏筑城事而"属明为书其实"，文中也只是直录其事，并未另作渲染，堆砌谀词。故则诚作斯记，亦必有其不得已者。

岁末，则诚病逝于四明，卒年约五十有四

据《吴越所见书画录》卷一所录则诚至正十三年夏五月题陆游《晨起》诗卷后之余尧臣《题〈晨起〉诗卷》云："高公则诚题其卷端，以为爱君忧时如杜少陵，且表其平生所志，不在事功，岂以《南园》一记，为放翁病？直欲挽回唐虞气象于三千载之上，又安肯自附权臣以求进？斯言也，非特尽夫放翁心事，公之抱负从可见矣。是卷题于十三年夏，越六年而高公亦以不屈权势，病卒四明。"（据湛之《高明的卒年》，《文史》第一辑，1962）"不屈权势"，当指不受国珍强邀之事。参前引记文，知则诚逝于是年岁末。若以新历记，则诚之卒，当在1360年之一二月间，而得年约五十有四。

按，弘治府志、嘉靖县志于不从方氏邀留后云："卧病而卒。"黄润玉《宁波府简要志》作"后归卒宁海"。田艺蘅《留青日札》作"后卒于宁海"。宁海地属台州，但与鄞县紧邻，其时均处方氏辖下，余氏记作"卒于四明"，统而言之耳。《明史稿》、《明史》云"归卒于家"，当系传误。

时台州陆德旸有诗哭之云："乱离遭世变，出处叹才难。名题前进士，爵署旧郎官。一代儒林传，真堪入史刊。"（《留青日札》）

所著有《柔克斋集》二十卷

原集久佚。后人辑得诗五十余首，文十数篇。戏曲有《琵琶记》一种传世。今人复为之结集作《高则诚集》，浙江古籍出版社1992年出版。

或有论者疑余氏记载不实，然亦无据。见后文《高则诚卒年考辨》。

或又谓则诚为方国珍作《余姚筑城记》以记其功，可知其与

方氏之间并无不睦，更无"不屈权势"之事；甚且谓既能为方氏作记，可知则诚不同于时人之轻视农民起义军云云，乃不深思之过。按，在方氏势力之下，既非刻意奉迎，亦不得直言相抗。则诚解官而隐于方氏辖地，原是不得已之事。盖则诚既不愿受方氏拉拢，而方氏也不会放则诚予他人。观当时朱元璋、张士诚辈到处拉拢人才的情况可知。故则诚之于方氏，只能是一种消极的不合作，并非表面上的水火不容。

纵观则诚之一生，历经了元蒙统治由盛而衰，最终分崩离析的历程。则诚的态度，原是积极入世，企望施展才华，扬名于时的。在经过宦场险恶之后，始视功名为忧患之始，知元蒙统治之崩溃无可挽回；在忧国忧民而找不到出路之际，走向退处独善其身一途。特别是他一生的最后十年，目睹烽烟遍地，求补天而不可得，"出处叹才难"，"从来杞国最多忧"，"官曹各有营身地，将帅何曾为国谋"，此情此景，欲退而无处可退，心中的苦闷可想而知。从至正十一年的初萌退意，直到去世，既未能做真的隐士，也未能一展才华，有的只是时势日下，面对的是"数忤权贵"，"以不屈权势而病卒四明"的现实。作为元蒙时代极少数侥幸从科举走上仕途的儒生，面对知遇之恩，他曾是真心希望为统治者效力的，"几回欲挽银河水，好与苍生洗汙颜"（《游宝积寺》），但现实又否定了他的想法，否决了他有所作为的可能性。出与处皆难，明知不可为，却仍得面对，仍得虚与委蛇。这种心境，或许在《琵琶记》的蔡伯喈身上有所展露。虽然则诚的"慷慨任事"，与他笔下的蔡伯喈的软弱性格完全不同，但蔡伯喈的两难处境，却正有意无意之中渗入了高则诚本人的心绪。因而高则诚晚年的作为与思想，既无须拔高，也不得贬低。这只是一个知识分子在那种情势下的正常反应。

则诚诗文和行历的一个特点，便是对孝子节妇的称颂。他在处州旌表过陈孝妇；在慈溪写过《王节妇诗》；在常州作有《华孝子故址记》；在黄岩作有《孝义井记》；而戏曲更有写孝子故事的《闵子骞单衣记》和"只看子孝与妻贤"的《蔡伯喈琵琶记》。这在他所存为数不多的作品中，显得格外突出。则诚对于时局的看法虽历时而变，惟有对于孝子节妇的称颂，从未有过改变。这是一个熟习儒家经典的儒生的基本信仰。但也不同于道学先生的满口迂词。细细看来，他所称颂的孝子节妇，也自有其可称道的理由。如他称赏华孝子，着眼却是从华孝子之奉父一命，至年七十不婚冠。其议论云："孝子晋人，而志谓齐孝子者，盖孝子生于晋，长于宋，没于齐。当其一身而天下三易其姓。当时居朝廷有爵位者，朝事司马氏夕事刘，朝事刘夕事萧，恬不以为怪。而孝子奉父一言，七十余年，未尝斯须忘，以至没身不替。当时奉爵位者，其奉君命，恪官守，亦咸若华氏子，则晋不当为宋，宋不为齐，而孝子宜不曰齐孝子也。"这是对晋代士风的批判，也隐含着人世沧桑之感。它使人联想到南宋政权的腐败与异族入侵的痛苦，因而有历史的深度。而慈溪王节妇之可感，并非纯是割股疗亲之类的愚孝，而是"奈何姑嫜老，重以膝下儿"的实情，节妇遂将对丈夫的情感，付诸行动，"升堂奉甘脆，篝灯训诗书。庶以未亡人，慰彼泉下人"。所以不必因事涉封建礼教而遽然色变也。何况孝道伦理，既是儒家伦常的基础，也是中国传统文化的基本内涵。其间精华与糟粕糅杂，兼之以特定的历史条件的限制，原未可一概而论。对则诚的诗文与戏曲，均当作如是观。

　　论者或因封建礼教有助于统治者而责难则诚作剧意在维护元蒙统治；更因则诚曾参与南征方国珍叛乱而责其为镇压农民起义的凶手。或则强调则诚的民族思想，并从《琵琶记》对饥荒现实的描写而论定则诚对元蒙统治黑暗现实的揭露，以此肯定作品的价值。此种单纯依据某种政治标签，依照既定框式硬套的方式，其局限已属众所周知，兹不一一评析。

【附记】

　　则诚之宦历，有明前期方志作较详细的记述。如嘉靖《瑞安县志》所录则诚小传后附注云"见旧志"，即出永乐乙未（1415）修纂的县志，其时距则诚去世不过五十余年，《柔克斋集》尚未散佚，所记应属可信。弘治《温州府志》所叙则诚履历，与县志仅个别字之别，当同出一源。故本文论则诚行年即以二志为主要依据。但嘉靖县志则诚传尾"今所传《琵琶记》，关系风化，实为词曲之祖，盛行于世"云云，应系嘉靖间重修县志时新增，而非永乐县志原文。观弘治府志亦无此数语，可以为证。且《琵琶记》受人重视，正是在明嘉靖前后，永乐间南戏未有足够地位，时人未必关注此种小道也。而今引者多不察，甚至有将嘉靖县志径作永乐志原文著录者，如《〈琵琶记〉资料汇编》，故不可不辨。

又，《琵琶记》明季受世所重，实与士夫开始关注南戏有关。观明正德、嘉靖间，有关高则诚与《琵琶记》的传说渐多。例如因明太祖赞赏《琵琶记》而附会出则诚明初受征召之说，故其卒年，便被推迟到了明初，并为清初所修的《明史稿》、《明史》所采用，以致真相被掩盖。又嘉靖以后，则诚曾经历之地，均有与《琵琶记》创作有关之传说，如嘉靖三十九年成书的《宁波府志》与嘉靖三十八年成书的《南词叙录》均记则诚于鄞作剧之事；其说复为万历《温州府志》、《瑞安县志》所采纳。嘉靖《宁波府志》卷十九"古迹"则有"瑞光楼"一条云："郡南二十里栎社之阳。元末时东瓯高则诚避乱，主于沈氏，居是楼。作《琵琶记》成，时清夜，按拍歌舞，几上蜡烛二支相隔，光忽交合，遂名为瑞光楼云。"而《明诗综》则谓："其填词夜，案烧双烛，赴至'吃糠'一出，句云'糠和米本一处飞'，双烛交为一，洵异事也。"清周亮工《因树屋书影》卷一则云："虎林昭庆寺僧舍中，有高则诚为《中郎传奇》时几案，当按拍处，痕深寸许。"嘉靖《萧山县志》卷五"寓贤"记云："高明，字则诚，永嘉人。博学善诗文，元季流寓萧山，与邑儒戴宗鲁为莫逆交。任原礼延置于家累年，词瀚多存。今乐府《琵琶记》，则在原礼家时所编也。"又隆庆《东阳县志》云："三杯亭，元永嘉高则诚从乌伤黄文献公游，不闻其读书声。既辞归，黄偶登其所居楼，壁间书乃《琵琶记》草，文辞淹博，意义精工。读而奇之，追饯此亭，三杯而别，因传为三杯亭。"此条亦为《浙江通志》卷四十七"古迹"引录。又万历《新昌县志》云："丁若水，元贸山书院山长。精于乐府音律，与高则诚共编《琵琶记》。"清刘廷玑《在园杂志》云："若前《琵琶记》，则东嘉撰于处州郡城之西姜山上悬藜阁中。"光绪《处州府志》卷"杂志"亦云："郡城西姜山悬藜阁，为元高东嘉撰《琵琶记》院本处，文人多题咏。"要之，晚出之材料，多有因《琵琶记》影响日著而附会生长之可能。以故，本文首取早期方志，于他种材料则慎而用之。

其次，则诚之履历，依弘治府志与嘉靖县志，一一可按。故本文所考则诚官职行历即以方志为据，不别立异说。有些材料，如黄溍《绍兴筑城记》云："至正十二年秋，……佥事秃满帖穆尔……倡众大治其罗城。……而判官高明、推官冯某、王某分督其工程。"（《金华先生文集》卷九）论者多将此判官高明，即视作高则诚，而不加考辨。按，则诚任判官向未见著记载，此高明未必即彼高明也。故本文不取此说。又如光绪《慈溪县志》卷十五"金石"有《元慈溪县罗府君嘉德庙碑》，署"征事郎国史院典籍官高明书"，立石则在"至正二十一年九月初吉"，或有论者据此断定余尧臣记载失实。按，关于高则诚的记载，均未记其曾任国史院典籍官之事，而任福建行省都事时为七品承事郎，数年后反为从七品之征事郎，不可通。故此高明是否即高则诚，也仍需要材料作证明，本文不取。（参见下文《高则诚卒年考辨》）

二　高则诚卒年考辨

　　《琵琶记》作者高则诚的卒年，今有二说。其一，认为高则诚曾受明太祖朱元璋的征召，其卒在明初；其二，湛之（傅璇琮）《高明的卒年》（《文史》第一辑，1962年）一文根据余尧臣的题跋而确定高则诚卒于元至正十九年（1359），时距明朝立国尚有九年时间。湛之的结论已为一些研究者和有影响的文学史、戏曲史专著所采用。但近几年来，有不少同志撰文对高则诚卒于至正十九年之说提出质疑，并重申入明受征召说。主要有：钱南扬《〈琵琶记〉作者高明传》（《汉上宧文存》，1980年）、侯百朋《高明不卒于元至正十九年》（《文史》第18期，1982年）、朱祥林《关于高则诚卒年的再考订》（《文学遗产增刊》第15辑，1983年）、金宁芬《高明卒年考辨》（《中国古典文学论丛》第1辑，1984年）。目前尚未见到湛之的反驳意见。

　　这两种说法，具体时间相差达九年，它关系到对高则诚晚年经历及其思想的认识和评价，也影响到对《琵琶记》的思想倾向的认识和评价问题，因此值得进一步探讨。

　　笔者认为高则诚卒于至正十九年之说是可信的，而诸文用来驳正的理由，有的是错误的，有的则是不够充分的。

　　余尧臣的跋语是题在高则诚《题陆游〈晨起〉诗卷》后面的。跋语云：

　　　　永嘉高公则诚题其卷端，……是卷题于至正十三年夏，越六年而高公亦以不屈权势病卒四明。

　　湛之文中提出旁证有三：其一，余尧臣大致与高则诚同时，又同是永嘉人，交游也多是元明之际的知名文人；其二，现存高则诚的诗文,都没有入明的痕迹;其三,高则诚的交游如赵汸、刘基作文赠诗,也都在明朝立国之前。据此,湛之认为余尧臣的记载是可信的。

本文主要从方志材料的辨析入手,证明余尧臣的记载是可靠的。

嘉靖甲寅(1554)成书的《瑞安县志》卷八高则诚本传全文如下:

> 高明,字则诚,居崇儒里。性聪敏,自少以博学称。一日叹曰:人不专一经取第,虽博奚为!乃自奋读《春秋》,识圣人大义。属文操笔立就。一时名公卿皆慕与交。登至正乙酉第,授处州录事,有能声。时监郡马僧家奴贪暴,明委曲调护,民赖以安;既去,民立去思碑,郡人刘基为文记之。辟江浙省掾史,从参政樊执敬核实平江圩田,得蠲租米无征者四十万石。改调浙东阃幕四明都事,凡狱囚无验者,悉讯遣之。操纵允当,囹圄一空,郡称为神。转江南行台掾,数忤权贵,谢病去。除福建行省都事,道经庆元,方氏窃据,强留幕下,力辞不从;又以礼延教子弟,亦不就。卧病卒。所著有《柔克斋集》二十卷。今所传《琵琶记》,关系风化,实为词曲之祖,盛行于世。

据该传,已经大致可以排列出高则诚入仕后的行年:至正五年(1345)任处州录事,至正八年(1348)辟为江浙行省掾史;至正十二年(1352)改调浙东阃幕四明都事;至正十五年(1355)前后转为江南行台掾,数忤权贵,谢病去;至正十七年(1357)左右,除福建行省都事,途中被方国珍邀留,辞不从。传中虽然没有明确论述"不就"与"卧病卒"的具体间隔时间,当然并不意味着"不就"后随即"病卒";但叙前面的行事,基本上有年月可寻,而此后之事寂然无叙,说明这一间隔的时间也不可能扩大到明初,以长达十二三年。若据余尧臣跋言,则卒于至正十九年,而从至正十七年到十九年,相隔仅二年,最合情理。两者决非偶然巧合。且县志所记高则诚为官的经历十分详尽,若则诚卒于明初,则后面的空白便长达十数年,这是难以想象的。

该志高则诚传后还有小注云:"见旧志。"可知这一传文是沿袭旧志而来的。旧志即永乐乙未(1415)成书的《瑞安县志》。永乐志编纂时,距高则诚之死不过五十六年时间(倘取入明受征说,则不过四十五六年),其时高则诚《柔克斋集》尚未散佚,知悉高则诚的耆旧、亲友尚有在世者,如果高则诚果真在明初受到过朱元璋的征召,志书决无不载之理,更不可能让辞方国珍"不就"后的行踪存在空白长达十数年。

把弘治癸亥(1503)邓淮、王瓒修撰的《温州府志》及嘉靖丁酉(1537)张孚敬纂的《温州府志》所载的高则诚传与沿永乐志而来的嘉靖《瑞安县志》相对勘,显见二种府志中的高则诚传均源于永乐《瑞安县志》,惟字句略有删改而已。弘治府志叙高则诚晚年事,在记辞方国珍强邀后,即云"卧病而卒",更接一语"有诗文行于世",便结束传文;嘉靖府志删去"卧病而卒"一语,而是直记"有文集"以结束传文,均与余尧臣的记载相近。二志都没有高则诚入明受征召事。

最先把入明受征召一事写入温郡志书高则诚传中的,是王光蕴编纂的《温州府志》,该志成书于万历三十二年(1605)。此后,高则诚入明受征之事为清代各家所修的温州府志和瑞安县志所采用。考万历《温州府志》,其中高则诚传的前半部分大致同弘治《温州府志》,后半部分所记入明受征诸事,同嘉靖《宁波府志》。因此该志并非从瑞安耆宿处得秘本材料,不过是抄嘉靖《宁波府志》。而嘉靖《宁波府志》之说并不可靠(详后)。

又,明万历间成书的凌迪知的《万姓统谱》、徐象梅的《两浙名贤录》所叙高则诚履历,也是据上述沿袭永乐《瑞安县志》的志书略加删削而成,均于谢绝方国珍强邀后,径书"卧病而卒",此外无所增益,也不载入明受征召事。清全祖望续成的《宋元学案》所载高则诚事则据《万姓统谱》。

上述情况表明,高则诚不从方国珍的"强邀"后不久即病死的说法不仅来源最早、最为可靠,而且在明代嘉靖以前所修的高则诚家乡温郡的志书中，也一直被沿用而无异议。就是在万历以后，一时盛行高则诚入明受征之说，但仍然为一些严肃的学者所不取。

据笔者考察，现存方志中最早记载高则诚入明受征之事的是张时彻编的《宁波府志》。该志始编于嘉靖乙未（1559），成于庚申（1560）；而最早见于私家著述的则是与此差不多同时成书的《南词叙录》（成于嘉靖乙未，1559）。《南词叙录》是徐渭旅寓福建时写的。但徐渭是浙江山阴人。《南词叙录》记高则诚入明受征及作《琵琶记》事与张时彻《宁波府志》大致相同，两者应是同出一源。高则诚的晚年是在宁波度过的。因此，有必要考察一下《宁波府志》对高则诚行事的记载情况。

明代最早的《宁波府志》修于永乐初年，鄞县人纪宗德、李孝谦纂修，收入《永乐大典》，但未曾梓行，故鲜为人知。清初全祖望从《永乐大典》抄出，称其"体例颇佳"。该志今佚，但其中确实记载了高则诚的事迹。天顺年间（1457—1464）鄞县人黄润玉据此志"删除繁赘"而成的《宁波府简要志》载有高则诚事，可以为证。黄志云：

> 高明，字则诚，温州永嘉人。庆元路推官。文学行谊著称于时。后因世乱，遂隐于鄞。后归卒定（宁）海。

李孝谦是高则诚的学生，又是鄞县人。他的记述应该是可靠的。黄志删李志而成，传文虽简，但从行文语气看，则诚应卒于元末。与余尧臣的跋语相比较，黄志认为则诚死于回瑞安的途中，应是正确的。余氏跋说病卒四明，因宁海靠近宁波郡，举其大要，也不能说是错误。

明成化间，杨寔修《四明郡志》，内未载高则诚事。全祖望说杨寔未见永乐《宁波府志》，而且其志又"过于略"。

此后嘉靖间张时彻修成的嘉靖《宁波府志》卷三十九《流寓》载有高则诚传，并有关于高则诚创作《琵琶记》的古迹"瑞光楼"一条。传文云：

> 高明字则诚，温州瑞安人。少以博学称。尝言：人不明一经取第，虽博奚为！乃以《春秋》登至正乙酉第，

授处州录事，有能声。后改调浙东闽幕都事，四明狱囚多冤，明平反允当，人称神明。转江南行台掾，数忤权势。又转福建行省都事，道经庆元，方国珍强留置幕下，不从。旅寓鄞之栎社沈氏，以词曲自娱。因感刘后村"死后是非谁管得，满村争唱蔡中郎"之句，乃作《琵琶记》传于世。太祖御极，闻其名，召之，以疾辞。使者以《琵琶记》上，上览毕曰："《五经》、《四书》在民间，譬之五谷不可无；此记乃珍羞之属，俎豆间亦不可少也。"后抱病还乡，卒于宁海。时陆德旸有诗哭之云。

比较源自永乐《瑞安县志》的温郡各志高则诚传，显见此志前半即取于彼。后半用黄润玉《宁波府简要志》所叙隐于鄞及归卒宁海的材料，又说明张时彻编纂时曾参考黄志，但并未见到李孝谦所修永乐《宁波府志》，所以叙高则诚为官经历未取"庆元路推官"一衔而取温郡志书。其入明受征召及《琵琶记》受朱元璋称赞之事当属张时彻新增入，但张氏并未有早期志书作根据。又，《南词叙录》叙入明受征召及朱元璋赞语，与此大同小异，说明此说亦非他们捏造。但此说的出现，离高则诚之死已有二百年，其可靠性不能与余尧臣及其他早期志书的记载相并提。

值得探究的是全祖望续纂成的《宋元学案》所载的高则诚小传。全氏不取高则诚入明受征召说而取《万姓统谱》，并非轻率之举。当时则诚入明受征召说已经为《明史》这样的官修正史所采纳。《明史》是在万斯同的《明史稿》基础上修成的。万氏自己也曾不领衔修史达十九年之久。《明史稿》、《明史》述高则诚之死，都说"太祖闻其名，召之，以老疾辞，还卒于家"。但两书都把高则诚传附于陶宗仪传后。这样处理的原因当是陶氏《南村辍耕录》对高则诚事有可靠记载，又是同时人。这一情况说明他们采用高则诚入明受征召之说，也不是另有确据。万斯同与全祖望都是鄞县人。全氏潜心史学，受到万斯同很大的影响。全氏不取他所崇敬的乡前辈著述中关于高则诚生平的记载，当是有原因的。李孝谦所修《宁波府志》，成化以后即罕有人见过。只有全祖望从《永乐大典》

抄录一部。全氏作《永乐宁波府志题词》，说明初到万历时期全部六部宁波府的志书他都收集到了。他修成《宋元学案》不取李氏志，当是李志限于体例，主要只记则诚晚年与宁波有关事，行事不全。而他不取万斯同及嘉靖《宁波府志》这样详尽记载则诚生平事迹的传文，偏取《万姓统谱》，应当看做是全祖望对当时盛传的则诚入明受征召之说的修正。

从对永乐《瑞安县志》及高则诚门人所修永乐《宁波府志》的考察，都说明高则诚病逝于辞方国珍后不久，与余尧臣的跋语相符合。因此，我们可以断言，余尧臣的题跋是可靠的。高则诚当是在至正十九年末归乡途中，病卒于宁海的。

高则诚入明受征召一说，始自嘉靖中叶，而且，《南词叙录》说朱元璋是在高则诚死后见到《琵琶记》的，而据嘉靖《宁波府志》则说是在高则诚生前。这种同一事件存在的分歧说法本身，也正说明它作为一种传闻，尚未完全定型，不足征信。

下面我们再对诸文否定余尧臣记载可靠性的主要论据加以辨析。

（1）高则诚《子素先生客夏盖湖上，欲往见而未能，因赋诗用柬仲远徽君同发一笑》诗有"吴门乱后逢梅福，辽海来时识管宁"一联，清钱载《萚石斋诗集》卷二十六据此认为该诗之作，"当在二十七年丁未（1367）后，是年明祖破平江，方国珍降，浙东西甫宁静也"。钱南扬、侯百朋、金宁芬的文章，都直接或间接地引用了这一结论以证明余尧臣记载有误。

按，子素先生姓潘名纯。清顾嗣立《元诗选》三集潘纯小传云："晚居淮浙，为行台御史大夫纳璘子安安所杀。"据《元史·纳麟（按，同璘）传》，纳麟在至正七年任江南行台御史大夫，其后一直在江浙。至正十八年赴召由海道入朝，阻风而还。"十九年，复由海道直沽，山东俞宝率战舰断粮道，纳麟命其子安安及同舟人拒之，破其众于海口。八月，抵京师。"不久病死。安安既然随其父返京，则潘纯被杀，最迟也在至正十九年夏以前。又元魏仲远《敦交集》收高则诚诗二首，第一首题为《丁酉（1357）二月二日访仲仁仲远仲刚贤昆季别后赋诗以谢》；第二首就是给潘纯兼寄仲远的这首诗。录诗的次序表明了创作时间的先后。丁酉是至正十七年，高则诚为潘纯赋诗应在至正十七年二月至十九年六月之间。姑且定为至正十八年，则与余尧臣记载并不矛盾。钱载之断实误。

（2）高则诚有《余姚筑城记》一文。文中记筑城"以至正十九年九月戊午始，十月甲申毕工"。而此文刻石立于至正二十年春二月既望。侯百朋、金宁芬的文章一致认为该文的写作必在至正十九年十二月底以后，从此证明余尧臣的记载有误。

按，筑城毕工至年底，还有整整两个月时间。高则诚完全可能在这两月中撰作此文而不一定要延至第二年。刻石之时不一定与撰作时间一致。参照余尧臣跋及《宁波府志》，可以推知高则诚是在至正十九年的年底归家乡途中，因病重而逝于宁海的。此文当为高则诚的绝笔。

（3）光绪《慈溪县志》卷五十《金石》上：

　　元　嘉德庙碑……征事郎翰林国史院典籍官高明书……至正二十一年九月初吉，郡人……立石。

侯百朋据此认为高则诚在至正二十一年（1361）尚在世。他在另一篇文章《高明史料掇拾》（《温州师专学报》1983年第2期）又据此"订正"以往所有关于高则诚行历的记载，认为高则诚的末任是国史院典籍官。

按，据现在已知的所有记述《琵琶记》作者高则诚生平的载籍，不论是源于永乐《瑞安县志》的温郡志书，还是记述入明受征召事的《南词叙录》、嘉靖《宁波府志》及《明史》和清代各家志书，都记载其末任是福建行省都事，而从未提及高则诚任过国史院典籍官。这绝不会是疏漏。高则诚从解官归隐直到至正十九年底写《余姚筑城记》时，仍挂着"福建行省都事"的头衔。这没有到任的职务，各家载籍都有明确记述，如果高则诚果真曾授翰林国史院典籍官，纵使没有到任，也绝无不载之理。所以，这个高明是否即高则诚，颇存疑问。其次，高则诚初任将仕郎是正八品，承事郎福建行省都事是正七品，而征事郎翰林国史院典籍官却只有从七品。如果高则诚解官归隐三四年后，元朝廷还特意召他做官，也绝不可能让这位原来正七品的官员降级为从七品官。这位典籍官高明与《琵琶记》作者高明字则诚者,当非同一人。据笔者所知,元代知名而同叫高明的人,至少有四人。一是元始祖时北方汴梁人;一是元顺帝时云南土司;一是高则诚;还有一个是兴化人。(参见《古今同姓名大辞典》、叶德均《戏曲小说丛考(上)·元代曲家同姓名考》)不能排除与高则诚同时存在另一位任国史院典籍官,而且活到明初的高明的可能性,而后人正是将这两人混为一人了。引征者只有用充分材料证明这高明的确是那字则诚的高明,才谈得上用来推翻余尧臣的记载,并补充诸家志书的"疏漏"。

(4) 高则诚死后,友人陆德旸作诗哭之:"乱离遭世变,出处叹才难。坠地文将丧,忧天寝不安。名题前进士,爵署旧郎官。一代儒林传,真堪入史刊。"金宁芬据诗意推断高则诚死于换代以后。但颜长珂《高明的晚年和卒年》(《学林漫录》第七集)却认为据诗意高则诚应死于元末乱世。单就诗论诗,两说不易定论。但金文把"前进士"作为入明的根据却是不恰当的。金文云:"'前进士'、'旧郎官',却恰恰表明悼诗写于明朝建国以后。高明于元至正五年中进士,曾官至承事郎。若非明朝建立,陆德旸怎会用'前''旧'二字?高明的至交多重名节操,元不亡,他们不会,也不肯用'前''旧'等字来宣告元朝的覆亡。"

按,唐李肇《国史补》卷下《叙进士科》条说:"得第谓之前进士"。《太平广记》卷百七十八引此条,有夹注云:"近年及第,未过关试,皆称新及第进士。所以韩中丞仪尝有知闻近关试,仪以一篇记之曰:短行纳了付三铨,休把新诗恼必先。今日便称前进士,好留春色与明年。"对此,金文又说:"唐代称进士及第者为前进士,但这首诗不写于唐代。这首诗中的'前''旧'都寓有已经改朝换代的意思。"今按,高则诚友人赵汸,元末替《苏天爵文集》所作序中说:"前进士永嘉高明,临川葛元哲为属掾时类次也。"用的即是与陆德旸相同的典故,说明"前进士"这一含义在元代仍未改变。

(5) 高则诚有《题青山白云图》诗并跋,跋中说:"此余往日在越中录寄倪君仲权之诗,今十余年矣。"朱祥林据"越中"两字,臆定诗作于至正九年(1349)南征方国珍时,然后据此推算,再过十余年,就"已经超过至正十九年大关"。

按,此诗作于何时,今不可确考。诗云:"昨夜山中宿雨晴,白云绿树最分明。茅斋早起无他事,去看溪南新水生。"表露了一种闲适之情,与南征军中的生活不协调,故不可能作于此时。康熙《萧山县志》卷二十一"人物·寓贤"云:"高明字则诚,永嘉人,博学善诗文。元季寓居萧山,与邑人戴宗鲁为莫逆交。任原礼延馆于家,词翰犹存。"高则诚早年就有文名,登进士第时,他已经近40岁了。《萧山县志》不提高则诚为官的经历,说明他在萧山教子弟时,尚未中进士。《题青山白云图》诗应作于寓居萧山时。而高则诚入仕是在至正五年,不论题跋作于入仕前哪一年,都不可能跨越至正十九年大关。

其实,卒于元末而后人误传为活到明初的情况并不乏例。如徐舫,字方舟,高则诚有《送徐方舟之岳阳》诗。徐舫卒于至正丙午(1366),而郡志却说洪武初刘基被征时,曾邀徐舫同行。钱谦益《列朝诗集小传》还说宋濂题其墓曰"明诗人徐方舟"。(参见清顾嗣立《元诗选》徐舫小传)高则诚在明中叶以后被误作入明受征召,当属于同样的情况。

此外的可能情况则是刘基在至正十九年(1359)底受朱元璋征召赴集庆之初,曾有招高则诚、徐方舟等同归朱元璋之举,当时则诚因拒方国珍之邀而"隐"于方氏势力范围之内,自不可能接受朱氏之召,故敬谢不敏。入明受召之说,或即由此而来。

综上所述,可以小结如下:余尧臣的题跋有可靠的方志材料可资佐证。高则诚当是在至正十九年底返回家乡的途中病死的。否定余尧臣记载的证据都是不够充分或者是错误的。高则诚入明受朱元璋征召之说,当系后人错讹而致,而且其说始见于明嘉靖以后的载籍,不足征信。

(原载《文献》1987年第3期)

诠 释 篇

三　知音君子这般另做眼儿看

　　秋灯明翠幕,夜案览芸编,古往今来,其间故事几多般。少甚佳人才子,也有神仙幽怪,琐碎不堪观。正是不关风化体,纵好也徒然。
　　论传奇,乐人易,动人难。知音君子,这般另做眼儿看。休论插科打诨,也不寻宫数调,只看子孝与妻贤。骅骝方独步,万马敢争先?

《琵琶记》副末开场时所吟的这首【水调歌头】,叙述了高则诚创作的缘起,也隐含着高则诚内心的苦闷。当高则诚在元代末叶天下大乱之中,在拒绝方国珍欲其为幕僚的邀请之后,在浙江四明鄞县栎社的沈氏楼中,面对朗朗秋月,挑灯疾书,心中实在充满了无穷的感慨。也许正是借他人之酒杯,消自己之垒块:一方面,他深信《琵琶记》出现于曲坛,将如骅骝独步而万马莫敢与之争先;另一方面,对于"知音君子"是否能够如此这般地"另做眼儿"理解其中的苦心孤诣,却并无多少自信,故语近祈求。

《琵琶记》在明清时代的戏曲舞台上,确实是骅骝独步,莫与争锋的。尤其是经过魏良辅的"点板",《琵琶记》成为昆腔演员的入门戏本;后来作为"江湖十八本"之首,无论花雅各部,莫不尊之。明清各种戏曲选本,所选录的出目,亦以《琵琶记》为最多。婚丧燕乐,年节庙会,从宫廷到社戏,都可以见到《琵琶记》的身影。作为明人传奇戏曲创作的"范本",《琵琶记》更是后人仿作的对象。它的双线结构,几乎成为传奇作家遵循不变的框式,却又从无能超越者。《琵琶记》所用的曲牌曲律,在沈璟《南曲谱》问世之前,一直是人们用以填词谱曲的直接范本之一。而蒋孝、沈璟等人的南曲曲谱所征的引曲例，也仍以《琵琶记》为最多。所以明人尊之为"南曲之祖"，或曰"南曲中兴之祖"。声誉地位，无与伦比。

高则诚自谓是"也不寻宫数调"，这当然不能理解为不顾宫调。但这也多少透露出，比之曲律来，他更重视内容的表达；在两者难以调和时，他肯定是以文词内容优先的。这种情况，与汤显祖创作《牡丹亭》大略相似。只是高则诚所处的时代，戏文格律尚处于变动完善之中，且甚少文人才士关注，《琵琶记》创作上的成就，或许正使得曲律多少"曲从"了他的文意，掩盖了其间原有的轩格之处。而汤氏所处的时代，昆山腔已成为曲坛的正宗，这同时也使得曲律凝固化，因而汤氏不得不备受"逞才情"而无视曲律的讥弹，他只能叹息："玉茗堂开春翠屏，新词传唱《牡丹亭》。伤心拍遍无人会，自掐檀板教小伶。"

高则诚原不曾细细"寻宫数调"，却在不经意之中，他的创作竟成为后世谱曲者的范式。高则诚自信自己的创作能"动人"，也的确打动了传统中国人的心灵；但被感动者却未必真正认可其"动人"的"曲意"，甚至责难其倾向性。种种讥弹由此而生，并为高则诚带来种种的毁誉。因为理解的命运永远把握在读者手中。

高则诚说，"不关风化体，纵好也徒然"。他对于元末曲坛盛行神仙道化与才子佳人剧的局面颇为不满，称之为"琐碎不堪观"。他提出了戏曲应当有关"风化"的主张。这一点颇引得后人的认可或批评，议论纷纭。其实他所说的也只是要有"动人"的内容，要有关世道人心，要"载道"以补救无病呻吟的曲坛而已。但"风化"者，风教也。既然称"只看子孝与妻贤"，则指认其"关风化"即为有关礼教，歌颂孝子贤妇是旨在劝惩人心，也是合于逻辑的了。据传明太祖朱元璋就称《琵琶记》"如山珍海错，贵富家不可无"。（《南词叙录》）明清人亦多从此点生发，击节称赏《琵琶记》有关"世教"，是其"大头脑"。甚至有人以"《琵琶记》教孝"来诋毁"宣淫"的《西厢记》。但世事变幻，莫可究诘。在现代社会激烈的反封建反传统浪潮席卷之时，明清人所称道的《琵琶记》的种种"佳处",却使高则诚处于尴尬的境地。批评者强烈抨击其"狂热宣扬封建礼教","图解概念","强扭团圆","调和矛盾"。在一片责难声中,《琵琶记》被摒退出一流杰作的行列,地位一落千丈,舞台上难以觅见其身影。

明人胡应麟说:"近时左袒《琵琶记》者,或至品王(实甫)关(汉卿)上。余以《琵琶记》虽极天工人巧,终是传奇一家语。当今家喻户晓,故易于动人。异时俗尚悬殊,戏剧一变,后世徒据纸上,以文义摸索之,不几于齐东、下里乎?《西厢记》虽饶本色,然才情逸发处,自是卢、骆艳歌,温、韦丽句,恐将来永传,竟在彼不在此。"可谓不幸言中。

但若说《琵琶记》真的只是歌颂孝子贤妇,明清人也仍有异说。因为剧中蔡伯喈既未能真的尽忠,也未能真的尽孝,父母毕竟因其未归而双双惨死,"生不能事,死不能葬,葬不能祭",这"三不孝"是不可改变的事实;更何况他停妻再娶相府女,这一"薄幸"行为,更是与一个"纯孝"的孝子形象相违戾的。所以有人称其不仅"不忠不孝",而且"负心薄幸",如陈眉公批评本即称全剧"纯是一部嘲骂谱",对伯喈的不忠不孝行径是"真骂"。另一方面,高则诚虽然也着意为伯喈的不孝行为作开脱,但剧中难以弥缝的罅漏却似不少,李笠翁批评道:"若以针线论,元曲之最疏者,莫过于《琵琶》。无论大关节目,背谬甚多。如子中状元三载,而家人不知;身赘相府,享尽荣华,不能自遣一仆,而附家报于路人……"(《闲情偶记》)也正因为这些情况的存在,所以李卓吾称《琵琶记》只是"画工",不及《西厢记》浑若天成的"化工"。

争议还出现在对负心故事的理解上。明中叶以后的一种较流行的说法,是"剌王四说"。据《大圖索隐》等云:"高东嘉名则诚,元末人也,与王四友善。王四亦当时名士,后以显达改操,遂弃其妻周氏,而坦腹于时相不花氏家。东嘉欲挽不得,乃作此书以讽之。托名蔡邕者,以王四少贱,尝为人佣菜也;赵五娘者,以姓传,自赵至周而数适五也;牛相者,以不花家居牛渚也;记以《琵琶》名,以其中有四'王'字也;所谓张公者,东嘉盖以大公自寓也。"而《真细录》更是说得凿凿有据，道是明太祖朱元璋"廉知其为王四而作，遂执王四而付之法曹"。清人毛声山评这部"第七才子书"，则照搬刺王四说，并将时人所指摘的剧中的疏漏，说成是作者故意设破绽，以明示刺王四而非关蔡邕之事。

"刺王四"之说自然纯属无稽之谈。明人如祝允明、徐文长即知陆放翁已有"满村听唱蔡中郎"之句，并确知宋人有《赵贞女蔡二郎》之剧，为《琵琶记》所本。高则诚是"惜伯喈之被谤，乃作《琵琶记》雪之"。但这里仍有难以解释的问题：如果说高则诚真的想替伯喈"翻案"，为何只改故事的结局，却仍让伯喈负心再娶，依然"厚诬前贤"？如周亮工所说，"诚所不解"（《书影》）。对此，有位异想天开的"白云散仙"，附神弄鬼，说高则诚原来写的是东晋慕容喈的故事，被后人改作蔡伯喈云云（见凌延禧刻本所附《白云散仙序》），真可谓是痴人说梦。但这种痴人说梦之事仍无独有偶。如今人批评高则诚为宣扬礼教而把一个谴责负心婚变的悲剧故事强扭成大团圆结局，并进而论定剧中"成功"的描写属于民间艺人，缺陷全由则诚一手造成，故振振有词地称"功在民间，罪在高明"，即属同例。

总而言之，《琵琶记》从传世以来，便有太多的问题、太多的分歧。尊之者称之为"复杂性"，贬之者判其为"局限性"。辩之驳之，众说纷纭，却也仍未能切近真谛。真堪谓说不尽的《琵琶记》。

一部伟大的作品，通常都会引发种种不同的理解。而种种不同的理解和接受，同时也丰富了伟大作品的内涵。因时势的变迁，观念的更替，读者构成的各异，同一作品，在不同的时期遭遇不同的命运，也就不足为奇。称颂者，自有其称颂的原因；贬抑者，亦有其贬抑的道理。高则诚固然企望"知音君子"能够体悟其苦心孤诣，然而作品一经诞生，其命运就不是作者所能把握的。因为作者虽有其创作的缘起和"本义"，但读者却可以无视其由，取自己之所需，并将自己的理解注入作品，化身为作者的"本义"。这当然是"曲解"，却又是符合文艺创作与接受过程的正常逻辑的。况且，早期的戏曲活动，原本不甚重视作者。剧本的演出，大多依照演员的理解而自由增删。所以谚谓"戏曲无定本"。宋元南戏大多无明确的创作者，实是书会才人和艺人的集体创作，学者称之为"世代累积型"。《琵琶记》因为高则诚在创作上的杰出成就，使庸手难以置喙，因而传演中改动相对较少，且所改者也多是宾白，只有若干场次的增删和若干曲文的删改。这些状况使它拥有了"文人创作"的相对稳定性，而与一般南戏的"世代累积型"特征有所不同。但要使一种诞生于元末的作品，毫不更易地传演于明清时代，不啻是痴人说梦。既然戏曲是演给当代的观众看的，则《琵琶记》剧本与演出随时代而变化，其含义理解有所增饰，也是顺理成章的事。我们所要研究的，便是作为一种动态的、变化中的《琵琶记》的流传、接受的历史。所以我们也把前人的理解及其理解的途径、评价的标准以及"误解"的原因作为分析研究的对象。因为这也是《琵琶记》"接受史"的课题。

我们姑且当一回"知音君子"，从知人论世的角度追寻高则诚要求我们"另眼看"的"原义"。当然，所谓的"作者的本义"，也仍然只是我们理解中的"作者本义"。至于真正的"作者本义"，或许我们是可以迫近而不可穷尽的吧。何况创作的思维与阅读接受的思维有所不同。作者从心底里流出的文字，未必即代表某种抽象的理念，因为形象大于观念。而作者的"本义"也是一个不确定的概念。读者（观众、演员）的理解与改造自有其存在的价值与位置。另一方面，就蔡伯喈婚变故事而论，《琵琶记》本身也属这一母题演变、接受过程中的一个环节，因而作者的改造、理解、具体情节安排设置等，既受到特定时代的观念的制约，也不能不受到原有故事框架的限制。这是造成《琵琶记》"复杂性"的重要原因之一。也只有放在这样一个过程中，才能解释《琵琶记》流传与评论中的诸多问题。

换言之，我们放弃作批评的裁判者的角色，而将各种批评与理解作为《琵琶记》流变接受史的构成部分予以研究。我们的目光并不仅仅限于《琵琶记》文本本身，而同时着眼于与此相关的社会、文化、审美观念、价值观念等因素，以解释各时期、各个角度评价和理解的歧异。如此说来，我们不仅要做作者的"知音"，也努力做《琵琶记》批评者、删改者的"知音"。我们并不认为本书的阐释是惟一正确的阐释，但我们深信在这样的"接受视野"中，这样的理解是可以成立的。

四　从《赵贞女》到《琵琶记》

《琵琶记》是高则诚根据宋代戏文《赵贞女蔡二郎》重新创作而成的。

明祝允明《猥谈》说："南戏出于宣和之后，南渡之际，谓之温州杂剧。余见旧牒，其时有赵闳夫榜禁，颇述名目，如《赵贞女蔡二郎》等，亦不甚多。"徐渭《南词叙录》也说："南戏始于宋光宗朝（1191—1195），永嘉人所作《赵贞女》、《王魁》二种实首之。"徐渭在"宋元旧篇"内著录的第一种"南词"便是《赵贞女蔡二郎》，并注云："即旧伯喈弃亲背妇，为暴雷震死，里俗妄作也。"

《赵贞女》原作已佚。据各种记载拼接，其情节大致如下：蔡伯喈中状元后入赘相府，背亲弃妻。其妻赵贞女在家乡独立奉养公婆；饥荒年岁，公婆双亡，贞女剪发买葬，罗裙包土，修筑坟台。后来，天上降下一面琵琶，贞女便怀抱琵琶，弹唱为生，上京寻夫。但与夫见面时，伯喈不仅不认其为糟糠妻室，而且放马踹死赵贞女。这一行为人神共愤，遂雷殛蔡伯喈，以悲剧收场。

这种以书生负心婚变为题材的悲剧性创作，在早期戏文中颇为常见。今可考知名目的即有《王魁负桂英》、《张协状元》、《陈叔文三负心》、《李勉负心》、《张孜鸳鸯灯》、《崔君瑞江天暮雪》、《王十朋荆钗记》、《王宗道负心》等多种。这些戏文，今天只有《张协状元》一种尚存。其中《王十朋荆钗记》今传明刊本与《琵琶记》相同，作不负心结局，但据《瓯江逸志》记载，原作写十朋与妓女钱氏的婚变故事，十朋中状元发迹后抛弃了钱玉莲，玉莲投江而死，则亦以悲剧收场。上述诸篇因宋元相传，随时而增删，流传至明代，大多已经难以判明具体创作时间。但从故事的形成看，其最初撰入戏文，应均在宋亡以前。如《王魁》、《赵贞女》已有祝允明、徐渭的记载；而《武林旧事》记宋代官本杂剧，已有《李勉负心》、《王宗道休妻》诸目，均可为证。另外罗烨《醉翁谈录·小说开辟》记宋代说话艺人的表演："噇发迹话，使寒士发愤；讲负心底，令奸汉蒙羞。"其中所列"传奇"类即有《王魁负心》，"负约"类有《王魁负约，桂英死报》、《红绡密约张生负李氏娘》（即《鸳鸯灯》之本事来源）等，刘斧《青琐高议》后集卷四则有《李云娘——解普杀妓获恶报》、《陈叔文——叔文推兰英堕水》等。而陆放翁《小舟游近村舍舟步归》之四云："斜阳古柳赵家庄，负鼓盲翁正作场。死后是非谁管得，满村听说蔡中郎。"此诗作于1195年。放翁所听到的鼓词，其敷演的也正是关于蔡伯喈的负心故事。这说明负心婚变是当时戏曲小说等民间艺术所共同关注的对象。

《赵贞女》、《王魁》也是宋代有关书生负心婚变悲剧性创作的代表作品。以《王魁》为例，有关王魁负桂英的故事几乎遍及宋代各种民间伎艺，流传极广。王魁，实有其人。本名俊民，宋嘉祐辛丑（1061）状元，曾任徐州判官、南京发解官。因患狂疾，自刎不成，后误服药而死，年仅27岁。话本与戏文中，他与妓女桂英的婚恋纠葛是这样的：王魁落第失意之时，得到妓女桂英的资助，相约结为夫妻。在再度上京赴试时，与桂英在海神庙焚香为誓，决不相负。后王魁状元及第，授徐州判官，嫌桂英寒贱，背盟负心别娶。桂英遣仆送信，王魁叱而不受。桂英愤极自杀，其鬼魂偕鬼卒追捉王魁至海神庙，证其负心，索命而去。这里，王魁的负心，不仅是感情上的背叛，而且是道义上的相负。桂英的怨愤和疯狂的行动，之所以赢得世人的同情，是因为正是由于桂英的温情和金钱的资助，才使得王魁重新振作起来，高中魁首。没有桂英，也就没有王魁之今日。负心兼忘恩，才构成了道德上的巨大缺憾，使得王魁的作为与桂英的心愿及社会期待之间，形成激烈的冲突，从而构成一幕真正的悲剧。不过，这里表现的是书生对个别女性的背负,并以女性自身的复仇为结束。

《赵贞女》的悲剧设置,则超越了这种个体的恩报复仇框式,转而诉诸"天理人心"。这突出地表现在它较多地诉诸渗入于中国传统社会的礼教伦常,并以这种伦常道德观念作为构设悲剧的基础。孝养双亲、独行丧礼等,都是礼教中最为敏感,也是最能打动以血缘为纽带的中国人心灵的高尚行为。赵贞女的作为,已经不同于一般恪守礼教的妇道,而是达到了贞烈的境界,堪称妇道之典范。这样的女性,在社会民众的心目中,理当苦尽甘来,善有善报,得到发迹后的丈夫的礼遇,得到朝廷的旌奖,获得官诰霞帔。这也可以说是由社会的期待所构成的一种"历史的必然要求"。这样的贞女,不仅没有得到应得的报答,反而被中状元的书生抛弃,甚至放马踹死,才显得无比的凄惨,令人为之呜咽,为之愤慨,为之心潮难平,才在道德的神经上,构成了惊天动地的大悲剧,人神共鉴,非天殛之不足以平息这种道德的义愤了。

所以说,桂英的被负,只是个体的被负;其报复,只是个人的复仇。而《赵贞女》中,这种被负,已经不再属于个体的被负,而是蔡伯喈对社会伦理道德的公然蔑视和对抗;他所受的报应,不是赵贞女个人的复仇,而是道德天理的谴责。因此,在悲剧的构成中,社会的伦常道德观念成为重要的内涵。也正因为如此,《赵贞女蔡二郎》中,对赵贞女的刻画,必然会按照礼教的要求而予以强化。可以想见,正如后来在《琵琶记》中的表现一样,赵贞女是按照礼教妇道的要求,默默地尽到自己的责任。丈夫不在,面对饥荒,宁愿自己受苦,也尽一切努力,使公婆得以维持生活。公婆死后,苦心营葬,罗裙包土,自造坟台。这也是替丈夫尽孝,免使丈夫遭不孝的罪名。"养儿防老,积谷防饥",养老和送终,对于传统社会来说,既是礼教孝道的含义,也是人们最为关注的社会问题之一。在这一点上,赵贞女的作为确实称得上一个贞烈的孝妇。她应是温柔敦厚、纯朴善良、任劳任怨的。所以她不会作出桂英那样疯狂的举动。她的柔弱、善良,更反衬出蔡伯喈的卑鄙。同样,最后也只能由天帝来主持正义,而不能由孝妇自己作疯狂报复。这可以使赵贞女始终保持温柔敦厚与纯朴善良的形象,也使得道德的反差更为突出。也就是说,在《赵贞女蔡二郎》中,赵贞女是一个完全符合礼教的有贞有烈的孝妇。当然,这并不是说这一形象是图解礼教概念之后敷演出来的,而是说,这一动人形象的具体行为,同时也是符合礼教社会的最高要求的;而且还可以推想,创作此戏的书会才人们,是有意识地按照礼教的观念对此作了强化的。如果不是过分纠缠于书生是否负心及不负心事件是否"真实",人们不难发现高则诚把它转化为"只看子孝与妻贤"的一夫二妻故事,其实并无多少"强扭"的痕迹。因为《琵琶记》只是在继续保持了赵五娘有贞有烈的品行的同时,把男主角也改成符合礼教的孝子,继续把礼教道德内涵作为新的悲剧构想的基础。由此可见,高则诚并没有以"图解概念"的方式,"注入"礼教内涵来"狂热宣扬封建礼教"。他只是在《赵贞女》原有的对于孝妇的肯定性描写的基础上,改造了蔡伯喈,使之成为一个符合礼教的志诚的孝子而已。

将蔡伯喈改写成一个志诚不负心的孝子,从某种意义上说,倒更接近于"历史真实"。因为历史人物蔡伯喈确以孝著称。《后汉书·蔡邕列传第五十下》云:"邕性笃孝,母尝滞病三年,邕自非寒暑节变,未尝解襟带,不寝寐者七旬。母卒,庐于冢侧,动静以礼,有菟驯扰其室傍,又木生连理,远近奇之,多往观焉。"

从《琵琶记》的描写看,高则诚是充分地参照了《后汉书·蔡邕传》的(详见后文),不过他并没有完全拘泥于史实。因为完全按照史传事实,是难以构成一部情节生动的大众化的戏曲的,何况原有的传说也已经深深印入观众的心底而难以改变。高则诚只是在《赵贞女》故事框架的基础上作了适当的改造。对负心的"蔡二郎",依照"历史真实"变成了"性笃孝"的蔡伯喈。剧中也记叙了蔡伯喈夫妇"庐墓三年",并且"相驯白兔走坟台""连理木分两枝跨",这种将史实与虚构故事相结合,大处为虚,细节逼真,故事非真,品性从实,正合乎历史剧虚实相生的辩证法。因为中国戏曲中历史题材的创作,多数并不在乎史实,故事不妨杜撰,不妨附会,强调的是作品"境界"的完整性,追求的是人物的神似而非形似。而且这"似"也仍只是作者心中之模样,而非史书所记述的形象。高则诚一面似乎是替蔡邕"雪谤""辩诬",还其孝子本来面目;另一面却仍坐实了蔡伯喈入赘相府,一夫二妇,以及未能直接完成终养与丧葬之事。在重史实的明清人看来,后者仍是对于蔡伯喈"无中生有"的"厚诬",故对"翻案"之后又仍"厚诬",便殊觉"不可解"了。

这确实是难事。若"辩诬"改成孝子,但不改变故事,则仍不脱"厚诬";但若放弃原有故事,据史实干巴巴地敷演,则不仅毫无意趣,而且也改变不了民间仍以原来形式传演的事实,即还是不能雪谤。故从"辩诬"的角度而论,高则诚注定是"在夹缝中讨生活"的了。幸好"辩诬"固然是高则诚的出发点之一,却并非惟一目标。

《琵琶记》改变了《赵贞女》背亲杀妻的结局,换成一夫二妇和睦相处,但并没有背弃原作的对于负心婚变行为的道德谴责。从负心婚变悲剧故事表现的角度而论,或许高则诚认为,正面的歌颂照样可以达到劝惩的目的;温柔敦厚的诗教方式比之焦桂英的疯狂的复仇,更能为礼教社会所接受。何况将一个享有盛名的历史人物写成不顾廉耻的负心汉,将赵贞女这样善良的人物置于马踹而死的惨境,于心何忍。

高则诚幼读《春秋》,深知"圣人笔削大义",作为朱熹四传弟子,他的笔下渗透了儒家的伦常观念与审美观念,应当说是不足为奇的。他残存的为数不多的诗文,就有《王节妇诗》、《华孝子故址记》等篇;在处州时有申请旌奖丽水陈孝妇的行历;据《南词叙录》,则诚还作过《闵子骞单衣记》一剧。所以他进一步张扬了《赵贞女》中对于礼教孝道的肯定性内涵,也就是很自然的了。我们虽然无从知道《赵贞女》戏文对赵贞女的具体描写,但从早期戏文的稚拙情况看,《琵琶记》对赵五娘的温柔敦厚、含怨忍重性格的准确把握,更多的是出于高则诚的再创造。牛氏小姐这个在封建妇道的严格培养中成长起来的相府小姐,虽然受到今人的多方讥议，却也确实是在封建时代的现实中可以找到若干例证的，虽非典型，至少也达到了"类型化"的水准。若与赵五娘易地而处，牛氏同样会做出赵五娘那样的举动。那种过分强调两极对立与不可调和，认为封建的相府小姐绝不可能接纳这位贫贱之妇的说法，其实只是以阶级斗争框式为指导而致的自说自话，不值一驳。

根据来自西方的美学观念，悲剧，是审美的最高范畴。明清以降大团圆形式的自欺与欺人，使人厌恶。所以人们更加向往宋代戏曲中悲剧涌现的局面，而悲叹明人对于悲剧的扭曲与消解，并提高到"国民性"的高度，进行反思和批评。笔者以往也甚为推崇宋代《赵贞女》、《王魁》等"彻底"的"悲剧"，以戏曲初兴而悲剧大盛，叹息其后盛况难再。但静而思之，《王魁》、《赵贞女》未必便是中国悲剧的最好范式，它们头上的光环，更多的是后人根据故事的悲惨结局而幻化出来的。它是今人的"创造"，而非历史的真实。后世的《秦香莲》系列作品，也有作"纯悲剧"式处理的，但并未见其高明。从宋代的《张协状元》的稚拙情况，也可以推见当时作品所能达到的水准。故单以主人公结局的死亡为悲剧的标志，以西方悲剧观念而作"观照"与"投射"，幻设已佚剧目之本真，实未见其可也。

艺术创作自有其规律。主人公死亡的结局虽比团圆更能震撼人心，但以主人公死亡为结局的未必就是"好"的"悲剧"。作品的成就仍然取决于具体的描写。另一方面，对于"中国式"悲剧也仍有待于重新认识。解题的钥匙仍需从中国文化传统中去寻找，不必据西方悲剧观念遽下结论。

从《赵贞女》到《琵琶记》，这是一个巨大的跃进。徐渭说，自《琵琶记》出，"用清丽之词，一洗作者之陋，于是村坊小伎，进与古法部相参，卓乎不可及已"。（《南词叙录》）《琵琶记》实际上成为整个元代戏曲（包括杂剧与南戏）的殿军。它的成功，预示了南戏传奇的兴盛和北曲杂剧的行将衰落。《琵琶记》由此成为中国戏曲史上承前启后的伟大作品。面对历史，我们又如何能够要求《琵琶记》返回到《赵贞女》的时代，而这又仅仅是为了一个"负心弃妻"的结尾?

从《赵贞女》式以谴责书生负心为中心的表述,走向《琵琶记》以"只看子孝与妻贤"为中心的表述,并非高则诚个人的独创,而是时势使然。

因为,宋代那种直接的谴责性表现,在元代后期,已经从整体上形成了一种转化。迎合普通民众的"大团圆"故事,已日渐流行了。

如《王魁负桂英》,元初有尚仲贤《海神庙王魁负桂英》杂剧,据题目应仍保持悲剧收场,而徐渭《南词叙录·宋元旧篇》内已列有《王俊民休书记》,从"休书"关目看,应与《荆钗记》的孙汝权套书一样,改作不负心了。故元末明初人杨文奎有《王魁不负心》杂剧,无名氏有《桂英诬王魁》戏文,早已为明代《焚香记》导夫先路了。

再如《王十朋荆钗记》,如前所述,据《瓯江逸志》,现存本的王十朋不负心团圆故事,也是属于后来所编。至于《张协状元》、《江天暮雪》等作品,要么本来是以宋代的原型悲剧收场,一如宋代的《王魁》、《赵贞女》,只是到元代后期才被改换成团圆;要么必是其原本已具有转换型特征,才在元末明初得以继续流行。而《李勉负心》等剧,则因为没有获得这种转变,入明以后日渐湮没无闻。

事实上,在元代中后期,负心婚变故事的谴责性主题,已日渐向歌颂性主题转化。所以同类作品如《秋胡戏妻》,原为其妻深感羞辱,耻于与不忠不孝不义之徒为伍,以刚烈的行动投水自杀,但在石君宝的杂剧中,结局已化作夫妻和好。又如,朱买臣休妻故事,原是其妻嫌买臣贫迂而离异再婚,在无名氏《朱买臣风雪渔樵记》杂剧中,已变成一出逼婿赴试的闹剧。在宋代,人们构设负心婚变悲剧,多有诬良为娼的现象,如蔡伯喈、王俊民的情况即是。可谓是悲剧创造的欲望所致,任意驱遣;而元代中后期,对于书生负心问题,则更多的是开脱、辩护、调和、化悲为喜。

元杂剧中的悲剧作品主要出自前期作家之手。到元代后期,已难以寻觅悲剧创作的印痕了。从悲剧创作的角度而论，这也可以说是元代杂剧衰落的一个重要原因。元末明初作家，不是制作轻松的喜剧，便是以表现神仙道化为洒脱。但元杂剧前期作家中以写神仙道化剧著名的马致远，他的神仙道化剧大都包含着对丑恶的现实的不满、愤慨和揭露，是痛苦的现实中无可奈何之余而借仙道以自解。而元末明初作家则纯粹是为歌颂仙道而描写出世，缺乏对现实的批判。前期作家如关汉卿，他的喜剧作品，浸透着对现实的批判，泼辣而慷慨，而后期作家则向风流韵事的轻喜剧发展。积极入世、抗争、悲怆激烈精神的丧失，既使得内容贫乏无力，也必然导致悲剧的失落。高则诚说："少甚佳人才子，也有神仙幽怪，琐碎不堪观"，强调戏剧应"关风化"，追求"动人"，便是有感而发的。

负心婚变主题在元代的变迁，也是社会的变迁在文学中的折射。

元代后期负心婚变故事的转变风潮，主要是由书生地位的变迁所决定的。此外戏曲创作者阶层的身份地位、社会观念和同情对象的转换等，也是其中的重要因素。

在宋代，人们不惜以悲剧，以魂追、天谴来摧挫负心的书生，毫不假以辞色。这是因为宋代书生有着优渥的社会地位，美好的仕进前程，可谓天之骄子。无论是得意，还是潦倒，生活都向他们敞开大门，世界充满着阳光。然而，到了元代，书生们便从天堂跌落到地狱之中了。

首先，元代科举之路不畅。

科举是封建时代书生得以发迹的惟一的也是最畅达的康庄大道。而蒙元王朝，除蒙古窝阔台时期曾经开科取士外，科举中断长达78年之久。元仁宗延祐二年（1315）才重新开科取士，但也不是十分正常，如英宗时就一度中断。

元代科举取士名额极少。少则几十人，多者也不过百余人，而且其中蒙古、色目人占半。它只是笼络文人士大夫的一种政治手段，如明初叶子奇所说，"殆不过粉饰之具耳"。（《草木子》卷四）考试制度又规定汉人与蒙古人试卷有别。录取汉人时，又有汉人（北方地区）南人（南宋旧地）之别。南人更受压制。宋代负心婚变悲剧的勃兴，本与南方科举仕进之盛有关。元代既然科举之途不畅，南人又加倍受压，一般人发迹更是极其困难，谴责寒士发迹负心弃妻的故事也就失去了社会的现实意义。而元后期，杂剧中心南移，杂剧与南戏并立于江南，它们在创作、改编上向喜剧化转变，即源于同一种现实。

事实上，元代的书生即使侥幸通过科举登上仕途，也很难有所作为。元代从中央到地方州县，"官有常职，位有常员，其长皆蒙古人为之，而汉人、南人贰焉。故一代之制，未有汉人、南人为正官者"。（赵翼《廿二史札记·元制百官皆蒙古人为长》条）在民族歧视政策下，仕途并非坦途。

其次，元代以吏取士，元代官员，90%以上都是从刀笔吏升迁而来。刀笔吏本是饱学的秀才们不屑一顾的事，更非他们之所长。

科举的不畅和以吏取士制度，使元代书生们被堵塞了仕进之路，也失去了谋生之道。其社会地位急剧下降。元代有"九儒十丐"之说，虽然并非事实，但从宋代的天之骄子到元代与丐娼并提，却正道出了他们的辛酸处境。唐宋时代妓女与书生的恋爱故事，如《霍小玉传》、《王魁传》等，妓女都是仰视书生，哀婉可怜。而元人杂剧中，即转而变成妓女俯视书生了：杜蕊娘对于韩辅臣（《金钱池》），谢天香对于柳永（《谢天香》），都是如此。最常见的是潦倒的书生被鸨母斥逐，被商人用金钱夺去所爱。而妓女也瞧不起他们，宋引章说，跟着潦倒的安秀才，一辈子唱莲花落。（《救风尘》）

一般女子与才子相恋的情况也是如此。唐代《莺莺传》中莺莺中夜忽放悲音，期望借誓言拴住张生，被弃后，也只能自怨悲泣。而在元杂剧中，更多地表现为女性占据主动地位。谭记儿的泼辣，显出白敏中的软弱无能（《望江亭》），倩英瞧不起温峤，而温峤只能自吹志诚以求得欢心（《玉镜台》）。所以，宋代以悲剧摧挫书生们的傲气，而元代以喜剧抒写书生们的幸事，以显示自怜和被怜。

宋代虽有科场失意的书生偶尔进入书会才人行列，但他们也愈容易因为自己的困厄而产生对书生发迹变泰后的不道德行为的不满,为谴责书生薄幸的悲剧浪潮推波助澜。元代则是饱学之士,仕途潦倒无望之际,大批地走入下层社会,进入艺人们中间。如关汉卿即以杂剧创作为"我家生活"。这些曾为小吏的文人,用他们本应去做诗求功名的笔,撰写杂剧作品。他们犹如被宋仁宗逐出试场,"且去填词",而干脆"奉旨填词"的柳三变(永),以戏曲为消解心中块垒的酒杯。他们成为元代戏曲创作的主要力量。他们在创作中更多地抒发浸透着血泪的身世之感,诉说仕途的困厄,恋爱的磨难,借前代文人浪子的得意之事,抚慰饥渴的心灵;另一方面则悄悄地避开,渐渐地泯去往日书生得意之时留下的劣迹,代之以正面的歌颂,这也似乎是情理之中的事了。

文学也是一种理想,一种借以自慰的白日梦。文学总是损有余而补不足,对于大众化的艺术来说,尤其是这样。

在元代书生陷入窘境、自救不暇的时候,再揪住他们在往日得意时的劣迹,便如伤口抹盐,于心不忍。所以元代戏曲中,书生实际上成为被同情的对象。虽然也叙写了他们生活的困窘、仕途的不畅、婚恋的不顺,但最终仍让他们志得意满,完满收场。这是社会同情的结果,也是人们聊以自慰的画饼,从中流露出对往昔盛世的深深怀恋。所以,写仕途困厥,如《荐福碑》、《范张鸡黍》等,虽然命运摧挫,小人作弄,历经波折,但结局仍是如愿得官。写恋爱,必让张生高中状元,满足老夫人"三辈儿不赘白衣秀士"的愿望,为团圆作好铺垫。写与妓女的爱恋,一波三折,最终还是苦尽甘来,柳永终于娶了谢天香,杜蕊娘还是嫁给韩秀才。连既无文才也无前途,只是"志诚"而已的穷措大安秀才,最后也还是娶到了宋引章——因为富户周舍娶到宋引章,便转脸虐待她;而推究剧情,千方百计把宋引章弄到手的周舍,实在好没来由地忽然如此对待引章。这样写的目的无非是要表明:不要只看财富,不要只看外貌,只有书生才是真正的志诚辈!

既然书生们从被告席上撤了下来,成为社会同情的对象;既然只有书生才是志诚辈,那么,对宋代流传下来的表现书生负心的传统剧目进行改造也是必然的了。悲剧转变成喜剧，其中书生一律都变成不贪富贵、不恋高枝、不忘糟糠妻室、爱情和道德至上的志诚种子。原来具有必然的悲剧冲突，变成了因误会而致的误解性冲突，不过是丞相的"牛气"（如《张协状元》）和小人的挑拨掀起的波澜（如《荆钗记》），歌颂志诚君子的"正面教育"，代替了暴露性、谴责性的描写，既隐含了对负心行为的否定，又弘扬了伦常道德，而且给人以善人善终皆大欢喜的结局。

至于朱买臣休妻故事，据史载，当初其妻是羞于买臣过于嗜书、行为乖张而求休的。在科举畅达之时，人们以买臣妻为笑谈。而在元代，不如说正好触到书生们的痛处了。改为激婿上进的喜剧，庶几可免却这种窘态（《渔樵记》）。同样，秋胡故事，《列女传》中，秋胡是婚后五日即"宦于陈"，官至大夫，属于书生之辈。在《秋胡戏妻》杂剧中，秋胡出行已非求官。这样，桑下悦女的行为多少属于武人的蛮行而与温文尔雅的书生无涉。赵松雪有诗云："不是别来浑未识，黄金聊试别来心。"据诗中所咏的故事看，更是完全为这位鲁大夫开脱了。这种转化，也足以证明元代书生地位的困窘和对书生的同情，对负心婚变悲剧的转变起着十分重要的作用。

由此可见，高则诚改《赵贞女》的谴责为歌颂，也是时势使然。既然社会的变迁已经使谴责书生负心失去了针对性，那么，对蔡伯喈这样的"笃孝"人物的"厚诬"便显得毫无意义了。一旦使男主角蔡伯喈"恢复"笃孝品行，便与《赵贞女》为增强悲剧效果而贯注的伦常道德的含义融合成一体，可谓水到渠成，并无多少轩格难融之处。如果说《赵贞女》的写法代表了那一时代的呼声；那么，《琵琶记》的出现，也同样是顺应了时代的呼声。

如此看来，当代一些否定《琵琶记》思想价值的意见，多少夸大了《赵贞女》与《琵琶记》的区别，甚至将两者截然对立了。他们并未注意到其间的共通之处，遂将"宣扬礼教"作为高则诚的首创；他们看到了《琵琶记》一夫二妇旌表结局对于负心杀妻遭雷殛故事的改变，却未曾关注整个元代风尚的转换。缺乏历史内涵的批评其实也只能是失去针对性的自说自话而已。

《琵琶记》在元末的出现，在戏曲舞台上，宛如月上中天，使满天繁星顿即失去光彩。后人瞻仰膜拜，视为"南曲之祖"或"南曲中兴之祖"，遂以为诸事皆首创于高则诚。功既归之，祸亦随之。誉之毁之，众说异辞。"死后是非谁管得？满村听说蔡中郎！"则诚秋夜辍笔之时，亦曾嘱意"知音君子这般另做眼儿看"，但作品一经问世，便只能交付读者与时间了。他又如何管得自己的"身后是非"呢？

（原载《艺术百家》1996 年第 1 期）

五　作品·现实·历史

《琵琶记》在直观的层面上，已经将《赵贞女》的谴责性题旨转化为歌颂性主题。而把蔡伯喈从负心转为不负心，关键之处并不在于男主角是否"笃孝"，而在于他对现实功名的态度。

书生辈并不天生薄幸，而毋宁说更其多情。催迫其道德沦丧的根源，便是功名利禄。

唐人小说如《莺莺传》中，张生始乱终弃，是因为崔莺莺其实并非真如传文所叙系已故崔相国的女儿，张生若耽于情感，必将丧失锦绣前程。《霍小玉传》中，李益若不扯断情丝，亦将与功名无缘。《玉川子·邓敞》中，邓敞数试不遇，一旦再婚攀牛府之门，便一试报捷，可见门第对于腾达的必要。宋代故事如《王魁传》中，王魁不认桂英所遣之仆，也是怕娶妓为妻，有损"清誉"，影响进一步腾达。《陈叔文》、《李云娘》等，则是施展杀手以期销匿"隐患"，与《赵贞女》之马踹贞女，出于同一机杼。倘若真能摆脱"名缰利锁"，书生辈又何须如此缺德损誉？所以，功名乃是决定负心婚变故事发展的关键。

《琵琶记》中蔡伯喈心理的定位，是为尽孝而淡泊于功名。若蔡伯喈真能淡泊于功名，则高攀相府之事便失去了诱惑力，自然不会为腾达而弃妻不认了。

《琵琶记》中，蔡伯喈"沉酣六籍，贯串百家"，"抱经济之奇才"，自感是"正骅骝欲骋，鱼龙将化"。他并非是完全无意于功名。俗谓"学成文武艺，货与帝王家"，他也是期待"青云之万里"的。这也是古代士子们普遍的观念，无可厚非。但蔡伯喈"沉吟一和"，一想到家里的实际情况，便只得"且尽心甘旨，功

名富贵，付之天也。"（第二出）

那么高则诚又是怎么给蔡伯喈的家境作定位的呢？首先，父母已届八旬，"孩儿一则以喜，一则以忧"：喜的是父母长寿，忧的是风烛残年；其次，"一朵桂花难茂"，蔡家仅此一子，而且才新婚二月，既无叔伯兄弟，亦无姊妹姑婿，孝养年迈父母的责任只能落在蔡伯喈身上。作为一个"笃孝"的人物，纵然心中功名之念甚炽，对此情状，也只能将功名"付之天"了。而后文情节得以敷演，也全取决于此种定位：纯孝人物的特殊的家庭境况，使原来的负心婚变故事框架中为功名前程而致的负心，已经为无可推辞的尽孝责任所消解。

父母年过八十，做儿子的才方娶妻二月，这在具有早婚习俗的古代社会是难以理解的，所以明清人对此颇有讥议。但对于高则诚来说，要给剧中人物的行为重新定位，却是非如此不可。因为如果父母正当盛年，则说伯喈为尽孝而冷落功名，便难以说通了。惟其有此种不得已的苦衷，暂缓功名之念才有了着落。就是说，高则诚未必不清楚这中间存在不甚"妥帖"之处，但他只能如此假定。同样，《赵贞女蔡二郎》中，既名二郎，则必有大郎三郎，有叔伯兄弟；即如历史人物蔡邕，史载"与叔父从弟同居，三世不分财，乡党高其义"，可见并非孤丁。而高则诚于二者皆不取，又特别强调伯喈无叔伯兄弟，单丁独子，明显是出于情节敷演之需要。这种特定的假设，在后人看来是不合情理的漏洞，在元代戏曲中却是平常之事。例如关汉卿《单刀会》杂剧，为了突出关羽的气概，在前二折构设了鲁肃向乔公与司马徽问询的情节，借二人之口以渲染关羽之勇武。这从情理上说，是难以说通的，因为鲁肃不可能不知道关羽其人；但从戏剧表演上却又是可以理解的。《琵琶记》把与历史人物蔡邕毫无关系的重婚相府之事，坐实到蔡伯喈身上，亦是同理。所谓的"写意性"，在宋元戏曲中，也包含着情节的泼墨"写意"，构成一种特定的"境界"，与明清传奇注重密针线而多不留想象余地的情况有所区别。因为它同时也是为宋元时代的观众所认可的。只是这一点往往为评论者所忽略，故此必须先予说明。

事实上，蔡伯喈从开场时将"功名富贵，付之天也"，到辞试及中状元后辞官辞婚，赘牛府后仍寝食不安者，均是由于父母年迈而家中只有单丁之故。所以我们说这种定位，乃是全剧发展之关键所在。

王世贞说："南曲以《琵琶》为冠，是一道《陈情表》，读之使人欷歔欲涕。"（《曲藻》）可谓道出个中真谛。《琵琶记》的写法可能也受到过李密《陈情表》的启发。李密"既无叔伯，终鲜兄弟"，祖母"日薄西山，气息奄奄，人命危浅，朝不虑夕"。"母孙二人，更相为命，是以区区不能废远"。李密的陈情辞官，实含隐忧。李密年轻时曾在蜀汉为官。蜀汉灭亡之后，晋武帝征召为太子洗马，李密拜陈此表，辞不就职。其所叙虽系实情，内中实含亡国之痛。

那么，高则诚强调蔡伯喈为尽孝而无意功名，是否也意味着如李密那样，隐喻对现实统治的某种否定的态度呢？答案是肯定的。因为戏中蔡伯喈的遭际，也可以说是一幕因追求功名而导致的悲剧。

蔡伯喈最初为了能够终养父母才无意于功名。但"子虽念亲老孤单，亲须望孩儿荣贵"，其父却不愿因为自己年迈而耽搁儿子的前程，遂有逼儿赴试之举。好心的张公也来劝试。于是伯喈"欲尽子情，难拒亲命"。（第四出）以伯喈的才学，果然一举鳌头，官为议郎，但也因此稽滞京邸，未有归期："宦海沉身，京尘迷目，名缰利锁难脱。目断家乡，空劳魂梦飞越。"（十二出）而且牛相又派人来议婚。若赘入相府，则归家终养更成渺茫，所以伯喈上表辞官，一并辞婚。不意圣上说："太师昨日先奏，把乘龙佳婿招，多少是好。"（十五出）君命难违，被迫入赘牛府，望断家山。虽然蔡伯喈在京师，在牛府，时刻不忘父母年迈和自己尽孝的责任，但另一条线索上，由于灾荒降临，父母已经惨亡。蔡伯喈这位一心要尽孝的孝子，已经陷于"生不能事，死不能葬，葬不能祭"的"三不孝"（三十九出张公语）的境地。纵然他本人日夜未尝忘记孝养，入赘相府也未曾有过真正的欢乐，但都无从改变父母惨死的事实。功名,既未为蔡伯喈带来欢乐,也未为其父母带来荣耀。一名虔诚的孝子最终陷于被责不孝而无从辩解的境地,父母双亡的悲惨更是任何虚荣都无法弥补的,故蔡伯喈最后愤然说:"何如免丧亲?又何须名显贵?可惜二亲饥寒死,博换得孩儿名利归!"这一意义上,《琵琶记》表现的也可以说正是一幕为官追求功名而导致的悲剧。但在正常社会条件下,追求功名本身并不一定导致悲剧。悲剧的形成,正在于吏治的腐败,导致饥荒遍野;在于一入宦海,身不由己。从这一角度看,说其中隐喻了对于现实功名的否定,或者说蕴含了对当时已经风雨飘摇的元蒙统治的否定意绪,当非臆断(参见后文《琵琶记悲剧绪说》篇)。

事实上,《琵琶记》虽然叙述着与历史人物似乎毫不相干的故事,但作者心中,却应是有着历史人物蔡伯喈的影子的;在象征的层面上,高则诚努力将历史人物的遭际、命运,投射到剧中人物身上了。可以说,两者在精神上有其共通之处。

高则诚在创作《琵琶记》之时,是认真考虑过有关蔡邕的史传记载的,他把对于历史人物的悲剧命运的理解,贯注于剧本创作之中,同时,还尽可能把有关蔡邕的故事、细节挪用到《琵琶记》里,以增强其"真实"感。而并非如一些研究者所说的与历史人物毫无关系。

史称蔡邕"少博学。师事太师胡广,好辞章、数术、天文,妙操音律"。《琵琶记》中,蔡伯喈自叙"沉酣六籍,贯串百家。自礼乐名物以至诗赋词章,皆能穷其妙;由阴阳星历以至声音书数,靡不极其精"(第二出)。

史载:"吴人有烧桐以爨者,邕闻烈火之声,知其良木。因请而裁为琴,果有美音,而其尾犹焦,故时人名曰'焦尾琴'焉。"《琵琶记》"琴诉荷池"出对这一故事作了敷演,蔡伯喈自己介绍说:"院子,这琴是我先得此材于爨下,斫成此琴,故曰焦尾。自从来到此间,久不整理。今日当此清凉境界,试操一曲,舒遣情怀则个。"妙解音律的修养,成为剧中牛氏请伯喈操琴的依据;而牛氏与伯喈谈曲论调,辞多双关,语含机锋,也是从伯喈"妙解音律"生发的。

史又云:"初,邕在陈留也,其邻人有以酒食召邕者。比往而酒以酣焉。客有弹琴于屏,邕至门试潜听之,曰:'嘻!以乐召我而有杀心,何也?'遂反。将命者告主人曰:'蔡君向来,至门而去。'邕素为邦乡所宗,主人遽自追而问其故。邕具以告,莫不怃然。弹琴者曰:'我向鼓弦,见螳螂方向鸣蝉,蝉将去而未飞,螳螂为之一前一却。吾心耸然,惟恐螳螂之失之也。此岂为杀心而形于声者乎?'邕莞然而笑曰:'此足以当之矣。'"《琵琶记》"琴诉荷池"出用了这个典故:"〔生抚琴唱〕……呀,怎的只见杀声在弦中见?敢只是螳螂来捕蝉。"

史载蔡邕为陈留圉人,戏中伯喈自称"陈留郡人"。不过地处河南的陈留(今今县)与京城其实相距不远,戏中动辄称"家山万里",似若可笑,但惟有强调其辽远,方能使中状元数载而家中不知,且不能捎信归去的构想,较易说得通。而且其时戏文主要流行于东南沿海,观众对北方地域概念殊为模糊,如此设置,一般也不会加以深究的。

又史载蔡邕建宁三年始出仕,后召拜郎中,校书东观,迁议郎。戏中蔡伯喈则在中状元后"除为议郎"(十二出)。又史载蔡邕是在董卓强官之后,于初平元年拜左中郎将的。戏中旌表时,圣旨云:"蔡邕授中郎将",即据史传。董卓强官与牛相、圣旨强官强婚,不能说毫无干系。

此外,史载"邕性笃孝",这成为《琵琶记》刻画蔡伯喈"行孝于己,责报于天"的孝心的依据。而"母卒,庐于冢侧",这是戏中"庐墓三年"的依据。史载因蔡邕孝心而获祥瑞:"有菟驯扰其室傍;又木生连理,远近奇之。"戏中则一再云:"两木连枝谁手栽,相驯白兔走坟台。""只见坟傍白兔真稀诧,连理木分枝两跨。唧唧,毕竟孝道感将来,此事如何假?""见古木生连理之枝,白兔有驯扰之性。祥瑞如此,吉庆必来。"

由此可见,虽然《琵琶记》中,中状元入赘相府,年迈父母因饥荒而死等情节与历史人物毫无干系,但高则诚在写作中,却将历史人物有关的事迹，尽可能编入戏中，以加强使剧本的"历史"感和真实感，可谓亦假亦真。

需要说明的是：在更深一层的含义上，高则诚实际上已将历史人物蔡邕的悲剧人生，注入《琵琶记》的蔡伯喈身上，使两者在精神上具有同一性。

蔡邕生活的东汉桓灵之世，宦官擅权，政治腐败。史载蔡邕对此早有清醒的认识。中常侍徐璜等"闻邕善鼓琴，遂白天子，陈留太守督促发遣。邕不得已，行到偃师，称疾而归。闲居玩古，不交当世"。不仅如此，邕"感东方朔《客难》及扬雄、班固、崔因之徒设疑以自通，乃斟酌群言，韪其是而矫其非，作《释诲》以戒厉云尔"。而《释诲》一文的中心题旨，便是点明为官的祸患。文中假托"务世公子"诲于"华颠胡老"，劝其"回涂要至，俯仰取容，辑当世之利，定不拔之功，荣家宗于此时，遗不灭之令踪"。而华颠胡老则傲然而笑曰："若公子，所谓睹暧昧之利而忘昭晰之害，专必成之功而忘蹉跌之败者已。"并数说古往今来的利害得失，指出"暗谦勇之效，迷损益之数。骋驽骀于修路，慕骐骥而增驱，卑俯乎外戚之间，乞助乎近贵之誉。荣显未副，从而颠踣，下获熏胥之辜，高受灭家之诛。前车已覆，袭轨而骛，曾不鉴祸，以知畏惧。予惟悼哉，害其若是！天高地厚，局而脊之。怨岂在明，患生不思。战战兢兢，必慎厥尤"。华颠胡老否定了当世之功名，直截了当地指出了"务世"之危害，宣称"可与处否，乐天知命，持神任己。群车方奔乎险路，安能与之齐轨？思危难而自豫，故在贱而不耻"。华颠胡老也正是蔡邕的自称。可知蔡邕最初是无意"务世"以取当世之功名的。这也是《琵琶记》中蔡伯喈所说的"功名富贵，付之天也"、"真乐在田园，何必当今公与侯"的依据。

但说来容易做来难。立功名于当世，毕竟是难以抗拒的诱惑。建宁三年，蔡邕辟司徒桥玄府。出补河平长。召拜郎中，校书东观，迁议郎。熹平四年正定六经文字，蔡邕自书，刻石立于太学之外，名动天下。嗣后上疏奏章，斥言金商，终于触怒权臣，招来大患。中常侍程璜因邕与其婿阳球有隙，使人飞章奏言，下蔡邕与其叔蔡质于狱，"劾以仇怨奉公，议害大臣，大不敬，弃市"。幸而中常侍吕强觉其无辜，为其说话，"帝亦更思其章，有诏减死一等，与家属髡钳徙朔方，不得以赦令除"。但危机仍四伏："阳球使客追路刺邕，客感其义，皆莫为用。球又赂其部主使加毒害，所赂者反以其情戒邕，故每得免焉"。居五原安阳县。至此，蔡邕初次尝到了他在《释诲》中所指出的博取当世功名的祸患。

后来，"帝嘉其才，会明年大赦，乃宥邕还本郡。邕自徙及归，凡九月焉"。似乎时来运转。但在五原太守王智为之饯行的宴席上，触犯了这位中常侍王甫的弟弟。"智衔之，密告邕怨于囚放，谤讪朝迁。内宠恶之。邕虑卒不免，乃亡命江海，远迹吴会。往来依太山羊氏，积十二年，在吴"。为官于末世而祸患随之，代价便是近十二年的流放，而且有家难回，只能流落江海。其实功名并不一定伴随着祸患。但耿直的知识分子入于末世之宦海，却注定祸亦随之。蔡邕的情况正是如此。《琵琶记》中的官吏贪赃枉法，连遭饥荒的社会背景，亦正与此相同。

但祸仍未已。蔡邕时已享有盛名。"名高"亦是忧患。中平六年，灵帝崩，董卓为司空，闻邕名高，辟之。称疾不就。卓大怒，詈曰："我力能族人，蔡邕遂偃蹇者，不旋踵矣！"邕不得已，到，署祭酒，甚见敬重。举高第，补侍御史，又转持书御史，迁尚书。三日之间，周历三台。初平元年，又拜中郎将，封高阳乡侯。

这是真正的强官。是以灭族为威胁的强官。权臣篡权，往往拉一些"名高"之士充门面，软硬兼施，必奏其效。倒是董卓这位粗人，极为看重蔡邕的才学，"厚相遇待。每集宴，辄令邕鼓琴赞事。邕亦每存匡益"。然而董卓这样的武人，"多自很用"，是不会真的听从书生迂见的。蔡邕"恨其言少从"，亦正可见其迂。不过他也深知董卓之辈是难以久长的。他对从弟蔡谷说："董公性刚而遂非，终难济也。吾欲东奔兖州，若道远难达，且遁逃山东以待之，何如？"从弟答曰："君状异恒人，每行，观者盈集。以此自匿，不亦难乎？"可见要退隐遁逃也不是易事。

及董卓被诛,这位迂直的书生还觉得董卓也并非一无是处,在首义诛卓的司徒王允的面前,"殊不意言之而叹,有动于色"。王允"勃然叱之",谓邕"怀其私遇,以忘大节。今诛有罪而反相伤痛,岂不共为逆哉!"即收付廷尉治罪。"邕陈辞谢,乞黥首刖足,继成汉史。"均不许,遂死狱中。年仅六十一。《后汉书·传赞》称"邕实慕静,心精辞绮。斥言金商,南徂北徙。〔籍梁〕怀董,名浇身毁"。

纵观蔡邕一生,初时拒召作鼓琴之弄臣,"闲居玩古,不交当世",作《释诲》讥"务世公子"的"务世"的念头是"睹暧昧之利而忘昭晰之害;专必成之功而忽蹉跌之败"。后从乔玄征辟,官至议郎,斥言金商,名扬天下,但祸亦随之,几遭弃市;幸减刑徙边,复遇大赦,又因轻忽中常侍王甫之弟而被迫"亡命江海"达十二年之久。可谓吃尽"利名"之苦头。但祸仍未已,又因其"名高",被董卓强迫为官;不幸又甚受敬重,"三日之间,周历三台",拜将封侯,可谓荣耀极矣,却是欲逃遁而不可得;及董卓败,复受累下狱而死,"名浇身毁"。这是一幕因为官而致的真正的悲剧。

如此看来,范晔作《后汉书·蔡邕传》,于其百余篇作品中详录《释诲》一文,大有深意。因为蔡邕的一生,即遍尝他自己在《释诲》中就已清楚指出的种种祸患。然而既知世事险恶而却因"名高"而难隐,终招其辱,这便是古代才士难以逃脱的悲剧命运。

从这一角度来看《琵琶记》中的蔡伯喈,可知两者精神上是相通的。才高博学而纯孝,固是两者的共同点之一。起初对于功名,蔡邕是看到宦世险恶而"闲居玩古,不交当世"的;戏中人则因父母年迈,才将"功名富贵,付之天也"。然而才高豹隐难,何况才子总难免有兼济天下为己任的幻想,蔡邕终于受乔玄之征辟而出仕,戏中人则是"朝廷黄榜招贤",有司将其名字申报上去了。若非蔡公逼试,也仍难说是必可辞之。蔡邕的忧患是斥言金商,激怒权贵,几遭弃市。戏中人的忧患是中状元官议郎而任职京师,不得归乡孝养父母。蔡邕随后更大的忧患是因名扬天下而被董卓强官宠用,以致欲逃遁而不可得;戏中人的忧患则是帝相强官强婚,身为宰相门楣,极尽荣耀,却欲归不得,惟觉是"战钦钦拿着个怕犯法的愁酒杯"。蔡邕最终未能保守素志,更因依附董卓,颇受后人讥议,所谓"名浇身毁"。而戏中人最终未能实现终养年迈父母的愿望,"三不孝"成为抹不去的污迹。正如蔡婆所预言的:"纵然你衣锦归故里,补不得你名行亏。"(第四出)伯喈只能自悔:"孩儿相误,为功名相误了父母。"(第四十出)

如此看来,高则诚不仅是将一个负心汉改造成不负心志诚的孝子而已,而且将史传人物的悲剧性命运注入到了《琵琶记》之中。由此我们更可进一步论之:高则诚并不单纯只是"雪伯喈之耻"而已,他同时也是借蔡伯喈的悲剧故事来浇心中的块垒。

从对高则诚自身的人生经历考察,我们可以发现,《琵琶记》不仅渗透了历史人物的悲剧性命运,而且也隐喻了高则诚的生平遭际。从中我们可以看到历史、现实、作品之间的内在联系。

据明嘉靖《瑞安县志》和赵汸《送高则诚归永嘉序》可知,则诚早年即有文名,而且也是踌躇满志,意图有所作为的。造成他对时局看法的根本的转变,当始于赵汸送序中所说"既开幕府,乃以论事不合,避不治文书"及在江南行台"数忤权贵"。则诚此时已深知宦世险恶,故自反省昔日看低前辈关于功名为忧患之始的想法,意欲优游乡居。但也正因为高则诚略有名声,遂如其同乡所云:"虽欲决遁山林,亦将不可得者。"其后复转数任,直到在宁波受方国珍强邀之后,才不得已而解官避世,隐于鄞之栎社,以词曲自娱。

一般认为《琵琶记》即作于此事。故其中蕴含则诚对于宦世风波的感受,也就不足为奇。则诚《次韵酬高应文》诗云:"曾向天涯钓六鳌,引帆风紧隔银涛。江山有恨英雄老,天地无情雨露高。七国游谈厌犀首,十年奔走叹狐毛。争如蓑笠秋江上,自脍鲈鱼买浊醪。"便是十载宦海生涯之后心情的写照。这一主题在他的诗中反复出现,如《白纻篇送顾仲明》有句云:"何如洁白长相守,樽中有酒为君寿。人生温饱不足多,莫羡东家著绮罗。"《送朱子昭赴都》云："西陵潮落船初发，念子辞家去觅官。直欲持书上光范，不妨卖药过邯郸。黄河雪消水乱走，紫禁花浓春尚寒。如此江山行足乐，莫将尘土污儒冠。"《题一青轩》句云："莫说市朝事，功名欲逼人。"此心此情，可以说高则诚不仅有感于蔡伯喈之"被诬"，而且更有感于史传所载的蔡伯喈的人生悲剧，糅合而入《琵琶记》，并寄以自身对于现实的感受，使《琵琶记》的内涵，远非一则"负心"与否的故事所能概括的了。

蔡邕所处的桓灵之世，正是东汉末世，外戚当政，宦官擅权，政治黑暗而世乱已呈。一面是黄巾已起，一面是豪强割据。所以蔡邕深感世俗名利之隐患，一如《释诲》文中所示。则诚初时尚热衷于名利，是宦海碰壁后才体悟到"前辈"所称为官乃"忧患之始"确为笃论。则诚出仕之时，已处元代末世，红巾遍地，朱元璋、张士诚、方国珍等割据一地，元代统治已属风雨飘摇之中。当则诚"数忤权贵"失意之时，其友人刘基有诗步韵曰："短棹孤篷访昔游，冷风凄雨不胜愁。江湖满地蛟螭浪，粳稻连天鼠雀秋。莫怪贾生偏善笑，从来杞国最多忧。""干戈满目难回首，梦到空山月满堂。""东邻艇子如堪借，去钓松江巨口鱼。"（《次韵高则诚雨中三首》）在此背景下，高则诚已对统治者深深失望，更不要说甘居方国珍这样反复无常的割据者幕下了。故其谢绝方国珍的邀留，也就是必然的（按，曾为反元起义领袖的方国珍，此时已摇身一变，"归附"元朝而割据一方）。高则诚这时的境地实际上与蔡邕之受董卓胁迫为官有近似之处。若则诚依附方氏，"名浇身毁"亦属必然。故其创作《琵琶记》，也当是有感于蔡邕的人生悲剧，遂把乱世社会取功名必招致忧患的观念注入戏中，有意无意间也渗透了自己在方氏势力之下的心境。

《琵琶记》对朝廷的写法是暧昧的套词，对牛相，则隐喻批判；对下层吏治现实，则是作直接的揭露。

如开场时蔡伯喈虽谓"风云太平日"，然而并未有真的着落。因为随之而来的是"野旷原空，人离业败"，"屡遭饥荒"，"不丰岁，荒欠年，生离死别真可怜。纵有八口人家，饥饿应难免。子忍饥，妻忍寒，痛哭声，恁哀怨"。(十六出) 这是普通百姓所面临的现实。灾荒的同时则是人祸。我们首先看到的是下级官吏的欺压百姓："〔丑扮里正白〕讨官粮大大做个官升，卖食盐轻轻弄些乔秤。点催首放富差贫，保上户欺软怕硬。"已有论者指出这是元代现实的写照。然而即使是如此盘剥百姓的里正也仍难生活："诈得五两十两，到使五锭十锭。田园尽都典卖，并无寸土余剩。"以致要卖老婆儿子顶债。落到这步田地的原因则是："主人家不时要馈送，画卯西人多要雇倩。"(十六出) 即是因为尚有上级官员的盘剥，连里正也难以存活，更何况普通百姓！而用以济荒的义仓更形同虚设，"上下得钱便罢，不问仓实仓虚"，(十六出) 一遇灾荒，百姓遭殃。蔡家的家破人亡，只是其缩影。所以李卓吾评本于此评云："当时若有圣君贤相，自当着他迎养，何有许多话说。伯喈是个有用的人，亦当自着人迎养，奈何不能也。"

历史、现实、作品世界的纵横交错，使《琵琶记》呈现复杂的形态。其中也包含了高则诚不曾清晰意识到的东西。

从蔡二郎的负心，到蔡伯喈的不负心，从谴责负心汉到歌颂志诚的孝子，这是作品的直接变换。在《琵琶记》中，是否负心并非所要关注的内涵。由于元代社会书生负心问题已失去典型意义，高则诚并未精心将旧的主题转换，致使原有框架可能留下不少"漏洞"。因而给后人对于伯喈是否孝子，是否真的负心，乃至"强扭团圆"，留下种种说法。

借蔡伯喈故事而隐喻对现实的批判，这是一种间接的变换。在强调伦理纲纪的社会中，个人是非常渺小的。即如蔡邕，虽然明知乱世功名之灾患，但这样的才学之士，又怎么能够完全超然于世、守着清贫？他们大多以为自己能够挽狂澜于既倒，拯溺扶危，解民倒悬。但腐败的官场，若不能苟且于世，同流合污，决无正直的文人才士的容身之地。一旦涉足宦海，便如暴风雨中的一叶小舟，只能听从命运摆布。这是古代文人才士的共同命运。只是这种基于现代观念的认知，未必能为古代才士所明了。故他们只能以"退则独善其身"，以隐逸安乐田园以示高洁。而世俗的见解，则往往将此种矛盾纳入礼教伦常规范，命之曰"忠孝矛盾"，以尽忠不能尽孝的悖论作解释。《琵琶记》中的蔡伯喈因谋取功名改换门闾而导致的灾难，明清人便多以"忠孝难以两全"一词轻轻盖过了。

对于知识阶层命运的深刻的思考与探索，以一般负心婚变框式而作的表现，以孝子贤妇作人物定位，这三者的融合，使《琵琶记》的含义具有多种生发的可能性，并易于使人感到其间存在矛盾之处。戏曲的每一次演出都是一种新的理解和接受。明清社会摒弃或抑制戏中原来隐喻的对于元末现实与统治的批判性含义，而强调宣扬礼教的内容；另一些思考较多的文人则又参照明代的情况而批评其中孝与忠的不彻底性。每一种新的理解与接受都意味着某种当代性，它们并不能抑制或消除曾有过的理解和接受，而只能共存于世。这是文学接受史的一般规律。对《琵琶记》的认识与评价的日益复杂化，也是符合这一规律的。

基于此种原则，我们对于历史人物及作者与现实关系的上述阐释，也同样只是对《琵琶记》内涵的一种丰富。它可以刺破关于高则诚通过"狂热宣扬礼教"而试图"维护元代统治"之类的蛮横批评，扫除强加在《琵琶记》身上的不实之词，却未必就是《琵琶记》的惟一"正确"的解释。因为《琵琶记》的价值远为深广，并非单一主题可以涵盖。而且，在明清以来的传演中，人们主要仍是从有助世教的角度予以阐释和接受的。存在的即是合理的。作品一旦产生，其流传和被接受的命运，已非作者所能预料与把握。作品的真正价值，产生于它与读者观众的交流之中，存在于它与民族文化的交融之中。因此，我们上文揭示《琵琶记》蕴涵的社会、历史的含义，它对于我们评价作者的思想倾向，了解其创作之出发点，把握作品与现实的关系，对《琵琶记》思想价值作新的定位至关重要。但它对于由明清以降这六百年的接受过程，却并无多少意义。因为明清人实际上正是在"作者已经死去"这样的前提下，来重新认识和厘定《琵琶记》的当代意义的。他们所处的时代与元末乱世全然不同。如果说高则诚在"礼崩乐坏"的元蒙社会倡导孝道伦常多少有积极意义的话，那么，在明清程朱理学一统天下的时代,这种倡导便成为"道学先生"宣教的佐料,而未免令人产生厌烦之感。此外,戏曲作为一种盛行于从达官贵人到乡村庙会喜筵的艺术样式,它必须借演员的表演而获得再创造,并与观众相沟通,而演员的理解未必即是作者之所想,观众也未必会考虑眼前所见与"作者本义"有何不同,便径自把自己观赏时的感受作为作者的意图了。甚至观众根本无须关注"意图"与"思想""主题",他们欣赏了、娱乐了,感动得流泪了,激愤得攥紧拳头了,却并不需要知其所以然。

惟其如此,当代的研究者必须充分考虑到读者接受的因素,从哪一些内涵真正打动了读者观众的角度,反观《琵琶记》的价值,寻觅其"社会意义"和"文化价值",解析其"动人"的悲剧构成。

六　诸说平议

关于《琵琶记》的含义与价值，向来众说纷纭。其中较有影响的说法，综而言之，大约可归为四类。第一种是替伯喈"雪耻"，写了孝子贤妇故事，因而有助世教。这是明清时代正统的解说。第二种观点正好相反，认为高则诚强扭《赵贞女》的悲剧为一夫二妇大团圆，狂热宣扬封建礼教。这是20世纪50年代以后一度流行的观点。第三种是调和的意见，认为赵五娘一线的描写有积极意义，是作品的精华和动人力量之所在，且前半部仍含悲剧气氛，结局的"局限"，不足以影响总体的评价。第四种则是试图跳出前人既有框式，从文本出发，从重解"作者意图"入手，予以新的认识与评价，并予以全面的肯定。

这几种说法，都有其合理性，同时也都明显地带有阐释者自身"主观投射"的印痕。

第一类观点，明清人一般都作如是观。虽然间中也有人批评有关孝子的故事的设置尚存漏洞，有未能周全之处，但那也只是"未周"而已，并不怀疑其歌颂孝子贤妇而"关风化"的倾向。在文以载道的传统文学观念之下，在戏曲小说应当寓有教化的社会"接受视野"中，在程朱理学占据统治地位的时代，作品中对于孝子贤妇的肯定性描写，自然投合了人们的"期待视野"，也只有这样的解释，才符合人们的期待和社会的需要，使之受到上自帝王，下至走夫贩卒、平民百姓的一同赞赏。其间否定性的声音甚微，更多的只是肯定前提下的挑刺而已。

同样重要的是，戏曲是舞台的艺术。人们面对的并非是诗歌与散文类作品那样相对凝固的文本，而主要是由演员心口相传，在不断修订过程中获得阶段性固定态的文本,以及时有增删、改动或纯系节选的舞台表演。这种更替当中的文本,还有着某种特殊性。因为对诗文的理解允许见仁见智,而且不会危及文本本身(个别依"文意"订"讹"的校勘系例外)。但戏曲则不同,人们往往是依照自己的理解或者说"现实的需要"而予以改造的。《琵琶记》本身即存在相对保有原貌的古本系统和经过明人较多改动的通行本系统,以及在通行本基础上经过加工而获得一定独立性的折子戏。其分界大约是以昆山腔的兴起、魏良辅为《琵琶记》"点板"为标志。这之前,南曲戏文虽仍在不断扩展地盘,但这种戏曲小道并未引起文人的注意,尚未成为士大夫的玩物,以士大夫为中心的审美观念尚未深刻地影响戏曲的创作与表演,戏曲作者与作品甚少得到社会的关注,大多处于自生自灭的境地。甚至像《琵琶记》这样的作品,在嘉靖中叶,许多文人名士便已经搞不清楚其作者为谁。在这种状况下,戏曲,尤其是南戏文本,虽在艺人手中时有改动,但整体上仍然保有元及明初那种民间性特征。像《琵琶记》这样已经达到较高水平的文人作品,庸才难以措手,其文字的变更就更少了。但自昆腔兴起及文人传奇繁盛之后,情况就有了明显的改变。文人士大夫的情趣与批评,一度成为戏曲活动的发展方向。原来稚拙的民间戏本,从内容到形式都必须经过脱胎换骨,才能适应新的观众与时尚。其结果便是与时尚相违戾的内容被删除或弱化,而时尚所需要、所认可、所张扬的含义,得到进一步的强化,或从副线转为正题,或从表层转为惟一题旨。《荆钗记》、《白兔记》、《拜月亭》、《杀狗记》等著名戏文,都在此时出现了与往日面目相差甚大的"通行本",取代了旧有的传本。其间既有成段成出的删削,也有重要情节的改写,人物行动更加合于礼教的规范,人物品格完全纳入礼教温柔敦厚的范畴。多数改动未见其精彩,却确实合于明人所需要的"雅驯"。通行本《琵琶记》也是在这样的背景下产生的。它是依照当时通行的见解,并以适合时尚为目标改造而成的。它首先是用中国人习惯的"托古改制"的方式,宣称拥有属于作者原貌的"古本",并据以删削"今本",创造出一个新的本子。其结果自然删削了与时行理解相抵牾的内容，使时行的理解变得通畅，从而反过来证明了所假托的"古本"的合理性和完整性。这种做法，应当说无可厚非，因为它使"过时"的作品适应了时尚的新的需求。对于一部活跃于舞台的戏曲作品，不论它的成就多高，诞生多么久远，它永远是属于"当代"的。一切非"当代性"的含义，理所当然，应予以删除或弱化，从而使当代需要的含义获得凸现。所以明清人的理解与改造，一方面是明清时代的社会需求在其中的反映，另一方面，转化后的作品同时印证了他们的理解的合理性。这是一个循环论证。明清人说"《琵琶》教孝"。在那一时代，《琵琶记》确实是一部"教孝"的作品。因为艺人即是据此敷演，而观众实实在在从中感悟到了这一点，礼教社会则以此而给予充分的肯定。

但"教孝"、"关风化"仍是一个笼而统之的概念。正如同是一个"道"，可道则非常道。《琵琶记》的"关风化"与《伍伦全备记》、《香囊记》的"关风化"也全然不同。其差别只需从两者在明清时代的演出的多寡便可以知道。王世贞即讥评丘浚的"冬烘"式迂腐。可知"图解概念"与以人物形象说话，才是文学与政治宣传品的根本区别。对于文学，重要的毕竟在于"怎么写"，而不是"写什么"。

然而"题材决定论"曾在当代中国实行过相当长的时间。它风光一时，而且一定程度上影响了文学批评与古典文学研究。"怎么写"的问题一旦联系上"阶级斗争"观念，也就只剩下一种答题方式和一个惟一正确的答案。如负心婚变故事，"按生活逻辑"，"必然"以悲剧结束，相府小姐绝不可能接纳贫贱的发妻，只有正面谴责负心汉才是惟一正确的写法等类观念与逻辑，便是其证明。

在"和一切传统观念作彻底的决裂"的背景下，代表腐朽思想的封建礼教当然是社会主义时代所彻底否定的对象。封建礼教伦常作为统治阶级"麻醉"和"愚弄"人民的工具，其"腐朽性"和"反动性"不证自明。"凡是敌人反对的我们就要拥护；凡是敌人拥护的我们就要反对"。没有无条件的爱，也没有无条件的恨。

关于"共同的人性"的观点,作为资产阶级"人性论"遭到彻底的批判。至于说《琵琶记》"狂热宣扬礼教",也只不过"将颠倒了的历史重新颠倒过来",即将明清人的价值评判如翻烧饼般翻了个面,此外并无多少新意。

《琵琶记》的版本差别问题是在较晚才引起注意的。在20世纪50年代,学者依据的版本主要是毛声山评本和陈眉公评本,60种曲本,均属通行本系统。1956年《琵琶记》讨论会中有人提到版本的不同,但并未引起注意。钱南扬先生的校注本出版时,《琵琶记》已经"定性"。而且即使在现在,也仍有意见以为,既然两者只有甚少文字出入,这少数文字的歧异决不至于影响整个倾向,故拒绝作细致的比较。实际上通行本已经按照明人对于歌颂孝道伦理的理解而得到强化,而且明人的概念化倾向,使一些原本相对委婉的对于孝道伦理的肯定,变作剧中人对于伦常道德的直接表露而更显刺目,加上诸如对宋元南戏的"合(合前)"的幕后合唱特性的误解,故"狂热宣扬封建礼教"的批评很容易找到所需的证据。

为宣扬礼教而改造原有负心悲剧故事——因这种改造的倾向有误而使一种必然的悲剧"强扭"成团圆,遂致漏洞难泯,结局软弱乏力——倾向的错误必然影响到作品的结构与表现——所以,《琵琶记》是一部有严重缺陷的作品。这便是一度"通行"的逻辑演绎。至于对《琵琶记》的价值判断,有二说:一种极端的观点是彻底否定,认为《琵琶记》毫无价值,因为倾向反动的作品,其艺术价值愈高,则毒害愈大;另一种观点则颇为"大度"地认为《琵琶记》虽有缺陷,但仍有一定的积极意义,不能一棍打死。

在革命的文艺观与以阶级斗争为纲的背景下,封建礼教伦常是被彻底否定的。没有人敢说这种在封建时代占统治地位并为统治者服务的思想,也依然可能有其合理的内涵,并且是构成中华传统文化的精粹之一。所以虽然有学者认为赵五娘的"孝",仍属中国妇女的美德之一,但其肯定点主要限于赵五娘勤劳、善良和善待公婆的品行。由于《琵琶记》歌颂礼教的倾向十分明显,其变负心弃妻为团圆便是明显的"缺陷",因为依所谓的"生活逻辑",只能是以不认糟糠之妻结束方有补救,故评论者判定高则诚的整体改造并不成功。若要肯定《琵琶记》的价值,只能将赵五娘一线的行动单独撷取出来,以肯定赵五娘形象塑造入手。如钱南扬先生在其校注本"前言"中即主张"本戏的中心人物应是赵五娘,她的几场戏都在诉说她的苦难"。并引陈毅称赞赵五娘的话作佐证,甚至以为作者为突出赵五娘,故意将蔡伯喈写得懦弱无力,任人摆布。而另一些学者则只能从封建时代多妻制度下,相府小姐也可能与赵五娘和睦相处,援引例证,强为之解说,以证实一夫二妇结局的某种合理性,挽回"强扭团圆"的不良品评。或者认为《琵琶记》整体上具有悲剧的氛围与结构,后半部的弱点,乃是中国传统喜欢大团圆的弱点所致,不必深究,故《琵琶记》作为悲剧仍应从总体上予以肯定。凡此种种,大多是不愿《琵琶记》被一棍子打死,遂在有限的空间里,想方设法为《琵琶记》寻找说辞。但在当时的背景下(时序甚至下延到 20 世纪 80 年代初),评论者只能在有限的范围内为《琵琶记》辩白,因而显得软弱乏力,反而不及持否定意见者来得辞义严正。结果《琵琶记》从《西厢记》、《桃花扇》、《牡丹亭》、《长生殿》等一流杰作的行列中悄然隐退,沦为"二等公民"。60 年代以后,彻底的虚无主义浪潮兴起,连《西厢记》之类也属于"才子佳人霸占舞台",一并进入"扫除"之列。《琵琶记》之万劫不复,与整个文化浩劫相比,已是不值一提了。

20 世纪 80 年代以后,学者纷纷为《琵琶记》作辩解。在关于中国古典悲剧的讨论中,一些评论者旧话重提,认为《琵琶记》虽然结局团圆,而从负心婚变的必然趋向上,仍保持其悲剧性,从而肯定其具有"悲剧"的价值。但这一说法其实仍然无视作品自身的完整性,而且强作解人的结果,实际上割裂了作品。另一些意见则认为牛赵相认,一夫二妇和睦,在那一时代,是可能的。故作者刻画赵五娘的"孝心"和蔡伯喈身上的"知识分子"的软弱性,具有典型意义和肯定价值。

上述观点也仍属"有限修订"。

20 世纪 80 年代以后,还出现了对《琵琶记》予以全面肯定,并重新厘定其思想主题的现象。它既是80年代重新评价文学史的产物,也是对50年代一些研究者为《琵琶记》辩护努力的继承。其一个重要的特点是把作品当作一个完整的整体,撇开某些先入之见和评判框式,根据作品本身的具体描写来体悟其思想轨迹,寻找其"本义"。50年代如戴不凡先生即从此种角度出发,针对戏中对于赴试求功名的否定态度,提出:"《琵琶》的主题思想应该是:抨击或反对科举制度。"但戴氏的这一说法的缺陷也是很明显的。他没有注意到元代社会并非是一个典型的科举社会,科举不过是一种"粉饰之具"。故笔者参照元代末年的社会政治情况和高则诚本人的思想变化状况,认为剧本借一个孝子终陷不孝境地、家破人亡的悲剧故事,表示了对于现实社会的批判性意向。只是这种在元末社会具有特定针对性的倾向,因时代的变迁而被明清人忽略或者说放弃,其注意点遂落到表层的"子孝妻贤"之上了。同时,根据版本的比较,指出这种"作者本义"在明清时代的"迷失"与转换,阐明作者的本义与读者理解的区别,从而试图对《琵琶记》的悲剧构成提出新的解说。其基本观点参见《〈琵琶记〉悲剧绪说》等篇,此不赘言。

但是,所谓"作者的本义"或"作者的意图"也仍是一个美妙的陷阱。因为我们难以逃脱循环论证的圈套。况且作者并未作直接的阐释,他只是通过作品中人物的离合悲欢完整地表述了一切。因此,所谓的"作者本义",也依然是读者理解之中的意义,而且必然受到读者自身的理解条件和倾向的制约。所以真正的"知音君子"永远难以期待。人们只能接近而不可能完全等同于"作者本义"。

七 《琵琶记》与中国伦理社会

撒开以某一政治标准为准绳的价值判断模式，平静地看待《琵琶记》，可以说，《琵琶记》表现的是与中国社会家庭婚姻相关的孝道伦常故事。它的与众不同之处，即在于深深地楔入到以孝道为中心而推衍出来的传统文化之中。它触及了作为"社会组织规范"的儒家的伦理纲常以及这种伦理纲常制约下的社会生活本身，展示了这一社会生活条件下人物的性格与命运。其中所引发的思考，远比表层的"关风化"、"子孝妻贤"，以及"刺王四"或"宣扬礼教"、"否定现实"之类深刻得多。因为它进入到中国人的心灵深处，拷问着中国人的灵魂。

戏曲史上，尚无第二部作品能够像《琵琶记》这样深刻地揭示出中国传统社会中家庭生活的内涵。

《琵琶记》的主要人物几乎都是依据社会的道德观念，从真诚或善意的愿望出发，对他人的行动或命运产生影响，但所有真诚或善良的愿望都得到了完全相反的结果，从中显示出悲剧的含义。

《琵琶记》中，戏剧冲突的线索是强试、强官、强婚，即戏中说的"三被强"、"三不从"。故明人称之为"三不从琵琶记"。让我们撒开种种先入为主的见解，以作品的描写为惟一依据，循着"三不从"的线索，来看剧情的展开。

先是辞试不获从——强试。

强试，并不是蔡伯喈完全没有功名之念。他是因为父母年迈，家中无人侍奉，才把"功名"二字收起的。据剧本的设定：父母年已八十，无叔伯兄弟，新婚才六十日。古语云："父母在，不远游。"面对风烛残年的父母,莫说是蔡伯喈这样熟知礼数的饱学之士,即使是普通人,也会对离乡远行求取功名感到不安的。故伯喈的所思所为,乃人之常情。

但"子虽念亲老孤单,亲须望孩儿荣贵"。传统中国人最关心的是子孙有出息。开场"庆寿"出,蔡公就对儿子满足于"清淡安闲"表示不满,斥责道:"卑陋,论做人要光前耀后。劝我儿青云,万里驰骤。"因为感到时日无多,蔡公才更加迫切地盼望儿子早得功名:"萱室椿庭衰老矣,指望你换了门闾。你休道无人供奉,你做得官时,三牲五鼎供早夕,须胜似啜菽并饮水。你若锦衣归故里,我便死呵,一灵儿终是喜。"(第四出)——只要儿得功名,他死都高兴。这种可悲可叹的迂执念头,却也是封建时代时行的观念。蔡公意中,自己活到这把年纪,多活一日少活一日已无关紧要;惟有儿子做官改换门闾,才是不愧于列祖列宗的大事;若因自己的缘故而耽搁了儿子的前程,影响了光宗耀祖,岂不更加不安?

父与子在赴试问题上的冲突,原本都出于克己前提下对于对方的关心。这种关心既是基于内心的情感,同时又是出于家族利益的考虑。但礼教社会中,这种冲突不可能以现代平等前提下的对话协商来解决。伦常规定子从父,只有为父一方的"强词夺理"和为子一方的惟命是从。伯喈也试图用"孝"的堂皇道理作为辞试的支持,蔡公反而怀疑伯喈借此作托词,实际是"恋着被窝中恩爱,舍不得离海角天涯"。因"贪欢恋妻"而放弃功名,这对竭力保持道德操守的读书人来说,是一件难堪的事。或许蔡公也明白儿子心中未必如此,但他只能用这种方式堵住伯喈的退路。结果伯喈"欲尽子情,难拒亲命",为了证明自己确非重女色而轻事功,他只能赴试上路。

但如果说伯喈完全屈从于"父父子子"的教义,也不尽然。他根据《曲礼》而提出必须在家尽孝的理由;蔡公则根据《孝经》,用"立身行道,扬名于后世,以显父母"的"大孝"来驳斥。在家照顾父母固然是孝,而"显父母"也确是孝的含义之一。儿子远游父母未必因即遭不幸;但不赴试求官,却注定是不可能

"显父母"的。故赴试固然是被逼,但也仍是尽孝的一种积极行动。

其次,是强官与强婚。

强官与强婚是联系在一起的。

剧中,伯喈对权力似乎毫无欲望。赴试求功名,只是为了满足老父"改换门闾"的愿望。伯喈从未发过"兼济天下"之类的宏愿;后来做了官,也只有"战钦钦拿着个怕犯法的愁酒杯"的感受。所谓"顺时行道,济世安民",只是张公的期待,并非伯喈的心意。伯喈初时的如意算盘,不过是期望如先朝"买臣出,守会稽;司马相如,持节锦归",(十五出之语)娱亲显宗两不误。但中状元官为议郎,任职京师,不能回家,这使伯喈在辞官回家尽孝抑或在京做官之间面临两难选择。若在京做官则不能侍奉双亲;若辞官则依然不能"改换门闾"。正犹豫未决之际,牛相又派人来议亲,若入赘相府,则归家更成无望,所以这些足以促成伯喈立即作出辞官兼辞婚的决定。

蔡伯喈虽说是为尽孝而无意高攀,但他似乎也不以为入赘相府是完全不能接受的。因为他的推辞是无力的:"父母俱存,娶而不告须难说。悲咽,门楣相府须要选,奈炭廖佳人,实难存活。"(十二出)"不告父母,怎偕匹偶?"(十五出)似乎若有父母之命,不妨受之,可见其含糊乏力。所以后来洞房花烛时,便有一刹那的得意忘形:"扳桂步蟾宫,岂料丝萝在乔木。喜书中今日,有女如玉。堪欢处丝幕牵红,恰正是荷衣穿绿。"既因得以高攀而欢悦,又因对不起结发妻而感惭愧,是这类书生心理的准确写照。因为"主动"高攀,毕竟有碍于道德;而"强迫"之下,正好半推半就,使负罪感减轻一些。这虽说符合人之常情,但从道德上说,未免有损清誉。故明清时代对伯喈是否真孝子,颇多讥弹。但这倒或许可以说明,高则诚既未"图解概念",亦未把伯喈写成完人,而是写出具有七情六欲和各种弱点的"这一个"。

因此,蔡伯喈既未完全摒绝功名,亦未完全摒绝高攀欲念;只是在父母年迈的特定条件下,他不得不取此舍彼。所以当做官与终养矛盾时,他有条件地选择了后者。

说"有条件",因为他完全辞官或挂冠而去,空手而归,则仍未能实现老父"改换门闾"的愿望,仍未免于"不孝"。他辞官陈情的真实内涵其实是想辞却朝官做乡官:"若还念臣有微能,乡郡望安置。庶使臣,忠心孝意,得全美。"但皇帝以"孝道虽大,终于事君;王事多艰,岂遑报父"为由,拒绝了他的辞呈,而且认为入赘相府是件美事。君命不得违。正如黄门所说:"这秀才好不晓事,圣旨谁敢别。"(第十五出)于是造成强官、强婚。

　　"强试"是蔡公同时为儿子前程着想的一种善意的强迫;强婚、强官则是从牛相利益出发的一种"善意"的强迫。

　　牛相为什么要强赘伯喈?依照明人的说法是有些"牛气"。从剧中的描写看,皇上也说伯喈"好人物,好才学",劝牛相招赘,并愿意为媒。而牛相夫人早逝,别无子息,仅此一女,奉若掌上明珠,他说:"我女孩儿性格温柔,是事实会。若教他嫁一个膏粱子弟,怕坏了他;只教他嫁个读书人,成就他做个贤妇,多少是好。"他不应允张尚书、李枢密家议婚,对媒婆宣称:"除非做得天下状元,方可嫁他;若是别人,不许问亲。"(第六出)以圣上为媒,兼以"汉朝中惟我独贵"的身份,奉旨招婿,理当手到擒来,却偏招不得这个"草庐中穷秀才",这自然大损牛相的面子:"怕被人传,道你是相府公侯女,不能够嫁状元。""况兼他(伯喈)才貌真堪羡,又是五百名中第一仙,故把嫦娥,付与少年。"(十四出老姥姥语)正因为伯喈的推辞甚为含混乏力,所以牛相一面大怒于书生辈"敢和我挺相持",一面却以为伯喈只是矫情,故一面让媒婆"再去蔡伯喈处说,看他如何"。另一面则说:"我如今去朝中奏官里,只教不准他上表便了。"(十三出)

　　这位燮理阴阳的当朝宰相,偏要把女儿嫁给已有妻室的状元,按照一般观念,殊不可解。况且二妻争一夫总难免惹来麻烦。但牛相其实并不担心这一点。因为他不会让惟一的女婿再归乡里,则蔡家的年迈父母、青春妻室,便与他无关。这种自私的举措,是古往今来达官贵人与平民联姻之时,常常可以见到的。在"几言谏父"出牛相即直接表明了这一点:"既有媳妇在家里了,他孩儿不去也不妨。""既道是养儿防老,何似当原休教来赴举不好?"牛相甚至说:"咄!吾乃紫阁名公,汝(牛氏)乃香闺艳质,何必顾彼糟糠妇?岂肯事此田舍翁!"牛相看中的是伯喈个人,他原本就不曾想让"田舍翁"亲家平起平坐。牛相将伯喈收置卵翼之下,前提正是让这"草庐中穷秀才"与其寒贱的家庭割断联系。所以牛相赘婿的"善意"之下,原本蕴涵不善意的成分。高则诚虽不曾用"阶级对立"的眼光看待蔡家与牛府的关系,但这种等级的鸿沟,却是古今社会所共通的,则诚只是如实描述而已。

圣旨说:"王事多艰,岂遑报父。"从人情和伦理而言,终养父母,是天经地义的事;但伦理又规定君事高于家事。事君则未必能顾孝;所以不同意归养,并无不妥。况且赘入相府的美事,多少人求之不得,真乃"多少是好"。

"三不从"是借助"君臣父子"的伦常关系而得到强制性实施的。如果这种"强制"是完全无理的,蔡伯喈多少可为其悲剧性结局找到托词;惟其为"好意",伯喈在不得不屈服的同时又带着一些自愿的色彩,便难以推卸"不孝"和"薄幸"的责难了。伯喈甚至难以辩解:他既不能把责任归于父亲的逼使,因为父亲已惨死,为孝子者何忍道尊者的过失;又不能将责任归于帝相,因为强官、强试看起来总是一片好意,为人臣者不得责疑于君相。他毕竟没有尽到孝养的责任,"生不能事,死不能葬,葬不能祭"这"三不孝",令一个孝子愧悔难言。他只能深深地自责:"蔡邕不孝,把父母相抛。"(三十七出)"孩儿相误,为功名误了父母。""乾坤岂容不孝子,名亏行缺不如死。"(四十出)愧悔与怨苦交集,便是这个充满尽孝之心却未能实现尽孝之事的孝子心情的写照。

中国传统的伦理社会,是以血缘为中心而编织其社会体系的。从家庭关系推衍到家国君臣关系,是"君臣父子"伦常的由来。在宋元以降,孝与忠的观念,已不再是一种倡导中的理论,而是深入到社会组织的骨骼之中,渗入人们的心灵,构成一种深厚的文化心理积淀,左右着人们的价值取向、道德判断和行为规范,成为社会的"自然法则"。而各代统治者对儒教的隆尊,又将这种伦理纲纪推衍到极端，举"天理"以灭人欲，成为摧残人性的枷锁，从而理所当然地受到现代社会的批判；但如果返本循源，毋庸置疑，孝道伦理又是东方文明的基石之一，它已成为中国社会组织的纽带。虽然现代社会家庭的概念日趋松散，但不能想象，完全抛弃了血缘亲情观念，中国社会仍能保有其秩序与凝聚力。历史虽然已成为陈迹，但祖宗的血脉与基因仍在现代人身上跳动与衍生。彻底的反传统之后，重视文化的寻根与弥合文化断层的愿望，正说明这种文化与历史的不可割断性。

要言之，重新认识传统的背景下，我们也必须正视孝道伦理的价值及其与中国传统社会的关系，不能粗暴地予以否决，或不屑一顾。而这一切对于《琵琶记》这样以肯定孝道为基础的作品来说，尤为重要。

《琵琶记》流传和影响最广的时期是明清时代。这种典型的伦理社会保证了作者的构想能获得足够的共鸣，而不同于现当代的挑剔和反感多于理解。当代对《琵琶记》价值的新的诠释也必须建立在放弃彻底的反传统观念与阶级斗争框式的基础之上。在重新寻绎传统的背景之下，平静地寻绎剧本的脉络，体味其深刻之处。

《琵琶记》首先是为中国封建传统社会而作的。对现代人来说，隔膜已深，甚至觉得其设想笨拙而滑稽。但在封建时代，这正是普通人的家庭伦常生活的准确写照，触及其敏感的神经。

封建的伦常关系，是人们时时感受到其间的矛盾但又无可违抗的社会准则。它是国家社会的根本，是人们信仰和行动的出发点。它可以说是基于人情物理而衍生的无情的"枷锁"。这种伦常关系因维系社会关系和社会秩序的需要而成为无可究诘，必须无条件遵守的规范，从而形同"枷锁"。

父慈子孝、君明臣忠，这是东方理想社会的写照。子孝，是出于血缘的亲情，是对于父母的养育之恩的回报，也是家庭、家族延宗与凝聚力生发的基础。君权，是国家社会的象征。忠君，这是个人对于社会的责任。由家到国，以此种血缘关系的推衍而构成一幅和谐的图画,成为中华民族大一统与稳定的基石。因而家国利益永远高于个人利益。强调社会利益而扼制个性,泯灭个性,使之融合于社会共性和谐关系之中,便成为东方社会的显著特征,也是构成东方社会道德规范的基础。

然而,在古代社会,子孝臣忠是绝对的,以社会的强制约束作保证的;父慈与君明却是相对的,只能企盼而无从约束。悲剧便时从中生。比干忠而剖心,屈原忠而见妒,岳飞忠而反被所忠之君杀害,便是如此。就戏剧表现而论,《东窗记》与《赵氏孤儿》等作品,表现的便是关于忠君的悲剧故事。当然,君之不明,通常被设定为奸佞的欺瞒与作弄,以显君道之不可直斥。而《王祥卧冰》、《跃鲤记》之类,虽以喜剧收场,但为人子或媳妇者竭尽孝心,仍难免遭屈,却又不能直接抗争,便只能等待继母或婆母有朝一日明察与醒悟。即如儒家所膜拜的圣君虞舜,也多次受到偏爱弟弟的父母的陷害,只能凭运气避忌,以德报怨。这种忠孝之道中的难堪现象,正是伦常礼教本身的矛盾所致。它又只允许人子用"人情"去弥补,苦心等待君明父慈;一旦人情不周,君晦而父不慈,则悲剧并作。人们并非不知其"结构性缺陷",但礼法规定为臣、子者不能有所违抗而陷君、父于"不义",便只能以自身的痛苦乃至死亡以获取君、父最终的宽恕与醒悟,让时间来证明该证明的一切,从而上演一幕幕东方式的惨酷的悲剧。

这种伦理悲剧的构设,通常由奸佞之徒的作祟为契机,并因奸佞之受惩罚,君父的醒悟作结束。使臣子的痛苦或死亡,有一种名义上的补偿,以弥补巨大的道德缺憾,加上一条"光明尾巴"。但这也易于导致简单化,其廉价的光明结局更备受批评。

《琵琶记》也切入了这一问题,但达到了前所未有的深度。蔡伯喈是一名孝子,他依据孝道伦理来实践终养父母的梦想。但他的努力却因礼教伦常内在的矛盾而成为徒劳,甚至适得其反。如果"三不从"是纯粹的恶意,是奸佞的拨弄,尚可自解;但事实上一切都是出于"善意";并且正是由于按照伦常要求而委曲求全,退让一步以求得冲突的缓解,结果却落入冲突的连环套,一步步陷得更深。因为，如果他坚决不赴试，虽难免于遭不孝之责，究可终养；如果他坚决辞官并辞婚，虽不能"改换门闾"，亦自可以实现初衷。但他既怕父亲"贪恋新婚"之责，要取官以娱老父；又怕君上震怒而遭不测之灾，仍想能"守乡郡"；他入赘相府多少仍是想加快"改换门闾"的步伐。他意中大约以为牛相招他入赘，只是因为媒婆没有明告家有妻室之事，——因为他辞官时没有直言已有妻室；他或许以为牛相的强婚是媒婆没有如实禀报——所以始终惴惴不安，惟恐牛相知真相后拘制不放，永无归乡之期。其实，所谓尽孝终养，毕竟只是形式，如果为人子者能够提供物质资助，使父母免于冻馁，原可以忠君与尽孝两全，至少可以减轻责难。而这一努力又因拐儿的绐骗而成为泡影。伯喈的悲哀是家中灾难已生，父亲与妻子以为他不孝薄幸，他却仍苦苦做着回乡的梦："我待解朝簪，再图乡仕。他（牛相）不提防着我，双双两个归昼锦。"（二十九出）

蔡伯喈是懦弱而寡断的，是真正的"粘乎"。他的思想大于行动。归抑或不归，正如哈姆莱特的"生存抑或死亡"一样，困扰着他。《琵琶记》的双线结构，一面是饥荒降临蔡家，灾祸并作，一面却是辞官辞婚未得，一厢情愿地在富贵乡中做着终养双亲之梦。两种场面交叉置换，一环紧扣一环，一紧一松，一悲一喜，一忧一闲，让场面本身的"蒙太奇"式的剪辑，来展示对比的含义，有效地控制了观众的情绪节奏，为之着急、愤然，恨其不争，急其不悟。这也正是高则诚的成功之处。因为他不仅塑造了赵五娘这样的光芒四射的形象，也写出了蔡伯喈这种典型的书生品格，是独一无二的"这一个"。

《琵琶记》叙写了蔡伯喈痛苦的心灵历程。在伦理社会的特定条件下，一个饱受儒学熏陶的孝子，按照社会理想范式而作出的行动，却落到了愿望的反面。蔡伯喈根本无从把握自己的命运。满腔的热情与无限的诚意，在君父之纲面前被击得粉碎。这是传统中国人所常常面对的现实，也是封建社会文人士大夫常常面对的处境。不可究诘的伦理纲常，便是他们不可捉摸的命运，他们只能发出长长的悲叹，归于深深的自责。这可以说是《琵琶记》在封建时代得以引发广泛共鸣的主要内涵之一，也是高则诚要求"知音君子"着力体味的"关风化"和"动人"的含义之所在。这并不是说高则诚已直接对礼教伦常本身发出了怀疑；但，他所揭示的人物的命运，却无疑正系于此。对于传统中国人来说，尽管他们可能清楚地感受到了灾难的原因，但由于这一原因是他们无可摆脱也不得究诘的，便只能感到对于命运般的无奈。《琵琶记》准确地揭示了这一点。

其实，即使是赵五娘一线的行动，也仍可以证实上述分析。

赵五娘的形象，一般视之为刻苦耐劳、善良真诚的中国妇女的典型。与蔡伯喈不同，从明以降，对赵五娘是一致予以好评的。古代观众肯定她，以为她是"孝贤妇"的典范；今人则一味强调善良勤劳之类，想要避免肯定孝道礼教所带来的尴尬。其实，赵五娘的行为固然是以"孝"为基础的，但赵五娘的遭际又真实地揭示了礼教社会中为人妇者的艰辛和苦难，可以生发出相反的感受。

初为人妇的赵五娘从小就受到礼教妇仪的良好教育。在伯喈眼中："仪容俊雅，也休夸桃李之姿；德性幽闲，尽可寄苹蘩之托"。她的心愿只是："惟愿取偕老夫妻，长侍奉暮年姑舅。"（第二出）她满足于小家庭的安乐，并不求夫君飞黄腾达，更无谋取"凤冠霞帔"的虚荣。然而在礼教社会之中，作为蔡家的小媳妇，她根本没有说话的权利。例如夫君赴试取功名这一大事，她就根本不得参与！不要说没人问过她是否同意丈夫出远门，而且在长辈眼中，她还是"祸人"的"尤物"，会引得伯喈消磨"奋发"的意志。所以蔡公张公指责伯喈不愿赴试是"恋着被窝中恩爱"，"贪鸳侣守着凤帏"。（第四出）

就这样，刚刚享有60日恩爱，"持杯自觉娇羞"的新妇，在毫无思想准备的情况下，骤然面临夫妻分离的痛苦。她以为是丈夫贪图功名，故质问道："解元，云情雨意，虽可抛两月之夫妻；雪鬓霜鬟，更不念八旬之父母。功名之念一起，甘旨之心顿忘，是何道理?"听到伯喈说"哭哀哀推辞了万千",反而被"深罪":"只道我恋新婚,逆亲言,贪妻爱,不肯去赴选",赵五娘一下子跳了起来:"你爹行见得你好偏,只一子不留在身畔。〔介〕我和你去说咱。"这一刹那,是一种本能的反应。但她马上理智地意识到小媳妇的身份:"休休。他只道我不贤,要将你迷恋。苦!这其间怎不悲怨!"(第五出)如果真的与公婆去论理,正好证实"贪妻爱,逆亲言"的指责。所以,小媳妇的处境,赵五娘不要说参与丈夫远游之争,甚至连辩白的权利也没有。后来的实际情况,也是婆婆对于这位"非亲"之人,带有深深的防范和疑忌之心。这便是三纲五常背景下的妇女处境的真实写照。

因为儿子赴试未归,而且"连遭饥荒",眼见朝不保夕,公婆之间相互抱怨,赵五娘强忍空闺寂寞的痛苦,委婉调解,变卖首饰,典粮充饥。(第十出)当可变卖的东西典卖殆尽,饥荒加深,而儿归无期之时,家中的矛盾冲突更加尖锐。为"请粮",这位从不出闺门的少妇也只得抛头露脸;谁料请得的粮食又被里正抢去,无颜回家;她也想到过死,却又欲死不能:"将身赴井泉,思量左右难。我丈夫当年分散,叮咛嘱咐爹娘,教我与他相看管。我死却,他形影单。夫婿与公婆,可不两埋怨?"(十六出)幸亏张公接济,才算暂时渡过这一难关,勉强为公婆奉上一顿淡饭,自己则糟糠充饥,"苟延残喘,也不敢叫公公婆婆知道,怕他烦恼"。然而媳妇的牺牲忍让精神,并没有换来婆母的谅解。蔡婆一面抱怨媳妇照顾不周,不能再提供"鲑菜",另一面则怀疑媳妇独自偷吃好食。她对蔡公说:"亲的到底只是亲。亲生孩儿不留在家,今日着这媳妇供你时呵,前番骨自有些鲑菜;这几番只得些淡饭,教我怎的捱?更过几日,和饭也没有。你看他前日自吃饭时节,百般躲我,敢背地里自买下些受用分晓。"(十九出)赵五娘与蔡婆之间的冲突,是对非血亲家庭成员天生的不信任的结果,礼教制度下媳妇对婆母绝对服从的要求助长了这一冲突,加深了赵五娘的苦难。面对此情此景,赵五娘"便埋冤杀了,也不敢分说",只能将无限的苦楚,连糠咽在肚中;只能对着苦涩的糟糠,诉说自己的不幸,自觉命比糠苦。赵五娘形象的崇高，便在于面对如此苦难，仍然忍受着无比的委屈，含怨茹苦，只为年迈的公婆着想，从而获得一种人格的升华。这固然体现了赵五娘的善良品格，但扭曲的媳妇关系，其实"助长"了这种崇高。这种无可奈何之下的"孝贤妇"，是可以读出血与泪来的。

赵五娘一线的行动，以"吃糠"一折而达到高潮。它甚至使"书馆相逢"的高潮场面相形见绌。虽然对于赵五娘的形象，后文尚有"代尝汤药"、"剪发买葬"、"罗裙包土筑坟台"等场景作重彩描绘；从"孝妇"的角度而论，这些行动也都值得激赏，但它们都不能像"吃糠"一折这样激动人心。原因何在？因为"吃糠"以前，有婆媳冲突构成的张力，使赵五娘的形象获得凸现；而此后的行动，虽然仍是不折不扣的"贤孝"，但由于没有了对五娘"不贤"的怀疑，纯以"贤孝"而写其贤孝，便失去了那种令人血脉贲张的力量。《琵琶记》前半部较之后半部更激动人心，更富于悲剧的气氛和悲剧的感染力，缘由也正在于此。冲突是戏剧的生命。后半部可供戏剧冲突取材之资的不足，大大削弱了其悲剧表现力。这是故事本身注定的，与作者的意图与努力并无太大关系。

在《琵琶记》中，赵五娘的行动，是从属于表现蔡伯喈的命运这条主线的。因为赵五娘的行动，也可以说是为了完成丈夫嘱托，"回护"丈夫的"名儿"。只是特定的社会现实与君臣父子的礼教制度的拘制，使得赵五娘的努力成为泡影，"吃尽控持"而无由解说。因此，他们夫妇一体，其所作所为及蕴含的悲剧含义，也是同质同构的。从内心到行动，他们都确是符合"孝子贤妇"的规范的；他们都曾被怨屈：贤孝如赵五娘尚且受婆母疑忌，更何况蔡伯喈这样入赘相府，身处温柔富贵之乡而未尽终养之责呢！幸而后来真相大白，他们都获得了理解和宽宥。但悲剧却正由此产生，并且已无可挽回。赵五娘在公婆的逼问下，忍无可忍，说道："公公，婆婆，别人吃不得，奴家须是吃得。爹妈休疑，奴须是你孩儿的糟糠妻室！"这沉痛至极的话语，使人无比的尴尬，使本质善良的蔡婆愧悔而亡，蔡公也因此一病不起。倘若婆婆是以八十老妪自然死亡，则五娘也尽到了责任，无所谓悲惨与遗憾。正是由于五娘的忍辱负重反而成为致使蔡婆愧悔而亡的导火索，才更显得无比的凄惨。五娘痛呼："婆婆，你还死教奴怎支吾？你若死教我怎生度？我千辛万苦回护丈夫，如今到此难回护。"（二十出）赵五娘怨白之时，竟是蔡家家破人亡之期，真乃惨不可言！同样，蔡伯喈虽然因"三不从"而得到了张公与五娘的谅解，但父母惨死已不可复生，况且父亲是带着对儿子的深深怨恨而离开人世的，他永远不能获得父母的宽宥。这是一个孝子的最大悲哀。所以他最后痛言："呀！何如免丧亲？又何须名显贵？可惜二亲饥寒死，博换得孩儿名利归！"表述了对于现实功名的否定。

从这样的角度切入，我们可以看到，《琵琶记》具有中国传统伦理社会的"百科全书"的特征。从中可见夫妇、父子、婆媳、邻里、君臣等一系列复杂而微妙的关系，窥见家庭伦常生活的真相，体察到"孝子贤妇"的内心痛苦，体悟到伦理纲常对于人性的桎梏，甚至从孝子贤妇的颂歌之中，也可以寻绎到对于礼教伦常本身表示否定的证据。它不像《西厢记》、《牡丹亭》、《桃花扇》、《长生殿》等古典名剧那样，以"永恒"的爱情故事而表现得哀艳动人，但它切入到传统中国人的生活底里，成为中国传统伦理文化与中国人的生活情状的真实写照。它不易获得激进的"前卫"派的称道——如李贽即评其为"画工"，不及《西厢记》之"化工"——但它却也因为深入中国文化的底里而受到从普通民众到上层统治者的称赏，因为他们可以从中各取所需。它不像《西厢记》、《牡丹亭》那样以永恒的爱情而与西方古典杰作较一短长，但它却是最富中国特色、最切近中国人生活的悲剧作品。它虽然不及饱含革命性的反传统作品那么易于惊世骇俗，获一时的叫好声，但它却因与传统结为一体，也将与中华民族的优秀传统一起走向永恒。明乎此，则一时的鸡虫得失，又何足道哉！

（原载《文学遗产》1996 年第 3 期）

八 《琵琶记》与中国伦理悲剧

谚云：苦难见孝子，乱世出忠臣。锦衣玉食，熙然雍和，安乐逸如，易见为父之慈，而无孝子之容；君王开明，纳谏如流，良臣贤臣迭见，而无"忠臣"之位置。"孝养"的本义，乃是长者生计不能自理的前提下，由子辈的精心照顾，安度晚年。宛如乌鸟之反哺，它是面对"适者生存"的自然规律而作的人文修饰，因而也是"文明"的人类异于禽兽之所在。大约早在进入文明社会之时，中国古人已有此种观念，并且以此作为社会的基本规范。不过儒家宗师将其纳入伦理规范之时，尤其强调内心情感的自然生发，孔子说："今之孝者，是谓能养。至于犬马，皆能有养，不敬，何以别乎？"又说孝是"父母惟其疾之忧"；是"无违"，即"生，事之以礼；死，葬之以礼，祭之以礼"。(《论语·为政》) 故真正的孝，不仅是向社会表示其"能养"，而且必须是出于内心的"敬"，即非强制的，而是发自内心的。但"能养"是直观的，是"孝心"的直接展示；而"敬"却因为出于内心而只有孝子自明，他人却只能据表象作判断。故真孝子未必即为社会与家庭所认可。而社会与家庭却根据伦理的规范，根据外在的标准作监督，要求孝子在任何情况下都必须绝对服从，以验证其孝心。故封建时代的"孝子"也不是轻易做得的，通常必须历尽磨难。"二十四孝"的故事可以证明这一点。

在儒教伦常社会中，一片孝心忠情，不为父君所体察，"荃不察余之衷情"，反横遭猜忌责难，甚至由此惨遭不幸，便给人们以一种"悲剧性感觉"。屈原的忠君见妒、岳飞的精忠报国反死于君上的屠刀等，皆属此类。而这些悲剧性人物，虽然见疑于君父，而仍坚持操守,"虽九死而无悔",以自己的苦难甚至生命的代价成全忠孝之情,以使君父最终之幡然明悟,以证明自己的理想与追求,便构成一种道德的崇高。这可以说是中国古典伦理悲剧的基本构成方式。《赵氏孤儿》、《精忠记》是如此,关汉卿的《窦娥冤》也是如此。窦娥之死之所以"感天动地",便是以一个恪守妇道的"孝妇"反被诬以"谋杀公公"的罪名而问斩,构成一种巨大的反差,令天地亦为之变色,从而成就其为"大悲剧"。《琵琶记》虽没有表现得这般剑拔弩张、悲怆激烈,但它本质上也是一出伦理悲剧。

从传统伦理纲常的角度,结合传统社会的道德观念与审美特征,可以在古典文学中发现一片新的天地。由于礼教伦常,一直是当代社会批判与否定的对象,故以往论古典悲剧者大多小心翼翼地作出"规避"。如《窦娥冤》,其孝妇、清官、鬼魂,曾经被作为表现了作者"思想局限"的三大问题而引发争议,受到批判,故悲剧的解析便只能在"暴露黑暗社会"这一狭隘的小径中行进,却又被"清官"的障碍堵塞了道路。"惊天动地"者,也只被释作是窦娥的"强烈的反抗精神"所引发。释其善良而不涉及"孝妇"的规定内涵,最终只能将未能疏通的问题归于作者思想的"局限",以使断章取义的解释得以"周全"。至于《琵琶记》因对"孝子贤妇"的肯定性描述而受到批判,则更被视作理所当然的了。

造成这种状况的原因是多方面的。因而我们必须先作正本清源的工作。

以血缘为中心演绎而成的礼教伦理制度,因程朱理学的盛行,在中国封建社会的晚期,益发显出其巨大的缺陷和对于人性的桎梏。在近代史上,西方帝国主义列强以坚船利炮打开了中华帝国封闭的大门,开始了中国人屈辱的历史。在西方资本主义的迅速发展与中华帝国一度沦为殖民地半殖民国家这种鲜明的对照之下,反传统思潮应运而生。曾经哺育过汉唐文明的儒家思想及伦理制度,作为积弱成贫的祸根而被推上了历史的审判台。在激进的思潮和政治的强权之下,在取消了"辩护律师"之后,以近现代史的"铁的事实"，宣判了它的死刑。在"与传统观念作彻底的决裂"的旗帜之下，这种制度已被碾得粉碎；与此相关的思想文化一度也在彻底破除之列，其极致便是"文化大革命"的民族虚无主义，以"永恒"的斗争与反抗取代了传统的秩序与规范。

当世界大势，因和平的潮流而从昔日的军事扩张主义转向经济扩张之时，经济实力较之强权政治，具有更大的征服力。当"文化大革命"的噩梦过去之后，现代化再度成为国人迫切的目标。彻底的反传统之后，正视传统已成为共识。日本作为经济大国的崛起与亚洲"四小龙"的出现，"儒家文化圈"成为一个举世瞩目的现象，并迎来了所谓"儒学的复兴"。西方中心主义的消退和西方思想自身的危机，民族主义的高涨，使得强调传统和提高民族自信心成为新的时尚和政治需要。当代儒学大师虔信儒学终将成为物欲横流的西方社会的指路明灯，把21世纪划作"东方的世纪"。传统，遂从往日弃之如敝屣，变作今日的无价之珍了。

如此这般，林林总总，世事变幻，真如同苍狗白云，莫可名状。但有一点可以肯定，我们终于有可能平心静气地坐下来，细说传统与传统中国人，而不必受政治的有色眼镜的困扰。故《琵琶记》这样与传统紧密相连的作品，也有了重新讨论的条件。甚至关于"负心婚变"道德问题，也因世事的变迁，当情感成为现代婚姻的惟一依据之后，在男女平等而女性已能自立的条件下，"陈世美们"的婚变，也已有了可同情之处，遂日趋平淡，习以为常，以致消解了道德的义愤。因而撇开负心婚变问题的纠缠，重新正视《琵琶记》的描写，也有了可能。

儒教伦理纲常，不管今人如何看待，对于古代中国人来说，是不可究诘的"天理"。它不仅仅是一种理论，它还是通过封建制度而深入到人们心灵之中的现实。它借助血缘关系而注入了内心情感，并构成一种深厚的"心理积淀"，一种难以解脱的"心理情结"，成为一种文化的遗传基因，成为社会秩序与社会规范的基础。当然，人们未必便以为礼教的一切都是和谐与完满的，但他们清楚地意识到了这一点：礼教伦理纲常在他们那一时代是无可替代的。他们只能在礼教的规范之中来设计自己的生活方式。同时，他们也是在实践他们的理想。这种理想，便是伦理纲常的和谐。

以"天人合一"为目标的中国社会，儒家伦常无疑是保持宁静和谐的理想范式。在这里，天道，同时也是种族和血缘的；人伦，便是"君君臣臣父父子子"的关系。通过血缘与种族，使君明臣忠父慈子孝构成一幅和谐的社会画图。然而人事多磨，欲壑难平，纵然为人臣者克己奉礼，倘为君父者无可约束，这种"和谐"便难以达到，"三代盛世"可以想象而难以实现，结局甚至是比干、屈原、岳飞式的下场。面对伦理纲常，人力有时而尽，而世事变幻莫测，便成为中国人无从把握的"命运"。

西方传统，关注个人，展现的多是人与自然、个人与社会的冲突，并将个人放在首位。由于人在"神"、自然、社会面前的无奈，于是便有"命运"的观念。其悲剧所显示的崇高，正建立在与命运的不屈的抗争之上；悲剧的"怜悯"与"恐惧"，即出自个人的渺小和"命运"的不可战胜之中。这种特质，决定了西方古典悲剧的基本构成方式。

中国古代文学中原无"悲剧"的概念和相关理论。"悲剧"乃是一个外来的概念。如果以西方悲剧观念和悲剧范式作标准来衡量，也可以说中国无悲剧。因为中国古代确实不存在完全合于西方规范的悲剧样式。但如果把"悲剧"作为一种普泛的理论作观照，则中国古代自有其独特的悲剧创作存在。它必然深深地刻上中国文化的印痕，具有独特的品格与表现方式；从而可以说，完全以西方古典悲剧观念要求中国古代悲剧，无异于刻舟求剑。

悲剧的本质乃在于关注特定社会文化之中的人类的命运。西方人的"命运"是人与自然、社会的直接冲突；而中国人的"命运"则是个人适应社会过程中的间接冲突。故其取向与表现颇多差别。

中国伦理社会的构成和中国人的价值取向，决定了中国古典悲剧表现的独特性。因为它强调的是个人融于社会。社会依照伦常理论而构建，个人依据此种理想而成为维护社会秩序的一分子。个性服从共性，个人服从社会，个体服从理想，这是社会和谐的基础，也是中华民族的凝聚力之所在，更是无数仁人志士为之前赴后继、奋斗终生的精神所系，它还被认作是使中华民族再度辉煌的保障。"大公无私"的传统，将"个人主义"逐出了伊甸园。人们奉行的是一种献身精神，它奉献的不是虚无缥缈的上帝，而是一种社会的理想。

但是，理想毕竟不等于现实。儒家提出了伦常的大纲，而其间的种种却仍需要用心灵去填补。伦理纲纪本身充满矛盾和多种阐述的可解性，难以一一据条例施行。一旦条例化，其结果便演为程朱理学的存天理而灭人欲，成为人性的枷锁。在恢弘博大而又充满矛盾的"理想"面前，个人显得如此之渺小，其努力往往得不到应有的结果与报答，甚至是适得其反。这种个体对于和谐的伦理社会的努力与伦理纲纪本身包含的不和谐性之间的冲突，便铸成了中国人特定的悲剧意识与悲剧观念，引发出中国人特有的"悲剧感觉"。比干忠而剖心，屈原忠而见妒、岳飞忠而被杀，便是中国人心目中的真正的"悲剧"，并且真正能够从中感到悲剧的"怜悯"与"恐惧"，引发悲剧的感觉；窦娥的孝而被诬毒杀"公公"，其"感天动地"，也正是一种悲剧的崇高。

所以若问中国悲剧之所在，中国悲剧便在于能使中国人产生悲剧感受的"张力"之中，而不在理论家的悲剧标准与框式内。而能够引发中国人悲剧感受的，也必然是与其生活和文化紧密结合在一起的。

试看古希腊悲剧《美狄亚》，女主人公为情欲而杀兄叛国，又为报复负心汉而杀死二子以泄愤，在西方文化中，可以成为一幕震撼人心的悲剧。而中国社会，美狄亚这种行为本身即是万死难赎，更遑论感受悲剧了。中国文化中的表现，必然是以赵贞女或秦香莲式的极度的孝义与牺牲精神来显示负心汉的道德亏缺，从中构成一种巨大的道德的谴责力量，以不争之争来获取最大的悲剧效果。如《秦香莲》中，香莲不求陈世美认妻，只求其收留骨血亲子，却仍不获允，使悲剧的愤懑达到高潮，便是一例。

中国哲学，实质上是一种伦理哲学。东方文化，也可以说是一种伦理文化。由于伦理纲常对于中国古代的民众是别无选择的,命定的,因而既是他们的理想,也是他们的宿命。它借助社会道德力量而获得强制性制约,成为理想与强制的混合体。世上谁无父母?乌鸟尚知反哺。谁言寸草心,报得三寸晖?这种孝情孝意是从心底里生发出来的,是一种纯粹的亲子之情。这种情感可以原谅父母的不情行为,所谓"世间无不是的父母"。推衍到纲常的顶端,便是"父要子死,子不得不死"。父子之间的这种伦理纲纪,看似粗暴、无情,但由于有了亲情作底蕴,竟变成为所爱者而作的崇高的献身,充满了真挚的情感。以西方观念观照,自是惊诧莫名;其实也不过如东方人看西方人的亲子视同路人时的感觉一样,难说谁比谁高明多少。它们都有各自存在的文化背景、原由与价值,只是无论以个性而摒斥亲情,或借亲情以抑制个性,都是"过犹不及"的。

蔡伯喈与赵五娘当然是不折不扣的"孝子贤妇"。但《琵琶记》与其说是一曲孝道伦常的赞歌,还不如说是一曲礼教的悲歌。因为它表述的是虔心以孝道行事的孝子的悲剧。而造成悲剧的根源却正是伦理纲常本身:父亲的强试,君相的强官强婚。这位一心只想终养父母的孝子,恪守伦常,却因伦常社会本身的缺陷,最终落到父母惨死,自己被责不孝的结局。"三不从做成灾祸天来大"。它揭示了伦理纲常本身的窘态与难以周全的内在矛盾,昭示的是伦理社会中人们对于伦理纲常规范下的生活的无奈。而他们的最大悲哀正在于:明知其不可为,却因为伦理纲常如命运般不可违抗,遂不得不委曲以求全,结果适足以自陷悲剧;又因系自身主动的努力而"自投"陷阱,最终只能自责自悔而无可怨尤。蔡伯喈在君、相、父面前的步步退让和委曲求全,最终落到不孝境地而无以自辩,即是如此。蔡伯喈在明清时代作为"孝子"典型而引发共鸣,也是基于此。《琵琶记》"关风化"的真义亦当始于此。而赵五娘在三纲五常之下"吃尽控持",命比糠苦,如此贤孝而仍遭公婆疑猜,又何尝不是封建社会广大妇女的悲剧命运?比较起来,蔡伯喈的故事是特殊的,而赵五娘的遭际却是普遍的。赵五娘在吃糠真相大白之时,终于获得了公婆的理解,这是她的幸运之处,世上又有多少媳妇忍气吞声、忍辱负重、竭尽心力以冀博婆母的欢心而终不可得的呢！除非"多年媳妇熬成婆"，否则赵五娘式的处境便是她们摆脱不去的命运。可谓一曲【孝顺歌】，双泪落台前。当人们赞美赵五娘的贤孝，称道其善良纯朴，刻苦耐劳，忍辱负重，视之为中国妇女的光辉典范之时，可曾想到，礼教社会对于女性的摧残、给予的苦难，正是赚取这种"崇高"的主要原因之一呢？

所以，在悲剧的层面上，《琵琶记》所表现的，便是一幕伦理的悲剧。蔡伯喈从亲情与伦常出发实现孝养双亲的努力，因伦常本身的矛盾而致父母惨死、身陷"不孝"，便是其基本的含义。从道德的角度说，一名志诚的孝子，虔心依孝道伦常行事，一刻未尝忘记终养之事，理应是种瓜得瓜，求仁得仁，不意反因"三不从"的"好意"而落入"生不能事，死不能葬，葬不能祭"的境地，构成一种巨大的反差，给予处于伦常社会中的中国人以一种强烈的悲剧感受。

事实上，从不同的角度，可以对悲剧的含义作出多种理解与阐释。例如根据马克思主义关于悲剧的表述，也可以说是一个虔诚的孝子实现孝养双亲的"必然要求"，与伦理纲常制约下的"三不从"之间，构成了一种"历史的必然要求与这种要求未能实现之间"的悲剧冲突。对于传统社会的观众来说，一种实现伦常规范的努力，因不可究诘的伦常本身的缺憾，导致主人公在无所适从之中，陷于难以自辩的悲剧境地，是其最易引发的悲剧性感受。因为在亲情、理智与伦理纲常之间依违难置、无所适从的尴尬境地，也是他们常常面对的现实。而从高则诚的"创作意图"而论，也可以解释为：蔡伯喈追求功名的行动，由于统治的丑恶和连遭饥荒的现实，致使家破人亡，从而表现了一幕因追求现实功名而导致的悲剧，其中隐喻对元末社会的某种否定倾向。如果从"负心婚变"的角度，辅以阶级对立的观念，斩去所谓"强扭团圆"的结尾，则还可以得到雷同于《赵贞女》、《王魁》等作品的悲剧结构表述。此外，如果以纯粹西方古典悲剧观念作观照，也可以得出《琵琶记》非悲剧的结论。

每一种的理解，都能在其特定的接受视野与审美范式中自圆其说；这也可以说是根据时代和社会的观念，从剧中认同或认知其"当代"价值与"当代"意义。因而其意义也是在开放的结构中，永远难以"穷尽"的。而观照《琵琶记》及其"接受过程"，我们既可以从中认知过去社会与过去时代所具有的价值，也可以从中体悟到它在我们所处的时代与社会的价值与含义。面向过去的是具有确定含义的《琵琶记》；而面向未来的是未有确定含义的《琵琶记》。它们都掌握在读者的手中。

从《琵琶记》中可以读到的意义，远比过往的历史与社会所发掘的内容要丰富复杂。因为我们从中还可以读到属于未来、面向永恒的含义。撇开以往习用的批判性暴露性认知模式，我们可以从中抽象出个人、家庭与社会关系的永恒命题。父与子，夫与妻，婆与媳，新人与旧妇，个人与家国，婚姻与前程，理想与现实，便是现代社会与人类紧密相关的命题。古代社会，人们依据礼教伦常来设置"标准答案"；在现代社会，虽然人们的解答方式和依据有了根本的变化，但矛盾依旧存在，矛盾冲突所蕴涵的悲剧性感受依旧未变，故《琵琶记》伦理悲剧的现代意义仍可以多所生发。更何况传统并未割断，却是作为文化积淀而深深地影响着当代社会。例如《苦恋》式知识分子深爱着祖国却偏不为"祖国"所理解的悲剧命运，与之实为同调。古代以"忠孝"为衡量一个道德之士的标准，成为人们的行动规范；当代社会的衡量标准与内涵已经全然不同，但蔡伯喈之类的悲剧故事，在新的理想规范之中也依然存在，不断萌生着现代意义。曾几何时，数以百万计的热血知识分子，以他们所信奉的理想而投身现实，而现实并未如理想般的纯洁，倡导理想者不曾按所说的行事，而理想原本即是乌托邦，结果他们那虔诚的热情不仅未为当政者所理解，反而被不断地置于运动、斗争、改造的境地，甚至被作为对立面打入地狱，便是由忠君转化来的"爱国"的悲剧。这是中国古代伦理悲剧的"现代版本"。从小处说，家庭是社会的细胞。中国传统家庭所隐含的问题，在现代家庭中并未完全消失，只不过内涵与形式不一而已。例如，父子、婆媳矛盾，以现代的观念，也是一种"代沟"，两代人处事方式和价值观念不同，往往使矛盾无可避免；又因亲情的存在，而且各持己见却纯出"好意"，遂使这种矛盾无法以极端的方式解决。从现代心理学观照，父子之间遗传的作用，使之拥有相同的脾气与性格，并从各自的立场出发，自以为是，往往难以平心静气地沟通，便爆发为冲撞冲突；婆媳之间，一则因女性的狭隘而致天然的猜忌，二则因儿子被另一女人"夺走"，惟觉听妻言不从母命，枕边风软，三则因无血缘的关系的冲突事后便不可忘怀，婆媳间的每一句话都会深深埋藏心底，成为爆发冲突的导火线。这也是当代婆媳矛盾中常见的情形。通常情况下，充满"孝心"的子、媳总是委曲以求全，却依然难免招致误解与痛苦，却又无从辩白，这便是中国社会的典型特征。这似乎也是人性的弱点所致，任一社会都难以避免。

所以，我们说，《琵琶记》不仅是一出悲剧，而且其悲剧结构与中国社会和中国传统文化紧密相连，同时又保持着开放性特征，借助文化传统而延伸到当代，直指未来。《琵琶记》的悲剧虽未如《西厢记》、《牡丹亭》以"永恒的爱情"而获得灿烂的玫瑰色，但它那朴素无华的品格，却因深入中国传统本身，也获得了永恒的价值。玉璞时或蒙尘，但其质地绝无改变，一旦拂去尘埃，自当展露温润之姿。

九 《琵琶记》悲剧绪说

（一）

《琵琶记》是一部内涵十分丰富而又复杂的作品。对它的评价向来聚讼纷纭。造成这一状况的原因是多方面的。本文无意纠缠于种种争执，故不一一辨析；立论之处，所破者并在其中。

在界定《琵琶记》悲剧含义之前，有几个问题必须先予以说明。第一，《琵琶记》有两个系统的传本，一为接近原貌的古本系统，一为经过明人较多删改的通行本系统。后者的删改造成了理解上的差异，并足以影响到对原作的整体评价（参见后文《从〈元本琵琶记〉看明人对原作的歪曲》）。本文立论即据最近原貌的清陆贻典抄录本《琵琶记》。第二，《琵琶记》是一部较全面地表述了作者意图的完整的作品，不当以《赵贞女》婚变负心悲剧的结局来硬套。第三，高则诚是一位熟读《春秋》的文人剧作家，史传文学以事件的取舍排比见其评判的客观描写手法在剧中留下了明显的印记。作者特地标出"知音君子这般另做眼儿看"，不当以一般戏曲剧本的粗疏草率来绳墨这种具有特殊性的文人剧作。

关于悲剧的观念，我认为不能以西方古典主义的悲剧来照套，而应当从中西方共具的悲剧精神来理解中国古典悲剧。也就是从恩格斯所说的"历史的必然要求和这个要求实际上不可能实现之间的悲剧性的冲突"[①] 这一角度来界定《琵琶记》的悲剧含义。

---

① 马克思、恩格斯：《马克思恩格斯选集》，第4卷，346页，北京：人民出版社，1995年。

那么,《琵琶记》究竟表现了一个什么样的悲剧呢?

《琵琶记》是通过主人公尽孝终养年迈父母的愿望的毁灭,自己也落到被责不孝境地来构设悲剧的。具体地说,蔡伯喈一心只想在家孝养父母使终其天年,但由于"黄榜招贤"引起的强试和因博取现实功名而招致的强官强婚,导致了他尽孝愿望的幻灭;更由于稽滞京师,欲归不得,饥荒岁父母双双惨死,使他陷于"生不能事,死不能葬,葬不能祭"的"三不孝"的难以自释的境地,以致"名亏行缺"。这一悲剧始于为满足父亲望子成龙的愿望而作出的赴试行动,而后来也的确得到了"一门旌奖";但是,"儿不孝有甚德?蒙岳丈特主维!何如免丧亲?又何须名显贵!可惜二亲饥寒死,博换得孩儿名利归!"(第四十二出)主人公这段唱词,表明了对这种以父母的惨死和自己尽孝愿望毁灭换取的旌奖的否定,说明这种巨大的悲剧缺陷是任何东西都无法弥补的。也正是在这条主线上,《琵琶记》的悲剧表述不仅具有完整性,而且贯穿全剧的始终。

显然,高则诚是把对奉养父母之孝的充分肯定作为全剧的基调的;通过这种封建时代人们视为天经地义的伦常观念受到破坏来构想悲剧,促使人们思考造成这一结果的真正原因。剧中的具体描写表明,作者所肯定的仅仅是终养父母这种封建伦理中合乎人情的、最基本的内涵,对蔡公的"中于事君,终于立身"的"大孝"和张公"顺时行道,济世安民"的忠道思想,是持讽刺和否定的态度的。高则诚的思想不可能脱出儒学思想的范围;但他也没有全盘肯定和颂扬封建伦理,宣扬封建伦理更非作者的直接目标。

在正常的社会条件下,儿子一心只想尽孝,而家中父母也的确需要并盼望儿子的孝养,两者应是能够统一的;儿子中了状元,又不失尽孝之心,使父母安度晚年更是必然的。但是《琵琶记》描述的特定社会环境中,这种必然要求不仅未能实现,而且恰好相反,主人公赴试,却成了悲剧的成因;中状元官议郎,结果却是带来强官强婚欲归不得的忧患,成为悲剧形成的关键;即使有赵五娘这样贤惠的媳妇,在伯喈被迫赴试后,决意"休得污了他的名儿,左右与他相回护",(第八出)并为此历尽千辛万苦,但最终仍不免使公婆惨死;甚至她的背里吃糠以奉给公婆一口淡饭这一高尚行动,竟成了因误解性冲突而使婆婆愧悔而亡的导火线!"我千辛万苦回护丈夫,如今到此难回护"。(第二十出)执著的信念和真诚、崇高的行动,并没有使故事的发展朝合理的、必然的方向发展,得到的恰恰是负向的结局,这一悖理的现象说明了什么呢?它说明了主人公所面临的实际上是一个失却了理性、充满了悲剧的社会。在这个悲剧社会中,一切正常社会行得通的观念与努力,都只会得到负向的结果,都只会导致悲剧。高则诚期望"知音君子"透过"孝子贤妇"的表层含义,"这般另做眼儿看"的深层涵蕴应是在这里。

这里,真正的悲剧冲突并不是由蔡家与牛相个人之间的直接矛盾构成的,而是伯喈代表的蔡家与牛相为代表的统治集团以及这个集团统治下的饥荒现实的矛盾冲突而构成的。冲突的焦点则在于对蔡伯喈的争夺上。

赴试冲突源于"黄榜招贤"。强官强婚,在官场战战兢兢的忧患以及欲归不得,"姑且隐忍"的内心冲突,是伯喈与上层统治者冲突的直接体现;五娘为"回护"丈夫的名儿而与饥荒现实及里正的冲突,是伯喈与统治者的矛盾在另一条线索上的延续;婆媳之间的误解性冲突,因家庭灾难而激发的家中老父对儿子的强烈谴责,五娘因自身遭受苦难而怨伯喈"薄幸"所包含的冲突,都是由伯喈的不归而引起的,而伯喈不归又是"三不从"之故,是牛相的自私行为造成的必然结果。这样,我们也就不难体会到这些错综复杂、粗似混乱抵牾的不同层次的矛盾冲突,实际上在悲剧冲突主线的制约下,有着有序性和统一性。

换一角度看,悲剧冲突中居主导地位的牛相为代表的一方,并不直接对蔡家施以凶恶的摧残,相反,一切都是在厚禄和联姻的脉脉温情和善意掩饰之下的,而且有着礼教的"孝道虽大,终于事君"的理由。但是,由于利益和出发点的不同,双方的冲突又是必然的、实质上不可避免的(具体分析见后文),只不过它不是直接、外现的，而是内在的、隐含的，通过其他矛盾间接表现的。正是这种内在的不可避免的冲突，迫使伯喈只能步步退让，结果身陷悲剧。由于表面上看来完全是伯喈软弱退让的缘故，所以最后蔡伯喈又只能以更多的自责来平息内心的巨大痛苦，从而更深一层地揭示了强烈的悲剧性。

因此，《琵琶记》的悲剧冲突表现有其显著的特点。它并不是像《窦娥冤》那样以悲剧冲突双方直接的赤裸裸的交锋和悲剧主人公在这一冲突中的毁灭来表现悲剧的含义的，而是通过悲剧冲突制约下的低层次的各种冲突及其相互关系，揭示最高层次上的悲剧冲突的存在及其巨大的决定性力量。这些低层次的冲突中，有显露的或隐含的，直接的或间接的，实质性的或误解性的，外现的或内心的，贯穿始终的或限于某一特定场合的，较凶恶的或温情脉脉掩饰之下的……它们都从属于悲剧冲突主体，为表现悲剧冲突服务。

（二）

为了充分说明和印证上述界说，我们将从几个角度加以分析。

首先，《琵琶记》悲剧表现的最基本的层次，可以说是蔡伯喈尽孝愿望最终毁灭的悲剧。

尽孝终养父母是蔡伯喈的思想基调，也是他的一切行动的出发点和归宿。

初出场时，蔡伯喈自感"鱼龙将化"，取功名不在话下。但是考虑到双亲年迈，家中又无兄弟侍养，才决意把"功名富贵，付之天也"；对于父亲的逼迫，作为一个孝子，"欲尽子情，难拒亲命"，但他说"儿今去今年便还"，实际上是幻想一旦得官立即归守乡郡，这样，既可以满足老父之愿，又不失自己的孝养。所以赴试退让行为，仍是与积极的尽孝之念联系着的。但中状元后不得归，还招来强官强婚的忧患，是他始料未及的。他原本为尽孝而无意功名，当然也不贪高枝，辞官辞婚是必然的。但圣旨却以"孝道虽大，终于事君；王事多艰，岂遑报父"这一堂皇理由拒绝了他的要求。而实际上"多艰"云云，只不过"太师昨日先奏"，为满足丞相的自私利益而已。

君命不可抗拒。洞房花烛之时,伯喈甚至还有霎时的得意忘形,但迅即想到"有人在高堂孤独","兀的东床,叫我难坦腹"。(第十八出)在牛府的富贵乡中,他并未感到快乐,而是为未能归去尽孝而陷于内心的巨大的矛盾痛苦之中:"谩有枕欹寒玉,扇动齐纨,怎遂得黄香愿?〔泪下介〕"(第二十出)"几回梦里,忽闻鸡唱,忙惊觉,错呼旧妇,同问寝堂上。"他对院子说:"我夫人虽则贤惠,争奈老相公之势,炙手可热,我待说与夫人知,霎时老相公得知,只道我去也不来,如何肯放我去?不如姑且隐忍,和夫人都瞒了,直待任满,寻个归计。"(第二十三出)后来对牛氏也说:"非是我声吞气饮,只为你爹行势逼临。怕他知我要归去,将你厮禁,要说又将口噤。我待解朝簪,再图乡任,他不提防着我,须遣我到家林,双双两个归昼锦。"(第二十九出)把两段话联系起来,可知"畏牛"避免冲突的退让行动尽管十分迂腐,但主观上毕竟是真诚地为着尽孝而作的积极努力。他这样做是以为牛相不知实情。而事实上牛相是知情的,观众也明白这一点。但舞台表现是立体的,主人公并不知道媒婆怎样禀报,他本人在给皇帝的陈情表中也没有提到家有妻室之事,则他误以为牛相还不知底里,属于情理之中。从而为情节的发展提供了依据。实际上,正是这种回避矛盾的行动,决定了他欲归不得(他当然不可能偷偷跑回去),甚至连派一仆也变成不可能(因为他意中那样必然会被牛相知道而招来不测)。而拐儿的绐误,使寻人捎信的努力也成为泡影,这样,主人公终于陷于不孝境地。

伯喈的可悲在于父母早已惨死,他还苦苦做着团圆之梦,做着种种实际上是徒然的努力。这种强烈的反差,有力地渲染了悲剧的气氛。所以当他与五娘在书馆相逢,得知父母双亡的噩耗时,五内俱摧,顿即昏倒在地,这就是剧本开场时所提示的"书馆相逢最惨凄"的含义之所在,也即是主人公尽孝愿望彻底破灭的高潮之处。父母既死,伯喈再无可顾忌和留恋,他醒来后立即决定"捋却巾帽,解却衣袍",和五娘归去守墓,以补救未能终养的缺憾。

剧情发展至此，一环扣着一环，作者原本无意过多纠缠于五娘之被认是否合理的问题，这里也没有夫妻"团圆"的喜庆可言。

归守庐墓是伯喈忏悔和自责的必然结果。但这对于悲剧已经无可补救了。尽管他的不归出于客观原因，得到了五娘、张公的谅解，但他永远不可能得到九泉底下的父亲的宽恕了。蔡公临终前要暴露尸骸以责伯喈之不孝，所以他是带着对儿子的怨恨愤愤离世的。最后一出的旌奖，似乎给人以结局完满团圆的感觉。但父母已死不可复生，伯喈终养之愿的破灭和"名亏行缺"也不是一纸旌表可以消除的。更何况旌表还以"虽违素志，竟成佳名"云云掩饰强官强婚的罪孽。圣旨说"限日下到京"，说明这一旌表的实质正如强婚圣旨的"昨日太师先奏"一样，只是牛相借此把伯喈重新纳入牢笼而已。因此前引伯喈那段否定旌奖的话，是收束一剧不可少的。

其次，伯喈之所以未能实现尽孝终养的愿望，从其自身的角度而言，又是赴试博取功名之故。这一意义上，《琵琶记》表现了一幕追求现实功名而导致的悲剧。

因为，如果没有黄榜招贤的功名诱惑，没有张公、蔡公以世俗功名思想作劝逼，如果伯喈不赴试，不中状元，就不会有强官强婚的忧患，自然也能在家终养父母；纵然饥荒岁月，父母仍难免遭受不测之灾，但一切苦难都将由伯喈与五娘共同承担，尽孝不得的悲剧与不孝之责也就无从产生。

蔡伯喈是经过了这一痛苦的历程之后，才醒悟到现实功名是灾难的原因的。他最初不愿求官，仅仅是怕不能在家尽孝。赴试退让说明他也是抱有借功名改换门闾的幻想的。到中状元招致强官强婚，他才知这一念即已错了："名缰利锁，先自将人摧挫，……这其间，只是我，不合来长安看花。"（第十七出）此后更大量地表露了对追求功名而未能尽孝的自责。这种自责中也隐含了对现实功名和统治者的不满和否定之意，只是还没有把现实功名的忧患看做是现实的丑恶之故，即只是把这些忧患仅仅当作统治者的善意而致的尴尬情形。所以，后来闻知旌奖门闾时，他是真诚地表露了欣喜之情的，以为借此可以安慰老父在天之灵。因为当初蔡公甚至说，只要伯喈得官改换门闾，"我便死呵，一灵儿总是喜"。（第四出）伯喈说"不是一番寒彻骨，怎得梅花扑鼻香"，说明他以为旌奖仅仅是因自己三年庐墓的孝行而获取的，才由衷地高兴。直到宣读旌表，从文过饰非的内容中，伯喈意识到这一纸虚名实际上是以父母双亡和自己尽孝愿望的破灭换取的，而且还得感谢皇恩浩荡，这才感到了抑制不住的愤懑。值得注意的是伯喈"可惜二亲饥寒死，博换得孩儿名利归"的话，同时又回应了第四出蔡婆的预言："一旦分离掌上珠，我这老景凭谁？忍将父母饥寒死，博换得孩儿名利归。你纵然衣锦归故里，补不得你名行亏！"伯喈的话只是把将来式换成过去时而已。蔡婆的话实际上替一剧定下了基调。这种伏线照应，表明这是作者通盘构思中的点睛之笔，是其苦心经营处。通常的评论把最后一出当作完满的团圆，即是没有真正把握其脉络。

也只有从追求现实功名导致的悲剧角度，才能理解高则诚在"古往今来""几多般"的故事中选用蔡伯喈故事的缘故。据《后汉书·蔡邕传》，历史人物蔡邕（字伯喈）生活在东汉末年。黄巾起义之后，豪强并起，战乱纷繁。邕早岁视求功名为"睹暧昧之利而忽昭晰之害"，但后来还是出来做了官，也试图对现实统治有所匡正，结果触犯权贵，差点被杀了头，被迫流落江湖达十二年之久。后董卓擅权，为借邕名望，以死胁迫为官。不幸颇受厚遇，三日之中，周历三台，又拜将封侯。邕心知董卓非良善久长之辈，曾计议逃遁到山东而不可得。不久，董卓被王允设计杀死；邕受累下狱而死，并因所附非人而受人诟病。所以，蔡邕的一生可以说是一幕为官的悲剧。其悲剧的根源在于他所处的是一个悲剧的时代。我们说，正是在这一点上，历史人物与剧中人物的遭际结局在精神实质上是相通的。

高则诚有感于这一故事而作剧，则是因为元末现实与东汉末年的状况极其相似，他本人对现实功名的感受也与历史人物的情况有类似之处。他早年热衷仕途，企望有所作为。十年宦海的沉浮，才认识到做官实为"忧患之始"，至正十七年左右，终于拒绝当时身为元朝万户的方国珍的邀请,解官退隐而创作《琵琶记》。而这时元末农民大起义的烈火已经燃遍全国,元蒙统治如暴风雨中飘摇的破船,不可能挽回其行将覆没的命运了。现存的高则诚晚年的诗作中,较多地表露了一种否定现实功名,主张洁身自守、退处避世的思想倾向。如《送朱子昭赴都》:"如此江山行足乐,莫将尘土污儒冠!"《白纻篇送顾仲明》:"何如洁白长相守,樽中有酒为君寿。人生温饱不足多,莫羡东家著绮罗。"《题一青轩》:"莫说市朝事,功名欲逼人。"这种思想融入晚年所作的《琵琶记》,也就不难理解。高则诚在剧中把历史、传说、现实融成一体了。功名原本与荣华是一致的。只有在衰乱之世、时代行将陵替、政治极度黑暗、毫无理性可言的社会条件下,追求现实功名才必然只能带来忧患乃至灾难。这一层现实与历史相融合而蕴涵的深层含义,需要人们结合历史才能获得共鸣。就此而言,《琵琶记》主要的是为当时社会中彷徨无所适从的知识分子下一针砭的。惟其与现实关系的密切和深层含义的隐晦宛曲,在时代变迁以后,其原旨便为大众所忽视。在明代这个程朱理学禁锢的社会中,人们根据新的社会现实的需要,只取《琵琶记》歌颂孝子贤妇的表层含义,并予以扩充、强调,推衍而作为一剧的主旨,使之在这一新的主题下真正成了颂世的团圆之剧。这是作者始料未及的。

最后,从整体意义上说,无论是尽孝悲剧还是功名悲剧,其真正的悲剧根源,归根到底是现实的丑恶。

和悲剧冲突表现的特殊方式相一致,《琵琶记》主要通过更深一层内涵的揭示来展现其悲剧根源。

辞官辞婚是伯喈尽孝思想的必然结果。但对于牛相来说,却别有意义。因为他刚刚粗暴地拒绝了张尚书、李枢密的联姻好意,声称女儿非状元不嫁,如今又奉旨招婿,若不成,"怕被人道,相府公侯女,不能够嫁状元"。张尚书、李枢密之流也会借此讥笑,还会影响到他的权势地位,何况招状元为婿本身也是为了使自己权势得以延续呢!正如恩格斯所说:"结婚是一种政治行为,是一种借新的联姻来扩大自己势力的机会,起决定作用的是家世的利益,而决不是个人的意愿。"① 但另一方面，从牛相的本意来说，他并不想和伯喈发生冲突，也不是故意地要把蔡家推向灾难。然而，关键在于牛相只顾及自己的利益而根本无视对方的意愿，而且根本不曾为蔡家的境况转过一下念头："咄！吾乃紫阁名公，汝乃香闺艳质，何必顾彼糟糠妇，岂肯事此田舍翁！""既道是养儿防老，何似当原休教来赴试偏不好？"（第三十出）牛相这些蛮横的言语，道出了个中真谛。他意中两个阶层中间横着一条鸿沟；他只承认伯喈为自己的女婿，却根本无视女儿为他人之媳妇，有着应尽的义务；他意中，举子赴试做官便不再属于他们贫寒的家庭，否则，就别来赴试！而下层读书人却视赴试得官为改变家庭贫贱处境的惟一途径。现实功名之成为悲剧之因的根源即在于此。因此，由于这一本质对立，不管牛相的主观意愿如何，他那为自私利益而作的行动，一旦与炙手可热的权势相结合，就必然地给蔡家造成灾难。其实，封建时代统治者哪个不是宣称为民谋福的，究其本意，也不是故意地要给人民制造灾难。但正是两者根本利益的对立，决定了他们的行动，最终必然给人民造成灾难。剧中两条线索交错发展，一面在歌颂"太平时车书已同，干戈尽戢文教崇"，"更撰个河清德颂"；（第九出）一面却是"野旷原空，人离业败"，"子忍饥，妻忍寒，痛哭声，恁哀怨"。（第十六出）"旷野消疏绝烟火，日日荒云黯村坞。死别空原妇泣夫，生离他处儿牵母"。（第十九出）一边是牛府宴喜，"金猊宝篆香馥郁，银海琼舟泛醽醁。轻飞翠袖呈娇舞，啭莺喉歌丽曲"；（第十八出）一边却是五娘糟糠自厌，"呕得我肝肠痛"，"苦人吃着苦味，两苦相逢，可知道欲吞不去"。（第二十出）这种强烈的对比，客观地显示出统治者的所谓升平盛世、喜庆幸福，实际上是建立在百姓的苦难之上的。

因此，蔡伯喈的悲剧，本质上是一个时代和社会的悲剧。

---

① 马克思、恩格斯：《马克思恩格斯选集》，第4卷，74页，北京：人民出版社，1995年。

（三）

在上述新的悲剧含义的界说之下，《琵琶记》在悲剧人物塑造上的成就也就较易理解和评价了。

这一成就主要表现在写出了各具悲剧性格和悲剧意义的人物。

如蔡伯喈，作者肯定了他的孝心，但从其自身的角度而言，他思想性格的软弱，又是悲剧形成的内在因素。

这种软弱性格，并不是一般意义上的胆怯懦弱。它的根本之点，即在于当冲突发生时，不是积极抗争到底，而总是竭力回避直接的冲突，试图通过其他途径、方式以委曲求全。结果却只能使自己处于被动的境地。

这在剧中表现得相当充分。同意去取功名以避免与父亲在赴试问题上的冲突是如此；不是明言家有妻室，只以亲老为由辞官辞婚以避免与奉旨成婚发生冲突，同时希冀"乡郡望安置"的情况是如此；"姑且隐忍"以避免与牛相的冲突也是如此。由于赴试这关键一步的退让，强官、强婚、稽滞京师这一连串始料未及的冲突接踵而来，以致一发不可复止。他的每一步退让，主观上都是与实现终养父母的愿望联系着的，然而就在他的退让之中，另一条线索上家破人亡已成事实。强烈的悲剧性更在于这一结局并非牛相一方的直接摧残，而是主人公为避开冲突的锋芒，在不知不觉中跌落深渊的，以致无言自辩，只能以更多的自责来慰抚痛苦的心灵。这也表明在这充满了悲剧性的社会中，只有安于清贫，洁身自守；一旦涉足仕途，就根本无法把握自己的命运。

中国的知识分子向来不是勇于奋起的斗士，他们总是对现实抱着迂腐的幻想，执著于通过正当的、合理的途径以回避矛盾，委曲求全，然而在毫无理性可言的社会中，他们退让回避，结果却适足以身陷悲剧。蔡伯喈形象的悲剧意义主要体现于此。作者为之叹惋，同时也是自悯。

又如赵五娘。这一形象有着多方面的意义。在与表现蔡伯喈悲剧的联系上，她为"回护"丈夫的名儿，做出了足以惊天地泣鬼神的崇高行动（当然这一切归根到底是由其高尚品德所决定的），却仍不免使伯喈陷于不孝境地；她为让公婆吃上一口淡饭，宁愿自己背里吃糠，不料这竟成为使婆婆愧悔而亡的触发点，这是一层悲剧含义。

赵五娘的行动的确无愧于孝妇之名。但她何尝愿意如此："非奴苦要孝名传，"（第二十一出）"索性做个孝妇贤妻，也省了些闲凄楚，"（第八出）这是无可奈何之辞。她的初愿仅是"惟愿取偕老夫妻，长侍奉暮年姑舅"。（第二出）她反对伯喈赴试，情愿过清贫生活。是"三不从"实际上夺走了她的丈夫，使她落到了不得不做孝贤妇的境地，这是又一层悲剧含义。

"糠和米，本是两倚依，谁人簸扬你做两处飞？"① 在苦难中，她也曾愤诉，要寻找使自己命苦如糠的罪恶根源。归守庐墓时，又道："亲还有灵歆受此，望恕我儿夫。呀，空劳死后设祭祀，何如在日供喉嗓？知他享么？知他居何所？"② 追寻使丈夫未能在公婆生前"供喉嗓"的缘故。但可悲的是她并没有找到答案。因为，后来她得知伯喈的不归是出于无奈，所遇的牛氏小姐又是这般通情达理，而初次见面的牛相不仅让女儿同去守墓，还让女儿居五娘之后，五娘真诚地"谢相公教孩儿同行"，打消了疑团。她并不知道强官强婚的实质，更不知道牛相刚刚还说"何必顾彼糟糠妇！"甚至在与五娘相见前那一刻，牛相还蛮横地说："我的女孩儿如何替别人带孝？""我不教女孩儿同去，又待怎地？"只是"怕路上行人口似碑"，才悻悻然作罢的。所以旌奖之时，赵五娘的心情便与伯喈全不相同，她感到了一种无上的满足，"非特奴心知感德，料他（指公婆）也衔恩泉世里"。（第四十二出）这位历尽艰辛受尽苦难的"孝贤妇"，最终并没有悟到造成自己苦难的真正原因，这是作者所叹惋的更深一层的意义。

此外，如蔡公因世俗的功名思想逼儿赴试，结果导致自己的苦

---

① 见第二十出《孝顺歌·前腔》，通行本末句作"簸扬做两处飞"。
② 见第四十出《玉雁子·前腔》，通行本删此曲。重撰为颂曲，位置移于贴曲前。

难和毁灭；蔡婆因不谅人情的误责愧悔而亡，这些较显见的悲剧含义固不待言。即使张公，在这充满了悲剧性的氛围中，也有其特定的悲剧意义。

　　高则诚肯定了张公急人好义的行动，但并未将张公写成只具"高义"品格的完人。张公充满了世俗的功名观念，对现实的统治者怀有虔敬之情。他希望伯喈去做官，"顺时行道，济世安民"；（第四出）甚至当蔡家离别悲痛之时，他还道："所志在功名，离别何足叹！""丈夫非无泪，不洒离别间！"（第五出）蔡家灾难发生之后，他怪伯喈不归，说是"三不孝逆天罪大"。但当李旺解释说是"辞官，官里不从；辞婚，牛相不从；如今好生要归，又不可得"时，张公原谅了伯喈；而他意中皇上的旨意是天经地义的："恁地好似鬼使神差"，因而这一切"只是他爹娘福薄运乖，人生里都是命安排"，（第三十七出）结果只能把灾难的根源归于命运。甚至当伯喈夫妇归守庐墓，悲咽痛苦之时，他却劝说道："人生如朝露，论生死荣枯有定数。相公，休只管恸哭爹娘，也须要继承宗祖。况腰金背紫，不枉了光荣门户"①。所以他最后略一谦让便接受了牛相的馈赠，并与净扮的县官，丑扮的军骑同唱全剧结尾的那支颂世的《永团圆》②。命运观念是封建统治者愚弄人民的重要工具。在那个时代，又有多少人像张公那样把苦难归结于命运的恩赐呢！

　　因此，《琵琶记》所刻画的一系列悲剧人物，都有其各自的典型意义。他们有崇高的思想，也有渺小的观念；他们的思想行动并不是直奔主题的，而是在充分展现其相对独立的个性的基础上，在更高层次上与悲剧主题的表述结合在一起。既不能忽视其特定的内涵，也不能把某一人物的思想行动当成作者意念的直接表述。高则诚构设了一个社会的悲剧。在这个悲剧社会的氛围中，每一个人都不自觉地扮演了悲剧角色。

---

① 见第四十出《玉山供·前腔》。通行本删此曲，而以末的讽刺语作结。
② 通行本作张公不受金。《永团圆》曲为全体合唱。

需要说明的是,高则诚最终并没有能够提供解决问题的良方。蔡伯喈的初愿即使实现,也不过是甘守清贫、洁身自守而已。这仍摆脱不了元代知识分子普遍具有的隐逸倾向的框子。

(原载《中山大学学报》1989年第1期)

人 物 篇

十　说蔡伯喈

　　困扰着哈姆莱特的是：生存，抑或死亡？困扰着蔡伯喈的是：归去，抑或是不归？他们都具有多思的性格，却又都思想大于行动，因而行事迟疑不决，欲行又止，显出了软弱的品性。正是这种悲剧性格，注定了他们自身的悲剧的结局。

　　蔡伯喈的目标是尽孝终养父母。这本是极其平常之事。但由于父母年已八十，家中无叔伯兄弟，新婚方才二月这种特殊的情况，使"父母在不远游"的古训成为非常实际的问题。面对此情此景，蔡伯喈"沉吟一和"，放弃了谋求功名腾达的念头："且尽心甘旨，功名富贵，付之天也。"（第二出）但由于蔡伯喈沉酣六籍，贯通百家，满腹才学，豹隐亦难。当"朝廷黄榜招贤"时，所在的州司便将他的名字申报上去了。邻居张公也以此为喜事，特来劝其一试，以图名扬天下；而年迈的父亲的惟一愿望，便是儿子得中功名，改换门闾，甚至说："但得你三鼎五牲供朝夕，我便是死呵，一灵儿总是喜。"（第四出）俗世的功名，本是世俗的人们梦寐以求的。蔡公固未能免俗。而在家尽孝固然是孝，但顺从父亲之意也是孝的含义之一。何况从礼教的角度而论，诚如蔡公所说："大孝始于事亲，中于事君，终于立身。""立身行道，扬名于后世，以显父母，孝之终也。"（第四出）故取功名以显父母，立身扬名，亦是"孝"之荦荦大端。这是《孝经》、《曲礼》的基本常识。所以蔡伯喈从一开场就已面临两难的矛盾。蔡伯喈因双亲年迈而不愿赴试，而蔡公则不愿因自己的年迈而耽搁儿子的前程，更因时光无多而使"改换门闾"之心愈加迫切。这便是父子之间在赴试一事上的冲突之所在。

作为一名饱受礼教熏陶的知识分子，在自身充满矛盾的伦理纲常规则之中，在绝对的子从父的条件之下，注定其只能是委屈退让的命运。儒家的伦理纲纪是建立在血缘关系的基础之上的；伦理纲常自身的内在冲突，既含着脉脉温情，又显出理性的冷酷。由传统的儒家文化构成的这种典型环境，注定了书生们思想的丰富性与性格的软弱性。因为他们始终处于两难矛盾之中，多思而犹豫，于无所适从之中显出其性格的软弱来。蔡伯喈身上，正集中了中国传统知识分子的这类典型特征。他是在感情与理性，理智与现实，现实与礼教的矛盾中煎熬着；其中甚至包含着崇高与卑微，理性与欲望之间的激烈的冲突。

对于何者为"真孝"，伯喈尚可仗学识据儒教伦理力争，而父亲却抛出了杀手锏："他意儿难提起，这其间就里我自知。他恋着被窝中恩爱，舍不得离海角天涯。"伯喈无以自明，"如此没奈何，只得收拾行李便去"。他只能作出让步，以赴试来表明自己的真诚。而不可能是宁愿受责也仍坚持己见。这便是其"软弱"的根性所在。知识阶层通常在大是大非面前能够保持自己的操守，但对于这种纲纪范围内的矛盾，却只能无可奈何地暴露出他们的软弱无力来。抗争不从，这是明白的"不孝"；退让，固然可能落到"不孝"境地，但眼下尚不至于直面"不孝"之责。他们总是侥幸希冀避开眼前的冲突，结果却是引来更大的忧患。伯喈所想的或许是"儿今去今年便还"，（第五出）只要能够得功名后守乡郡，或可既遂父亲之愿，亦不失尽孝之事，所以作出了退让。殊不知正是赴试这关键一步的退让，使他进退失据，再无法把握自己的命运。

强官强婚，欲归不得，便是等待他的结局。

事实上，当伯喈得中状元之时，忧患便已来临：虽然官为议郎，任居清要，"谁知逗留在此，竟然不归"。"争奈父母年老，安可久留他乡？天那，知我父母安否如何？知我妻室如何看待我的父母？待自家上表辞官，又未知圣旨如何？"（第十二出）归去，还是不归？这个两难的选择立刻摆在他的面前，此后更成为一条贯穿的主线。在京做官，势必不能回去终养；辞官归去，又如何安慰期

待着"改换门闾"的老父之心?如此这般,"好似和针吞却线,刺人肠肚系人心"。(第十二出)

蔡伯喈心中,当然以尽孝为第一位。无他,父母年过八十,家中无人侍奉,家中不可无此儿,朝中不妨缺斯臣。听到丞相派人议婚,他心乱如麻。"满京都,豪家无数,岂必卑末?"(第十二出)并非不能入赘相门,而是怕入赘之后更不可能回去终养父母了。所以他看似坚决的推辞背后,也有"父母俱存,娶而不告须难说"这样的含混之辞。这里透出某种"人性的弱点",为后文伯喈入赘留了后路。

高则诚对蔡伯喈的心理和行事的处理并非毫无破绽。但也约略可以自圆其说。例如伯喈当着官媒和牛府的院子明确说"妻室青春","纵有花容月貌,怎如我自家骨血"。但向皇帝陈情时,却只说到亲老,无弟兄,甘旨不供,"不告父母,怎谐匹偶?"入赘相府后则对家有妻室之事,力加瞒隐。故"瞷问衷情"出,伯喈自语云:"只是他的爹爹,若知我有媳妇在家,如何肯放我回去?"李卓吾评本批云:"胡说!辞婚时已曾说破。"陈眉公评本亦云:"辞婚已说破了,如何瞒得?"而潮州出土本则将陈情时所唱的"入破"一套作了重撰,让伯喈明言"奈臣已有糟糠配",同时删去"不告父母,怎谐匹偶"等迂阔之词。可见明人以为原作在这里是存在漏洞的。另外,一些明人曲选本,如《徽池雅调》、《吴歙萃雅》等所选青阳腔演唱所用本,于"丹陛陈情"出,都加入了"争奈朝中董卓专权,吕布把守虎牢,纵有音书难寄"等话语,在另一方面为之补"疏漏"。其实,高则诚的原本并不见得有多少大的疏漏,问题乃在于人们理解的差异。明人多从观众的角度着眼,知伯喈早已"说破",不存在隐忍之说。但从人物心理着眼,则谈不上是破绽。因为伯喈虽向媒婆说了家有妻室之事,但陈情时并未直言。这样,他可以认为是媒婆没有如实禀报,因而牛相不察真相,才有强婚之举;若真如此,以牛相之威,难说得知真相后是否会给停妻再娶的伯喈以不测,所以必须隐忍不发,以待机会。他对牛氏说:"非是我声吞气饮,只为你爹行势逼临。怕他知我要归去，将你廝禁，要说口噤。我实瞒你不得，我待解朝簪，再图乡任。他不提防着我，须遣我到家林，双双两个归昼锦。"（二十九出）一切都在退让和误解中发生。由于伯喈的这种误解，才延长了不归的时间；并使得家中误责他不归是不孝，"恨只恨蔡伯喈不孝子"。（二十二出）可悲的更在于蔡伯喈本人却一直做着归去终养之梦，实际上父母早已惨死，并且永远不能得到死去的父母的原谅了。所以，这种误解而致的冲突，也正是加深悲剧氛围的重要方式。正如公婆误解五娘偷吃好食之于悲剧的造成一样。又如《哈姆莱特》中，奥菲莉亚对于哈姆莱特的误解，也可以作为理解这一处理的参照。

蔡伯喈最初对于辞官辞婚之事想得较为单纯。他以为相府不愁金龟婿，牛相这边应是没有问题的；他担心的只是辞官时皇帝的态度。他不能真辞，因为他还需要官位来"显父母"；他希望的是改官守乡郡："忆昔先朝，买臣出，守会稽；司马相如，持节锦归。他遭遇圣时，皆得回乡里。……伏惟陛下，特悯微臣之志。遣臣归，得事双亲，隆恩怎比！"（第十五出）但他没有提到家有妻室之事。这对后文情节的发展很重要。因为这为"官里"的强官强婚留下了余地。圣旨云："孝道虽大，终于事君；王事多艰，岂遑报父？咨尔才学，允惬舆情。是用擢居议论之司，以求绳纠之益。尔当恪守乃职，勿有固辞。其所议姻事，可屈从师相之请，以成《桃夭》之化。"（第十五出）倘"官里"明知伯喈已有妻室而仍如此，便有悖于伦理，不甚妥当；而今"官里"既属不知详情，作出强官决定就较易得到理解。免去已有妻室这一节，单就忠孝矛盾而论，则圣旨所论，就有了伦理纲常作依据。在君臣父子关系中，君的需要高于一切。君上在不知详情的情况下"乱点鸳鸯谱"，便成为一桩雅事和趣事，令伯喈不知所措。所以伯喈对于"被君强官为议郎，被婚强效鸾凤"，正如"被亲强来赴选场"一样无可奈何，而且身处夹缝之中，"三被强衷肠说与谁行？埋怨难禁这两厢：这壁厢道咱是个不撑达害羞的乔相识，那壁厢道咱是个不睹是负心的薄幸郎"。（二十三出）如果这"三被强"是出于恶意,犹可抗争,问题却在于这一切完全是出于君、相、父的一片好意,令人无可奈何。他只能说:"我也休怨他咱,这其间,只是我不合来长安看花。"(十七出)"蔡邕不孝,把父母相抛。早知你形衰耄,怎留汉朝?"(三十六出)"孩儿相误,为功名相误了父母。都是孩儿不得归乡故,怎便归到黄土?乾坤岂容不孝子,名亏行缺不如死。"(四十出)除了自责,别无他途。

《琵琶记》完全改变了《赵贞女》的负心婚变结构。在明人眼中,高则诚是为了替伯喈"雪谤"、辩诬而将不忠不孝改作全忠全孝。今人则又责难高则诚图解概念,强扭团圆,认为负心结局不可改变。但细细看《琵琶记》的描写,其中却并不讳言伯喈曾有"负心"之念。如前所说,蔡伯喈对于重婚牛氏,除了怕影响终养父母之外,虽因"妻正青春"而略觉不安,但也不是完全不能接受。这一点上,他确实有过"负心"的念头,意志不够坚定。如他辞婚时一面声称已有妻室,一面却仍含混地说"父母俱存,娶而不告须难说"之类的搪塞话。据此,若先告于父母,岂不是不妨重婚相府了么?同理,即使没有父母之命,但圣上为媒,也完全可以代替父母之命了。难怪他满心喜悦地踏入洞房:"扳桂步蟾宫,岂料丝萝在乔木。喜书中今日,有女如玉。堪观处丝幕牵红,恰正是荷衣穿绿。"(十八出)金榜挂名,洞房花烛,这是封建时代人所共羡的"四喜"之二种。强官强婚,固然是被强,却也是无数人求之不得的事。官位与攀高门,飞黄腾达,改换门庭,其实也正是这位"草庐中穷秀才"日思夜想的。这是一种鞭辟入里的刻画,深刻地揭示了人性的弱点,昭示了人的复杂性。它本当成为高则诚创作的过人之处,但习惯于类型化和高大全式形象的东方传统社会,却往往把它当作一种缺陷。如明清时代即有批评者以此怀疑伯喈并非真的孝子;而今人则据此认为高则诚"强扭团圆"而使人物性格未能圆融。这类批评的错误,是把复杂的人性简单化、概念化了。蔡伯喈形象的可信之处,也正在于他并非单纯的依礼教行事而毫无人的本能的欲求,而是在"情"与理,欲与礼的挣扎中,最终回复到理性上来了。所以写其在洞房花烛之夜有一时的得意忘形，乃为使其血肉丰满的传神之笔。随后则是一转："谩说道姻缘，果谐凤卜。细思之，此事岂吾意欲？有人在高堂孤独。可惜新人笑语喧，不知旧人哭。兀的东床，难教我坦腹。"他为这凤卜姻缘本能地生出高兴；但道德上的不安马上又侵袭心头。这便是其内心的写照。道德与欲望交织着冲突，最后道德压倒了欲念，理性控制了卑微的私利。这种源自礼教的"理性"虽然为今人所讥议，其实无可厚非。

况且，富贵荣华固是人人所求，但富贵荣华并不等于幸福与欢乐。一面是道德的自责，内心深感不安；另一方面，功名富贵也并非只是荣耀，而是伴君如伴虎："我穿着紫罗襕倒拘束我不自在，我穿的皂朝靴怎敢胡去踹？我口里吃几口荒张张要办事的忙茶饭，手里拿着个战钦钦怕犯法的愁酒杯。倒不如严子陵登钓台，怎做得杨子云阁上灾？只管待漏随朝，可不误了秋月春花也，枉干碌碌头又白。"（二十九出）

对于蔡伯喈形象的最多的讥议，在于伯喈过于"畏牛"而未能遣一仆回去，使人们对其是否真孝子产生疑问。李卓吾评本即于"宦邸忧思"出骂道："杀才！不孝子！难道差一人回去，他也来禁着你？就禁着你，大丈夫难道便为他禁了？可恨！可恨！"又于"几言谏父"出责问道：牛氏"肯舍死以全夫孝，蔡生反畏牛如虎，何也？"于"瞷问衷情"出则道："世上那有这般怕丈人的女婿？好笑，好笑。"前举演出本增入"吕布把守虎牢"云云，便是为了消解这类责难。

蔡伯喈似乎"畏牛如虎"，但牛相究竟怎么"拘禁"着伯喈，戏中并不作直接的描写，而主要是从伯喈之"畏牛"来反衬牛相之威势，显示牛相之可畏。伯喈也只是说到"争奈老相公之势，炙手可热"；（二十三出）或是如牛氏谏父未从时所说"算你爹心性，我岂不料过"，于伯喈一方，似乎仍只是揣测之词。牛相本人虽然在听到伯喈辞婚时有"听伊说教人怒起，汉朝中惟我独贵，我有女偏无豪家匹配"之怒，对牛氏之谏有怪女儿出言冲撞之责，但此外也没有更多的表现。牛相后来还"老牛回头"，不仅派人迎亲，作出主动的表示，而且当女儿欲与伯喈一道回去守墓时，他虽在背后发过一通脾气，但最终仍同意了女儿一道前去守墓的要求。这样一来，伯喈的揣测便都落了空，他的"畏牛"便成为一种借口和托词。所以当牛相提出派人迎亲时，陈眉公评本说："这一出，牛之罪全担伯喈身上去了。"既然牛相并未真的拘羁着伯喈，则为状元三载而不能寄一封之音信，不能遣一仆回去，便成为明显的疏漏了。这说明《琵琶记》这一表现方式有其局限，容易引起歧见。但高则诚如此表述，也有其原因。这首先是题材本身决定的，因为将负心故事全面"反转"，原非易事，未免使情节人物安排上有勉强之处。其次，对于官场险恶的表现，除了将奸相之类作脸谱化的处理之外，戏曲中向未见成功的表现；倘若从高则诚的创作背景看，剧中表现的宦世险恶，还有着元末特定时期的印痕，有着方国珍强邀不从的因素，而这些对当世的讥责，也不便于更直接地表现。考虑到这些情况，无论从哪一方面来说，剧中通过伯喈的感受来反衬牛相之威势这样的处理，仍不失为一种较好的方式。戏曲习惯以象征和写意的方式，强调以意为之，意在言外，不必过拘。文学创作原本不能用放大镜来看的。再次，剧中牛相的"转变"，是由牛氏的劝谏，由牛氏的贤惠善良和独生娇女的特定身份所促成的。若是牛氏不是如是之贤，而伯喈直接与牛相发生冲突，以牛相之性格与为人，则恐怕难免祸起萧墙，出现伯喈担心之事了。所以，牛相也确有其可畏之处，是伯喈真切的感受，而不是伯喈凭空猜测。"老牛回头"只是意外。

但"畏牛"，毕竟表现出伯喈的软弱。这种软弱，又基于伯喈想避开正面冲突，企图以其他方式缓解冲突，为最终的归养寻找机会。有欲则不刚。他希望不失目前所拥有的地位和与牛氏的相睦关系，避开与牛相的直接冲突，最终实现改换门闾和终养双亲的愿望。这种想法的前提是家中父母暂时仍安康。观众虽然早就从场面的交叉对比中知道了蔡家灾难的发生；但作为悲剧主人公的蔡伯喈却并不知道此事。他虽然担心家乡遭水旱，父母存亡难卜，但又侥幸希冀着归去团圆。他虽然一再强调家中别无兄弟，无人侍奉，只是从礼教规定的人子尽孝角度而说的。他心中，却是以为有贤惠的妻子赵五娘的照料，应该能够熬过饥荒这一关的。这一点在"书馆相逢"一出有直接的表现：当他看到捡来的父母的真容，不由得一惊，道是"比我爹娘呵，若没一个媳妇相傍，少不得也这般凄凉"。在"宦邸忧思"出他也说到："思量那日离故乡，记临歧送别多惆怅。携手共那人不厮放。教他看承我爹娘，料他们应不会遗忘。"这也是他惟一的希望。他也担心："若望不见信音把谁倚仗？"所以设法让院子悄悄找人捎信。他不知道找来的是一个拐儿，以为既然家书说"幸得爹娘和媳妇，各保安康无祸危"，现在又有钱物捎回家去，再等一年半载，待自己任满归乡郡，也应是可能的。所以是决然归去，抑或是暂且隐忍不归，难以抉择。这并不是伯喈贪恋功名富贵，而是因为尽孝之一念尚存，终养之事仍有一线之希望。事实上，蔡公蔡婆之死，并不是直接因饥荒而饿死，而是因饥荒引发的婆媳冲突而致。如果父母得以善终，伯喈纵未能终养，其责尚轻；而今父母是因错怪贤惠的媳妇，致使羞愧而一亡一病，如果伯喈在家，这一切原可避免。如果不是这种东方社会常见的婆媳矛盾，以五娘之贤，合家度过饥荒，也不是完全不可能的。而这种不太可靠的可能性，却正是蔡伯喈暂时隐忍不归的惟一依赖，才使他的行动和心理显出软弱来。

伯喈的最大悲哀便是当他苦苦做着团圆之梦的时候，家中的灾难就已经发生了。对于《琵琶记》双线交叉的方式，人们一般关注的是一富一贫、一贵一贱的直观的比较，其实对于作者而言，这主要的是为凸现主人公的悲剧性遭际而设：蔡伯喈原为尽孝而无意功名，正是赴试得功名而使蔡家一步步陷于灾难，才使伯喈陷身悲剧境地；正是伦理纲常自身的内在矛盾，才使蔡伯喈陷于进退失据而无可辩解的处境；正是这两个方面的揭示，使蔡伯喈故事脱离了负心婚变问题的框式，使蔡伯喈形象深刻地展示了中国知识分子的品性和遭际，从而拥有典型的特征。如果我们以作者的具体描写为依归，而暂先抛开所谓"生活逻辑"的先入之见，是不难体悟蔡伯喈形象的悲剧意义的。伯喈为尽孝而不愿赴试，是父亲的迫试，才不得已上路的；而赴试之后，时时不忘父母年迈之事。正如继志斋刻本等在"才俊登程"出所注明的："自此以下，凡遇生折，必寓思亲之意。"当他中状元赏玩琼林宴时，是"传杯自觉心先痛"；家中已是饥荒降临，父母为迫儿赴试致使无人侍奉之事而争吵。当他中状元得官议郎之时，又引来更大的烦恼：丞相派人议婚。当他辞官辞婚不得之时，家中则是从不出闺门的五娘也只得抛头露面去请粮，又因饥荒粮缺遭抢，五娘与蔡公双双欲自尽；如果不是路遇请粮归来的张公，灾难此刻即不免。当伯喈入赘相府，思忖"有人在高堂孤独。可惜新人笑语喧，不知旧人哭。兀的东床，难教我坦腹"之时，家中饥荒转深，五娘甘旨难供，暗地吃糠，反遭公婆疑忌，终因真相大白，五娘"爹娘休疑，奴须是你孩儿的糟糠妻室"一语，使婆婆羞愧难当，倒地而亡。当伯喈在牛府"谩有枕欹寒玉，扇动齐纨，怎遂得黄香愿？〔泪下介〕"时，蔡公因家中的变故而把罪责归于儿子的不归，道是"怨只怨蔡伯喈不孝子"，还叫五娘休将他的尸骸埋在土里，"留与旁人，道伯喈不葬亲父"，以示最大的谴责，甚至还让五娘改嫁。当伯喈悲叹"三被强衷肠说与谁行？埋怨难禁这两厢"，设法让院子寻人捎信之时，家中父亲又死，赵五娘祝发买葬，"剪发伤情也，只怨着结发薄幸人"。当院子寻得"乡邻"的捎信，伯喈从"家书"中得知父母与媳妇安康，以为如今有钱物捎归，家中必可待其归去时。不料，双亲早已归黄土，五娘罗裙包土筑坟台，悲叹"何曾见葬亲儿不到？那些个卜其宅兆？"当伯喈赏月而觉"月中都是断肠声"时，五娘已自描绘公婆真容，准备上京寻夫了。伯喈一片思亲之情被牛氏看破，牛氏谏父，出乎意料，牛相提出派人迎亲，虽然他也担心年迈的父母难以承受路途的劳碌，只得到庙中祈求"龙天护佑"，但看起来团圆和终养的愿望即将成为现实。又怎知书馆相逢之时，得到的却是父母早已惨死的噩耗！热切的希望眼看成为现实之时，得到的却是最彻底的失望和幻灭！这种"发现"和"逆转"便是"书馆相逢最惨凄"的含义；也是亚里士多德在其《诗学》中所认可的悲剧的"发现"与"逆转"的最好方式。所以蔡伯喈听得五娘叙述家中的惨情，"教我痛杀噎倒！〔生倒介〕"悲剧就此达到高潮。

明人所说的对伯喈的"真骂"的内容，从这一角度理解，便是为了更充分地表现蔡伯喈的悲剧性而设。

蔡伯喈确是"不孝"："生不能事，死不能葬，葬不能祭，三不孝逆天罪大，空打醮枉修斋。"（"遇使"出张公语）但赴试与留京不归造成"三不孝"，固然是蔡伯喈自身的软弱性格所致，是其多思而少行，优柔而寡断的结果，同时又是封建的礼教制度本身造成的，是伦理纲常自身难以调和的内在矛盾所致，是现实功名利禄的诱惑而成，也是宦世险恶的直接结果。它既不是出于个人道德的亏缺，也不是单纯的恶人播弄其间，而是挟着人所不免的私欲和人性的弱点，而本质上又是"好意"而致的，蔡公的逼试，牛相的议婚，圣上强婚强官，都是如此。它摒弃了习见的好坏对立的模式，消解了那种简单而浅薄的矛盾结构方式，看似"消解"或"调和"了《赵贞女》故事旧有的矛盾，实质上却是将冲突放到更为广泛复杂的背景之中，深深地切入到中国传统社会和传统文化底里，揭示出远比负心婚变问题深刻和复杂的内涵。读者与观众可以从不同的角度，感受其所能感受的内容，从自身的经历中引发其所能引发的共鸣；只是不能轻易地从单一的角度出发，便以为智珠在握，摒绝他说。

所以，造成蔡伯喈性格软弱，归去，抑或是不归，难以抉择的根本原因，其实在于封建的礼教伦理自身的内在矛盾。蔡伯喈既不想失去已到手的功名富贵，——这是老父一心指望的；又希望能够完成尽孝之愿，——这是作为一个受礼教熏陶的读书人无论在情感还是理智上都不能放弃的。这两者也就构成所谓的"忠孝不能两全"。只是《琵琶记》并没有过多地强调"忠"的含义，因为蔡伯喈赴试与忠君都是不得已之举，他本意只是要尽孝。中国知识分子在出与处的选择上，还有邦有道则仕，邦无道则退处独善其身的传统。蔡伯喈即有"真乐在田园，何必当今公与侯"的表示。（第二出；通行本将此二句改由蔡母唱，并将"当今"二字改作"区区")如果说《琵琶记》对现实功名和现实统治有所怀疑和批判的话,这种批判总体上不会超出安乐田园、独善其身的范围。正如高则诚本人拒绝方国珍留置幕下和延教子弟的邀请,即日解官,也只是"隐居"于四明栎社,依然在方氏势力范围,并不能真的超然物外。蔡伯喈最后实际上表示了对于功名的直接的否定。但出与处,也依然是中国知识分子永远不能摆脱的两难抉择。正如圣旨旌奖之后,仍令伯喈"限日下到京"一样,蔡伯喈明知在官场是"战钦钦拿着个怕犯法的愁酒杯",却又如何能够真的摆脱这一切呢?

就出与处而论,胸怀大志的知识分子是不可能真的甘于沉埋和寂寞的;既出,则又不能够真的甘心受制于肮脏的政治权力,希冀能在浊世中保有自己的良知和理性。这注定他们最后难免于进退失据,左右为难。这是他们无法摆脱的命运。对于中国传统知识分子来说,尤其是如此。

需要说明的是:上文所述并不是蔡伯喈形象所可以读出的惟一的含义。但即使以这一点而论,蔡伯喈形象在中国文学史上的位置也已不可动摇了。

十一　说赵五娘

《琵琶记》的总体评价，至今众说纷纭，对蔡伯喈的认识，更是歧见迭出，惟独赵五娘的形象，却是从明清时期直至当代，众口一词，大加褒扬。尤其在20世纪五六十年代《琵琶记》备受责难的时候，赵五娘光彩夺目的形象，成为《琵琶记》得到有条件承认的主要依据。以此之故，评论者多把赵五娘看做是一剧的中心，把赵五娘形象视作《琵琶记》的价值所在。关于赵五娘形象的崇高之处，评论者多有阐发，似无须再作赘述。需要讨论的是赵五娘形象的悲剧意义及其在《琵琶记》悲剧主题表述中的作用。

由于对蔡伯喈形象认识上的分歧和评价上的低迷，肯定《琵琶记》价值者大多采取升高赵五娘地位的方式。例如钱南扬先生不仅认为"本戏中的中心人物是赵五娘"，而且认为之所以把蔡伯喈写得"懦弱无能，任人摆布"，正是为了突出赵五娘，"倘把蔡伯喈写得精练勇敢一些，辞婚辞官回里，岂非要影响赵五娘的悲剧发展了吗？"（《〈元本琵琶记校注〉前言》）这一类观点，在特定条件下，固然为《琵琶记》争得了一点面子，但实质上是以认同那种割裂作品的理解方式和简单化的批评为代价的，同样贬低了《琵琶记》的价值。故在今天看来，当不足取。

若以作品的具体描写为依归，则《琵琶记》的中心人物只能是蔡伯喈，正如剧名《蔡伯喈琵琶记》（亦有作《蔡中郎忠孝传》者，见北京图书馆藏本）所表明的一样。明人常用的该剧的另一简称则是《蔡伯皆（喈）》或《伯喈》，也可以为证。

而且，不能把赵五娘与蔡伯喈割裂或对立起来；不能简单地看做是歌颂或批判的问题。因为人物本身所包含的内容远为丰富复杂。两个主要人物在悲剧表现的主线上应是统一的。

就赵五娘而论，《琵琶记》并不是为表现这位"孝妇"的苦难而写其苦难。赵五娘形象本身蕴涵的意义，远比今人已经阐发的为多。赵五娘形象也自有其独特的悲剧意义。高则诚不仅歌颂了这位善良的女性，而且借助赵五娘的遭际，切入到中国传统文化的底里。

正如我们在"诠释篇"中所分析的，赵五娘的苦难，除了饥荒岁独力难支和伦理纲常使得夫婿蔡伯喈无所适从，欲归不得外，主要的是由封建的婆媳关系造成的。封建的血缘中心观念下，媳妇是外人，总是受宗亲的疑忌。礼教妇道又规定对婆母只能绝对地无条件地服从，这使女性身上又增加了一条锁链。生活的苦难并不难熬，令人难当的是吃尽苦难之后仍要受到婆母的猜忌，而她们却不能申诉，只能打碎牙往肚里咽。这是中国传统社会千百万女性的共同遭遇。赵五娘形象之所以在数百年来能够打动传统中国人的心灵，引发女性对于共同的苦难的共鸣，《琵琶记》之所以能够在"吃糠"一出达到第一个高潮，这个高潮甚至使"书馆相逢"出的全剧设定的最高潮也相形失色，原因均在于此。如果没有婆媳冲突，赵五娘顶多是个好人；当剧本同时揭示出礼教制度下的婆媳关系时，赵五娘的形象便拥有了悲剧性的意味。赵五娘的"崇高"，正是在这种痛苦的磨难下"虽九死其犹未悔"，其所为而得到道德的升华；赵五娘的悲剧，也正是基于中国传统文化的土壤之中的。如果我们站到更高的高度来看，则其中不仅揭示出礼教妇道本身的难以消解的矛盾，而且也触及人性的底里。因为女性间相互的排斥和对于一个与她们生活紧密相关的男性的"争夺"，这种紧张的婆媳关系，是古今中外皆然的，也是人类社会难以解决的问题之一。所以其中有着远为复杂的内涵和各种生发的可能。这使得《琵琶记》本身也构成一个开放的结构和多方面阐释的可能。

另一方面，赵五娘的线索，在《琵琶记》里毕竟只是一条副线，——虽然这一条线索上的成功描写某种意义上甚至压倒了另一条线索上对于蔡伯喈的表现，但站在全剧的高度上看，它毕竟是为表现以蔡伯喈为中心的悲剧主题服务的。只有把对于赵五娘的描写作为表现蔡伯喈悲剧看待，赵五娘的言行才能得到合理的解释。

"仪容俊雅，也休夸桃李之姿；德性幽闲，尽可寄苹蘩之托"，蔡伯喈的定场白对赵五娘所作的介绍，也是对赵五娘的性格和行事的一个定位。赵五娘的初衷，是"惟愿取偕老夫妻，长侍奉暮年姑舅"。她担心的是"怕难主苹蘩，不堪侍奉箕帚"。她只希望做一个普普通通的媳妇，过平平静静的生活。"但愿岁岁年年人长在，父母共夫妻相劝酬"，这是她与伯喈共同的心愿。所以她反对丈夫去赴试。是朝廷"黄榜招贤"，是蔡公的逼试，使她新婚二月，就面临分离。而礼教制度下，这新媳妇竟不得参与丈夫赴试之事的讨论。她以为丈夫赴试是其贪图功名，责问道："解元，云情雨意，虽可抛二月之夫妻；雪鬟霜鬓，更不念八旬之父母。功名之念一起，甘旨之心顿忘，是何道理？"不是大吵大闹，也不是直斥其非，而是委婉地说："你读书思量做状元，我只怕你才疏学浅。只是《孝经》《曲礼》你早忘了一半。却不道夏清与冬温，昏须定，晨须省，亲在游怎远？"用大道理来数落满腹才学的丈夫，显出这位新妇深厚的学养，这种以退为进的问法，又合于"德性幽闲"的贤妇声口。

尽管赵五娘十分敏感地想避开新婚二月、恩爱正笃之私意，以突出孝养年迈公婆之实情，但在礼教制度下，这是徒劳的。公公仍然把伯喈不愿赴试之事，归于"恋新婚，贪妻爱"，仍把新妇作"祸水"；婆婆则说："我到不合娶媳妇与孩儿，只得六十日，便把我孩儿都瘦了；若更过三年，怕不做一个骷髅。"（第四出）溺爱儿子而归罪于儿媳，这是中国传统社会常见的现象。其中已预示了儿子不归之时，媳妇行将遭际的境遇。赵五娘对公公的逼试行为和无理说辞颇不以为然："你爹行见得你好偏，只一子不留在身畔。"气急之下，她差点上堂去论理。然而媳妇的身份马上提醒了她，欲行又止："休休，他只道我不贤，要将你迷恋。苦，这其间怎不悲怨？"（第五出）这便是一个新妇委婉复杂心理的真实写照。礼教之礼，与夫妻之情，处理得十分恰当，是大家闺秀的模样。上引五娘"悲怨"一语以后是一段合唱："为爹泪涟，为娘泪涟，何曾为着夫妻上意牵？"这种"合"，以往论者都误作场上合唱解，若此，则为伯喈夫妇直抒胸臆，故有人批评说是作者为宣扬礼教而失却人情；其实在早期南戏中，这种合均为后台帮腔合唱，是从旁观的角度议论评述剧中人所为，渲染气氛，而不能作人物自叙解。（参见笔者《南戏帮腔合唱的渊源与流变》，《艺术百家》，1991年第4期）事实上新婚夫妻，暂时别离，毕竟还有重逢之期；作为妻子，也应当让丈夫去一展才华，故"只虑高堂风烛不定"，"恐衣锦归乡里，双亲的不见儿"，才是为爹娘而泪涟的真实内容。后台的帮唱评述应当说是细致入微的。

临别之时，五娘又道："思省，奴不虑山遥路遥，奴不虑衾寒枕冷；奴只虑公婆没主，一旦冷清清。""叮咛，不念我芙蓉帐冷，也思亲桑榆景暮。"似乎只有妇道的内容。其实不然。这位封建时代的娇羞的新妇要诉说自己对于丈夫的感情，又不能直说，只能借助对公婆的担心，来表达对丈夫的眷恋，欲说又止，表白了又还推托。如果赵五娘只有孝的概念，心如止水，则根本不会出现这样的话头了。思想丈夫去后衾寒枕冷与担心公婆风烛残年，原是合二为一的事。念夫也念公婆，惦记公婆晚景，也正是为了丈夫。伯喈赴试去后，只有与公婆的关联上，才把五娘与伯喈联系在一起。古代人表述的夫妻情感有其时代条件的限制，不能以今天的眼光去苛求，看到"义""节""孝"之类的词就不自在。只要把明人传奇中那些刚刚催逼丈夫或情人赴试，转眼则又仿《琵琶记》中赵五娘而作闺叹状的情况相比较，便可知真情与矫饰之别。

赵五娘虽着意恪守妇道，但她原本无意做"孝贤妇"，是生活迫使她落到不得不做孝妇的境地。"临妆感叹"出细致地描述了她的这种无奈："文场选士，纷纷都是才俊徒。少甚么镜分鸾凤，都要榜登龙虎，偏他将我误？也不须气苦，也不须气苦，既受托了苹蘩，有甚推辞？索性做个孝妇贤妻，也得名书青史，省了些闲凄楚。""索性做个孝妇贤妻"，可见这"孝妇贤妻"也不是轻易做得的。是因为"朝廷黄榜招贤"和蔡公的逼试，才使得这位"持杯自觉娇羞"的新妇，不得不独力承担照顾公婆的重任。赵五娘是在无奈之余，才决意"索性"直面命运的："俺这里自支吾，休得污了他名儿，左右与他相回护。"从不得参与丈夫赴试之争，到公婆对媳妇的百般挑剔，吃尽控持，糟糠自咽，反遭猜忌，这是封建时代妇女的不幸命运的写照；是苦难的折磨，反使这位善良而任劳任怨的女性，焕发动人的光彩。这也是赵五娘形象的独特价值之所在。但对赵五娘来说，孝侍公婆，既是妇道伦理的要求，又是为了回护丈夫的名儿，免使丈夫遭受贪图功名和不孝之责。——虽然"三载相共生与死"，她后来与公婆在患难之中建立起深厚的感情，获得了升华，但究其初衷，却不过是代为丈夫尽责任和按礼教尽本分而已。这是中国古代妇女表示对于丈夫的感情与忠诚的常见方式。"夫为妇之天"，她们把丈夫的一切，看得比自己的生命更重要。所以若论赵五娘的所为，首先不能将她对丈夫的这种感情上的联系相分离；其次，随着共甘苦时间的推移，与夫时日为短，与公婆一起的时日实多，则又是出于对公婆的真切的感情，而不再单纯是做媳妇的本分或义务，当然也就不能简单地批评作者图解礼教概念了。

在蔡母因饥荒嗟儿之时，赵五娘左右相劝："公公婆婆息怒，听奴家一句分剖：当初教孩儿出去时节，不道今日甚地饥荒，婆婆难埋冤公公；今见婆婆见这般荒歉，孩儿又不在眼前，心下焦躁，公公也休怪婆婆埋冤。请自宽心，奴家如今把些钗梳首饰之类，去典些粮米，以充公婆一时口食。宁可饿死奴家，决不将公婆落后了。"在饥荒转深时，赵五娘不惜抛头露面去请粮。她愤对放粮官的责难："相公，怎说得不出闺门的清平话？"好容易请得的粮食又被里正抢走，眼见公婆挨饿，她痛哭道："他忍饥，添我夫罪愆。怎得见我夫面？"走投无路之时，她想到过自杀，但又欲死不能："将身赴井泉，思量左右难。我丈夫当年分散，叮咛嘱咐爹娘，教我与他相看管。我死却，他形影单。夫婿与公婆，可不两埋冤？"幸得张公救助，暂免灾祸。当再供不得"鲑菜"，勉强为公婆提供一口淡饭，而自己以糟糠充饥时，面对婆母不近人情的抱怨，五娘只能忍声吞气："便埋怨杀了，也不敢分说。"才使一曲【孝顺歌】震颤人心："糠，遭砻被舂杵，筛你簸扬你，吃尽控持。悄似奴家身狼狈，千辛万苦皆经历。苦人吃着苦味，两苦相逢，可知道欲吞不去。"

　　吃糠之时，赵五娘的处境和心理是十分复杂的。从旁观的角度说，首先是妇道规定的对于公婆的任何要求都只能服从，任何责难都只能逆来顺受；其次则是有丈夫的嘱托和礼教的孝侍舅姑的要求；再次是公婆的无理要求和责难，又是受年过八十的特定情况制约的：以此高年，一面是非肉食不能饱，另一面也是年老转童，多有偏执，虽不近人情，而又令人不忍拂其意。从五娘的内心而论，吃糠度日"也不敢教公公婆婆知道，怕他烦恼"，是真心出于对年迈公婆的照顾和呵护。况且，蔡公蔡婆虽有不体悟五娘"脸儿黄瘦骨如柴"的情状，而其本质上也仍是善良的。因为本质上的善良，所以才会在得知真相后，羞愧难当，一亡一病。对于如此善良的公婆，五娘原本不想伤他们的心。但终于因怨苦难耐，当婆婆问"这是糠，你却怎的吃得"时，她忍不住说："爹妈休疑，奴须是你孩儿的糟糠妻室！"令公婆无地自容。这里没有特别的恶人，只有有着人性的缺点和弱点的人；而正是人性的弱点，加上本质的善良，才构成了他们自身的悲剧，才生发出悲剧的"恐惧和怜悯"，蔡公蔡婆即是如此。清代《缀白裘》所录《琵琶记》"吃糠"一折，将蔡婆之死改作蔡婆误以为五娘贪吃好食，抢吃糟糠，以致噎死，便是不领悟作者之意的缘故。

　　蔡母愧悔而亡，五娘哭道："你还死教奴怎支吾？你若死教我怎生度？我千辛万苦回护丈夫，如今到此难回护。"于此亦可证五娘之所为对于"回护丈夫"的关系。《琵琶记》的深刻之处在于，它并不简单地将伯喈父母之死归于饥荒无食，不是直接处理为饿死，而是揭示出悲剧的形成实由饥荒年岁婆媳矛盾的尖锐化所致。这使蔡家的灾难显得更加凄惨，更能引人悲悯和自省，也更具震慑人心的力量。事实上，如果伯喈在家，这些矛盾由伯喈为中介而可以得到缓解；伯喈不归之于蔡家悲剧的形成的关系，也由此得到证实。

以"吃糠"出为界,前半部戏中赵五娘的行动主要是为"回护"伯喈名儿,是由"二月夫妻"的感情与为妇责任生发而及于公婆的;后半部则主要由对公婆的感情而涉及于夫婿的。一方面,三载共苦,相依为命,比之二月夫妻来得更为铭心刻骨;另一方面,丈夫不归,未知其心如何,惟有借着与公婆的关系,孤苦无依的赵五娘才与蔡伯喈有了牵连。

　　"吃糠"一出,五娘与公婆之嫌冰释。所以此前公公的猜忌和五娘的忍气吞声,在紧接着的"吃药"一出,转为相互的体贴、关心与谦让。蔡公激愤之余,把苦难的原因归于蔡伯喈"不孝",甚至要故意暴露尸骸,"留与旁人,道伯喈不葬亲父","怨只怨蔡伯喈不孝子,苦只苦赵五娘辛勤妇",看起来是褒五娘,却以责伯喈为前提,依然令一心"回护"丈夫的赵五娘十分难堪。如果说蔡公责伯喈不孝,是蔡伯喈一片孝心未能实现,而且永远得不到双亲宽恕的悲剧,那么,赵五娘"千辛万苦回护丈夫","休得污了他名儿",结果仍然使丈夫落到被责不孝的地步,也正是赵五娘的最大悲哀。因为"孝妇贤妻"的含义并非只是孝奉公婆,而且也是基于"妻贤夫祸少",为丈夫作出最大的牺牲。赵五娘剪发葬亲,罗裙包土筑坟台,描绘真容寄哀思,便是这一角度的继续深入。"非奴苦要孝名传"("剪发"出之语),实是无可奈何。

　　赵五娘的悲剧,还在于她并不明白自身苦难的真正根源。"吃糠"一折,她曾对糠自问:"糠和米,本是两倚依,谁人簸扬你做两处飞?一贱与一贵,好似奴家与夫婿,永无见期。"陈眉公评本有批云:"原来蔡公是碓,蔡婆是臼,张太公是簸箕。"这一批语其实也是看浅了。因为这里不仅有谁人所簸的责问,而且更重要的还有因何而簸的问题。是"朝廷黄榜招贤",是世俗的功名观念,才使得两处飞的。蔡伯喈一则说:"名缰利锁,先自将人摧挫。这其间,只是我不合长安来看花。"(十七出)再则说:"我口里吃几口荒张张要办事的忙茶饭,我手里拿着个战钦钦怕犯法的愁酒杯。倒不如严子陵登钓台,怎做得杨子云阁上灾?"(二十九出)三则谓："孩儿相误，为功名误了父母。都是孩儿不得归乡故，怎便归到黄土？"（四十出）这里，从封建社会的一般状况而言，则可以说是表现了如戏中所说的"甘守清贫，力行孝道"、"真乐在田园，何必当今公与侯"的思想，这是封建时代士大夫常见的观念；从元代末年的特殊情况而言，则可以说表现了对于现实统治下的功名的否定，如高则诚本人所说，始悟"功名为忧患之始"，（赵汸《东山存稿·送高则诚归永嘉序》）亦是邦无道则退而独善其身的观念的表述。

从人物的角度而论，蔡伯喈似乎从自身的遭际中领悟到了灾难的真正原因，所以获得一门旌奖之后，仍有"何如免丧亲？又何须名显贵？可惜二亲饥寒死，博换得孩儿名利归"之痛语。而赵五娘虽然在"风木余恨"出道："今来庐墓，望双亲相与保护。亲还有灵歆受此，望恕我儿夫。呀，空劳死后设祭祀，何如在日供喉嗉？知他享么？知他居何所？"直指使丈夫不得供喉嗉和公婆不得享祭品的根源。但正如她在听到牛氏说出伯喈不归的缘故后，相信是"三不从做成灾祸天来大"，只满足于为伯喈开脱，而并不对"三不从"本身有所怀疑一样，当旌表蔡家之后，她更发出衷心的感谢："把真容再画取，如今日封赠伊。把这眉头放展舒，只愁瘦容难做肥。岂特奴心知感德，料他也衔恩泉世里。"以为足以抵消苦难。可知她并不真正明白把"糠和米簸扬作两处飞"的罪恶根源。这就与蔡伯喈的痛语显出了境界上的差距。也正如张公只把蔡家的灾难归于"也是他爹娘福薄运乖，人生里都是命安排"，（"张公遇使"出）以为"况腰金背紫，不枉了光荣门户"（"风木余恨"出）一样，在高则诚笔下，每个人物的所思所云，仍是依据其自身的性格和逻辑而来，并不完全合于一，因而这些人物才呈现"圆形"而非"扁形"；才在颂扬之中又带有某种缺憾；才使任一人物都不足以完全代表作者的思想。而作品的主题则是在更高的层面上显现，并有了多方面阐释的可能性，这体现了思想的深度。但另一方面，习惯于好坏分明和"扁形""类型化"的观众却未免忽略作者的苦心孤诣，以至则诚有"知音君子这般另做眼儿看"的祈求了。

十二　说张公

"施仁施义张广才",题目正名四句之中,张广才占了一句,可以概见张公在戏中的位置了。

张公在危难之际对于蔡家的关心与帮助,体现了中国社会中邻里关系的最高美德。张公也以此得到了广泛的赞赏,甚至被作为"高义"的化身、作者的"自寓"。但张公形象在《琵琶记》早期刊本与晚出的通行本之间,实际上有着细微差别。分析这种差别,可以看到一些有意思的现象。

陆贻典钞本和巾箱本是最为接近作者原貌的传本,而通行本则对前者作了修订,以便适应明代中叶以降的社会观念。两相比较,我们可以看到时代变迁所留下的痕迹。

通行本的改动,其实只能说是"改订",即整体而言改动不多,并未到伤筋动骨的地步。但这种改订已经涉及对人物的理解和评价。从两者对同一人物的不同处理中,可以看出观念与标准的差异。

从陆钞本为代表的"元本"系统看,高则诚只是把张公写成普通人,并未简单地作"高义"的图解。在描写当中,还时或寓以"春秋笔法",对张公也有所讥评。这种含蓄的表现方式,有别于一般的"世代累积型"作品,而有着文人个人创作的特征。即其人物不是一个简单的传声筒,而是在较高的层次上获得统一性。

例如,张公对于功名的态度,实在是极为世俗的。这种世俗性虽然无可厚非,却也令人不敢恭维。戏中,蔡伯喈考虑到家中父母年迈,宁愿安乐田园,不愿远游赴试。张公极其热心地劝试,道是:"子虽念亲老孤单,亲须望孩儿荣贵。解元,趁此青春不去,更待何日?"为蔡公的逼试推波助澜。对于张公在逼劝伯喈赴试一事中的表现,明代戏曲评点家多有讥议。如张公说"秀才此行,必定脱白挂绿",李卓吾评本批云:"脱白挂绿便怎的?"张公说:"千钱买邻,八百买舍,……老汉自当应承。"使伯喈失去了居家不出的最后理由,李评本道:"都被那张老儿坏了事。"陈眉公评本则说:"为你几句俗话,卖了一只儿子,说甚买邻买舍?"张公说:"秀才,你为甚在十年窗下无人问?只图个一举成名天下知。你若不锦衣归故里,谁知你读万卷书?"李评本批云:"俗杀人。"难怪这一出张公一上场,陈评本即批云:"冤家到了。"因为蔡伯喈的悲剧,实始于取功名一念;而伯喈被迫赴试,张公的"好心"要负很大的责任。更有甚者,"南浦嘱别"出,蔡家离别之际,悲从中来,张公却说"所志在功名,离别何足叹。丈夫非无泪,不洒别离间",显得不近人情。以至李评本在侧批云"胡说!"之后,意犹未尽,又眉批云:"别离不洒泪,恐非人情。"在张公意中,取功名而光宗耀祖,乃是高于一切的。他对于官位有一种膜拜的"情结"。蔡公后来因家庭苦难而醒悟到逼儿赴试之非,而张公对于功名的俗气的看法却并未有任何改变。他只是把蔡家的灾难归于命运而已。故"糟糠自厌"出张公上场诗犹云:"福无双至犹难信,祸不单行却是真。"引得李评本、陈评本同批道:"都是你这个老儿!"蔡家灾难发生之后,张公把原因归于伯喈不归,道是蔡伯喈"中状元做官六七载,撇父母抛妻不采"。又说蔡伯喈"生不能事,死不能葬,葬不能祭"这三不孝"逆天罪大,空打醮枉修斋"。但听到李旺说伯喈"要辞官,官里不从;辞婚,牛丞相不肯。如今好生要归,又不可得"之后,张公立即原谅了伯喈:"原来他也是无奈,恁地好似鬼使神差。这是三不从将他厮禁害,恁的呵,三不孝亦非其罪。这只是他爹娘福薄运乖,人生里都是命安排。"(三十七出)所以谁也没有错,一切都是命里注定的。直到此时,张公仍未对功名和为官本身有丝毫的非议。所以"散发归林"出,他对痛不欲生的蔡伯喈道:"人生如朝露,论生死荣枯有定数,……且逆来顺受么,抑情就理通今古。"他对蔡公蔡婆的死和伯喈悲痛不以为然,他说:"相公,休只管痛哭爹娘,也须要继承宗祖。况腰金背紫,不枉了光荣门户。"他觉得这"腰金背紫",足以抵消父母之死的悲痛了。所以最后牛相前来旌奖蔡家,得知张公"高义",赠金以报,张公口中虽说:"大人,救灾恤邻,古之道也。何劳尊赐?"但略加推让之后,作"收金介",也就是很自然的了。

据以上对陆钞本系统传本关于张公形象的描写,张公对于功名的态度始终是世俗的,这也是高则诚给张公形象的定位。应当说这是完全符合现实主义精神的。因为如果让这位乡村纯朴的老人拥有知识分子式的隐逸态度和对统治者的批判倾向,反倒会失却生活的真实。事实上,张公对帝王将相与功名利禄,怀有一种虔敬的心态,从未有过丝毫的怀疑。至多也只是将灾难归于命运,而从未把苦难与统治者的作为联系起来。这是张公这一人物的可悲可叹之处。它似乎使张公的形象显得不够"高大",正如前引李、陈诸家批评的那样,却又是符合中国农民的纯厚品行的。所以在陆钞本系统中,张公的形象是前后统一的,并体现了"春秋笔法",含有深刻的寓意,当与高则诚从少时即"自奋读《春秋》,识圣人笔削大义"的训练有关。这也是《琵琶记》的文人创作特性之于一般戏曲作品的浮浅写法的区别之所在。

通行本《琵琶记》则是在长期的流传过程中,人们依据自己的审美观念和价值观念,逐步增饰改订的结果。它在某些方面消解了原作的文人性特征,而以"世代累积型"的方式,向一般戏曲作品靠拢了。以张公为例,则是"拔高"了张公的形象,遂致人物思想的发展出现跳跃,前后不贯。

通行本的前半部中张公的言行与陆钞本系统出入较少,但后半部则差异颇多。主要有三点:一是张公对功名的世俗想法突然逆转,变作对功名语含刺讥;二是将张公当作高义的化身,他的一切行动,都直奔这个主题;三是让张公直接站出来评价剧中人物,作为改订者表述其倾向的传声筒。这三者又是互有关联的。

关于第一点,在"风木余恨"与"一门旌奖"二出最为突出。

"风木余恨"出,陆钞本系统中张公前来向守庐墓的伯喈夫妇问寒暖,赐酒以示劝慰,有【玉山供】四曲,其中第四曲即前引张公所唱的"人生如朝露"曲。通行本删去此四曲及张公劝慰之语,而让张公对伯喈说了这么一段话:

> 蔡相公,你腰金衣紫,可惜令尊令堂相继谢世,不得尽你孝心,正是树欲静而风不宁,子欲养而亲不逮,这也是他命该如此。你今日荣归故里,光耀祖宗,虽是他生前不能享你的禄养,死后亦沾你的恩典。老夫苟延残喘,又得相见,侥幸,侥幸!你今在此庐墓,老夫合当陪伴。但有牛氏夫人在此,怕不稳便,暂且告别,再来相看。

陈眉公评本云:"冷语令人汗颜。"这里张公的所思所言正好与陆钞本系统相反,"命该如此"之语,即是否定了命运观念。改动者自己作了这样的说明:

> 诸本此折后有张公为生旦寒暖【玉山供】四折,极为背理。岂有前日对其差人尽言相斥,今却卑辞厚礼,前倨后恭?广才决不如此。且落场诗云:"休道世情看冷暖,果然人面逐高低。"说得广才是何等样人。坊本不通如此。

这段批语并见于继志斋本、唐晟刻本、玩虎轩刻本,可知其同出一源。但这种处理,虽然以"冷语"达到了斥责伯喈的目的,对张公沉迷于世俗功名的形象有所"补正",但同时也使张公的行动、思想前后矛盾,使得剧情发展显得突兀。凌刻本对此有很好的批驳:

> 时本删去此白及后【玉山供】四曲,且讥其前日相斥,今日厚礼为前倨后恭。不思前日已对使面言"亦非其罪"矣。今见其庐墓之孝,而以旧情慰安之,何不可之有?且旧谱亦收之,此自应为东嘉笔也。

凌氏指出,"张公遇使"出,张公已从李旺的话中原谅了伯喈,张公说:"这是三不从把他厮禁害,恁的呵,三不孝亦非其罪,这只是他爹娘福薄运乖,人生里都是命安排。"则张公并未忘记蔡公"打三不孝"的遗言,他是在得知伯喈"也只是无奈"之后,原谅了伯喈。

通行本的改动,反映了明代人的观念。因为伯喈重婚相府而致父母双亡,究竟还能不能称作孝子,一直有争议。加以"冷语",代表了那种认为伯喈应受谴责的观点。唐晟刻本有批语说:"江右梨园于此处有张公将挂杖、头发出示牛丞相以示羞辱蔡伯喈一段,如《荆钗记》之祭江,《岳飞传》之风魔,皆演本有之,刻本不载。"现代湘剧高腔《琵琶记》演出时有打三不孝的情节,即是其传承。但这种谴责伯喈而替张公"藏拙"的做法,不仅不合原作之意,而且多少使作品的内涵肤浅化了。

又如"一门旌奖"出,陆钞本系统中,牛相与张公相见一段,是这样的:

〔外相见介〕大公,我女婿的爹娘,多蒙扶持,未克报恩。伯喈,我有金子一锭,聊为报答这公公七德之万一。〔生〕如此,感蒙!〔末〕大人,救灾恤邻,古之道也,何劳尊赐?〔生〕且自收下,卑人自当效犬马之报。〔末〕说那里话?〔收金介〕

而通行本以为张公这样的高义人物,是不应该接受牛相的赠金的,所以改作张公说:"此金断不敢受。"以显其施恩而不求报的"高义"。又让牛相接着说:"贤婿,张公高义的人,不可再强。老夫回京,当奏请官职俸禄,以酬大恩便了。"这也是拔高的一例。改动者作批语云:"张公终不受金,赵五娘终不易衣装,见得孝妇义士之心,一无所为而为。坊本失东嘉之意多矣!"此批语并见于继志斋刻本、唐晟刻本及《词坛清玩琵琶记》。可见对于"高大全"的希冀,乃是"国粹"之一,并非发明自"史无前例"的年代也。

通行本对张公的拔高,还表现在他与蔡家的关系之中。按理说,张公首先是得照看自家的家业,其次才是照顾蔡家。他确实是一个热心的邻里,但也不是必须时时把蔡家的一切都放在第一位,方才显出其高义的。对张公的定位,只是一位"邻里"而已,不能越出此一范围。陆钞本中，张公第一次上场来到蔡家，是"往常间有事来相报知"，即是关心伯喈取功名之事，他助成了蔡公的逼试，但也有了在伯喈走后照看蔡家的承诺。他再次与蔡家相关联，是在饥荒发生后，在向义仓请粮回来途中，与请粮被抢的五娘和蔡公相遇。得知详情以后，张公说："小娘子，你丈夫当年出去，把爹娘分付与老夫。今日荒年饥岁，亏杀你独自支吾，终不然我自饱暖，教你受饥寒勤劬。古语救灾恤邻，济人须济急时无。我也请得些粮在此，小娘子，分一半与你将去，胡乱救济公姑。"这段话说得极其诚恳和谦让。这里，张公是碰巧遇上，见此情况，才作分粮决定的。通行本改作："咳，五娘子，你差了。老夫方才也请得些官粮，正要将来分送你公公。你怎的不来与我商量，却自家出去，被那狂徒欺侮。"开口就说请得官粮，正要分送蔡家，这表现了张公时刻不忘蔡家。但据剧本所叙，请粮是严格依据人口分发的，仅够度荒，除非张公代蔡家请粮，否则是难以将自家的度荒口粮随意分送的。张公既不曾代蔡家请粮，则不得责怪五娘不与他商量。之所以出现这种矛盾，便是为了强调张公"高义"，而将偶然相逢改作有意分粮的缘故。

此后"糟糠自厌"、"代尝汤药"二出，张公确是主动到蔡家去探病的。邻有病而问之，事属应当，正合"照看"之义。两个系统的版本均无差别。公婆既死，赵五娘的想法是："奴家在先婆婆没了，却是张公周济。如今公公又亡过了，无钱资送，难再去求张公。"于是有剪发买葬之举。但卖发不成，跌倒街头，被张公遇见，张公道："原来你公公也死了！你怎么不来和我商量？把这头发剪下做什么？"陆钞本这样处理是有道理的。因为张公认为这样的大事应该和他商量的，而对剪头发一事则颇为不解。通行本作张公上云："今日蔡老员外病症不知如何，我且去看一看。呀，五娘子，你为何倒在街上？"这样，张公出场的直接目标仍是蔡家，这还无可厚非。但作为邻居而探望蔡公，何以会与上街卖发的五娘相遇呢？这就变成了漏洞。其实，张公即使不事事跑往蔡家，以其急人所难，也已不失为一个高义的人物；但因了他的"高义"人物，便让他上场的每一个行动都直奔照看蔡家这一主题，则未免过头了。

借张公之口直接品评人物的行动，点明某种道德的评判，主要体现在对赵五娘和蔡伯喈的品评上。如前述五娘卖发不成，跌倒街头，幸得张公答应资助，可渡难关。陆钞本作："〔旦〕公公，收了这头发。〔末〕我要这头发做什么？"从此处的特定情境理解，五娘感谢张公的一再帮助，无以为报，只能赠青丝聊答谢忱；而张公从不曾想人回报，愕然不解这青丝有何用处，故有此答。这是符合此时此地人物的特定心境的。通行本则作："〔旦〕如此多谢公公，请收下这头发。〔末〕咳，难得难得。这是孝妇的头发，剪来断送公婆的。我留在家中，不惟留做话传，后日蔡伯喈回来，将与他看，也使他惶愧。"唐晟刻本、继志斋刻本有批语云："诸本此后有末唱一折，与前第三折意觉重复，从古本删去。末白又重在头发上，甚有意味。坊本作'我要这头发作甚么？'非复人言。"可知其改动的缘由。通行本中张公所言，与其说是人物性格所致，不如说是改订者着意借张公之口以作点评。前引陈评本所称道"冷语令人汗颜"的一段话，也是如此。传统戏曲惟恐观众不明含义，常特作点明，即此类也。现代话剧与戏曲的不同，亦体现于此种地方。而《琵琶记》因其文人创作的特点，原与话剧式以人物性格化的语言和行动来表述的方式更接近；陆钞本尚保有此种特征，而通行本则更像"做戏"。如"描容"出，张公见五娘所写真容，通行本便多一句："你孝心所感，一定逼真。"所以据陆钞本系统，则尚较多地拥有"倾向自然而然地流露"的特征，而通行本则惟恐观众不解，往往直接点明。前者多少留有文人作品耐作案头阅读的特征，因为需细味乃解；后者则纯是场上之曲，因为面对田农妇孺，务须明白易懂，不惜特加点明，却如咀嚼之后相饲，失其真味。

由于张公的高义形象，以及通行本中张公常处在点评剧中人物的地位，所以明人有张公为作者自寓之说。这据通行本略可圆通。但明白版本间的细微差别，便可知作者除了"自然而然流露"之外，其实不曾站出来借人物之口作直接的表述，而是更多地赋予人物以性格化的语言与行动。故不论蔡伯喈还是张公，其言行都只是其性格使然，而不能完全代表高则诚本人的看法。通行本的改删，只足以证明改订者确实借张公之口表述了自己的理解与判断，但与高则诚无涉。

总之，则诚笔下的张公，既有其高尚而值得称颂之处，也有其庸俗而可悲可叹之处。既无"拔高"处理，也无贬低之意，而是写出了一种复杂化的带有典型意味的特征。这对于习惯于好人坏人分明的观众来说，似乎较难理解，故传演中便作了拔高，尽力使之成为一个纯粹高尚的人物，终于回归到人们熟悉的模式，却多少失去了典型价值。

十三　说牛丞相

牛相是《琵琶记》中一个简单而复杂的人物。

说其简单，因为牛丞相出场不多，并且被看做是一个否定人物，似无争议。说其复杂，在于如何给牛相一个"定位"：相非贤相，父属严父；一定要招伯喈为婿，蔡家灾难由他造成；最终仍让伯喈迎亲及归守庐墓，也不得全部归罪于他。故虽含贬抑，但究竟达到何种程度，仍可议说。而明人眼中的牛相，与今人眼中的牛相，也仍同中有别。

按照时行的看法，牛相作为统治集团的代表，实际上是蔡家灾难的制造者。这样的否定性人物，除了加以批判外，无须再加词说。倘若我们再从中找出一些可以同情与理解的内容来，恐怕难免使人惊诧了。

我们从历史人物、剧中人物、作者三者的关联中，探讨过高则诚的"创作缘起"与"创作意图"。历史人物在东汉末年政治腐败、社会黑暗的背景下，因"名高"而被迫为官，结果招致"名浇身毁"的人生悲剧，与剧中人因赴试中状元而归养不得，招致家破人亡、身陷不孝薄幸的结局，有着同构的关系。高则诚本人身处元代末世，社会政治腐败黑暗，他从早岁的热衷功名、希冀一显身手，到始知功名乃忧患之始，拒绝方国珍的强邀而解官归隐，却又未脱出方国珍的势力范围，这种背景与心境，对于他有感于蔡伯喈的故事而创作《琵琶记》，自然会有某种联系。所以我们说《琵琶记》在某种程度上隐含着对元末统治与现实的批判。这种隐约的含义，对于高则诚同时代的文人词客，或许不难体悟，他们会从东汉末年的社会政治背景中，从蔡邕的人生悲剧中去认读与补足，并据元末社会状况,从高则诚在方氏势力之下的特定处境,获得与高则诚会心的一笑;而普通观众则不然,只会从故事场面中直观地去理解,而并不一定"另做眼儿看"。

方国珍对高则诚的"邀留",也是雷同于戏中对伯喈的"强官强婚"的"好意"。伯喈"畏牛如虎",而牛相其实并没有真的拘系着伯喈不放,后来不仅同意了女儿迎亲的要求,甚至还同意女儿一同去守墓。或许牛之可畏,正需从蔡邕之于董卓,高则诚之于方国珍的关系中才能体悟吧。但文学毕竟有其自身的规律。文学不是影射,影射的也不是真文学。历史人物也好,高则诚也好,我们只能说在上述角度与层面上,他们与《琵琶记》的创作缘起及情节设置有某种关联,却并不能将两者径加等同。郭沫若说"蔡文姬就是我",他写《蔡文姬》,就是因为他自己的经历与文姬有共同之处。但遭际与感受的相同,并不能据此而对号入座。《琵琶记》中的蔡伯喈故事,既然是从《赵贞女》负心婚变故事改变而来,则蔡伯喈与蔡二郎的关系更为密切,而与历史人物有了一定的距离。剧中人物只是按照故事发展的趋势和自身的性格而行动。虽然作者尽可能把历史人物的某些事实移用到戏中,更多地把历史人物的性格与品德贯注到戏剧人物中去,使两者之间有了某种同一性,但也仍然不过是依稀仿佛而已,并不能完全等同。惟其如此,人物仍自人物,历史仍归历史,读者自然也只就其所见而生发共鸣,只认可作品世界自身的完整性和独立性。虽然中国传统讲究"知人论世",但所"知"的角度也仍各不相同:既可从历史的角度去知,也可以从原故事中负心与否的角度去知,还可以从作者所声称的关风化的角度去知,遂有关于《琵琶记》的种种歧异的见解,并且各有其自身的合理性。

回过头来说,蔡伯喈尚有历史人物作参照,而牛相却是子虚乌有的了。他既非董卓,亦非方国珍或居于牛渚的不花丞相,他只是《赵贞女》故事中的丞相在《琵琶记》中的延续。因而也可以说只是一个一般意义上的丞相而已。高则诚是配合着蔡伯喈的新故事来写这样一位丞相的。所以不妨姑且撇开历史与现实,只看作品中的具体描写。

牛相直到第六出才出场,但第三出牛氏规奴的行动中,便已未见其人而已感觉到他威势了。他"势压中朝,富倾上苑",更以严格的家教教育女儿。从只知读《列女传》、做女工,既不到花园游赏,也不知伤春为何物的牛氏小姐身上,已可见牛相教育的"成功"。这一点上,牛相比《西厢记》中的老夫人,《牡丹亭》中的杜宝高明得多了。因为莺莺做出"丑事",实与老夫人的放任有关,正如"拷红"一折红娘所责问的一样;而杜宝也是失败的,他禁止女儿午睡、游花园,却仍不能抑制少女春心的萌发,遂至丽娘因游园而一梦成病。牛相已经使得女儿根本不对园外的春光有所动心。"把花貌,谁肯因春消瘦?""任他春色年年,我的芳心依旧。"(第三出)杜宝请陈最良教的《诗经》之《关雎》篇,虽云"后妃之德",却易生"好逑"之想;丽娘聪敏过人,正犯女子有才之忌。而牛小姐却是以《列女传》为伴,以女工为本分,以做一个贤妇为目标,故能"啼老杜鹃,飞尽红英,端不为春愁"。反怪惜春:"春光自去,你有什么闷来?"面对燕飞蝶舞莺语,却道:"你是人物,说那虫蚁作什么?"使惜春无话可说,只好只叹"我好没来由",当然也就做不成送信的红娘了。(第三出)

第六出牛相上场,先是打跑了张尚书、李枢密家来做媒的媒婆,声称女儿非状元不嫁;接着又为使女游园之事,把女儿与老姥姥、惜春叫来训斥一番,劝女儿守紧闺门,免得玷辱了名声,可谓语重而心长。在这里,牛相的作为,可谓是严而有节,庄而有理,虽未见其调燮阴阳的手段,但就其治家而言,在封建时代却也是可堪称道的。这不仅与老夫人的治家无方、杜宝的死板迂腐不同,与《张协状元》的黑相、《荆钗记》中的万俟相的一味用蛮也不同,善用其威而又不使发生直接冲突,所以才能强赘伯喈入府而仍安然无事。

有牛相的教导,方有牛氏的"性格温柔"、通达贤惠,才有牛氏的谏父迎亲、不妒而认五娘为姊妹,从夫守庐墓,为蔡伯喈故事从《赵贞女》的负心婚变,转化成一夫二妇同受旌奖结局,奠定基础。

牛相"极富极贵",位极人臣。他惟一的缺憾,便是"回首庭前,凄凉丹桂好伤怀",夫人去世,只有一女,长大成人,未曾婚配。他的想法是:"我的女孩儿性格温柔,是事实会,若教他嫁个膏粱子弟,怕坏了他;只教他嫁个读书人,成就他做个贤妇,多少是好。"舍膏粱而取书生,他为女儿所想也不可谓不周到了。正因为牛相早有这样的声口,所以新科榜发,皇帝也愿成人之美,见到蔡伯喈好人物、好才学,便让牛相招之为婿,并愿主媒。牛相也显得很大度,道是"不须用白璧黄金为聘",只要答应一声就可以了。因而如媒婆所说,"一来奉圣旨,二来托相公威名,三来小娘子才貌双全,是人知道",蔡伯喈应是喜从天降,趋之惟恐不及才是。不料,蔡伯喈竟然拒绝了!"听伊说叫人怒起,汉朝中惟我独贵,我有女,偏无豪家匹配!奉圣旨命我每招状元为婿。"牛相此时发怒应是可以理解的。但一怒失态之后,他马上再问原由,当知伯喈"待早朝,上表文,要辞官家去,请相公别选一佳婿"时,牛相"〔笑介〕他原来要奏丹墀,敢和我厮挺相持",略一沉吟,道是:"我如今去朝中奏官里,只教不准他上表便了。"(第十三出)

这里,牛相一怒,一笑,又一沉吟,便构成了对蔡伯喈命运攸关的"强官强婚"。牛相这一笑的潜台词究竟是什么?为什么在明知蔡伯喈有妻室,道是"再婚重娶非礼"的情况下,仍要招伯喈为婿呢?

高则诚并无更明确的交代,故令人疑窦丛生。陈眉公评本批云:"进士中岂无一人足以做丞相女婿者,何以执拗若是?"(十四出总批)李卓吾评本一则云:"辞婚不合先说。事以密成,语以泄败。机事不密,反害于成。蔡伯喈原有腐气。"(十三出总批)再则云:"不是牛太师不是,还是蔡伯喈太腐耳。怪他不得,怪他不得。"(十四出总批)

通行本试图对此有所补救,故将牛相"笑介"这科介指示删去,并下二句作一曲【前腔】云:"他原来要奏丹墀,敢和我厮挺相持。细思之,可奈他将人轻觑。我就写表奏与吾皇知,与他官拜清要地,务要来我处作门楣。"而将原曲之"合"改作众唱之尾声。故牛相此处非笑乃怒。清毛声山评本即谓此处乃是"再闻而愈怒",原因似乎便是"可奈他将人轻觑"。但已知伯喈"将人轻觑"而偏要将女儿嫁与,才真正是"牛气"而且不可理解了。至于说"与他官拜清要地",其实上文已经明说"官为议郎"原已是"任居清要",何况下文并未另予官职,则此语便落空了。所以这种改动并不成功。

　　凌初成批云:"此与第二换头前段正同,而'圣旨'下又少数句,不合调,岂有脱误耶?时本因其不合,而于'相持'下添'细思之,可奈他将人轻觑。我就写表奏与吾皇知,与他官拜清要地,务要来我处为门楣。'遂割'读书辈'以下为【意不尽】。及细核之,只与第三换头字句不合。及查《千金》、《寻亲》,皆古传奇,而【双㳇鸂】各与此不同,最不可晓。今姑从元本,缺疑以俟知者。"或许这里的处理,向来便有不同的理解,故早就有所改订而难以抉择耶?

　　李卓吾的评说从另一个角度切近底里。这便是伯喈之迂腐。这位草莽秀才初入京师,得中状元,骤降喜事,归留难断,惶惶不知所措,对议亲更是喜惧莫名,语无伦次。请看"议亲"出,院子、媒婆初来议婚时,他说是"自有正兔丝和那亲瓜葛"。再劝时他道是"妻正青春,那更亲鬓垂雪"。三劝时则说:"自小攻书,从来知礼,忍使行亏名缺。父母俱存,娶而不告须难说。悲咽,门楣相府须要选,奈煢煢佳人难存活。"从断然拒绝到转口云"娶而不告须难说",只是对相府门楣必须选和煢煢佳人难存活的两难关系有所不忍而已,可知也不是毫无所动。这里有腐气的一面,也有对功名富贵掩饰不住的心动。从成亲出伯喈所唱"喜书中今日,有女如玉"的曲句,便可知伯喈确有过"思想动摇"的时刻。从"高大全"的孝子标准来说,这种想头当然易受讥评;但从人的性格与心灵的刻画的深刻之处而言,却是极其准确而鞭辟入里的。如果伯喈只有孝的理念而没有人的欲望,一切惟孝而动,便只是一个图解的傀儡;只有通过这种欲望与理性的冲突的真实描摹,才能写出活生生的人物。同样,从这一个角度,我们可以体悟到牛相从一怒,到一笑,再到作出不允伯喈辞婚决定的复杂心理。一怒,是因为他根本没有想到伯喈竟然会拒绝,他的惟我独尊的自尊性格受到极大的刺激;也许他根本就没有听清楚伯喈辞婚的理由,只听到辞婚二字便"教人怒起"了;但这位老练沉着的当朝丞相马上察觉了自己的失态,所以紧接着再问:"不知他回话,有何言语?"当听清楚辞婚的理由只是什么"父母八十年余,已娶了妻室,再婚重娶非礼。待早朝,上表文,要辞官家去,请相公别选一佳婿",他不禁莞尔一笑。这一笑可以看作是对伯喈心理的这样一种透视:父母年八十余而仍来赴试,可知功名心切,辞官当是言不由衷;既谓已有妻室,却又道是"再婚重娶非礼","娶妻不告,实难从命",则重娶的主要问题也只是不告父母而已,并非真的不能选作相府门楣,一番推托,不过是"知礼"的书生应有的姿态而已,今有皇上为媒,大可抵消这一顾虑;而已有妻室之事,牛相根本就不打算放伯喈回去,"何必顾彼糟糠妇?"("几言谏父"出牛相语)至于上表文辞官家去,与当朝丞相厮挺相持,岂不如螳臂挡车,令人失笑了。这里牛相"笑介"两句之后作:"〔合〕读书辈,没道理,不思量违背圣旨。只教他辞官辞婚俱未得。"在宋元南戏中,这"合"是场下帮腔合唱,而不是场上合唱的;此处即是场下帮腔评说此事,牛相不参与合唱。即在后台帮腔合唱时,牛相作沉思介,待合唱毕,牛相主意已定,便吩咐道:"院子,你和官媒再去蔡伯喈处说,看他如何?我如今去朝中奏官里,只教他不准上表便了。"牛相让人再探伯喈的意思,是相信伯喈推辞之后,便是接受;而他自己先上一章,不准伯喈之请,则是让伯喈没了推托的借口。所以圣旨以"孝道虽大,终于事君;王事多艰,岂遑报父"为由,命伯喈"尔当恪守乃职,勿有固辞。可曲从师相之请,以成《桃夭》之化"。加上伯喈的奏章中并未提及已有妻室之事,只提父母年迈,"不告父母,怎谐匹偶?"则圣上为媒,足可以代父母之命,诚然是"把乘龙佳婿招,多少是好"了。如此看来,通行本删"笑介",即一味强调牛相之怒,恰恰是把牛相给简单化了。因为"再闻而愈怒"的心态，下接的应是《张协状元》的黑相怒贬张协，《荆钗记》的万俟相怒贬王十朋式的摊牌了。老谋深算的牛相不应如此。

牛相的强婚，从其自身情况考虑，一则是蔡伯喈确实是好人物好才学，况且是新科状元，又有皇帝为媒，奉旨成婚，而牛相只有一女，他等待着女婿这半子的身份来延续自己的权势。二来前已不许张尚书、李枢密提亲，声言非状元不嫁，"怕人传，道你是相府公侯女，不能够嫁一状元。"（十四出老姥姥语）他后来对此作了检讨："只因一着错，输了一炮落。自家当初不仔细，一定要招蔡伯喈为婿。"（"散发归林"出白）确实是太"不仔细"了。也许当初一心想招状元为婿，声扬于外，骑虎难下，以致求之过切，一时匆促，所思未周吧。

从戏中的具体描写看，到此为止，牛相的行动于情于理也都是可以理解的。他对于女儿的要求，为女儿选佳婿，必欲求而得之的行动，都是出于一种"好意"。然而在另一条线索上，蔡家却因伯喈被强官强婚、稽滞不归而陷于灾难之中。牛相实际上是蔡家灾难的制造者。那么，究竟如何看待这一切呢？

撇开影射东汉末世或元蒙统治之说，以及讥方国珍或不花丞相之说，以戏中的实际描写而论，也仍可读出一种典型的含义。

牛相成为悲剧的制造者，并非是出于蛮横残暴，亦非是奸邪佞恶，而主要的是一种"自私"。因为位极人臣，惟我独尊的身份，他眼中只有自己的要求与利益，而无视别人的需要。他招蔡伯喈为婿，便是看中了蔡伯喈"好人物好才学"，这个评价虽然出自皇帝之口，却是深得牛相之心的。牛相根本不屑于门当户对的张尚书、李枢密，却选中了这穷秀才，也不是真的不惜降尊纡贵以接纳蔡家这样的穷亲家，而是他根本就把蔡伯喈与蔡家割离开来了。他要的只是中了状元的蔡伯喈。以泰山的权势，门第高下，已无关宏旨；惟其低微，方能使其更加感恩戴德。从"几言谏父"出牛相的厉斥："惟！吾乃紫阁名公，汝乃香闺艳质，何必顾彼糟糠妇，岂肯事此田舍翁！"可见牛蔡两家毕竟是有着不可逾越的鸿沟的。虽然牛相并没有明确地说不让伯喈派人回去,也没有派人监视着伯喈,但他也确实没有想过让伯喈回去,也从来不曾关注过穷亲家。他意中只有伯喈是他的女婿,却从没想过自己的女儿也是人家的媳妇,有尽孝的责任。甚至蔡氏父母死后,他还发脾气,道是:"我的女孩儿,如何与别人带孝?"("散发归林"出)他意中,既然蔡家让儿赴试,伯喈便不再属于蔡家了:"既道是养儿防老,何似当原休教来赴试不好?"至于奉养双亲,"既有媳妇在家了,他孩儿不去也不妨。"("几言谏父"出)所以,牛相虽无意于给蔡家以灾难,但移走了蔡家惟一的支撑,灾难便不可避免。

牛相甚至认为蔡伯喈入赘牛府也大半出于自愿。他说:"有缘千里能相会,须强他不得。"("几言谏父"出)这可证上文关于牛相"笑介"时的心态分析是可以成立的。因为他以为伯喈不过是假意推辞而已。他根本不认为自己强迫过伯喈,故不仅以为自己毫无责任,甚至还怪伯喈:"彼久别双亲,何不寄一封之音信?"直到牛氏点出伯喈是"只要保全金榜挂名时,事急且相随",即惧于当朝丞相之威势,为保全功名与前程,不得已而相从,牛相这才无话可说。

一种"反讽",在于恰恰是被牛相以礼教严格教育出来的女儿,却以礼教的纲常作支持,揭穿了牛相的自私心态:"父居相位,怎说着伤风败俗,非礼的言语?"使得牛相恼羞成怒:"这妮子无礼!到将言语来挺撞我。"只得自解道:"夫言中听我言违,料想孩儿识见迷。""几言谏父"出父女之间凡"十八答",针锋相对,堪称精彩。徐渭说:"句句是常言俗语,扭作曲子,点铁成金,信是妙手。"《南词叙录》牛氏的"上纲上线"的话头,原属迂腐可笑,只有用于对付这位身居相位,处处以礼教训人的严父,才是痛快淋漓,显出"点铁成金"之妙来。可惜这种徐渭意中的"常言俗语",当世代变换以后,在人们眼中,却已成为"赤裸裸"的礼教宣传了。可知对礼教的过分"敏感",相当程度上妨碍了人们对于作品含义的正确理解和作品妙处的欣赏。

但牛相毕竟是一位有涵养的老丞相。回头细细一想,女儿的话虽然"难听",却是"良药苦口利于病,忠言逆耳利于行"。"暗中思忖觉前非,有个团圆策",即派人迎接伯喈双亲来京。(第三十二出)所以陈眉公评云:"这一出,牛之罪全担伯喈身上去了。"但牛相的做法其实也只是从自己角度考虑的。他说:"待放他(牛氏)去(陈留),只是幼长闺门,难涉路途;况兼自家年老无人,如何放他去?"他并未想一想,伯喈年过八十的父母,又如何经得住路途的跋涉呢?当然对于这位"炙手可热"、势压中朝的当朝丞相,能想到这些也已经非常不容易了。同样,当五娘来京,知伯喈父母双亡,夫妇三人要一同归守庐墓,牛相也不是马上就同意的。他对老姥姥说:"不中,我的女孩儿,如何与别人带孝?"甚至威胁说:"我不教女孩儿同去,又待怎地?"只是在老姥姥"事须近理,怎挟威势?休道朝中太师威如火,更有路上行人口似碑"的劝说下,他才只好自吞苦果:"当初是我不仔细,谁知道事成差池?念深闺女多娇媚,怎跋涉万余里?我嫡亲有谁?怎生分离?休休,不教爱女担烦恼,也被旁人道是非。"无可奈何之下,才说:"由他去,我管甚么闲是非?"这里牛相与老姥姥商量的口吻,与在伯喈夫妇面前的姿态颇不相同。前者是私己之谈,颇涉自私之心;后者则须保有丞相的体面,故说得十分堂皇,不失贤相口吻。如他与牛氏相争时曾谓"何必顾彼糟糠妇",而与五娘对面时却极口称道说:"贤哉!贤哉!"热情地说:"你今日无父母,又无公姑,你便是我孩儿一般。"让五娘与牛氏姐妹相称。此种地方,可见《琵琶记》的描摹,堪谓细致入微,含有大量的潜台词,与一般民间戏曲的率直颇不相同,读者细味自可得之。

　　牛相的"转变",可以说是为女儿考虑的结果。正如他的"强官强婚"是为让女儿嫁一个会读书的状元郎一样。老年人爱女心切,或许亦是人之常情吧。牛相年事亦高,膝下只此一女,却放她去陈留守孝三年,也算是一种牺牲了。送别时他说:"辞别去你的吉凶未凭,再来时我的存亡未明。伯喈,吾今已老景,毕竟你没爹娘,我没亲生,若念骨肉,须早办归程。"《词坛清玩琵琶记》引汤显祖评云:"丞相未是不贤,只为舍不得儿女,实至情也。看此相别，孑然一牛，十分凄然。"在伯喈父母双亡，伯喈别无牵挂之后，牛相完全认同了蔡家的一切。他更希望伯喈"念骨肉一家"，"早办归程"。而此时，伯喈的荣耀也就是牛相的荣耀，所以"一门旌奖"，其实是必然的结局。当然牛相顺便也为自己办妥了取女回京之事：封赠以后，让伯喈"限日下到京"，便可以恢复牛府的正常生活了。牛相高兴地对伯喈说："孩儿，数载艰辛虽自苦，一旦荣华人怎知？"以为这旌奖足以抵得过三载的辛苦。只是他仍然无法理解这位孝子欲尽孝终养而不得的心境，伯喈道是："儿不孝有甚德？蒙岳丈特主维。呀！何如免丧亲，又何须名显贵？可惜二亲饥寒死，博换得孩儿名利归！"心中的缺憾依然难平。各样的人物，仍按各自的性格而行，这种性格化的语言和丰富的潜台词，是《琵琶记》的擅长。而《琵琶记》所展现的悲剧，似正在于各种不同的人物，依各自的性格而作出的行动之中，在其相互关系的运作之中形成。

照此说来，牛相也不是一个"恶人"。他的"转变"似乎又使"牛之罪全担伯喈身上去了"。岂非《琵琶记》并没有真正的坏人，而且谁也没有过错了？这是否是取消冲突了呢？从阶级对立的角度理解《琵琶记》的冲突，高则诚似乎使得悲剧冲突"消解"了。但从高则诚所肯定的伦理纲常的角度，却不难发现，正是封建伦理纲常内在的矛盾，构成了父子之间、婆媳之间、君臣之间、功名与尽孝之间的冲突，使蔡伯喈从父从君的合于礼教的行动，成为悲剧发生的契机。从肯定礼教而关风化的角度出发的描述，结果却归于揭示了礼教本身的矛盾，从中透出的是对于礼教的否定意义。这是高则诚的无意中的"偶然"呢？还是高则诚有意而为之？还是一种"现实主义的胜利"？究竟是一种明确的以阶级对立为表现的冲突更加深刻呢，还是从一种无可违抗的命运般不可究诘的伦理纲常中体悟的悲剧冲突更加来得深刻？这只能由读者见仁见智了。高则诚只是说道："知音君子，这般另做眼儿看。"至少我们可以说，在《琵琶记》改变了《赵贞女》的主题与后半情节之后，在取消了《张协状元》、《荆钗记》等的丑角扮演的丞相之后，在以外角扮演的丞相身上，也依然可以读出更加深刻的意义。从个人的邪恶，转向一种制度、一种社会组织和道德观念本身所具有的内在矛盾所导致的灾难，转向对人性弱点的揭示，而不是简单化的恶人作祟，应当说是更加深刻，而不是相反。而且，明清人眼中的牛相，毕竟不同于今人以阶级对立观念观照下的牛相，他们更多的是从一般意义上的丞相来理解牛相，感悟人物的意义的。

对牛相的否定不及人们预想的那么坚决，是否意味着对牛相或统治者的歌颂呢？答案也是否定的。因为《琵琶记》总体上对统治者还是持一种否定的态度的。剧中虽说是"全忠全孝蔡伯喈"，其实只是强调了孝而并未有对忠的渲染。剧中虽然没有对牛相如何"禁拘"着蔡伯喈作正面的描写，但也让伯喈对官场的处境作了表露："【红衲袄·前腔】我穿着紫罗襕倒拘束我不自在，我穿的皂朝靴怎敢胡去踹？我口里吃几口荒张张要办事的忙茶饭，手里拿着个战钦钦怕犯法的愁酒杯。倒不如严子陵登钓台，怎做得杨子云阁上灾？只管待漏随朝，可不误了秋月春花也？枉干碌碌头又白。"倒是这种地方，隐约可见蔡邕在董卓治下和高则诚在方国珍势力范围中的处境与心情；也可以说是封建时代官场生活"伴君如伴虎"的典型写照。在《琵琶记》中，功名确实是与忧患与灾难联系在一起的。但无论在元末还是在明代，都不可能允许对统治者有直接的揭露与批判，《琵琶记》只能作一种隐约的暗示，即使将牛相改作奸相敷以白脸扮以丑角，也依然只能是只反贪官不反皇帝的。因而对于作者可能有的感发，与作品实际传演中被理解的含义，应当有所区别地对待，对任何一方面的过分强调，或认为非此即彼，都是不恰当的。

"极富极贵牛丞相"，题目四句中惟一非评价性的句式，给人们留下想象的空间。对《西厢记》的老夫人的评价，从过去视作封建家长的代表，抑杀爱情的罪魁，到今天认可她的想法是封建时代正常的观念；以及理解《牡丹亭》的杜宝教女的行动，并将杜宝也作为封建思想的受害者，说明非此即彼的对立逻辑正在被抛弃。平心静气地理解牛相这样的人物，也应是题中之意吧。

十四　说牛小姐

牛氏小姐是一位在礼教妇道熏陶下成长起来的标准的大家闺秀。明清人对其颇为称道,赞为"牛产麒麟"(李卓吾评本三十一出评语)。而今人则因其处处以礼教为规范,便指责高则诚把她写成了一个"木头人",并且据阶级对立学说,认为一位相府千金小姐是不可能认同伯喈的糟糠妻室的,必是像《潇湘夜雨》中的赵相之女,《秦香莲》中的公主那样蛮横无理,方才符合"生活的真实"。这种一个阶级只有一种典型的思维模式,在今天看来当然不值一驳。但批评者却又认定高则诚树立这一典型,意在宣扬封建礼教,要把世人"引入歧途",从而成为从整体上否定《琵琶记》的倾向与价值的依据。其实,高则诚虽然着意刻画牛氏之合于礼教,但也无意把牛氏小姐作为典范以供世人仿效。因为《琵琶记》如此设定牛氏之品格,原是剧情发展的需要,无可厚非。

牛氏小姐的贤惠,是原有的负心婚变故事能够以一夫二妇和睦结束的关键。因为要把蔡二郎负心弃妻的故事改造成蔡伯喈志诚不负心,最后一夫二妇结局得以成立,相府小姐的所为,便是一个很重要的砝码。

在牛氏尚未上场时,牛府的院子已这般作了介绍:"且说贤德的小娘子:看她仪容娇媚,一个没包弹的俊脸,似一片美玉无瑕;体态幽闲,半点难勾引的芳心,似几寸清冰彻底。珠翠丛中长大,倒欣着淡雅梳妆;绮罗阵里生来,却厌他繁华气象。怪听笙歌声韵,惟贪针指工夫。爱此清幽,整日何曾离绣阁;笑人游冶,傍青春那肯出香闺。开遍海棠花,也不问夜来多少;飞残杨柳絮,并不道春去如何。要知他半点贞心,惟有穿琐窗皓月;能使他一双娇眼，除非翻翠帐清风。决非慕司马的文君，肯学选伯鸾的德耀？更羡他知书知礼，是一个趋跄的秀才，若论他有德有行，好一个戴冠儿的君子。"

这是一幅大家闺秀的素描，也是对牛氏性格品性的定位。后文的一切，皆是从这里生发的。而传神之笔更在于，牛氏未上场而先闻其声："〔贴旦在戏房内叫〕老姥姥，将我的《列女传》那里去了？""〔贴旦又叫介〕惜春，将我的针线箱那里去了？"在春光明媚之时，侍女丫环春心萌动，趁牛相入朝未归而嬉闹于后花园，这位相府小姐却安然闺阁，声声《列女传》，语语针指女工。这一处理堪与《红楼梦》中王熙凤的出场相并提。牛氏一出场便斥责丫环惜春："你直恁的为人不自重，只要闲嬉并闲哄。"惜春道是："奴家名唤做惜春，见这春去，自伤春起来，有何不可？我早晨间见疏剌剌寒风，吹散了一帘柳絮；晌午间只见淅零零小雨，打坏了满树梨花。一霎时啭几对黄鹂，猛可地叫数声杜宇。见此春去，如何不闷？"牛氏却说是："春光自去，你有甚么闷来？我和你习些女工便了。""妇人家谁许你闲嬉？不习女工，有甚勾当？"惜春说，对此春光，就是猫儿狗儿也动心，怀疑牛氏是出于矫情。面对丫环的责疑，牛氏自称是："啼老杜鹃，飞尽红英，端为不春愁。把花貌，谁肯因春消瘦？任他春色年年，我的芳心依旧。"

牛氏幼年丧母。也许正因母亲的早逝，没有得到母爱的充分的关怀，而身为宰相的父亲，毕竟不能替代母亲之于青春期少女成长的关心，他只会以礼教妇道来要求与期待。所以，牛氏丧失了在母亲怀中撒娇的机会，却在父亲的严格的教育之下，早早地抑制了天性，学会以理性的方式对待生活，自觉地"存天理而灭人欲"，成为一名真正合于礼教的大家闺秀。惜春说："我吃小娘子苦，并不许我一步胡踏，并不要说男儿边厢去。苦咳，你弗要男儿，我须要他。也道我和他相似，也不放我笑一笑。今日天可怜见，吃我千方百计去说化他，只限我一个时辰，去花园中赏玩一番。苦咳，我如何的不快活？"李评本批云："虽是科诨，却形容得他家政肃然。"可知牛氏品性的由来。

正因为牛氏是这样的一位大家闺秀,她在此后的行动、想法才有了依据。《赵贞女》故事中所可能包含的因相府小姐的蛮横而致使伯喈弃妻不认的情节,才能够向一夫二妻和睦结局转化。从这一点而论,关于赵贞女蔡二郎的负心婚变故事得以转换关键的实不在伯喈,而在于牛氏。

　　《琵琶记》对于这位封建时代的大家闺秀的定位,应当说是十分准确的。使婢游赏之事,向来为牛府所禁止。牛府使婢得以在花园游赏,也只是因牛相公务忙碌,偶尔在朝未归。可知牛相管教之严。另一方面,尽管牛氏已对使婢作了规劝,但牛相仍不放心,他上场后即劝女儿:"孩儿,妇人之德,不出闺门,你如何不省得?我这几日出朝去,见说道几个使唤都在后花园闲耍,却是你不拘束他。你如今年纪长大,今日是我孩儿,他日做别人媳妇,你如今不钤束他,倘或他做出歹事来,也把你名儿污了了。"这种严格的管教,便是牛氏能够成为一名大家闺秀的保证。但高则诚似乎无意张扬牛氏这种完全合于礼教的行为,而只是作为一种特例。因为剧中同时让惜春这一角色,用打诨的方式道出了"有女怀春"的事实,认为思春是人之常情。丫环们甚至怀疑牛氏未必真的不为春色所动,而是做假。所以"金闺愁配"出牛氏为"背飞鸟硬求来偕比翼,隔墙花强扳来作连理枝"而发闷时,老姥姥悄悄上场偷窥,道是:"惭愧,今日能勾得小姐闷也。小姐,你想着甚么?为甚么托了香腮?你闷则甚么?我且问你,你每常间件件不烦恼,不动情,我看来,你都是假。你今日莫不是对景伤情起来?"《琵琶记》自称"休论插科打诨",只是反对一般的恶谑,其实多以诨语的方式道出或暗示作者的某些倾向性意见。这在净扮的蔡婆身上最为常见,在牛府的丫环姥姥口中也不例外。就是说,作者如实写了牛氏这样完全不知思春的人物,却并不意味着他在弘扬这种类型的人物。字里行间,高则诚对牛氏小姐的不情行为,也是语含讥讽的。因为他毕竟不是一个道学先生。正如他着意刻画孝贤妇,却又写出蔡公让五娘改嫁的情节,还让五娘说出不愿改嫁是"只怕再如伯喈,岂不误奴一世"的话来;使得明人赶紧将这话改作"那些个不更二夫,却误奴一世"。("代尝汤药"出)倘若他心中时时以礼教为念的话,是不会作此种处理的。正如第三出继志斋本所批:"惜春二字是一篇关键。"因为惜春是正常的;但牛氏的不同,在于她甚至做到了不思春。惟有这种不同于常人的品行,方能够担当后文"贤妻"的角色。这注定了她与一般专蛮的相府小姐不同。

牛氏在任何情况下,都保持着一分理智。她对父亲强婚表示不满。但"婚姻事女孩儿家怎提?"她并非没有主见。虽然她也中意状元郎,但她主张的是"百年姻眷,须教情愿","休强把嫦娥,付与少年",其间既有对婚姻的理智态度,也透出一分少女的矜持。结婚时,她道是"喜逢他萧史,愧非弄玉。清风引珮下瑶台,明月照妆成金屋"。婚后,牛氏从未摆过相府小姐的架子,而是依礼小心侍候丈夫,希望满腹才学的丈夫能够快乐。只是父亲的强赘伯喈,使夫妻仍未免同床异梦,"夫妻且说三分话,未可全抛一片心"。(第二十九出)

对于婚后的牛氏性格和心理的理解,明人改本与作者原本似有细微的差别。例如"赏荷"出,据斯干轩订正本,牛氏冀望得到丈夫的欢心,而并未察觉到伯喈别有隐情。所以二人的关于奏琴的对白中,牛氏对伯喈鼓琴而屡屡出错,弹【风入松】却错入【思归引】,语及"新弦""旧弦"之辩,并未体悟到其中深意。她只是以为伯喈故意卖弄:"我却知道你会操琴,只管这般卖弄怎地?"撒娇地道:"我理会得了,你道是除了知音听,道我不是知音不与弹。"又关心地说:"相公,只是你心里不欢喜的上头,你无心弹,何似教惜春和老姥姥安排酒过来,消遣歇子。"这是一个相对单纯的少妇,心无挂碍,对于夫婿略带依恋和撒娇的神态。夫妻二人,一个有心,一个无意,相映成趣。而通行本的处理,则将一些伯喈自语的话语,改由牛氏口中说出,并语含责备,失去其中微妙的潜台词,所以更近于气势迫人的那一类相府小姐形象,未免有失作者之意。

伯喈夫妻生活的不和谐,连牛相也都感觉到了:"他自从到此,眉头不展,面带忧容,为着甚么?"并对女儿说:"汝声乖琴瑟，每为汝而懊怀。"牛氏原先对伯喈处处忍让，到此再难忍耐，于是便有"晌问衷情"一出。她"打破沙锅问到底"，方知伯喈忧苦的原因。在天真的牛氏看来，这事简单得很："原来如此。我去对爹爹说道，我和你同去便了。"伯喈忙说："你休说，你爹爹如何肯放你去？莫说破了。"牛氏不以为然："不妨。我爹爹身为太师，风化所关，观瞻所系，终不然直恁无仁义。"因为严父从来以礼教教导自己，她以为这般有关风化之事，身居相位的父亲自会毫不迟疑地同意的。

牛相对女儿的严格的礼教妇道教育，使牛氏显得相对单纯而幼稚。她只会以礼教妇道行事，她从未想到说与做可以分开。所以她理直气壮地质问父亲，谁知得到的却是"无理"的回答。这便是明人所谓"九问十八答"的内容。令牛氏深感惊讶的是："爹居相位，怎说着伤风败俗，非礼的言语？"她在此刻才体悟到礼教的仁义道德，与人们的日常出处，毕竟是有着很大的差别的，才明白"当原蔡伯喈教我休说的是"。这是一幅颇为特别的画面。它揭示了一种"理想教育"下的行动，与现实操作之间的两难矛盾。而这也正是"人性的弱点"，因为律人易，律己难。牛相是在女儿的质问下，才显出自私的本性来的。这种尴尬的场面，是注重理想教育的东方社会，常常可以见到的。它足以引发人们会心的一笑。

但作为一个恪守礼教妇道的人物，牛氏心怪父亲，并不能对丈夫说父亲的不是。一面是丈夫，一面是父亲，牛氏身处其中，左右为难。她只能自责："懊恨只为我一个，却担阁你两下。"激动之下，她甚至想到死："奴此身拼舍，成伊孝名，救伊爹娘。"（二十九出）

牛氏这一角色，对剧情的转换，起着重要的作用。她"几言谏父"，遭到牛相粗暴的拒绝。但牛相冷静思之："女儿话难听，使我心疑惑。暗中思忖觉前非，有个团圆策。"为女儿的幸福着想，他作出了派人迎亲的决定。同样，因为牛氏的善良与"不妒"，才使她只惭愧未能侍奉箕帚，而从未想到争一"名分"，才有收录五娘，二妇以姐妹相称，和睦共事一夫。其实"争"的主动权仍在牛氏手中。因为三载苦辛,面黄肌瘦的赵五娘,原本是无法与相府小姐争名争宠的,牛氏根本不必对此担心。她真心对五娘说:"但得他能似你相挼把,我情愿侍他居他下。"礼教妇道教育下形成的善良品性,使她身居富贵乡,反羡别人有尽孝的机会:"一样做浑家,我安然伊受祸。你名为孝妇我吃旁人骂。公死为我,婆死为我,情愿把你孝衣来穿着,把浓妆罢。"(三十四出)孝事公婆和不妒,原是妇德妇仪的重要含义。剧中强调牛氏所受的礼教妇道教育,消解了女性天生的"妒性",为一夫二妇结局奠定基础。故不能不加择别地以一般刁蛮的相府小姐的情况来绳律。牛氏担心的倒是身处绮罗的伯喈,是否还会认这衣衫褴褛的结发之妻:"若还他丑貌,怎不相休去了?"所以才有怂恿五娘换衣装之举,才有"题真"一出,才有书馆内借五娘所题之诗,对伯喈旁敲侧击。以牛氏之性格和修养,《琵琶记》一夫二妇的结局是顺理成章的。而所谓"按生活的逻辑"必然以弃妻不认结束的说法,显然是以先入为主的阶级对立不可调和的观念强词夺理,同时还是基于一个阶级只有一个典型的观念,仿佛只有把牛氏写成刁蛮无理状,才符合"生活的逻辑"。

高则诚对于牛氏这样的大家闺秀的心理的体察,是可谓细致入微的。牛氏在不同的场合,说话方式和语词都有所区别。如"规奴"出,是一个没有架子的相府小姐的口吻;"劝女"出,是一个早熟而知礼的女儿对父亲的言说;"愁配"等出则是期盼有好姻缘而保有相府小姐的矜持之态;"赏荷""赏月"等出,则是努力作一个贤妇,体贴入微,而又温文尔雅,既涵相门之女的威仪,却又不是依势凌人,确是相门之女和"状元夫人"的模样;"睏问衷情"出则是夫妻争执口吻,却不同于小家子争吵,而是有理有节;"谏父"出,虽面对"炙手可热"的权相,却因是娇女在父亲面前,反无所顾忌,据理直言相争,甚至敢直斥父亲居身相位却说着"伤风败俗非理的言语"。故父前与夫前,争法有别;在父前则回护着夫,在夫前却决不直言父亲之非,甘愿自责。又如"两贤相遘"出,面对突然寻上门来的丈夫的发妻,则是镇定自若,谨慎以言相试，语含双关，词有机锋，确是"两贤"口吻。"书馆相逢"出，故意装作不知，请夫解诗，亦为和睦夫妻特有的情状。在夫妇决定归守庐墓之时，对牛相是否会同意放行的疑问，她赶紧替父亲撑下面子："我爹爹见你这般行孝道，如何不肯？"这种地方，最能体现《琵琶记》文心之细和人物语言的高度个性化。我以为读《琵琶记》，当如读当代话剧名作一般，充分注意其中的潜台词和人物的个性化语言，它的具体描写首先是为人物而设，而不是"直奔主题"的。这也是它与一般戏曲作品的重要的区别之一。明清人已经指出，"赏月"一出，伯喈有伯喈之月，牛氏有牛氏之月，其实也正触及了这一点。但这种个性化的语言，在通行本系统中受到了一定的损害，如"谏父"牛氏有一语："念奴须是他孩儿的妻"，"的妻"二字通行本作"次妻"，今人即有批评牛氏自认次妻，未免贤得过分。因为认作"姐妹"，不分大小，犹是常情，而早早自认"次妻"，便大不妥当。按，明代沈伯英在其《南九宫谱》中已对此作过辨析，认为是坊间因"的"字难唱而改的。

　　牛氏也可以说是中国文学中一个独特的人物。高则诚原是为了改变《赵贞女》故事，根据剧情转换的需要而设定其性格的。她却成为一个真正符合封建时代理想规范的大家闺秀的形象。这类人物因极易流于概念化而令人难以措手。牛氏"性格温柔"（牛相语），善良而体贴别人。身处富贵乡中，又以封建时代的妇道为准则，洗尽铅华。她并不了解生活的真谛，而只是按照被教诲的方式行事，一片坦诚无邪，庄重之中蕴涵着稚拙与可爱，真诚之中透出韧性与决断，执著之余却流露出细心与体贴。倘若不是《琵琶记》因"关风化"而被当代社会所讥弹，牛氏小姐原应是"君子好逑"的标准淑女，可以和薛宝钗这样的大家闺秀相媲美。

　　中国传统教育的内容和方式有其巨大的缺陷，但也自其独特的价值。文学家和思想家虽以批判的眼光，揭示了其中的负面效因，但批判的目的仍是为求得发展，而并非全盘摒弃与割断——虽然人们习惯以截然对立的方式来作表述。像牛氏小姐这样的"宁馨儿"，在封建时代是正常的产儿。只是相府、独女、母亲早逝这些条件的限制，便成了稀罕物事。这类稀罕物固然不值得特别加以推广，但也不必视作假货而以为必须回到《赵贞女》式的背景才能复真。奇怪的倒是当今的教育方式，也依然是以培养牛氏式接班人为尚，而人们从未表示过惊讶。或许差别在于一种是"礼教"的接班人，一种是"革命"的接班人吧。但"后之视今，亦如今之视昔"。既然我们认为一代有一代之标准，则对于那一时代的标准人物，其实大可不必一口否定其存在的可能性与合理性。同时，作者描写了什么，也并不等于他在弘扬着什么。但习惯于将文艺作为宣传物的人们，却总是将两者等同起来，高则诚在当代社会蒙受的"不白之冤"，一部分即来源于此。

版 本 篇

十五　《新刊元本蔡伯喈琵琶记》考

《新刊元本蔡伯喈琵琶记》，存清陆贻典钞本，收入《古本戏曲丛刊初集》。据陆氏"旧题校本琵琶记后"和"手录元本琵琶记题后"，其底本出钱遵王所藏。遵王原藏有《琵琶记》二种，一种为苏州郡刻本，有牌记云："嘉靖戊申岁（1548）刊"；又识云："苏州阊门中街路书铺依旧本重刊"。另一种即为此郡本据以翻刻的"旧本"，其卷首脱一页有奇，末尾脱二页，下卷首行标"元本琵琶记"，后有文三桥手识云："嘉靖戊申七月四日重装。"两本相较，元本首尾简脱处，郡本已补足，其他各处，"两本某字某处，毫发无爽"。陆贻典最初据"元本"移录，并在所录钞本上作了校订。他自称是"丹黄涂乙，展卷棘目，虽余亦熟视乃辨，信令他人观之，头目眩晕，当抵弃之不遑"。但十七年后，遵王旧藏归太兴季沧苇，沧苇死后，此书已不可复见，陆氏惧其为广陵散，复据原钞本重录一过，便是今天我们见到的本子了。

按，《新刊巾箱蔡伯喈琵琶记》发现之时，一度即被认为是"元本"，董氏诵芬室影印，即以元本为号召。将陆钞本与巾箱本相比较，两者甚少出入。但从陆钞本作不分出连书，而巾箱本分作四十三出的情况看，陆钞本的底本之渊源，犹早于巾箱本。故一般将陆钞本作为最接近作者原貌的本子。但对于陆钞本的具体看法，也仍有着较大的歧见。一种看法把它看做是"元本"或"原本"，等同于则诚原作，而将通行本系传本视作"被明人改得面目全非"的本子；第二种意见则只认可陆钞本底本为嘉靖刻本，因为"元本"既不可靠，则陆氏所据应是嘉靖戊申刻印之郡本；第三种意见因陆氏抄录时间较晚，而在否定其底本为"元刻本"的同时，只将它放到与潮州出土抄本《蔡伯皆(喈)》和通行本系统传本同等的位置,认为据戏曲世代累积型特征,它们各有所据而难分先后,更无论高下。所以关于陆钞本的底本仍有进行讨论的必要。

所谓的"元本",有两种意义。一是指元刻本,一是指"原本"。"元"、"原"音同义通,如王世贞说:"谓则成元本止于'书馆相逢',……非实录也。"明代书坊以作者"元(原)本"为号召以射利,是惯用的手法,不足为奇。高则诚在元亡之前十年左右撰成《琵琶记》,究竟有无元代刻本,实属可疑。如河间长君嘉靖戊午(1558)所作《琵琶记序》中称所得诸家刻本达四十余种,而其于明初以前之传本,只说是"偶得国初写本"一种,并未说及"元本"。

钱遵王的《也是园书目》著录有《琵琶记》二种,可知陆氏所说不虚。内中之郡本固已如陆钞本所注明为嘉靖戊申(1548)所刻;而"元本琵琶记"的具体的刊刻年代也仍可考查。据陆钞本上卷末所记"元本"的刻工为:王充、仇寿、以才、以忠。明代刻工署名时,多有省刻姓氏的,如黄一楷亦作"一楷";亦有省刻排行的,如何以亨也作"何亨"。故此以才、以忠应与仇寿同为仇姓刻工;而仇寿当为仇以寿的省写。据戴南海《版本学概论》云:"徽派版画兴起于明代弘治年间,尤以刻画见长。仇以寿、仇以忠、仇以顺、仇以才、仇以升等兄弟合开了一个刻书铺,曾刻有苏东坡《赤壁赋》,小本大字,纯粹是米芾笔意,仿刻逼真,可备临摹之用。"仇刻《赤壁赋》今存,为弘治七年(1494)所刻。则陆钞本之底本也当刊于弘治年间(1488—1505)。这是《琵琶记》传本之中,能够考知刻印时限的最早刊本。如此,则陆贻典钞本也是可溯刊刻上限最早的本子。其重要价值自不待言。

陆贻典说这个"元本"《琵琶记》"信未经后人改窜也",实际情况大约相去不远。因为对宋元戏曲进行广泛的修订和改编,以适应文词派热潮下观众的典雅化要求,这是明正德、嘉靖前后出现的事。《琵琶记》和"荆、刘、拜、杀"等四大南戏,都是在这一时期产生了流行于晚明的通行本的祖本。而弘治年间,南戏尚蛰伏

前日白如此謝得公：只為無錢送老娘
正是楊家不敢高聲哭只恐人聞也斷腸（並下）
末白娘子放心須知此事有嘀噹（合）

本元 王充 仇壽 以忠 以才刊

嘉靖戊申七月四日重鋟
三橋彭記

陸貽典

翻周慈鴉
本
李澤 李潮 高成 黃金賢刊
蘇州府閶門中內街路書
舖依舊本命工重刊印行

新刊元本蔡伯喈琵琶記卷上

于民间，甚少为士大夫所注意，这使得它能够相对保有宋元旧貌而流传。虽然一百三十余年的流传过程中，也会经受民间艺人的改订，但由于《琵琶记》是由高则诚这样有较高素养的文人创作或写定的，其自身的成就，使得它不像一般早期南戏那样易受改删而迹近"新编"，因而能够较好地保有原貌。据陆贻典附录所记，"元本曲名俱白文，'前腔'或书或不书，或用圈间，或空一字，或连上文；曲中衬字衬句，多不加区分；落场诗或有或无，或四句或二句，或加衬白，初无定例截然四句；每折之末，着'并下'二字，或一'下'字，空一字写次折去；插科处止着'介'字；曲白字样，多无大小之区，而白中间作小字；时本张太公，元本皆作张公，伯喈多作伯皆，首饰多作首饬，兀多作骨，做多作佐，媳多作息，圆多作员，捱多作睚，攀从扳，魔作磨，他如犹作尤，教作交之类甚多，不及尽书。"其样式与《永乐大典戏文三种》的格式相近，而与后世刊本大异。因而，倘论作者原貌与"原意"，只能从这种渊源较早的传本求之。

陆钞本今有钱南扬先生整理校注本，上海古籍出版社1980年版。这是现今关于《琵琶记》的最好注本。为了便于阅读、征引，钱校本作了分出，卷首增设总目，每出之下注明戏情。对于正文曲牌及〔前腔〕、〔前腔换头〕之类，还细心地将新增入者与原有者作了区分。至于校勘，钱先生称："本戏校以巾箱本及《九宫正始》所引元本。凡校勘以有助于文字的纠正、理解，或有参考价值者为限，不作机械的全面的校勘。"

按，巾箱本，黄丕烈称"疑是元本"，郑振铎、赵景深考其为嘉靖年间苏州坊刻本。钱先生说它是在陆钞本底本的基础上，经"明人初步加过工"的本子。它已经将全戏分作四十三出，只是未标出目；曲文与白文字体有大小之分，下场诗删去衬白，并趋于划一作四句的形式。它与陆钞本"间异"（黄丕烈语），即经过明人若干修订；但正由于被修订的内容与陆钞本异，故其"间异"之处遂难以校出陆钞本之误。又钮少雅《九宫正始》收录《琵琶记》曲文达一百八十三支，与陆钞本比较，甚少出入。故钮氏称所据为"高东嘉古本"，它与陆钞本的底本实出同一系统。钱先生在校注时似乎把陆钞本的底本径看做是"作者原本",又过于崇信钮少雅的话,以为钮氏确实得到了一种元代天历间"元谱",其中已经载有《琵琶记》曲文,所以他的校勘只取巾箱本和《九宫正始》,而把其他明代传本一律看做是"被明人改得面目全非"的本子,仅具备列异文的价值。其实,陆钞本毕竟是一种再过录本,从"丹黄涂乙"之中再抄录,加上性不耐书,举笔辄误,欲中止者数四,勉强卒业,以存元本之旧,在这样的背景下,除了明代戏曲早期刊本大都存在的别字和讹字外,陆氏本人之笔误,恐也在所难免。巾箱本已经对"元本"作了若干改动,被改动之处自难用作校勘,《九宫正始》又毕竟只录了部分曲文。故只据这两种材料作校勘,未免有所不足。而钱先生所说的"明改本",其中凌成初刻本应与巾箱本属同一系统,其他如李卓吾评本、陈眉公评本以及汲古阁毛晋刻本等,虽然受到明人较多的改动,但它们毕竟是经过文人细细考订的,即在某些字词方面也可能比较准确,故不得一律排斥。而钱校本排斥的结果,便是校注时的失校,或者只能说"疑作某某"及据文意句法臆断,而不提"明改本"倒是正确无误的事实。同时,钱先生生前未能见到的新材料,近年不断被发现,其校本的某些校勘也就有了商讨的必要。

兹依照各出序次,略作举例。并以汲古阁刻本作通行本代表,简称汲本,将钱先生未及见的《风月锦囊》本简称作锦本,另外,把凌濛初刻本简称作凌本,用于比勘。

第三出,注8:"'是',原夺'是'字,据下文句法补。"按,凌本、汲本均有"是"字。注45:"'列'原误作'烈',今正。"按,凌刻本正作"列"。又丑白"厮论做个秋千架","论"应从汲本校作"轮",钱校本失校。

第四出,净白"赶出去赴试不得","赶"字汲本作"越";"流落教化","教"字汲本作"叫";"疾忙田地上拜着","田"字汲本作"在",此三字当从汲本,钱校本均失校。

第五出,注19:"'另':原误作'泠'。据巾箱本改。"按,锦本作"泠",与"另"或"零"音同义通,当从。

第九出,注9、12、15,注地名、马厩名,依次据出典以订正底本之误字。按，所纠之讹字，汲本多不误。

第十二出，注5："'一'，原'二'，义不可通，今正。"按，此当系陆氏抄误，汲本正作"一"。注16："'量秤人'：疑当作'量人秤'。"按，凌本、汲本均作"量人秤"，从改即可。

第十四出，贴白："好笑爹爹将奴家招取状元为婚。""婚"字，锦本、汲本均作"婿"，当从，此失校。

第十七出，注6："'妆罢'：原作'罢妆'，失韵，今正。"按，此词虽不叶韵，但锦本、凌本、汲本均作"罢妆"，既无别据，似不宜改。

第十八出，"已逢他萧史"，"已"字锦本、凌本、汲本均作"喜"，当从，此失校。

第二十出，注3："'的'：原无'的'，看前后句法均有'的'字，今补。"按，汲本有"的"字。

第二十一出，注24："'贴'：原作'合'，从巾箱本改。"按，此处凌本、汲本亦作"合"，而早期南戏的"合"实为后台帮腔，故不须改。钱先生只把"合"当作场上合唱解，甚至说可以场上"独唱"（见第二出注36），遂因此句不宜于场上合唱而改。其实底本不误。

第二十二出，"可惜一家"，"惜"字锦本、凌本、汲本均作"怜"，当从。

第二十四出，注13："'代'：当是'贷'的省文。"按，锦本、汲本均作"贷"，从改即可。

第二十九出，"胡去揣"，注9："'揣'，疑当作'踹'。"按，锦本作"遄"，凌本、汲本作"踹"，从改即可。

第三十出，"汝从来娇眷"，"眷"字，锦本、凌本、汲本均作"养"，当从，此失校。

第三十三出，注10："'比雪山三十六万亿佛'：未详。陈评本注云：'世尊于灵山雷音寺中演说《金经》，集众三十六万。（钱）案：佛经称雪山，乃指喜马拉雅山，称灵山，乃指中印度的灵鹫山；雷音寺又在新疆吐鲁番境，见《北江诗话》卷一。明李心我评《破窑记》十三出有此注，陈氏盖沿其误。"今按，"雪"，锦本、凌本、汲本均作"灵",显系陆氏形近抄讹,当从诸本改。陈评本之注不误。下文"好向灵山会上人"句可证。又"灵山会上人"的"人"字,锦本、凌本、汲本均作"修",与上句"寄言苦海林中客"相对,此失校。下文"建大会",三本均作"建设大会",当从补。又注27、28,钱校本据文意将"净丑"校作"净",将下句"净"校作"丑"。按,此处当据汲本、凌本第一处校作"丑",则注28可不出校,只须将下句所衍之"净"字删去即可。又,"〔末白〕又道是远睹分明"句,钱注29云:"下句净丑是在远观,末应说'近觑';故这里的'远睹'是'近觑'之误。"今按,此处有脱文,凌本、汲本作"又道是远睹不审,近觑分明"。显系陆氏抄漏四字,当从补。又,注35云:"'五逆':佛家有五逆之说:一、杀父;二、杀母等等。见《阿阇世王问五逆经》。巾箱本、明改本都作'忤逆',盖不知佛经有五逆之说而妄改。下曲'算五逆'同。"按,伯喈只是"忤逆"不孝,而非杀父弑母的"五逆",钱校本求之过深,当从巾箱本等为是。又,"〔丑白〕小子不贪豪富。〔末〕枉了教人题疏。""贪"字,凌本、汲本均作"是",当从。此失校。

　　第三十七出,湘帙,注5云:"'湘',应作'缃'。"按,凌本、汲本正作"缃"。注7云:"三千车:'千',疑当作'十'。晋张华好书,搬家时载书三十车,见《晋书》本传。这里盖即用此故事。"按,汲本正作"十"。

　　第三十八出,注9云:"众,原作'丑',据文意改。"按,汲本作"众",但凌本作"旦",细审文意,应是陆钞本将"旦"字讹为"丑"了,两字形近致误,故当校作"旦"。

　　第四十出,注2云:"'荒荒',疑当作'荒坟'。"按,凌本、汲本均作"荒坟",从改即可。

　　第四十一出,注1云:"明改本都无此出。"按,此说不确,被钱先生列入"明改本"中的凌刻本和《蔡中郎忠孝传》实载有此出。

十六 《风月锦囊》摘汇本《蔡伯皆(喈)》考

《风月锦囊》是重刊于明嘉靖癸丑年(1553)的一部戏曲选集。今存西班牙爱斯高里亚圣劳伦佐图书馆。内题云:"汝水云崖徐文昭编辑,书林詹氏进贤堂梓行。"其中收录有《琵琶记》文字。由于此本为今存最早的《琵琶记》刻本;以渊源论,则仅晚于陆钞本之底本(即原刊于弘治间的《元本蔡伯喈琵琶记》),故其价值尤为引人注目。

锦本所摘《琵琶记》,其目录作"一卷蔡伯皆";内文题作"新刊摘汇奇妙戏式全家锦囊伯皆一卷"。则此集原属"全家锦囊",詹氏重刊时,方将其版归入此"风月锦囊",后者偶尔得传,而前者几湮没无闻。

此本以戏文主角作戏名,这是早期戏文的惯例。明中叶以后,如王世贞等人提及《琵琶记》,多简称作"伯喈"。明蒋孝《旧编南九宫谱》引《琵琶记》曲文,均题作"伯皆";广东潮州出土钞本《琵琶记》,书名亦作"蔡伯皆"。可知这种省写已为人们接受。也有论者以为"伯皆"非"伯喈"之俗写,"而伯喈倒是后人张贴的'冒牌商标',则本事千古之迹,倒由此而断"。即认为原来的本事与蔡邕字伯喈者无涉,别是一"伯皆"而附会到蔡邕身上,故可破"厚诬伯喈"之说。其实,这种说法本身也是牵强附会的。因为锦本所录"书馆相逢"出曲文,其上栏所刻之二图即作"牛氏见伯喈"、"伯喈拜谢赵氏",作"喈"而不作"皆"。故可知确为省写,别无深义。

明代嘉靖前后,是南曲戏文活动与变化最为激烈的时期。从明初至此,已达百年,而观众的审美趣味必然会有很大的改变;随着北曲的衰落和南曲地位的上升,观众的喜好也与他们改造南戏以适合其趣尚的要求结合在一起。南戏便日渐传奇化了。并且,从音乐到表现,也都正在发生着变化。源出于宋元的作品,必须脱胎换骨以适应新的时代和新的观众的趣尚与需求。这是众多的宋元戏文在经历了这一时期之后,大多出现了与"古本"相区别的"时本"的原因。而未能及时应变者,也即是缺乏"当代价值"而未被改编者,便悄然从戏曲舞台上隐退,从戏曲选本中消失,只能在蒋孝、沈璟等人的曲谱中,尚有零星的曲文,以"旧传奇"为标注,留下一鳞半爪,供人们凭吊了。《风月锦囊》所录者,正是这种大变动之中,一部分"古脉"尚存的戏曲文本的最后一幅写真,其后便是另一番景象了。

按,"戏式",即舞台演出的样式。锦本《伯皆》,即是按当时舞台演出本而"摘汇"的。《琵琶记》全剧一般称四十二出,锦本共摘引其中三十四出曲文。所摘者应是当时舞台表演中的"精彩唱段";而未摘者,当是舞台演出中可演可不演的或者已经被删削不演的内容;锦本又有标"新增"字样的曲文,则是锦本摘汇的当时,由艺人或文士增入并且已被搬上舞台的文字,其中有些"新增"的内容后来为晚明刊本列入正文而成为定本中的文字。(在锦本《荆钗》、《拜月》等戏有较多的例证)这说明明人的改造是一个渐进的过程。这类"新增"和改动,在当时也是一种"创新",因而为其他戏班所仿效,为后出的刊本所采纳。当积少成多的改动到某一时期经过某一改定者的"再写定"时,一种新的通行本便诞生了。它既有"古本"作依据,因为有些改动前已有之;又以"托古以改制"作依托,即标称别的"元本"或"古本",便反称真正依宋元旧本传演者为非,须得以他的"古本"为标准才行,可谓乱哄哄你方唱罢我登场。既然宋元戏文已不可能原封不动地演出,以娱乐和教化明代的观众,则依照明代观念而改造的新本子登场也是顺理成章的了。它对于宋元旧本虽然是"歪曲",但对于明代观众,却是一种主动积极的"改编"和"再创

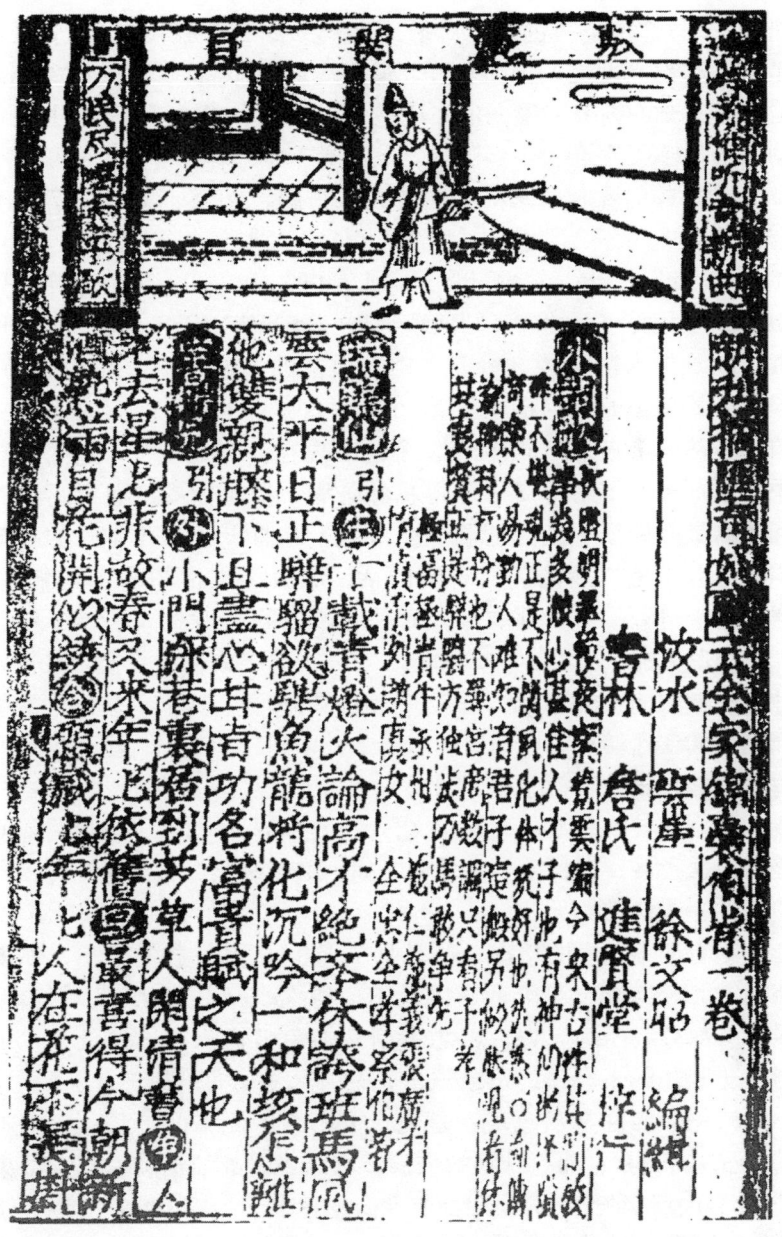

作"。只是这种"再创作"对于其他南戏或许容易奏效，对于《琵琶记》这部高度文人化并取得了很高成就的作品，只是得失参半；对于其深刻的内容来说，也许还是失大于得。因为，"再创作"者的理解过于肤浅了。

锦本《伯皆》所未摘的曲文，多与题旨关系不大，如引子及套曲的后半部分。但也有一些未录的曲文颇值得注意。

"吃糠"一出，其中【孝顺歌】四曲，被公认为是《琵琶记》中最优秀的文字。故有高则诚填词到"糠和米本是两倚依"句时，桌上双烛交合的传说，留下"瑞光楼"的遗迹（见《明词综》）。但奇怪的是，锦本只摘录了第四支"这是谷中膜"，而前面的三曲，竟然一字未录！同样的情况也出现在潮州出土本《蔡伯皆》中。该本保留了第一支"呕得我肝肠痛"及第四支，而中间"糠和米本是两倚依"及"思量我生无益"二曲却删去不演。如果锦本还可以说是"摘汇"而省略的话，那么出土本却确实是删削；这反过来可证锦本并非省略，而是它所据的"戏式"底本，就已经不演此数曲了。两本均是如此，与其说是艺人们和徐文昭眼光欠佳，不如说曲文的典雅化倾向在当时尚不严重，人们关注的是本色和剧情的快速转换。因为这四曲当中，中间二曲纯是抒情，惟有最后一曲方与剧情转换紧密不可分。由此可见，压缩纯抒情的曲文，删除与剧情转换关系不大的曲文，改变独唱易于沉闷的情况，促使剧情快速发展，以保障某一单位时间内演毕全剧，大约是当时舞台演出的一般法则。

细看锦本摘录的情况，原计划应是到"张公遇使"出，亦即俗称"扫松"出之"亲的爹娘死不值得你一拜"句为止。但由于尚留有部分版面的空白，弃之不刻又未免可惜，所以先录了"一门旌奖"出的下场诗，再录该出正文【六幺令】"凡五首"，遂使下场诗先录而曲文后录。就是说，按摘编者原来的计划，只摘到"扫松"出为止；而这计划的依据，可能当时的演出就是到此结束的；其多摘的数曲，只是版面有空余的情况下的"补白"。

从锦本未摘的八出看，它们除"风木余恨"出外，都属于过场戏。可能在当时的演出中，它们即已被压缩不演，以缩短演出时间，而另以数语交代了事。故其曲文不入"奇妙"之列，未被摘录了。例如潮州出土本《蔡伯皆》中，"奉旨成婚"出就未全演，而只以牛相遣媒数语带过。所以锦本未摘与否，虽不能说"原本"即无，却可证当时舞台演出之所无。借助锦本和出土本，我们可以考见嘉靖时期《琵琶记》演出的情况。

锦本标明"新增"的有"临妆感叹"出【青（清）江引】四支；"乞丐寻夫"出"想真容未写泪先流"和"画得粉妆就"二段。按，【青江引】四首亦见于唐对溪刻本，语有异；"想真容"二段并见于《词林一枝》卷三、《乐府玉树英》卷一及《群音类选·北腔类》，作"双调新水令"套曲，曲牌分别作【新水令】、【驻马听】、【雁儿落】、【叠字锦】、【清江引】，语句互有出入，当是后者袭用时复有改动。它在上述诸本中已堂而皇之地作为正文的一部分了。它无疑曾被用于演出，只是由于文字较稚拙，故未被通行本吸收。

锦本较陆钞本为多的是"尾声"曲。分别见于"南浦嘱别"、"临妆感叹"、"官媒议婚"、"强就鸾凰"、"宦邸忧思"等出。其中有三支已见于潮州出土本与通行本，但"临妆"出之"一从别后知甚时，我勤把双亲来侍奉，专等儿夫还故里"与"宦邸"出之"千思想，万忖量，几时得见我爹与娘？烧一炷明香答上苍"则仅见于锦本和北京图书馆所藏之《蔡中郎忠孝传》。按，凌初成在其所刻《琵琶记》之"南浦嘱别"出批云："时本增尾声云：（略）语皆重复不称。不知谱云：每牌名各二只者，俱可不用尾，且后有吊场，此正不必。益信古本之为确也。今人于古曲不用尾者，俱妄增。如《拜月》、《金印》及本传【高阳台】之类，不少流传已久，必有反疑其缺者。"在"官媒议婚"出又批云："此后诸本增尾声云：（略），不知此调不拘二曲、四曲、六曲，皆不用尾声，反谓'无尾者欠结果'，妄续貂以訾高先生，冤哉！"但这种增尾声的情况大约也是由来已久，锦本及通行本都有所承袭。因为《琵琶记》全本文字过长，明代戏班恐怕很少是照原本一字一句地演出的。如出土本就多有删削，锦本摘汇时所据的"戏式"本可能也是这样。而删削的结果，却有可能使"无尾者欠结果"，需要另外增加尾声，以便于演出；长此以往，则此种新增的尾声也变得不可或缺了。从锦本独多二支尾声的情况看，可能这种增入尚未定型，故通行本的祖本在写定时也是有所取舍的。

此外，锦本据以摘录的"戏式"本，对《琵琶记》的情节转换作了若干补充和修订。如"拐儿给误"出【雁渔锦】增夹白云："〔生白〕前日在朝中闻知河南开封府陈留县进一饥荒表，乃就是家乡呵，〔唱〕闻知饥与荒。只怕捱不过岁月难存养。〔白〕朝中董卓弄权，吕布虎牢，因此难通书信。……"这是对中状元入相府而竟不遣一仆回去之类的"漏洞"的补救。这段夹白亦见于《乐府玉树英》及一些青昆选本。看来对《琵琶记》多"疏漏"的感觉，并不始于晚明戏曲批评家，至少明中叶之前，人们就对此有所感受，并有所补救了。例如潮州出土本在"丹陛陈情"出补出"奈臣已有糟糠配"句，也是为这位未能尽孝的孝子作"开脱"的。

在现存明人的《琵琶记》刊本中，锦本是最早的一种。（清陆贻典钞本之底本虽早于锦本，但它已非原刊，而系过录本。巾箱本刊刻时间未明）锦本的价值于此可知。但也由于锦本系海外孤本，其中之戏曲新材料又十分丰富，有些学者在惊喜之下，未免失却了冷静，以至过分夸大了锦本的作用。例如有一种观点把锦本的初刊时间大大提前到永乐年间，甚至更早，似乎只要将锦本时间推前，其价值便能不证自明了。其实不顾事实而一味将初刊时间提前，只会搞乱了序列，对务实的研究带来阻碍。因为锦本已经摘引了叙写发生在正德十五年王阳明平叛事的《宁王》戏文，以及沈龄为杨一清七十寿辰而于嘉靖四年作的《还带记》。故锦本从初刊到重刊的时间相去不会太远。因为它并非是一种供发思古之幽情的东西，而是依时下流行之戏而为观众读者提供一个"精彩唱段"的汇选本而已。若时间相去过远，多至十数、数十年，则一度"奇妙"者恐已不合后人胃口而不再奇妙了。这是一种书坊迎合时俗以射利的刊本。但也正因为这一点，它毫无遮掩地为我们提供了当时演剧的第一手材料，对了解嘉靖时期的戏曲演出情况，价值巨大。

对锦本偏爱，还会导致比较中的失衡。例如有的论者在比较锦本与陆钞本的异同时，不是探究其间差异，以寻求其原因，而是以简略的例证，在未充分注意其他版本的情况下，便匆匆宣称锦本优于陆钞本。大约是因为陆钞本已有定评，而说锦本优于陆钞本，更能显示锦本的价值吧。

将锦本与陆钞本、通行本进行比较，一方面我们可以看到锦本与陆钞本的同一性；另一方面还可以看到，锦本已经在许多地方开通行本的先声了。

锦本与陆钞本其实是同源的。这可以从它们某些特有的共同点及"共享"的错误得到证明。如第五出，陆钞本"一旦孤冷"，锦本作"孤泠"，钱校本据别本校作"孤另"，其实"冷"是"泠"之讹，而"泠"与"另"、"零"的音同义通，当从锦本。第二十四出陆钞本"那更钗梳首饰典无有也"，"有"字，锦本同；钱校本以为"有"字失韵，据《九宫正始》引改作"存"；而通行本亦作"存"。第三十出【称人心】"想你爹不肯么"句，陆钞本与锦本均作大字曲文，实不合曲律，同误，而巾箱本、凌刻本、通行本均作小字白文。这种连错误都相同的情况，可证其"同源性"。故两本总体上相对一致而异于通行本，是十分正常的。

但另一方面，在某些地方，锦本与通行本也有一种同源性。因为一些明显属于依据明人观念而作的改动，在锦本中也已经出现了。关于尾声的情况已如前述。兹依各出序次再略作举例（以汲古阁本作通行本的代表）：

第五出，【江儿水】第二曲，陆钞本"八十岁父母如何展"句，"如何展"三字，锦本、汲本均作"教谁看管"。按钱注云："展，省视之意。"当是此词过僻而被改。又本出陆钞本、凌刻本均无下场诗；而锦本同汲本均有下场诗四句云："才斟美酒泪先流，郎上孤舟妾倚楼。片帆渐远皆回首，一种相思两处愁。"凌本有批云："凡【鹧鸪天】后，不得用落场诗。俗添者谬。"

第十九出,锦本【夜行船】曲,同汲本;而陆钞本、凌本作【玉井莲后】,其曲并见旧谱、沈谱、《九宫正始》引录。

第二十六出【五更转】曲,"罗裙裹来难打熬",陆钞本、凌本同;锦本、汲本作"麻裙"。按"罗裙包土"一词,已见于元人杂剧引用,明人以"罗"字太过富贵气,而五娘应是披麻戴孝,故改作"麻裙";又下文三十四出【啭林莺】曲中两个"罗"字,三十六出【赚】第二曲之"罗裙",锦本与汲本一样,均作"麻"。第三十出"老人衣冠"句,陆钞本、凌本同;锦本与汲本同作"老入桑榆"。【醉太平】曲,陆钞本"纵归来已晚,归计无暇"两句,锦本、汲本作"纵归去,晚景之计奈何?"

第三十五出,【醉扶归】第二曲,"彩笔墨润鸾封重,只为玉箫声断凤楼空"两句,陆钞本、凌本同;锦本、汲本均作"我虽然词源倒流三峡水,只怕他胸中别是一帆风"。

第三十六出,唱【山桃红】"不仅看你爹,看你娘,比别时尚兀自形槁枯也",陆钞本、凌本同;锦本、汲本作"是我葬你爹,葬你娘,独把坟茔造也",贴唱曲"逼为东床婿,怎行孝道?"陆钞本、凌本同;锦本、汲本作"相公,你也说不早。况音信辽杳"。按,此后两句的不同处理,反映了对伯喈应负责任的不同看法。明人意中,是伯喈"畏牛"不早说的缘故,才有此种改动。

上述例证,说明在锦本的时代,明人已经对《琵琶记》的个别字句及局部细节作了修订和改造,注入新的理解。锦本和汲本的这种一致性例证,还说明这些改动在当时已经为观众所接受,成为作品的正式组成部分。这表明,通行本的写定者并非纯凭己意而改造,而是把他当时能够见到的、已经为观众所接受了的、并且为演员所遵循的那些改动,吸收到他的写定本中来。故既有"古本"作依托,又有一种新的理解下的统一性,还经过舞台实践的检验,因而能获得观众的认可。这是通行本能够在晚明获得流行的保证。而锦本,也成为我们了解从陆钞本底本向通行本转换过程的一个最好见证。

此外,锦本一个值得注意的特点,是它的"合(前)"的运用较多。

第十五出【神仗儿】曲末二句，锦本作"〔合〕遥拜着赭黄袍，遥拜着赭黄袍"，他本均作生连唱。

第二十一出贴旦唱【满江红】曲末二句，锦本作"〔合〕是炎蒸不到水亭中，珠帘卷"，汲本作"众"唱，陆钞本、凌本作贴连唱。

第二十二出，【歌儿】（陆钞本作【歌儿】，汲本作【青歌儿】，沈谱订作【望歌儿】）四曲，其一、三曲末二句锦本作"〔合〕三载相看甘共苦，一朝分别难同死"。其二、四曲锦本作"〔合〕怨只怨蔡伯喈不孝子，苦只苦赵五娘辛勤妇"。他本均作旦或外连唱。又【逻帐里坐】三曲，第一曲各本均作旦唱全曲，惟锦本末二句作"〔合〕已知死别在须臾，更与什么生人做主"。（按，此处《蔡中郎忠孝传》与锦本同）

关于《琵琶记》的"合"，钱南扬先生在其校注本第二出【宝鼎儿】注36中说："'合'字有二义：一谓同唱，如此处的'合'字；一谓'合头'，如下曲【锦堂月】的'合'字。戏文中的过曲，一般连用二支以上，而最后几句相同，称为'合头'。在上曲合头上注一'合'字，下曲不再重出，仅注'合前'二字，意即谓'合头同前'。合头往往同唱时多，然也有独唱的。"同样的意见也见于钱氏校注的《永乐大典戏文三种》中。钱先生似乎被"合"为场上合唱这一先入之见所蒙蔽了。按，"合"的原意即是同唱、齐唱、合唱，而且，必须是二人以上方可称"合唱"，但《琵琶记》的"糟糠自厌"出，仅旦角一人在场，而【山坡羊】曲末四句却标有"合"及"合前"，故钱先生曲为之解云："然有时也有独唱的。"其实早期南戏的"合"都是由后台帮腔合唱或场上主要角色以外的演员与后台同唱的。这一特点后来在弋阳腔中得到了发扬光大。《琵琶记》中旦角一人在场而标的"合"，便正是后台帮腔合唱的最好说明。早期南戏中有后台帮腔特征，这在叶德均《五大声腔考》中已经提出，（见《戏曲小说丛考》，中华书局，1979年版）只是未引起人们的注意；后来何为在《南曲的"合唱"》一文中也作了揭示。(参见《戏曲研究》创刊号,1980年版)张庚等主编的《中国戏曲通史》上册采用了何为的说法。其例证便是《张协状元》第三十二出【雁过沙】四曲之末二句"〔后低声〕被人笑嫁不得一状元。〔合〕被人笑嫁不得一状元"。以后台帮腔合唱唱出胜花的心事。但是他们只把这种帮腔合唱看做是特例,即意味着把帮腔合唱的发明权归于弋阳子弟,以至事实真相仍然被遮蔽着。对此,我在《和、乱、趋、送、艳与戏曲帮腔合考》(《文献》1992年第2期)、《戏曲帮腔合唱之渊源与流变》(《艺术百家》1991年第4期)两文中作过讨论,此不赘述。

上引锦本较他本为多的"合"例,也可助证"合"之为后台帮腔。如第十五出之例,若作场上同唱解,则"遥拜"云云,便与末角口吻不合;若依钱注作生角独唱解,则不如径作"生"。明其为后台帮腔,从生角的口吻以渲染,便毫无挂碍。第二十二出之【歌儿】诸曲亦然:若作场上合唱,此时惟旦、外在场,旦角不得唱"苦只苦赵五娘辛勤妇"之句;若仅为外"独唱",则不必标作"合"。如果说上一例还可能使人怀疑是否有讹误,此四曲均如此,便可证其非讹误了。又【逻帐里坐】曲之"合",是直抒旦角胸臆,外不得唱。此两例也可证在锦本所据的"戏式"搬演本中,"合",确实是后台帮腔合唱。

对《琵琶记》来说,"合"是场上合唱还是场外合唱,不仅表现为演出方式的不同,而且涉及对人物的评价和对作品的理解。如李卓吾评本在"中秋望月"出【念奴娇序】"孤影"曲"〔合〕惟愿取年年此夜,人月双清"句下批云:"此'合'若出蔡生之口,则真不孝薄幸人矣。不通。"明乎其为场外帮腔,则原自可通。又,"南浦嘱别"出旦、生唱【沉醉东风】二曲,末段作"〔合〕为爹泪涟,为娘泪涟,何曾为着夫妻上意牵?"此时仅旦、生二角在场,若作场上合唱解,则此"合"系夫妇二人声口,直说不关夫妻之情,未免强调孝而抹去夫妻情感,故50年代有评论者以此为据,责难高则诚"赤裸裸地"宣扬封建礼教。但明乎其为后台评说夫妇情状若斯,则并无抹煞夫妇情感之事。高则诚充分注意到了这种自述与他述的细微之处，并在戏中多处运用。但后人不知南戏之有后台帮腔合唱之法，遂致误解了作者的文心。盖南戏发展到明中叶以后，昆山腔经魏良辅的改造，"体局静好"、"调用水磨"，一变早期南戏以鼓为节，一唱众和，其调喧的特点；而晚明人遂以为向来如此，反以为一唱众和只是"弋阳恶习"而已，即如李卓吾（一说李氏评本系假托）也已是不甚了了。

十七　潮州出土本
《蔡伯皆（喈）》考

（一）

  高则诚的《琵琶记》，明清传本很多。一般把它们分为接近原貌的古本系统和经过明人较多改动的通行本系统。潮州出土钞本《蔡伯皆（喈）》的发现，为我们提供了第三种类型的版本——戏班舞台演出本。

  这个钞本是1958年在广东省潮州地区揭阳县西寨村的一座明墓中发现的。当时共出土五册，其中三册毁损无存，今残存两册：总本上册和生本一册。广东人民出版社1985年影印《明本潮州戏文五种》录为第二种。钞本原题《蔡伯皆（喈）》，即《蔡伯喈琵琶记》的省称。以剧本主角名戏，是早期南戏的常例。生本正文有一页写"嘉靖"两字，可知为明代嘉靖（1522—1566）以后抄录，姑且名之为嘉靖钞本。

  此钞本出土虽早，但学者对其进行系统研究是近年的事。刘念兹先生曾据原件校录，完成书稿，未出，故笔者未见。念兹先生写了《嘉靖写本〈琵琶记〉校录后记》，刊于《戏曲研究》1980年第三辑，并作为附录收于《南戏新证》一书。这是较为系统地进行研究的第一篇论文，其中某些结论已为其他研究者引用。但笔者探讨的结果，与念兹先生有异，并述于后。

  嘉靖钞本《蔡伯皆（喈）》，为我们了解《琵琶记》在明代中叶舞台演出的情况提供了实物材料。但从版本角度论，它经过明代艺人大量删削和改动，与原作已有一定的距离。

关于嘉靖钞本《蔡伯皆(喈)》的版本源流，刘文认为"它与陆钞'元本'基本一致，是属于'元本'范畴的一种珍本"，"是继陆钞'元本'和巾箱本之后新发现的第三种'元本'《琵琶记》"。这一论断虽无大误，但不够准确。因为实际情况更为复杂，仍需继续深入探讨。

按，陆钞"元本"，即清陆贻典抄录的《新刊元本蔡伯喈琵琶记》，一般认为，这是今存最接近原貌的本子。据笔者考察，如果单从嘉靖钞本保留的内容看，说它与陆钞本为代表的古本系统（以下简称陆钞本系统）有较近的血缘关系是可以的；但如果从原作总体而论，则嘉靖钞本已大量删削原文，它不仅不能与陆钞本之忠实于原貌相提并论，甚至也不及被认为经过明人较大改动的通行本更接近原著。此外，刘文忽略了一点，即此钞本实际上有不少地方同通行本而异于陆钞本。通行本的祖本至迟在嘉靖初年就已出现，则这一情况当系受通行本影响而致。不过，通行本在统一改订时，曾经大量吸收舞台演出本的成就，所以不排除两本同受另一更早的舞台演出本影响的可能。又由于此钞本为广东潮州正字戏所用，通行本反之而受其影响的可能性不大。

嘉靖钞本删存的部分虽与陆钞本较为接近，但从原作总体而论，它还不及通行本更接近陆钞本。所以无视这一差异的存在，而轻易将它附于"元本"范畴是不太妥当的。窃以为嘉靖钞本本身就是一个独立的系统。它是经过艺人加工的舞台演出本。它的价值在于可以窥见当时舞台演出的状貌，而不必依附于"元本"以抬高身价。

（二）

嘉靖钞本《蔡伯皆(喈)》自身的情况也相当复杂。通过细致深入的考察，可以发现，总本和生本内容并不完全一致，它们与其他版本的关系，也值得深入探讨。

生本系生角单头演出本。但它并不是从更早的单头演出本直接继承而来，而是从某一全本中摘抄移录的。如"睄问衷情"出曾抄入贴唱【意难忘】曲及"古人云"一段白语，后又涂抹勾去，

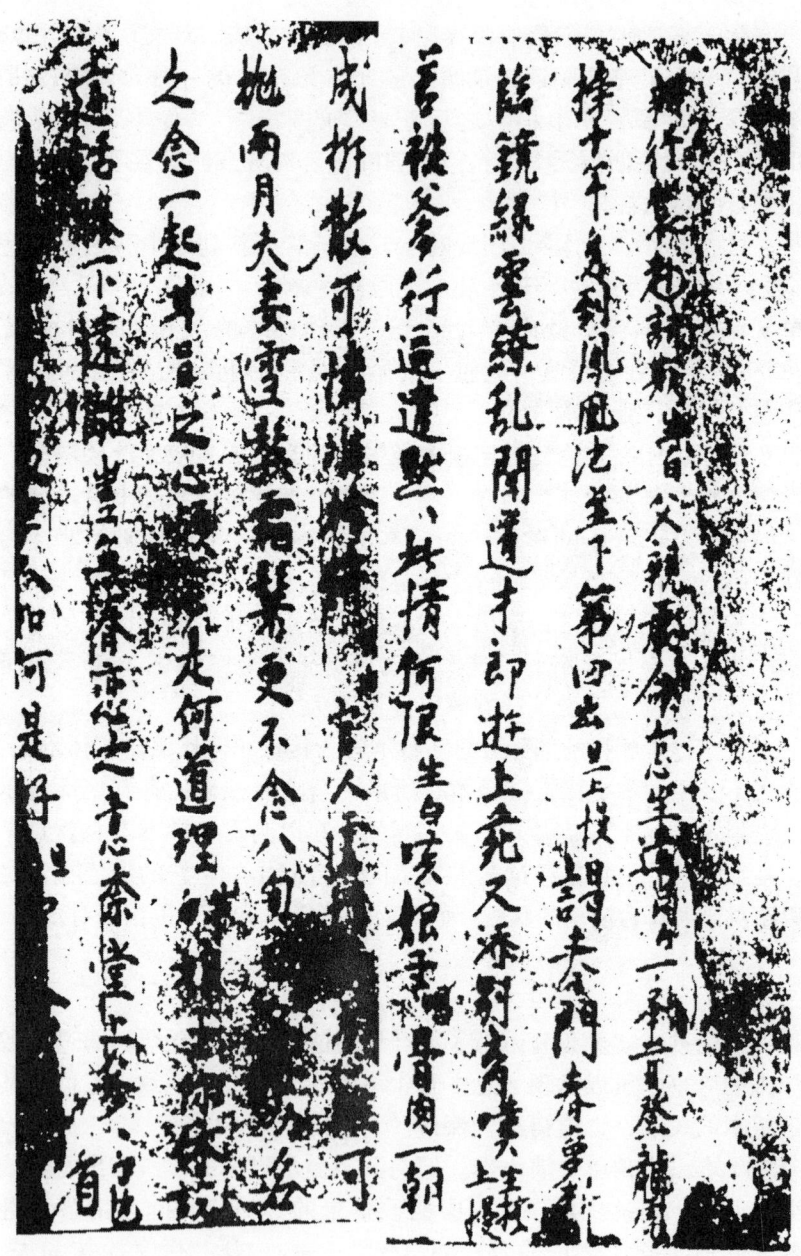

此外屡见录其他角色语一二字复打叉勾去的现象,可以为证(按,原抄件除一处标"第四出"外,均不分出,无标目,为查阅方便,本文分出及标目参照通行本)。

但生本所据的全本并非与它同时出土的总本。因为两者存在着一定的差异。例证如下:

(1)"南浦嘱别"出,总本有【玉交枝】生唱"双亲衰倦"曲,生本正文不录。

(2)同出,生本有【川拨棹】"归休晚"曲。按,此曲由外、生分唱,从生本录此曲"〔合〕怎教人心放宽?不由人不泪弹"语可知生本有此曲,而总本无。

(3)同出,生本有【川拨棹·前腔】"你宁可将我来埋冤",总本无。

(4)"才俊登程"出,总本有生丑末对白,同通行本;生本无,同陆钞本。

(5)总本有"文场选士"出;生本正文不录。

(6)"春宴杏园"出,生本有丑坠马,生与之对白一段,总本无。

(7)同出,生本有【哭歧婆】"玉鞭袅袅"曲,总本无。

(8)"官媒议婚"出,生本有【高阳台·前腔换头】"非别,千里关山"曲,总本无。

(9)同出【尾声】,总本录于正文,而生本于该出结束角色"并下"后作为附录抄入。

(10)"丹陛陈情"出,总本多黄门回报时,生问黄门"圣旨看了如何说"等语,生本无。

(11)"再报佳期"出,生本于原抄夹缝间又添一段:"贺甚么喜?媒婆,我说与你知道,我有八旬父母,娶妻二月,以此上不从。我昨日上表辞官,圣意不准。今日只得屈从成亲便了。"此白总本无。

(12)"强就鸾凤"出【尾声】,总本录入正文,生本系后来添加于夹缝间。

上述例证，如果说总本有而生本无的部分，还有可能是生本据以抄录时略去，生本有而总本无的情况只能说明生本并非直接出于总本。

另外，总本和生本并不出于同一抄手。抄录时间也不一致。我认为：

（1）生本抄录时间应早于总本。从内容上说，则更接近陆钞本。而总本晚出，并较多地受了通行本的影响。由于生本后来又与总本一起用，为求统一，才据总本加以改订补充。凡总本有而生本无者，即旁添或附录于后。上引例中，生本仅与总本上册残存部分相校，即多出四曲，而此四曲均为陆钞本和通行本所有，系原作。总本比生本多【玉交枝】及"文场选士"出。但细检影印本生本末尾所附难以编入正文的残页，其中第355～356页，即是属于生本单头演出本的内容。前半页所录为"文场选士"出残文，后半页却正是【玉交枝】曲。它们原属不同场次，却前后颠倒并抄于一处。再看生本所抄正文，这两段文字应录的位置，原抄件完整无隙，难以插入。所以这一页即是因为总本有而生本无，为配合总本而附录于生本之末的。值得注意的是"文场选士"出，通行本亦有，而陆钞本、巾箱本均无。生本正文亦不录，当系生本所据底本并无此出。而且总本将此出放在"临妆闺叹"出之后，而通行本却放在"临妆闺叹"出之前，这种不一致的现象，表明这出戏增入时在剧中位置尚未确定。同理，上引第九、第十二例【尾声】，通行本各本均有，而陆钞本、巾箱本无。凌刻本"官媒议婚"出批云："此后诸本增【尾声】云：（略），不知此调不拘二曲、四曲、六曲皆不用【尾声】，乃反谓无尾者欠结果，妄续貂以訾高先生，冤哉！"则此类【尾声】原无。从生本初抄的情况看，其底本当亦无此二曲，系后来据总本添补。

（2）总本和生本虽有这些差异，但从总体上说，两者的一致性毕竟大于差异性。所以两本的底本实同出一源。这一底本的篇幅较两本为多，也更接近原作面目。如生本删"宦邸忧思"出，但其底本实有此出。生本录其首曲【喜迁莺】曲牌名后又涂去可以为证。生本和总本在抄录时,对底本有所取舍。生本相对而言保有原貌多一些,而总本又经过进一步加工修改,与通行本相一致的地方增多了。不仅前举"文场选士"出及【尾声】与通行本相同,其他文字上也可以发现大量与通行本相一致而与古本系统相异的例证。如"官媒议婚"出【木兰花】词,生本作"田园荒了",与陆钞本同;而总本作"田园将荒",同通行本。"南浦嘱别"出【鹧鸪天】曲,生本作"亲帏暮景应难保",同陆钞本;而总本作"桑榆暮景应难保",同通行本。此外如"高堂称庆"出下场诗,总本作"逢时对景且高歌",同通行本,而陆钞本作"合高歌"。"义仓赈济"出总本【吴小四】曲牌名同通行本,而陆钞本作【吴织机】。勉食姑嫜出总本【夜行船】曲牌名同通行本,而陆钞本作【玉井莲后】。嘉靖钞本为有利于演出,增加了一些夹白,如"南浦嘱别"出【江儿水】旦曲中加生白:"娘子,你莫不是怨着卑人?"以引出旦曲"教我如何不怨";"蔡母嗟儿"出【金索挂梧桐】旦曲"孩儿虽暂离,须有日回家里"后增"〔夫白〕媳妇,我岂不知孩儿自有日回家里,只是我眼下受饿难过";"奴自有些钗梳,典当充粮米"后增〔夹白〕:"老贼,我若没有孝顺媳妇会摆布,却不把我肝肠给饿断了。"这些夹白均同通行本而为陆钞本所无,可知总本的改动已受通行本影响。

(3)生本删存的内容虽较总本更近陆钞本,但也留有曾据通行本系统传本订正字句的痕迹。如"琴诉荷池"出初录生嘱咐语:"左右过来",复涂去,旁改为"院子,将琴过来";按原抄者同陆钞本,改者同通行本。又同出原录"你去叫两个学童出来",同陆钞本,后又涂去"叫"字旁改为"唤"字,并涂去"出"字,则同通行本。又原抄"危弦已断"语,同陆钞本,又涂"危"为"旧",则同通行本。"拐儿绐误"出,原抄生白"教都放心",与陆钞本同;后圈去"都"改为"他",合通行本。"几言谏父"出下场诗,原抄仅二句:"大家截了梧桐树,自有旁人说短长。"与陆钞本同。后涂去"大家截了"四字,改为"大鹏飞上",并添"一心只欲转家乡"一语,则同通行本。(按,通行本有的本子作

"大风吹倒")又"书馆相逢"出结尾,原抄"我明日和他同去拜守双亲坟墓",与陆钞本同;后又勾去"我"字,将"他"字改为"你"字,则同通行本。生本曲白总体而论,大都同陆钞本而异通行本(相反的例证要少得多)。如"琴诉荷池"出,与陆钞本相比,所删存的字句与陆钞本相同;其中论"新弦旧弦"一段,明显同陆钞本而与通行本大异。甚至像"瞷问衷情"出误抄入的贴白及【意难忘】曲,也同陆钞本而异通行本。

(三)

　　嘉靖钞本抄录时间较今存的大多数明刊本为早,且与陆钞本系统有较近的血缘关系,因而为我们整理原作提供了可以参校的版本。但它又毕竟是经过艺人较大删改的本子,与原作面目有较大距离。因此用作参校时,就必须慎重。

　　念兹先生文中从若干曲牌名目比陆钞本"显得更'原始'些,更有接近高则诚原本的迹象",而论定"嘉靖写本比陆钞'元本'当更为准确"。又说:"从文字的正误方面来看,嘉靖写本比陆钞'元本'更近原著些,更优越些,也更准确些。同时,由于嘉靖写本的发现,也就可以校正陆钞'元本'的错误了"。

　　按,陆钞本署"斯干轩订正",既经订正,也就意味有所改动,不得谓之全属原貌,而只能称为最接近原貌而已。因此,如果说嘉靖钞本有若干比陆钞本更准确的内容,完全可能。但不能无视其大量删改情况而说比陆钞本"更近原著些,更准确些"。

　　细细分析刘文所举例证,其结论也不是很妥当。单就曲牌论,钞本既有刘文所说的也许的确显得"原始"些的曲牌名目,但也有像前文所列以【夜行船】代替【玉井莲后】这类到明中叶时已经格律不明的曲牌的情况。故不能以偏概全。

　　再从刘文所举"文字正误"方面的例证看,其结论也还可讨论。所举例中,一类实是用嘉靖钞本所用的本字来"正"陆钞本的同音假借字。"亲帏"之于"亲闱","阀阅"之于"华阅","搁"之于"阁"。用同音别字代替本字,是戏曲刊本中常见的现象,不能认为有误。即使就"准确"性而论,嘉靖钞本用别字代本字的情况也并不比陆钞本少。如剧名《蔡伯皆》,即是以"皆"代"喈"。另一类是字词虽有不同,但也不能轻易断言陆钞本为非。如"南浦嘱别"出"蟾宫桂枝须早攀",刘认为"攀"字"准确",而陆钞本用"扳"字为误,其实两字原可通。而江浙话中"扳"有"折"义,用"扳"更合理些。陆钞本"强就鸾凤"出【画眉序】"扳桂步蟾宫"用"扳"字亦可助证。同出【鹧鸪天】曲"桑榆暮景应难保",刘文认为:"陆钞'元本'把'桑榆暮景'这个古文中的成语改成'亲闱暮景',这种缺乏意境的文字,实在别扭,陆钞'元本'中此类错误比比皆是。"但是细检原本,其总本虽作"桑榆",而生本正作"亲帏",而与陆钞本一致。且用"亲闱"代指双亲,比"桑榆暮景"泛泛而指更为精确,又怎么能说是错误呢?又"官媒议婚"出【高阳台】曲"梦逸亲帷"语,刘文以为陆钞本作"梦远亲闱","远"字系形误。今按沈璟《南曲谱》卷十七【高阳台】录此曲,并注云:"古本及旧谱俱作'梦远','远'正与'深'字相对,昆山本以为不如'逸'字,非也。"又"再报佳期"出丑唱:"乔才堪笑,故阻俺推他也不肯从。岂无佳婿可乘龙!"陆钞本尾句作"岂是我无佳婿可乘龙。"刘文认为此非外唱,"无故加添'是我'两字","显系误书加添之错",今按此说未免过泥。末丑从牛府的角度自可以此口吻唱,有此两字更有趣味。又"南浦嘱别"出下场诗陆钞本作"正是:马行十步九回头,回家只恐伤亲意,阁泪汪汪不敢流。"刘文据嘉靖钞本总本而认为光此处"陆钞'元本'就有三处明显,'似'字误作'是','又'字误作'只'字,'搁'字误作'阁'、'各'字。""'似'字,象也,而误为肯定词,乃音讹而意错"。今按,"正是"一词,是戏曲小说中常见俗语,即在此处也并不妨碍后文之义为比喻义。用"正似"却不经见。"又"字,总本虽作"又",但生本却在旁另书一个"只"字纠正原字之讹,实同陆钞本,不得谓"又"字必是而"只"字便误。"搁""阁"同音假借,不为误。又"蔡公逼试"出下场诗"急办行装赴试期",陆钞本原书"期"字，又涂去而改"闻"字。刘文以为"期"字为是，"闻"字为陆贻典抄校时"有意错改原文"。今按，通行本各本亦作"闻"字，怎能据此孤证而说陆氏"有意错改"呢？又"蔡婆嗟儿"出"奴自有些钗梳，典当充粮米"，陆钞本"钗梳"作"金珠"，刘文说"既有'金珠'，哪能吃糠饿饭，何至于此"。这一条刘说有一定的道理，故通行本均改作"钗梳"，但《风月锦囊》本却作"金珠"，同陆钞本，可知用"金珠"一词渊源甚早。同出，陆钞本"我们不久须倾弃"一语，刘文认为嘉靖钞本用"倾世"一词为是。今按，通行本也作"倾弃"。"倾弃"，亦去世、谢世义，不得谓是"音误"。

　　因此，从刘文所举最具典型性的例证，除一二例尚可斟酌取以备考外，其他或以误为正，或者没有注意到原始材料本身也含有相反的证据，其断语未免过于草率。刘文还说"像这类情形，在陆钞'元本'中不下数百条的错误，可以根据嘉靖写本予以订正"。事实是否确实如此，恐怕也存在疑问吧。

　　刘文还有一个发现，是陆钞本比嘉靖钞本少了许多"插（夹）白"，"显然是陆钞'元本'的脱误所致"，据此，"可以订正陆钞'元本'许多脱落的字句"。理由是"没有这些必要的曲文中的插白，是很难读懂陆钞'元本'这出戏的曲文的"。今按，嘉靖钞本中不少夹白与通行本完全相同（参见前所举例）。从总体而言，其夹白甚至比通行本更多一些。但这些夹白陆钞本系统各本大都是没有的，这并不能说是陆钞本有脱误。实际情况恰恰相反，高则诚原本就没有这些夹白，是艺人为有利于表演，也有利于观众理解曲文而增入的，这是演出本的功劳。因为增加这些夹白以后，增加了角色之间交流的内容，也免使一个角色独自接连演唱过多而招致"瘟场"。但不能据此而说陆钞本脱落了说白。

（四）

　　作为舞台演出本，高则诚原本四十二出要在一个单位时间里演出显然是困难的。嘉靖钞本为使原作适合演出，第一步即是缩减篇幅。

　　缩减的方式有整出的删落和一出之中删落若干曲白两种。

　　与陆钞本比较，总本上册删去了"牛氏规奴"和"金闺愁配"两出戏。从表现蔡伯喈为主线的剧情来说，删去这两出戏，关系不大，而且有助于剧情发展。

　　从生本看，后半部光生角戏就删去了"宦邸忧思"和"中秋赏月"两出（其他角色的戏也应有所删削，但总本下册已损毁，不得而知）。这两出戏主要都是刻画蔡伯喈在牛府富贵乡中不忘家乡父母妻室。这一点是剧本从"才俊登程"起就一直强调表现的。但比较而言，其他场次在表现这一点的同时，都促使剧情产生新的波澜，而"宦邸忧思"则是静止的思念，思念的结果只是决定找人捎信，所以删去此出，直接以"拐儿绐误"出承当，可以促使剧情迅速转换。"中秋赏月"出，前人称牛氏有牛氏之月，伯喈有伯喈之月，单独看，的确写得很好。但从剧情发展的角度论，这一出却是停滞的。因为承前出托人捎信，此出伯喈上场时唱【生查子】曲云："逢人曾寄书，书去神亦去。今夜清光好，可惜人千里"，但后面"晌问衷情"出伯喈再次上场时，又念【生查子】词云："封书寄远人，寄与万里亲。书去神亦去，兀然空一身。"则经过"中秋赏月"出，剧情似无发展。删去此出，有助剧情快速发展，而并不影响整体。

　　从上述情况看，演出本的删削主要是从剧情发展的角度考虑的。即努力使剧情迅速发展，矛盾此伏彼起，一环紧扣一环，迅速走向高潮，尽力避免离开剧情发展而作相对静止的刻画。这一点值得我们今天改编时参考。

　　另外，值得注意的是明中叶出现"赏月"及后八出为"朱教谕所补"之说。正如王世贞所说"亦好奇之谈"（《曲藻》）。但这种传说的出现，即与当时演出本删"赏月"等出有关；也可能当时有的演出仅到"书馆"出止。总之，这些情况表明，至迟在明中叶，《琵琶记》演出时就已经出现删落场次的情况，并且成为一种普遍的现象。所以到明后期，才把一字不漏地演"全《伯喈》"

为盛举（见张岱《陶庵梦忆》）。

嘉靖钞本对具体场次的缩减较为灵活。就曲文说，一是整曲地删，二是删一部分，三是改写。其基本原则仍是以表现剧情为主，保留那些最能展示情节的部分。如"糟糠自厌"出，删去旦上场时唱的两支【山坡羊】，而直接从表现吃糠的【孝顺歌】"呕得我肝肠痛，泪珠垂……"曲开始；接着又删去抒情的"糠和米，本是两倚依……"和"思量我生无益"这两支【前腔】，而接"这是谷中膜，米上皮"曲。所保留的两曲都是最能展示情节的。从这一取舍情况也可以看出演出本只顾情节敷演，却没有充分考虑保留和发挥原作的艺术成就，所以连"糠和米"这支曲文也遭删削。而这支曲子被认为是全剧最动人之笔，明中叶以后甚至有作者写至此"双烛交合"的传说流传。于此可见改编者的识见不是很高，或者说，当时文词派的风潮尚未兴起，文采尚未受关注。嘉靖钞本的改删，在神采上比之原作大为逊色。

对白文的删削，首先，集中在那些与情节关系不大的诨白场面。如"奉旨招婿"出开头媒婆的自夸语，"义仓赈济"出开头里正社长的大段独白和对白。因而钞本中科诨的场面也大大减少了。其次，对一般场面也尽量压缩。如"蔡公逼试"出就删去了父子俩关于"大孝"的论辩。而更多的则是为更适于舞台演出而作的改造。总体说来，曲文由于有曲律的制约，不易改动，而白文则随意性较大，演员演出时也可以灵活处理，与原作的差异也就更大了。这种改动从演出的角度而论，应该说是很正常的。

嘉靖钞本在大量删削原作的同时，为了有利于演出及适合观众的审美习惯，也增加一些内容。一是增加夹白，例见前；二是增【尾声】曲；三是以明人演出惯例而增"文场选士"出；四是议婚时增送丝鞭的情节。此外，根据当时人们的要求，对原作的情节作了若干改动。如伯喈在"丹陛陈情"出，向皇帝辞婚时，没有说明家有妻室一事（这一点后人曾有讥议），而钞本则明言："奈臣已有糟糠配。"同时删去"不告父母，怎谐匹配"等显得比较迂阔的词句。

总体说来，嘉靖钞本只是某一戏班艺人演唱用的本子，而并非严格意义上的改定本，所以其删削的随意性比较大。因而不仅生本和总本的内容有出入，即使两本抄录后，也仍有勾去涂抹的情况。如生本"琴诉荷池"出，原抄录后，又勾去"烧香的不要灭了香烬"一段白；【懒画眉】"强对南轩"曲后，又勾去生与丑末的对白及"顿觉余音不似前"曲。这也使嘉靖钞本显得较为粗糙和草率。

嘉靖钞本的情节基本忠实于原著，但在涵蕴上却比原作大为减少。高则诚自称"休论插科打诨"，剧中的科诨设置大都并非只为博取笑料而已，而是有寓意的。像"蔡公逼试"出讽刺蔡公"大孝"的话和说东村李员外孩儿求官父母进乞丐收容所的故事，即含有对取现实功名、对所谓"终于事君"的"大孝"的讽刺和否定之意。"义仓赈济"出对里正社长的似诨似真的刻画也是如此，而这些嘉靖钞本都删去了。又如原作有意渲染大饥荒现实的张公"不丰岁、荒歉年，生离死别真可哀……"曲和"勉食姑嫜"出五娘上场曲的后半支"凄惶处，见恸哭饥人满道，叹举目将谁依靠？"嘉靖钞本都删去。此外还删去较多的伯喈对于功名的慨叹和忏悔的词句。总而言之，嘉靖钞本的主要着眼点仅仅是限于孝子贤妇而已，它的改造，使原作本来也不多的较为显露的对现实统治的批判性含义湮没甚至朝相反的方面转化，因而显得更加婉曲含蓄而符合"人贤事美"的温柔敦厚的审美要求了。

【附记】

本文写成后，从季思先生处读到日本学者田仲一成先生的《十五六世纪江南地方戏的变迁》一书。其最后一章第三节《华南地方戏脚本中所见的昆弋二腔影响》，论及嘉靖钞本《琵琶记》，并把它与各个系统版本相比较，其结论可与本文相互说明：

（1）版本渊源上，田仲先生肯定嘉靖钞本基本属于陆钞本即古本系统。他也认为生本早于总本，并进一步推定："有'嘉靖'二字的生本大约抄录于接近陆钞本系统时期，而总本则抄写于通行本形成的万历以后时期"。

（2）通过版本比较，他认为从总本和生本都存在与徽本系统和弋阳腔系统本一致的例证，可以说明它们虽以古本为基础，但部分地徽本化和弋阳腔化了。又，以白比曲与徽本一致处更多的情况看，属于安徽籍演员为迎合徽商观客的口味而改动的可能性很大。总之，生本总本共同受徽调、弋阳腔的影响，是不容置疑的事实。

（原载《剧论》第1辑，中山大学出版社1989年版）

十八　昆山本《琵琶记》及其裔本考

《琵琶记》明刊本，今存者大多属于通行本系统。其中凡有校语及凡例者，多标称依"古本"、"元本"校订刻印；它们之间的差异甚小，而与陆贻典钞本、巾箱本、《风月锦囊》摘汇本、凌初成刻本等真正的"古本"系统传本差别较大。这说明它们源出同一祖本。这一祖本，据凌初成考察，即是昆本。

凌氏在其所刻《琵琶记》之"凡例"中说："《琵琶记》一记，世人推为南曲之祖，而特苦为妄庸人强作解事，大加改窜。至真面目，竟蒙尘莫辨。大约起于昆本，上方所称'依古本改定'者，正其伪笔；所称'时本作云云者非'，则强半古本。颠倒错讹，为罪之魁。厥后徽本盛行，则取其本而以意更易一二处，然仍之者多，而世人遂不复睹元本矣！"

据钮少雅《九宫正始》所引，昆本有昆山顾本和昆山俞本。沈伯英、凌初成引录，则仅称昆本或昆山本。从他们所引的材料看来，昆本实同通行本。

（1）沈伯英《南曲谱》卷十五【望歌儿】注云："刻本皆作【歌儿】。按此曲非有【青歌儿】，昆山《琵琶记》增一'青'字，又引《中原音韵》所谓句字可以增损者以实之，不知彼乃谓北曲【青歌儿】也，何其谬也。"按，锦本、陆钞本作【歌儿】（陆钞本省作"哥"），通行本正作【青歌儿】。

（2）同上，卷十七【高阳台】注云："古本及旧谱俱作'梦远'，远字正与深字相对。昆山本以为不如迳字，非也。"按，陆钞本作"远"，通行本均作"迳"。

（3）凌刻本三十九折批云："'念岳丈'四句，尝面周全，世情话自应如此，况此亦是真情。昆本以'欲待不归'分明有勉强之意，而改为'岳丈殷勤，父母恩深'，可恨。"按，昆本正同通行本。

（4）钮少雅《九宫正始》黄钟【神仗儿】引《琵琶记》"丹陛陈情"出"扬尘舞蹈"曲后注云："此调按高东嘉古本于第四句下，犹有此三字一句，四字二句也。况元谱亦然。后至昆山顾本，以此三句虽不刊于曲内，然亦备设于卷颠，但在三字句上，又添一'有'字。后至坊本皆以此三字作宾白。"按，陆钞本此三句作"何文字，只须在此，一一分剖"，同正始；锦本作"有何文表，只虽在此，一一分剖"。种德堂本和继志斋本保留末白"有何文表，就此奏呈"，并将三句"备设于卷颠"，正合于昆山本之状；玩虎轩本以下各本则不仅删此三句而无批评，而且连末白亦删去。

（5）同上，正宫【双鸂鶒·换头】引《琵琶记》"激怒当朝"出"媒婆告相公知"曲后，钮氏注云："此曲有昆山顾本增句以强同下绸缪。"凌刻本此处亦有批云："时本'跷蹊'下有'千不肯万推辞，这话头不惹些儿'，与第三换头正同，然古本所无。"陆钞本同正始与凌刻本，而通行本各本均增凌氏所说的三句，亦即同钮氏所说的昆本。

（6）上曲第四换头钮氏引"他原来要奏丹墀"曲，注云："此句昆山俞本增句大悖，至以'读书'三句截为尾声，益谬。至吴江沈本去之，犹存二句于第二句下：'细思之，可奈他将人轻觑'，亦非。"按，通行本增句作："细思之，可奈他将人轻觑。我就写表奏与吾皇知，与他官拜清要地，务要来我处为门楣。"另割"读书"以下三句为尾声。种德堂本有批语，反谓别本的处理是将尾声补入正曲。（详后）

以上六条材料可见昆本实同通行本。沈氏等人所见《琵琶记》版本尚多，但他们仅引"昆山本"作为始作俑者，可知这是当时的共识。

通行本系统今可考知最早的刊本当是嘉靖戊午（1558）河间

长君序刻本。而通行本系统现存最早的刻本则是万历元年（1573）种德堂刻本。此外，玩虎轩刻本、继志斋刻本、唐晟刻本等录有批语的刻本，是了解昆山本流变的重要资料。从这些本子看，其中的批语正合于前引昆山本：

"代尝汤药"出之【歌儿】，种德堂本、继志斋本即作【青歌儿】，并有批语云："《中原音韵》载字句可以增损者，此调亦在其中。"

"官媒议婚"出之【高阳台】，种德堂本云："古本'梦'诸本作'梦远'，'逺'字胜'远'字多。"继志斋本谓作"梦远"者非，玩虎轩本谓作"远"字为"大讹"。按，种德堂本之语，实出前举第1、2例沈氏所批评的昆本。

"散发归林"出，种德堂本、继志斋本、玩虎轩刻本、唐晟刻本等于【摧拍】曲批云："诸本作'念岳丈恩深，怎敢忘情？欲待不归，久负亡灵'，下二句分明有勉强之意。今从古本改定。"而据前引第3例凌氏之评，这段批语原出昆本。

"丹陛陈情"出【神仗儿】曲，种德堂本、继志斋本批云："按调，'重瞳'句下还当有二句。诸本作'有何文表，只须在此，一一分剖。'亦通。今并存之。"按两本正文作末白："有何文表，就此奏呈。"其批语和正文情况，合于钮氏所说的昆山顾本。而玩虎轩本以下，连此二句白文一并删去，故昆本之批评亦不再备列。

又前举第6例，种德堂本亦有批语云："吴本'相挺持'遥接下'这读书辈'云云，非惟正调不完，而以【馀文】侵补，甚非。今是古本方合。"实际情况是昆本把"相挺持"以下割作尾声，反而说真正的原本是割尾声以补正曲。

据上列例证可知，种德堂本、继志斋刻本、玩虎轩刻本、唐晟刻本等不仅正文取自昆本，而且其中的批语大多袭自昆本，只是略加改删而已。这说明它们都属于昆本裔本。

种德堂本在凡例中称："刻本多未有点板，今照昆山腔调，逐句逐字批点。"玩虎轩本、继志斋本、集义堂本等则称"点板黜浙（指海盐腔）从昆（指昆山腔）"，也已可以说明它们与昆山本的关系。而昆本之所以在晚明大受欢迎，一是它作为新的写定本本身达到了较高的成就，符合明人的审美要求；二是由于昆山腔地位蒸蒸日上，已经成为士大夫所惟一认可的雅调。可以说昆山本《琵琶记》是伴随着昆山腔的兴盛而成为晚明《琵琶记》通行本的。故今存二十余种明万历以后的刊本，除了刻意求古的凌初成刻本之外（凌延禧刻本、孙矿批本均出凌初成本），均为昆本裔本。所有名家批评本，无论是李卓吾评本、汤若士评本、徐文长评本、三先生合评本、王李合评本、陈眉公评本、魏仲雪评本乃至畅行于清代的毛声山评本，全部采用的是昆本系统传本。

另外，据凌初成说，徽本实据昆本而"以意更易一二处"，并于昆本之后盛行。长玉峰序文中已提到了徽本，则徽本的出现不会晚于长君作序之年（1558）。而昆本的出现也不会晚于这一年，其上限则不会早于魏良辅改良昆山腔之时。

昆本各裔本间也稍有差别。兹举其中重要之本稍作考述。

（一）种德堂刻本《琵琶记》

此本全称《重订元本评林点板琵琶记》，十行二十五字，白口，四周单边，眉栏镌评，有图。上卷标"重订评林点板琵琶记"。署"闽建书林冲宇熊成冶刊行"。下卷标"重订原板评林释义伯喈琵琶记"。观此书正文原未突出"元本"，而只是标明为"原板"而已。下卷末有牌记云："万历新岁谷旦种德堂熊冲宇绣梓"，可知为万历元年（1573）刻本。

卷首有"琵琶记凡例"三则云：

（一）校定以古本为主。今诸家本多有删改，而音义仍未相谐，及有讹缺者，一据古本补订之。

（二）此记中多采取常语捏合入腔，故间出紧抢带叠字，其宛转微妙，非诸家所能拟，而抑扬闪赚，歌者难之。今于此等，皆居中细书，稍加殊别，庶临词者易为调停耳。其有此处反或应按腔板，则仍大书，不敢强也。

（三）刻本多未有点板，今照昆山腔调，逐句逐字批

种德堂刻本

点，皆已详校，名流知音者，当自得也。

按，这三条为继志斋本、玩虎轩刻本、唐晟刻本所袭用，惟字面略加改换而已。

其所可注意的是分出及出目，与各本颇不同，兹录于后：

卷上目录：一、末上开场（正文作"副末开场"），二、春酒庆寿（正文作"高堂庆寿"），三、花园玩戏（正文作"牛氏规奴"），四、亲命应举，五、别亲赴试，六、省归训女，七、群士奔试，八、春闱试捷，九、理鬟忆夫（正文作"对镜梳妆"），十、府官问骥，十一、琼林赐宴，十二、乏食相闹（正文作"公婆埋怨"），十三、遣媒议亲（正文作"奉旨招婿"），十四、婉辞月老，十五、官媒复命，十六、闺中隐叹，十七、上表辞朝，十八、赈济饥民，十九、促赴星期，二十、洞房佳会，二一、躬炊奉养，二二、私食秕糠。

卷下目录：二三、涤闷荷亭，二四、侍舅汤药，二五、思归诉怨（正文"归"字讹作"妇"），二六、剪发葬亲，二七、诈书脱骗，二八、感天筑坟，二九、秋闱赏月，三十、画容辞墓，三一、诘问忧怀，三二、以理辩亲，三三、寻夫途叹，三四、差遣李旺，三五、遇夫机会（正文作"遗像寺中"），三六、二妇相会，三七、书馆题诗，三八、书馆相逢，三九、扫坟遇使（正文作"张公扫墓"），四十、辞亲守制，四一、使回复命，四二、庐暮终丧，四三、旌表团圆（正文作"旌表孝行"）。

玩虎轩本、继志斋本及各家批评本、汲古阁本等的出目保持一致，可以称为通行的"标准"出目。而种德堂本则仅正文前三出的出目与通行的出目相同。另外，种德堂本增"春闱试捷"（即"文场选士"）出，删去"牛相登驿路"出，但仍比各本多一出，这是因为将"杏园春宴"出析作"府官问骥"、"琼林赐宴"二出的缘故。（这种分法惟《蔡中郎忠孝传》本同。但《忠孝传》分折而无折目）每出之末有释义。这种释义在其他传本中也有单独立为一卷的,如继志斋本、陈眉公评本、多种明刻三卷本等,它们的"释义"卷末署作"新镌伯喈释义大全终",可知原出自以"蔡伯喈"或"伯喈"命名的本子。尤可注意的是,继志斋本中,这种移录而独立成卷的"释义",其分出却作四三出,与其正文作四二出的情况不合,但与种德堂本、《忠孝传》本同,即第十出析作两出。据此可知作四三出的分法,也一度流行过;《琵琶记》从不明确分出到分"折"或"出"而无标目,又由分出、出目各别而复归于统一,是一个渐进的过程。

此本正文曲文不标"前腔"字样,但属"前腔"者,已换行顶格排列。又,"画容辞墓"出之释义后有附录"新增琵琶词"一段,该段文字亦见于《玉谷新簧》等,说明是比万历元年稍早一些时间才增入的,故标作"新增"。此本的批语,继志斋本多与之相同。更有一些是两本所独有而未为他本所采用的。(详后)

此本有绣像,半页一幅。第二出庆寿图有署云"闽人王石泉刻"。

(二) 金陵富春堂刻本

此本全称《校梓注释圈证蔡伯皆大全》,正文三卷,附杂卷一卷;九行十八字,白口,四周单边,三节版。署"永嘉高则成撰,京兆刘弘毅注,豫章谢天佑校,金陵富春堂梓"。卷末牌记云:"万历丁丑秋月金陵唐对溪梓。"可知为万历五年(1577)所刻。此戏以主角为戏名,"伯皆"即"伯喈"之省;且合于早期南戏的传统,如锦囊本、潮州出土嘉靖钞本及《九宫正始》所引"元传奇《蔡伯皆(喈)》",都作《蔡伯皆(喈)》而不作《琵琶记》。富春堂本的称呼是昆本系统传本仅见的。眉栏所镌之释义,较各本为详;又,继志斋本等以"释义"单独成卷,卷末均署作"伯喈释义大全终"。种德堂本、继志斋本、集义堂本等刻本的"释义"又基本一致,则此种"释义",当出自某种名作"伯喈大全"的刻本。只是富春堂本的释义与这些本子有很大的出入,若说后者据此本的释义而复作改删,则事实上种德堂本的刻印又早于富春堂本,

校梓註釋圈證蔡伯皆大全下卷

永嘉　高則成　撰
京兆　劉弘毅　註
豫章　謝天祐　校
金陵　富春堂　梓

京本改正釋註無訛

第二十八折　翫月傷懷

【釋義】
楚天過雨趙女
馬詞楚天過雨
波澄文綠
末落秋容增紙
雨詞洞庭微波
澄末一句朱希
真珠簾冷生肅
鳳凰環珮珊瑚
亮樓佳其胥妘
疲嵌武昌謫佐

無限佳興

【念奴嬌引】楚天過雨正波澄木落秋容
光净誰駕玉輪來海底碾破琉璃千頃環珮
清笙簫露冷人在清虛境【淨丑】真珠簾捲庾樓

【䤑石】
（月之圓也）

翫音　碾音　瓊音　俞音

金陵富春堂刻本

所以这种"释义"应来自更早的名为《蔡伯喈大全》的本子。由此可知，昆本系统的早期传本也是以《蔡伯皆（喈）》或《伯喈大全》为名的。

此本分"折"而不作"出"，其折目与诸本颇不相同，其所存折目如下：

四、春闱逼试，五、南浦分歧，六、辞媒训女，七、客路思亲，八、棘围开试，九、妆阁思夫，十、承恩赐宴，十一、荒歉熬煎，十二、寻媒赘婿，十三、京邸辞婚，十四、因辞激怒，十五、怨父强婚，十六、辞官早奏，十七、荒歉关粮，十八、强结丝罗，十九、花烛重联，二十、菽水供亲，二一、糟糠自膳，二二、水阁流觞，二三、沉疴服药，二四、客馆思乡，二五、停丧剪发，二六、套信脱空，二七、荒茔筑墓，二八、玩月伤怀，二九、描真觅婿，三十、探本寻源，三一、从夫答妇，三二、力倦长途，三三、思前悔悟，三四、怨入琵琶，三五、牛氏询赵，三六、书馆题诗，三七、观诗有感，三八、祭扫坟茔，三九、同回故里，四十、委接空回，四一、还家庐墓，四二、旌表团圆。

按，早期南戏本不分"出"，出目之设，更出自明中叶之后。名"折"，则是从杂剧分折而得名，似犹早于名"出"者；如凌初成刻本、《蔡中郎忠孝传》本亦作"折"，未设"折目"。由此可见此种"伯皆大全"的分折形式来源甚早，似可认作昆本初始阶段的面目。如其中辞官出所唱【神仗儿】"扬尘舞蹈"曲，末白二句："有何文表，就此奏呈，近于前引例四钮少雅所说的"昆山顾本"。所不同的是，此本不录批语，无从考知其改动之由。从此本作"折"而不作"出"，且其"折目"，既不同于种德堂本，也与通行的出目相异，表明万历初年，昆本系统传本不仅出目尚未统一，而且分出方式也还没有统一，虽然此本如后来流行本一样分作四十二出，而种德堂却是分作四十三出的；此外，继志斋本等所据之"释义"，本作四十三出，（详后）则早期的"伯皆大全"应是作四十三出的，但标称"伯喈大全"的富春堂本却已改作四十二折了。

此本中卷及下卷上栏有注云："京本考正，音释无讹。""京本音释，考正无讹。"杂卷则云"京本考正，什（释）义大全"。则此本原出于京本（见后河间长君序）。

富春堂本的题名本身表明了它与真正的"古本"系统有更近的关系，故其中有些处理，与昆本系统各本有别而近于陆钞本等。如"庐墓"出末尾录【玉山供】四曲，同陆钞本和凌刻本，而无昆本系统各本张公讽刺蔡伯喈的一段话。又如"服药"出【罗帐里坐】第三曲，"只怕再如伯皆，可不误奴一世"二句，同陆钞本等，而这一处理曾被昆本系统批为"甚非。假使稍胜，真便改嫁乎？""筑坟"出五娘唱【五更转】"怨苦知多少"曲，独同陆钞本，在【卜算后】曲之后；而此种处理在种德堂本等本子中，则有批语加以批评。这表明富春堂本的底本出自昆本系统与原来的"古本"系统平分秋色的时期，所以，正如它的书名取自主角名一样，它在文本上也仍保有了原本的一些处理。

杂卷所录材料尤有价值。杂卷首录署为河间长君的"增补蔡伯喈大全序"，但它并非长君原序之名，而是唐氏以长君之序为本书之序，后来继志斋本录长君序，题作"重校琵琶记序"，也采取了同一手法。长君序中叙其校刊《琵琶记》之缘由云：

> 陶宗仪言金时有董生《西厢记》，最为绝唱。然皆北音，可以比之丝管，而不可以南音歌之。独高则成所著此记，虽云专用南音，而移之北音，亦罕称乖调。且其为曲，流丽清圆，丰藻绵密，探采隽语，填缀新腔，触事附情，因缘转化。俪偶则以反正为工，声律则以飞沉致巧；事尽而思无乏趣，言浅而情弥次骨。回环靡曼，通变无方。信乐府之新声，词林之逸秀也。是以欣戚异感，靡不激于天真；愚智同情，咸用希其苦节。比好事者，竞相私锓，职务新异，各以隙照，妄为臆说。其于字之阴阳，韵之高下，音之长短，疏漏抵牾，莫可胜原。而优人传袭，

口相师祖,声讹义舛,罔解研求,宫商戾均,首尾判体,殊亦未之思也。余铅椠之暇,颇涉猎斯记,限以狭见,未遑寓管。往岁尝于南都偶得国初写本,及续得诸家锓本(按,此句原无,文义不贯,据继志斋本补),凡四十余种(旁批:写本、京本、吴本、浙本、徽本、闽本),同异既多,妍媸浸广。随就寻源讨流,参核引证,旁搜博览,义在甄明。因而诠品释音,依条辨析,谐音分调,统之九宫。庶冀音义相宜,情文增焕。

按,河间长君说《琵琶记》"移之北音,亦罕称乖调",是以讹传讹。这与王世贞等人把南戏作北曲之裔有关,所以评论者多有用北曲音韵要求南戏的观点,实不足取。序之眉栏有注云:"此序玉峰写出伯皆(喈)因由,状其伯皆本体,表其伯皆忠孝,而又夸其高则成之才华,则又断其本传之曲折宫调音律也。故取其压于杂卷之首,书之以俟知者。"称高明为高则成,不作则诚,也是取王世贞之说。(见《曲藻》)

次为《凡例》:

(一)校定以古本为主。今诸家本多有删改,而音义仍未相谐,及有讹缺者,一据古本补订之。

(二)古本与诸本字句不同者,大体虽从古本,而古本间有未稳者,亦参诸家本校定,不敢泥也。

(三)标题中有曰枝者,指一折而言,如大树中取一大枝也;有曰折者,指一曲而言,如大枝中摘取一小枝也。皆古本面目字。

(四)闽本【画眉序】前有【下山虎】,似觉粗鄙;又后有登驿路一枝,似伤俚鄙;仍有写真一套,增【新水令】、"琵琶词",又伯喈夫妇回家奔丧【朝元令】,俱于《大全》不载,俱载《杂记》。惟【下山虎】、登驿路削之。

按,第一条与种德堂本第一条同;第二、第三两条又见于继志斋本(详后),当是有所承袭而来;只有第四条针对附录而言,出于此本自创。

杂卷录有《伯喈珠玉诗》一百首。据其所述内容，与昆本系统也有所不同。如"蔡翁自序""公婆觑五娘吃糠噎死""马扁三假传书信骗财"等，公婆因吃糠噎死、骗子名马扁三等情节，或是当时民间演出本所增饰。

杂卷最后是"附梓注释蔡伯皆（喈）新增各套曲"，仅存第一套"赵五娘长亭送别〔新增〕"，有【水仙子半插玉芙蓉】、【前腔】、【驻云飞】等曲；以下残。据凡例第四条，当有"写真"【新水令】一套，伯喈夫妇奔丧【朝元令】一套。其中【朝元令】套，今仅见凌初成刻本和《蔡中郎忠孝传》载于正文，并见沈谱引录。【新水令】又见于《群音类选》、《词林一枝》等，《群音类选》题"北腔类·赵五娘写真"；"琵琶词"，又见于《玉谷新簧》，题"时兴妙曲·琵琶词"，并为种德堂本附录，题作"新增琵琶词"。牛相登驿路则见于陆贻典钞本、巾箱本、凌刻本等"古本系统"传本之正文。大约在明正德、嘉靖间，各种声腔兴起，它们对所演的名剧如《琵琶记》，多作增改，甚至重写某些场次，此本"新增套曲"中的"赵五娘长亭送别"、"写真"、"奔丧"、"琵琶词"以及未录的【下山虎】曲，还有锦囊本的"新增【清江引】"、"新增赵五娘弹唱，《玉谷新簧》的"伯喈书馆梦亲"，《徽池雅调》的"托梦"等，都是在这样的背景下被增入的。它们多属青阳腔系统。在昆山腔执曲坛牛耳之后，昆山本《琵琶记》也就成为正宗，他种声腔曲调的增改渐被淘汰。故万历初这些"新增"的内容颇有市场，《琵琶记》刻本尚另加附录，而到万历中后期，除了一些青池徽调选本外，在《琵琶记》的刻本中就难以找到这些内容了。

（三）玩虎轩刻本

此本三卷，十行二十二字，白口，四周单边，有图，眉栏镌批语。卷首为《琵琶记序》，署万历丁酉（1597）汪光华"叙并书"，谓"检笥中藏本，亦按节想象而付之剞劂，庶俾揽者见子孝妻贤则思励；见私嘱暗约则思惩，而卧者鲜矣。于大道未必无少助云"。次为"新校琵琶记始末凡例"，引《大圜索隐》、《推蓬剩语》、《真细录》等以辨其本事。又叙其校梓情况云："考本奇诸家刻本凡七十余种，固是否万殊。""校梓以元本为主，而元本亦不免差讹数字，故参酌诸本以掩其瑕，如穷秀才、一秀才之类是也；点板黜浙从昆，审经名校；题评聊见雠校大意，惟博识去存。"按，"点板黜浙从昆，审经名校"句，当是从种德堂本第三条化出。目录作"元本出相点板琵琶记"，此题称后为晚明多种刻本移用。

玩虎轩本在校雠上颇能间采众长，除了保有昆山本系对陆贻典钞本底本为代表的早期《琵琶记》传本的改订和批评之外，对昆本系统传本不够恰当的地方也作了进一步的改订。它作为昆山本系统中较好的改定本，得到了广泛的认同。它的雅致的出目取代种德堂本、唐对溪富春堂本、唐晟刻本等粗率的命名，成为晚明《琵琶记》标准出目而通行于世。晚明各种批评本均以玩虎轩本为底本。如"王李合评本琵琶记"第二出批云："元本'芳年'，先埋伏下'早'字，今本作'芳妍'，对'荣秀'为工，失下字本意。"即出玩虎轩本，此条亦为陈眉公本评本袭用。此外一些明刻无批语的三卷本《琵琶记》，如浙江图书馆、上海辞书出版社藏本，也出自玩虎轩本，只是删去了玩虎轩主人序和批语，但仍保有"始末凡例"等，可知其所承。明末汲古阁本也出自玩虎轩本，只是仅录本文，个别字词略有修改而已。所以玩虎轩本在昆本裔本系统中实占有重要地位。

又，黄正位尊生馆刻本。三卷，七行十六字，四周单边。目录题作"元本出相点板琵琶记"，版心署"尊生馆"。卷首有"新都黄正位著"的《琵琶记题词》云："南歌北曲，由来尚矣。语千古绝技者，非《中郎传》乎？彼其所谓九宫十三调，各有体裁。近世刻者，率多鲁鱼亥豕，序者又数白论黄，虽欲博周郎一顾，难矣哉！不佞学惭窥豹，巨敢蚓鸣续貂，惟率由旧章，属之剞厥而更新之耳。"次为"新校琵琶记始末凡例"，取自玩虎轩本，可知实出

琵琶記卷上

第一齣 副末開場

【水調歌頭】秋燈明翠幕，夜案覽芸編。今來古往，其間故事幾多般。少甚佳人才子，也有神仙幽怪，瑣碎不堪觀。正是不關風化體，縱好也徒然。○論傳奇，樂人易，動人難。知音君子，這般另作眼兒看。休論插科打諢，也不尋宮數調，只看子孝共妻賢。正是驊騮方獨步，萬馬敢爭先。

（問內科）（問後房子弟，今日敷演誰家的故事，那本傳奇？內應科）（三不從琵琶記）（末云）原來是這本傳奇，待小子略道幾句家門便是。

【沁園春】趙女姿容，蔡邕文業，兩月夫妻。奈朝廷黃榜，遍招

夫曰曲白近韻自
性於近韻
每一調中
馬終拾出
中間始終韻
賠調亦同
結熟字亦間
故局數字
亦不拘
多不同
故篇者不同
也不以此拘
雲以此
例之

玩虎軒刻本

玩虎轩本。此本无批语。

　　此外，还有一种明刻三卷本《琵琶记》，十行二十二字，四周单边，有图。白绵纸，印刷颇为精良，其卷首录"新校琵琶记始末凡例"，系节取玩虎轩本考证本事的几条凡例，而删去关于校勘的语句；其目录作"元本出相点板琵琶记"。正文无任何批语或评语。从其版式和目录题称，均可知其出于玩虎轩本。

（四）继志斋刻本《重校琵琶记》

　　此本凡四卷，又"释义大全"一卷，十行二十字，小字双行目，白口，四周单边，有图。眉栏镌评。卷首录有河间长君序，题"重校琵琶记序"，即以长君之序为本书之序；惟富春堂本之旁批，此本作小字刻入正文；又将富春堂本眉批关于韵分"阴阳""高下"的眉批，也改作双行小字刻入正文。但"及续得诸家锓本"一句，却为富春堂本所无。而据文意，此句实不可少，则似继志斋本所录长君序，并不一定直接抄自富春堂本，而是别有所承。序文末署："万历戊戌大来甫重录。"有"陈邦泰印"和"大来"二章。知此本为万历二十六年（1598）所刻。

　　次为《重校琵琶记凡例》，凡六条，内叙其校勘之例云：

　　（一）校定以元本为主。今诸家本多有删改，而音义仍未相谐，及有伪缺者，一据元本补订之。

　　（二）元本与诸家本字句不同者，大体虽从元本，而元本间有未稳者，亦参诸家本校定之，不敢泥也。

　　（三）按，同种德堂本第二条，不另录。

　　（四）标题中有所谓枝者，指一出而言，如于全树中掇取一大枝也。所谓折者，指一曲而言，如于大枝中掇取一小枝也。皆元本面目字。

　　（五）考定元本与诸家本字句，虽自期于精核，乃止虑或有未当者，随注其额，以俟博识详择。

　　（六）点板黜浙从昆，审经名校。

　　按，第一、第二、第四条实同富春堂本，只是"古本"改作

重校琵琶記一卷

第一齣 副末開場

凡歌曲入絃索難子更端每一調自為終始記中雜調自出至于韻腳及閒句結煞字亦不拘平仄似与不同故說破也不尋宮數調一句者

〔末上白〕〔水調歌頭〕秋燈明翠幕，夜案覽芸編，今來古往，其中故事幾多般。少甚佳人才子，也有神仙幽怪，瑣碎不堪觀。正是不關風化體，縱好也徒然。

論傳奇，樂人易，動人難。知音君子，這般另作眼兒看。休論插科打諢，也不尋宮數調，只看子孝共妻賢。驛騷漫休講，我且問後房子弟，今日敷演誰家故事？那本傳奇？〔內應科〕原來是這本。待小子略道幾句家門，便見戲文大意。

〔沁園春〕趙女姿容，蔡邕文業，兩月夫妻。嘆雙親俱喪，此際殮葬，孤身赴選，強拆鸞儀。雲髮剪來，凄涼逼往京畿，一舉鼇頭再婚姻。堪歎強歸 驪令荒歲春闈。

牛氏相招名賢女，牽支持不堪嚴命蔡邕強赴科。

大意堪利琵琶寫怨徑下饑香。

悲歡離合最慘悽。

築成墳墓。

書館有貞有烈趙真女全忠全孝蔡伯喈。

施仁孝婦奚姑皆表廬墓，包土堪閭牛氏。

〔末〕

继志斋刻本

"元本"而已；而"元本"的称谓则袭自玩虎轩本。第六条取自玩虎轩本，第五条系从玩虎轩本化出。除第三条外，第一、第六两条与种德堂本也有渊源关系，因为富春堂本和玩虎轩本又受过种德堂本的影响。其所可注意的是种德堂本凡例中虽没有"折""枝"之分一条，但正文的批语却一如富春堂本、继志斋本，多用"枝"和"折"予以区别，看来种德堂本的底本也应有此条凡例，只是种德堂本刊落了。换言之，这些互有出入的凡例，除了后出者对前者的承袭外，仍可能有着更早的依据。即这些凡例创自昆山本《琵琶记》或昆本早期传本。

又次为《重校琵琶记始末总评》，录王世贞《艺苑卮言》关于《琵琶记》评论四条。其后为"附音律指南"，分别为"声音各应律吕分六宫十一调"、"名同音律不同者一十六章"、"句字不拘可以增损者一十四章"，出元周德清《中原音韵》。又有按语云："周德清《中原音韵》所载十七宫调，南北并同；后二条虽专论北调，而南调实不出其范围。此记中如【江儿水】、【五供养】、【醉太平】等调，前后自相别。其【双鸂鶒】、【啄木儿】、【铧锹儿】、【点绛唇】、【混江龙】、【青歌儿】等调，又与他记不同。则知调虽有南北，而若此类者，大略相去不远。特金元时专尚北调，故周公偏详之，非谓南调又自有一机局也。今并举以见例。至于《瀛洲律髓》、《诗人玉屑》所谓体，所谓格，与夫《事林广记》所谓旋宫法，《辍耕录》所谓唱曲病，皆词家之要旨也。有志于知音者，其详考诸。"今按，此说混淆南北曲之界限，故记中遂将【歌儿】曲改作【青歌儿】，并援《中原音韵》为据，致贻沈璟之讥，见前引沈谱【望歌儿】曲注。但这些说法未必是出于陈大来的发明，当是从昆本或早期昆本裔本承袭而来的。

此本的出目从玩虎轩本；释义一卷，则从种德堂本，只是将种德堂本列于各出之末的释义集为一卷，而未与正文相核，故其正文为四十二出，释义却分列作四十三出。

此本正文与他本有若干地方处理稍见不同。一是前举"丹陛陈情"出【神仗儿】曲中尚保有二句白，并将别本原有曲文列于眉批；仅种德堂本相同。二是"书馆悲逢"出【入赚】曲，他本的处理是生唱"听伊言语，怎不伤痛噎倒"后，"生倒，旦贴扶起介"。而此本批评道："诸本曲尽方倒，情节太缓，从元本移此。"遂于旦唱"两口公婆相继死"句下，作"〔生〕苦，元来我爹娘都死了。〔倒地，旦贴扶醒科〕〔生〕那时如何得殡殓？"按，这一处理似出自"闽本"，如明末刊本《词坛清玩琵琶记》也作这样的处理，并批云："京本以生哭倒关目在'听伊言'以后，则情缓矣。今依闽本，一闻死字，遂即哭而倒地方是。"这种处理只有集义堂本相同，没有为种德堂本、玩虎轩本、唐晟刻本、汲古阁本及各种批评本所接受，疑是继志斋本直接取自闽本，而非昆本原有，故据继志斋本翻刻的明末云林别墅刻本，此处也仍恢复旧有面目。三是"几言谏父"出下场诗作"大佳飞上梧桐树，自有旁人说短长"。并有批注云："佳，音追。《诗》作雏凤凰，长尾，惯栖梧桐。佳鸟尾短而亦飞上，故旁人指其尾之长短而议之。一作'大鹏'，一作'大风吹倒'，并非。"按，此批语种德堂本同；种德堂本和《蔡中郎忠孝传》本亦作"大佳"；陆钞本作"大家截了"；凌刻本作"大鹏飞上"；通行本一般作"大风吹倒"。

明末云林别墅刊本《元本大板释义全像音释琵琶记》，三卷，十行二十五字，小字双行目，白口，四周单边，有图。按，此本其实只是继志斋的翻刻本。且其所据雕版已有残脱，遂另作补刻，以至前后字体不一；而且对原有批语多有删削，或者刻得错误百出，难以认读。在校勘和考察版本上，无甚价值，故不详论。

（五）金陵唐晟刻本

此本全称《新刊重订出像附释标注琵琶记》，为"绣刻演剧"第某种。四卷，八行二十一字，小字双行目，白口，四周单边，两节板，有图，眉栏镌评。正文署："东嘉高则诚编次；羊城戴君赐注释；金陵唐晟校梓。"别无序跋、凡例，未署刊刻年月。

唐晟刻本分作四十二出，出目与他本大异：

卷之一：一、副末开场，二、伯喈祝寿，三、牛氏玩月，四、强子求官，五、辞亲赴选，六、丞相训女，七、诸友赴场，八、科场中选，九、对镜梳妆，十、状元赴宴，十一、公婆埋怨。卷之二：十二、丞相遣媒，十三、伯喈辞婚，十四、丞相强婚，十五、牛氏怨婚，十六、伯喈辞官，十七、里正夺粮，十八、官媒请婚，十九、成婚牛氏，二十、孝妇供饴，二一、孝妇咽秕。卷之三：二二、伯喈招琴，二三、五娘煎药，二四、伯喈思归，二五、五娘剪发，二六、伯喈寄书，二七、五娘造坟，二八、牛氏玩月，二九、孝妇描真，三十、牛氏诘邕，三一、牛氏启归，三二、孝妇寻夫，三三、差人迎亲。卷之四：三四、五娘追荐，三五、五娘至府，三六、书馆题诗，三七、书院相逢，三八、邻为看墓，三九、伯喈辞行，四十、李旺差归，四一、伯喈庐墓，四二、封赠团圆。

这种情况与种德堂本和富春堂本相同，属于出目尚未定型阶段的产物。

而其中第一、第九、第十一出的出目则全同种德堂本之正文，此外还有多出出目相近，稍加变换而已。故唐晟刻本当为万历前期的刻本，应晚于种德堂本，而早于玩虎轩本和继志斋本，即刻于万历元年至二十五年间。

此本的批语大致同种德堂本，与继志斋本、玩虎轩本的出入较大。批语中也用了"折""枝"的概念。这两词的含义见前引继志斋本凡例所释。此本如"公婆埋怨"出批云："详味此枝，净全是怨词，外终不伏气。诸本置净折在先，非惟不蹱前枝，抑亦顿无争意。今从古本改必定。"此处"枝"与"折"的区别甚为清楚。此种用法或当承自昆山本。

细味四本之批语，继本斋本、玩虎轩本多引"一本"作何云云者非，所非者多同陆钞本；而种德堂本、唐晟刻本除明确引吴本、浙本、徽本、闽本之类外，多作"诸本"云云者非，其所非者亦多同陆钞本。如第三出【萃地锦裆】曲批云:"诸本无此三曲,与前白及词不相应,今从古本增入。"(继本无末句,玩本无此批)第四出批云:"净折诸本多作【吴小四】(略,同陆本)据末二句蔡婆亦是要伯喈去的,与后折相背;况【吴小四】在商调,与南吕亦自不协。"(继本同,玩本仅存末二语)第八出("文场选士")批云:"诸本删去此出与后结亲一段,殊不知此皆实事,亦不可少。"(两本无此批)第十八出批云:"古本'半分毫',诸本作'半钱糟',无上'花红'二字。'穷秀才'二句,诸本上句皆同,下句作'老婆与他装甚腰',不知何所取义。一作'甚乔',稍通,但与上'乔'字犯重。"(此批继本无;玩本仅作:"坊本改作'老婆与他装甚腰',不知何所取义。")四十一出批云:"诸本此下有牛太师登驿路唱【刘衮】【赏宫花】各二折及白,多胡语,丑恶不足寓目,从古本删去。"(此批继本、玩本均无)以上所举批语,种德堂本与唐晟刻本完全相同。此外,唐晟刻本所援以为据的版本也与种德堂本同,均标举"古本",动称"今从古本更定、改正"、"今从古本增入"、"今从古本"、"今从古本删去",这与玩虎轩本和继志斋本多称是"依元本改正"、"元本所无,元斥不录"的情况亦自有别。它与种德堂本更接近于凌初成所说的"上方所称依古本改定者,正其伪笔"的昆本的面貌。而玩虎轩本则结束了"原始"昆本的时代,以新的标准本的面貌通行于世。

从上述情况看来,唐晟刻本与种德堂本所面对的,是陆贻典钞本底本、巾箱本、凌刻本底本、锦囊本等"诸本"、"坊本",所以昆山本《琵琶记》才以"古本"为尚,唐晟刻本、种德堂本承而未改;到万历二十五年玩虎轩本出现时,昔日的"诸本"、"坊本"历经数十年之后,也已成为"古本",为有所区别,必须说是拥有"元本",方显得别有渊源。这就是同属昆本系统,其所据却分别称"元本"与"古本"的原因。前辈学者也有试图依各家所说的古本或元本去印证其所据者为何本的,殊不知所谓的"古本"、"元(原)本",有真有假,不可一概而论也。

重校琵琶記一卷

第一齣　副末開場

末上白水調歌頭妹燈明裴幕夜案覽芸編今來古往其中故事義綵歌曲入絲索難于末上甚佳人才子也有神仙幽怪瑣碎不堪觀正是不開風化體縱好也徒然○論傳奇樂人易動人難知音君子這回別換眼兒看更端每一調自為終始間有出入調中雜休論挿科打諢也不尋宮數調只看子孝共妻賢正是驊騮當日萬馬爭先從琵琶記末云原來是本傳奇曲至于韻腳及開句間便應招文大意圓春闈一舉鰲頭再婚牛氏利名誰家故事卻獨異當時○堪悲趙女支持剪下香雲送黄曲記中雖萬敢爭先問後房子弟今日數演小子畧道幾句家門遍見荒歲賢士高堂嚴命強赴春闈一舉鰲頭再婚牛氏結然宇亦不拘平內便招榜門婚科文大意圓春闈一繫鰲頭再婚牛氏利名牽
多不拘平不歸餓荒歲賢士雙親喪此際實堪悲○
夕似與拘舅姑把麻裙包土築墳墓賃寫怨涇徃京畿
者不同氏書館相逢最慘悽重廬成
狗首說破一夫二婦旌表耀門閭
也不尋常極富極貴牛丞相
細玩自得　有貞有烈趙真女
　　　　　全忠全孝蔡伯喈

第二齣　高堂稱慶

施仁施義張廣才
全忠全孝蔡伯喈

集义堂刻本

琵琶記卷上

第一齣 副末開場

【水調歌頭】秋燈明翠幕,夜案覽芸編。古往其間故事,幾多般少甚佳人才子,也有神僊幽怪,瑣碎不堪觀。正是不關風化體,縱好也徒然。○論傳奇樂人易,動人難知音君子,這般男作眼兒看,休論插科打

尊生館刻本

三先生合評元本琵琶記卷上

明　湯若士先生
　　李卓吾先生　合評
　　徐文長先生

元　高則誠　編

第一齣 副末開場

[小字批注：芸香釀蓍所碑壘]
[小字批注：詞亦瑣碎庸俗]
[小字批注：作元帝作做]

水調歌頭 秋燈明翠幕夜案覽芸編今來古往其間
故事幾多般少甚佳人才子也有神仙幽怪瑣碎不
堪觀正是不關風化體縱好也徒然　論傳奇樂人
易動人難知音君子這般另作眼兒看休論插科打

[右側小字：之譯某元行本補本，副末開場作末上四三字，僅元小字雙行，在第二劇下，水調歌頭曲牌，亦隆文小字接東上句下]

詞壇清玩　　　　　　　樂過碩人增改定本

伯喈前總題

水調順歌秋燈明翠幕夜案覽芸編令來古往。其中故事幾多耶少其佳人才子更有幽情怪錄荒誕不堪觀原投風化無關着縱好也徒然。論傳奇樂人易動人雖知音君子這會另作回。眼兒看休論插科打諢如术尋宮數調只看子尋共妻賢媳是綱常大事閒情乜狄爭喧

上曰曲白業已走端妥以一詞為終始完中間有出詞主於詞及詞尚結穀字亦不拘乎不似與杓掉舌厂周故貧篋拙也不尋常數詞諧家許本皆如此說

諸本俱云也有神仙幽怪字頊敬不進觀正走不閒區化似飛好如徒熊李卓吾破此裁詰太埋分果敗穀周公作這明宗本作這咲亦似蒙雅

琵琶記卷上

第一齣 副末開場

【水調歌頭】秋燈明翠幕，夜案覽芸編。今來古往，其間故事幾多般。少甚佳人才子，也有神仙幽怪，瑣碎不堪觀。正是不關風化體，縱好也徒然。

論傳奇，樂人易，動人難。知音君子，這般另作眼兒看。休論插科打諢，也不尋宮數調，只看子孝共妻賢。正是驊騮方獨步，萬馬敢爭先。

【內】後場子弟每，今日敷演誰家故事？那本傳奇？[末云]原來是這本傳奇，小子略道幾句家門，大家請聽：

【沁園春】趙女姿容，蔡邕文業，兩月夫妻。奈朝廷黃榜，遍招

明刻本

新刻魏仲雪先生批點琵琶記卷上

上虞魏浣初　仲雪父　批評
門人李裔蕃　九仙父　註釋

第一齣　副末開場

【水調歌頭】秋燈明翠幕。夜案覽芸編。今來古往其間故事幾多般。也有神仙幽怪瑣碎不堪觀。正是不關風化體縱好也徒然。

佳人才子也

論傳奇樂人易動人難知音君子這般另作眼兒看。休論插科打諢。也不尋宮數調只好子孝共妻賢正是騎驢方獨躲萬馬敢爭先。（關目內應社三不聚琵琶記未是這本傳奇待小子舉其綱領便見戲文大意）

【沁園春】趙女姿容蔡邕文藝兩月夫妻奈朝廷黃榜遍招登士高堂鸞
爭強赴春闈一舉鰲頭再婚牛氏利綰名韁竟不歸負慚歲雙親俱喪

（批評并多脍）

（六）集义堂刻本《琵琶记》

此本凡三卷，十行二十六字，小字双行目，白口，四周双边，有图，眉栏镌评。版心有"集义堂"三字。此书今仅存于日本蓬左文库，承康保成兄见赠。

此本卷首有《琵琶记序》，重录自玩虎轩刻本；"重校琵琶记凡例"七条，前六条同继志斋本，最后一条出玩虎轩本。其《琵琶记始末总评》及"附音律指南"，取自继志斋本。可知其刻印在万历二十六年（1598）以后。正文及批语出自种德堂本和继志斋本，但批语间有删削和针对性的变动。如第一出眉批全同种德堂本，而继志斋实较两本少末句"细玩自得"四字。第二出批云："'芳妍'，今作'明年'，对'荣秀'字不过。"则又是针对种德堂本作"明年"而说的。"书馆悲逢"出伯喈闻知父母双亡倒地的处理，独同继志斋本，但未录继志斋本关于这一处理优劣的批语。盖继志斋的批语多出自种德堂本，但时有改删，此本间据种德堂本全录，大多是从继志斋本。另外，此本的出目从玩虎轩本和继志斋本。其"释义"、"音释"，同种德堂本和继志斋本；但附于每出之末的方式则同种德堂本。说明种德堂本也是其取资的重要版本。

唐晟刻本、玩虎轩本、继志斋本和集义堂本均有图。它们的图完全一致。后者固然是袭自前者，不过它们也仍有可能共有另外的祖本，即出于比它们更早的昆本。

此外，再简单说明一下昆本系统的其他晚明斋本。《李卓吾先生批评琵琶记》（容与堂刻本，收入《古本戏曲丛刊初集》）、《陈眉公先生批评琵琶记》（师俭堂刻本，并见暖红室翻刻本、铅排本）、汲古阁《六十种曲》本及《声山先生原评第七才子书》等四种，因易于见到，且为学者所熟知，此不具论。

《元本出相南琵琶记》，国内多家图书馆有藏，三卷，十行二十二字，四周单边，白口。出目同玩虎轩本等。无凡例等。眉栏有题"王曰""李曰"的"批评"，即出王世贞、李卓吾所评，则此本似出于某种标"王、李二先生合评本"的本子，一如北《西厢记》之有"王李合评本"。但标"李曰"的评语不见于《李卓吾先生批评琵琶记》，可知二者非出一源。另一方面，此本中所题"王曰"、"李曰"的评语，又全部为《陈眉公先生批评琵琶记》本移录，可知陈评本即以此本为底本，再抄袭拼凑一些评语而成。而此本的正文实出于玩虎轩本。另附释义一卷，末题"新镌伯喈释义大全卷终"，这种集为一卷的方式当始于继志斋本，因为玩虎轩本没有附录释文。

《三先生合评元本琵琶记》，署"明汤若士先生、李卓吾先生、徐文长先生合评，元高则诚编"。九行二十字，白口，四周单边。有图，均刻于卷首，每半页作圆形图一幅，存十五幅，自"才俊登程"出图始，此前之图残失。眉栏所镌批语，间出于种德堂本、玩虎轩本等，亦有取自"释义"者，如第一出："芸，香草薰书可辟虫。"每出之末分录三先生评语。其中李卓吾之评语，出于容与堂本，汤、徐二人之评，当亦出于《汤若士先生批评琵琶记》（有万历刘次泉刻本）和《徐文长先生批评琵琶记》，惟此二种笔者未见。从此本与陈眉公评本之批语相比较，可知陈评本的批语，实际上是分别从李、汤、徐三种评本中抄撮改删而成。再除去出于《元本出相南琵琶记》的"王曰""李曰"的评语和袭自种德堂本、玩虎轩本等固有之批语，所谓的"陈眉公批评"本，已经没有多少作伪者所新增的内容了。（详后篇）

《新刻魏仲雪先生批点琵琶记》，二卷，十行二十七字，白口，四周单边。书林余少江刻本。署作"上虞魏浣初仲雪父批评，门人李裔蕃九仙父注释"。每出末附"释义"，文字袭自种德堂本等；批语则多同李卓吾评本。

又，《古本戏曲丛刊》所收李卓吾评本结尾有残缺，脱戏末总评三条，兹据上海图书馆藏本录于后，以供参考：

　　（1）《琵琶》短处有二，一是卖弄学问，强生枝节；一是正中带谑，光景不真。此文章家大病也，《琵琶》两有之。

(2)《琵琶》妙处只在描容、祝发、食姑嫜、尝汤药、厌糟糠数出。到此则不复语言文字矣，《西厢》、《拜月》亦只兄弟矣。读之者见五娘子形容，闻五娘子啼哭，即见之闻之亦未必若此详且尽也。文章之道，乃至是乎？

(3)《琵琶》更不可及处，每在文章尽头处复生一转。神物，神物。

属于昆本裔本的传本，据前人提及，应还有《三订琵琶记》二卷，明会泉余氏刻本；《袁了凡释义琵琶记》二卷，明汪廷讷刻本；《汤若士先生批语琵琶记》，明万历刘次泉刻本；及《徐文长先生批评琵琶记》等，但或流传海外，或未知下落，故笔者未及见，且俟之他日，再作考论。

十九 《蔡中郎忠孝传》考

《蔡中郎忠孝传》，向无著录。今仅见北京图书馆收藏。《北图善本书目·集部·曲类》云："四卷，明刻本，二册。十行二十字，白口单边。"

其第一出有云："〔末问内科〕您后房子弟，今宵敷演谁家故事？〔内应科〕全忠全孝蔡伯喈。"则书名亦从男主角而来，合于宋元戏曲的惯例；而通行本均答云："三不从琵琶记"。按，陆贻典钞本、巾箱本、凌初成刻本均无此类问答。

这本《蔡中郎忠孝传》在《琵琶记》的版本系统中较为特别。《琵琶记》传本，就其大要而论，可以分为两类：以陆钞本、巾箱本、凌刻本、《风月锦囊》摘汇本等为一系统，尚存古貌，学界称为古本系统；以种德堂本、富春堂本、继志斋本、玩虎轩本、汲古阁本等为另一系统，祖述昆山本《琵琶记》，盛行于晚明以后，学界视之为通行本系统或"时本"系统。而《蔡中郎忠孝传》实介于二者之间：就其基本面目来说，其母本当出古本系统；但其刊行时，又明显地大量采用了昆本系统的改造成果，其中颇多两说"并存"之处。原本无序跋，无批语，未知其所据。就其内容看，当是昆本流行之后，兼采昆本和当时其他流行之本而成。从中可见从古本系统向昆本系统"转换"而未定型之际的《琵琶记》面貌。因而独具价值。

（一）与古本系统的关系

《蔡中郎忠孝传》，分出，无出目。按，南戏明确分出并设出目之事，当始于明中叶。《琵琶记》如陆贻典钞本的底本（分别出弘治间刻本和嘉靖戊申翻刻本）即不分出，出与出之间仅作空一格之后连书。巾箱本已作分出，但尚未有出目。潮州出土本底本亦已分出，从其写有"第四出"字样复涂去的情况可知，但亦未有出目。凌刻本标作分折，亦无折目。有无出目，当是昆本系统与古本系统的区别之一。

此本全戏分作四十四出，较常本多两出。其中所多的一出，是因为它兼顾"古本"与"时本"，并录"文场选士"和"牛相宿驿"两出的缘故。而古本系统原无"选士"出，时本系统则无"宿驿"出。另外多列的一出，是将"春宴杏园"出之前半末净丑叙马厩、马名、排设一段独立作一出，而以生上唱【萃地锦铛】曲以下为另一出。这种分出方式在《琵琶记》传本中惟种德堂本相同。它或可说明其母本原不分出，而它作分出时"标准"尚未确立，遂致如此吧。这与巾箱本、凌刻本将"一门旌奖"分作两出，属于同例。（明人选本亦有将第五出分作两出的）可知《琵琶记》确定为四十二出的标准分法，是由昆本系统建立起来的。

此本曲文、白文均作大字——惟白文退一格书，夹白除外。这与陆钞本底本"曲白字样，多无大小之区"（陆贻典"附录"之语）情况相近。此本【前腔】已作区分，作另行顶格书，但均不标"前腔"等字样。其"介"均作"科"；"某白"作"某云"，则近于元人杂剧。这些特征，说明其渊源较早。

此本当出古本系统，但在古本系统传本中，它与出于"斯干轩校正"的陆钞本、巾箱本稍远，而与锦本、凌刻本等更为接近。由于后者已是经过明中叶改造的本子，因而呈现这样的错综局面：即它们的母本已经包含了某种改动，这些改动曾是昆山本进行改删写定时的参照物；而到它们这一代却又倒过来吸收了昆山本的某些改动，因而造成你中有我，我中有你。实际上，在明正德、嘉靖之际，南戏走向兴盛，多种声腔并茂，改造宋元南戏文本以适应当时观众的审美要求，成为一种自然的趋势。在这种背景下，各地戏班、各处书坊都对《琵琶记》等作品作了改造。因而如河间长君之序所说，"同异既多，妍媸浸广"。它们对于原作而言都是渐失其真，但就明中叶的舞台需要而言，则是一种积极的努力。它们共同构成了昆山本诞生的背景材料。它们的某些改动颇为切合时尚，遂被昆本吸收，成为昆本所援引的"古本"的来源；它们的另一些改动又因为不甚妥当，遂同则诚原作中不合明中叶之时宜的内容一起，被昆本指为"坊本""不通"之证据。所以昆山本《琵琶记》一统曲坛之前的《琵琶记》本子固然可称是属于"古本"系统，但它也已去"圣"日远，非复旧观了。

《蔡中郎忠孝传》与"古本"系统相同而与昆本裔本相异的情况，可辨其渊源。其大处如保有古本系统独有的"牛相宿驿"一出，及"风木余恨"出（各本分出有异，为便于区别和查找，以下出目据昆本系统）旦唱之【玉雁子】"今来庐墓"曲及【玉山供】四曲。细处如第二出生唱"何必当今公与侯"句，"当今"二字同陆钞本，而昆本系统因这二字易于联想为直指时事，改作"区区"，显出对功名的不屑而又不易引发别解。又如"义仓赈济"出，丑白有"主人家不时要馈赠，画卯酉人多要雇倩"句及欲卖妻卖儿以偿官粮一段；同出张公上唱【琐南枝】"不丰岁"曲等，均同陆钞本而异于昆本裔本。"代尝汤药"出【歌儿】曲牌名同陆钞本、锦本，而不作昆本之【青歌儿】；【罗帐里坐】三曲依次为外旦末唱，而昆本系统作外末旦唱。"宦邸忧思"出【雁渔锦】曲同陆钞本合作一曲，不详列【前腔】。"祝发买葬"出结尾作"〔旦云〕如此多谢，公公请收了这头发。〔末云〕我要这头发做甚么？你快自收去。"同陆钞本。而昆本裔本作张公收下头发，并有"这是孝妇的头发"云云一番赞叹感慨，并有批语谓须如此方有收束，"甚有意味"，而批评此本和陆钞本的处理是"非复人言"。其差别实在于昆本处处以"孝妇"着眼，而原本关注处只是人物的作为，而并不时时都从道德评价着眼也。又如"一门旌奖"出，此本与陆钞本同作张公接受了牛相的赠金，而昆本则以为如张公这般高义的人物不当受金，"见得义士之心，一无所为而为"，（据继志斋本批语）故其立足点有所不同。

《蔡中郎忠孝传》的某些地方则独同锦本，而与陆钞本和昆本系统有异。如"临妆闺叹"出有【余文】云:"他从今后知甚所,我勤把双亲来奉侍,专等儿夫返故庐。""宦邸忧思"出有【余文】云:"我千思想,万忖量,若还得见俺爹娘,办一炷明香答上苍。"惟锦本相同。又"代尝汤药"出【歌儿】四曲,两本不仅曲牌名一致,而且各曲末二句"怨只怨蔡伯喈不孝子,苦只苦赵五娘辛勤妇"、"三载相看甘共苦,一朝分别难同死",均作"合(唱)",此时只有旦外二角在场,此"合唱"只能是后台帮腔合唱;而他本均作旦或外连唱。此外如"两贤相遘"出【啭林莺】旦唱"他要辞官家去,被我爹爹把他来蹉跎"句,惟锦本全同;【金衣公子】第二曲"他为功名把父母相耽搁"句亦然。"孝妇题真"出【醉扶归】曲也是全同锦本而与他本略异。"书馆悲逢"出【下山虎】曲牌,亦惟锦本同,他本均作【小桃红】。

还有一些曲子,则惟与蒋孝《旧编南九宫谱》所引同。如"路途劳顿"出【月云高】第一曲即是。另一些地方,则又独同凌刻本。如"感格坟成"出【好姐姐】第二支"我们原来是小鬼"曲,陆钞本、昆本裔本均无,惟同凌刻本;"李旺回话"出丑上唱【挞破金井歌】二首,其文字独同凌刻本,差异只是凌本曲牌作【普贤歌】;而他本均作【柳穿鱼】二首,语全异。

锦本之重刊在嘉靖三十二年,蒋谱成于嘉靖年间。凌刻本称得自臞仙刻本,臞仙为朱权晚年之号,故凌氏暗指其出于明初,实不可信。当亦是嘉靖间的一种经过初步改造的本子。而《蔡中郎忠孝传》与它们相一致的情况,说明嘉靖间流传的源出古本系统的本子,都是它取材的对象,其中包括今已失传的其他《琵琶记》刊本,故《蔡中郎忠孝传》中又有与今传诸本皆不同之处,详后。

(二) 与昆山本的关系

晚明通行之《琵琶记》传本,实祖述昆山本。昆山本当是着眼于昆腔的演出而作的改造。它参考了当时各种传本对原作所作的改造,并依照统一的思路对《琵琶记》作全面的修订,成为一种新的写定本。据河间长君嘉靖戊午(1558)序,昆本之出现,至迟不会晚于此年。昆本裔本在凡例中多称"点板黜浙（指海盐腔）依昆（指昆山腔）"。昆本出现之后，伴随着昆山腔地位的确立，原来传演于各地的各种其他《琵琶记》本子——不论其属真的原本还是经过一定改动的本子——都不得不吸收昆本的"最新"成果。晚明《琵琶记》的刊本，则完全是昆本一统天下的局面。今存二十余种明万历以后的《琵琶记》刊本，仅有数种不属于昆本裔本，即可为证。

《蔡中郎忠孝传》也吸收了昆山本《琵琶记》的改造成果。

如第二出蔡公之定场白，昆本裔本有批云："此处当道出蔡公、蔡婆及张广才姓名，方有原委。蔡名稜字伯直，此曰从简，取木简之意。"（据继志斋本、集义堂本；玩虎轩本省作："此白似当发明蔡公蔡婆姓名，方见原委。"）《蔡中郎忠孝传》此处作："〔外云〕老夫姓蔡名楞，字从简。老妻秦氏，孩儿名邕，字伯喈，新娶媳妇赵氏五娘子。邻居有个张广才，叫做张公，每每得他恩顾。孩儿，日后倘有寸进，决不可忘。〔生云〕孩儿岂敢有忘。"以下方与各本相合。这种补撰，当系受昆本批语的影响。

此外曲文和白文与昆本相同而与陆钞本等有异的例证甚多。如"牛氏规奴"出，此本有【锦地铛】三曲，即昆本系统的【萃地锦铛】，陆钞本、巾箱本无；凌刻本仅列于附录。第四出净上曲，陆钞本等作【吴小四】"眼又昏，耳又聋，家私空又空。只有孩儿肚内聪，他若做得官时运通，我两人不怕穷"。昆本裔本有批云："据末二句，蔡婆亦是要伯喈去的，与后折相背。况【吴小四】在商调，与南吕亦自不协。"遂改作【宜春令·前腔】。按《蔡中郎忠孝传》亦对此作了改动，作："娘年老，八十余。眼儿昏，聋着两耳。有儿聪慧，娶得个媳妇，方才六十日。老贼，强逼他赴着春闱，那时节怕等不得孩儿荣贵。细思之，怎不教我沤气？"但与昆本裔本相比，中间数语又略有差异。此或系变动过程中尚未定型之故。又第六出末上场诗"珠幌斜连云母帐"云云，即同昆本系统而异于陆钞本。第七出【浣溪沙】词后有生末净丑谈论学问的一大段对白，亦同昆本而异于陆钞本。凡此等等，例甚多，不一一详举。就白文而论,此本更接近昆本系统。这与其说是《蔡中郎忠孝传》直接袭用了昆本,不如说由于时代和社会变迁的因素,《琵琶记》的白文在明代传演中早已存在改动,而各本之间难说孰先孰后。

另外值得注意的是这样的情况:此本吸收了昆本的改动,却又没有完全认同昆本,而是让昆本的改动和原作被改的内容同时并存。

如前举"选士"出和"宿驿"出并录,即是一例。这还是因为整出重出,尚未见突兀。而古本系统"请粮"出中,张公得知五娘请粮被抢,有骂里正的一段韵白;昆本系统删去,改作张公唱一曲【前腔】,意为欲骂而又因里正去远而打住。此本则既录昆本所改之曲,却并不删去原有的张公骂里正的韵白,遂成重叠。又"风木余恨"出,陆钞本作生贴旦依次各唱【玉雁子】一曲,生、贴曲意是对未能尽孝侍奉作自责与忏悔,旦曲则既望双亲有灵宽恕其夫,又叹"空劳死后设祭祀",语含微词。昆本系统大约以为怨语不当出五娘之口,遂删此曲,另撰一曲,置于生曲后,语意便只有为丈夫和牛氏开脱而无怨意,以保持其无怨的"敦厚"。而此本则既录昆本重撰之曲于前,又照录原曲于后。可谓兼蓄并存吧。

从上述情况看,《蔡中郎忠孝传》的最大特点,便是把当时所见的各家本子增饰的曲文尽可能地收录,并使之语气连贯可读。所以它不仅照录陆钞本、锦本、凌刻本独有的一些曲文,而且也收录了昆本系统增改的曲文,以求其全。惟其如此,它还收录了今已失传的一些本子所增饰的内容,而在今天看来,它们已成为《蔡中郎忠孝传》所特有的内容,为我们了解明代中叶对《琵琶记》的改造情况,提供了不可多得的材料。

(三) 此本独有的内容

其一,是类似于滚白的增饰。

如第五出之【尾犯序】前增云:"【西江月】〔生云〕娘子,堂上椿庭严命紧,不容分诉推辞。如今暂别守孤帏。双亲行孝道,家务要支持。〔旦云〕官人,此去蟾宫须稳步,休教别恋忘归。公婆年迈怎支持?谁想一朝风波起,鸳侣两分离。"又如"临妆闺叹"出,旦角一人在场,连唱【风云会四朝元】四曲。此本于每曲前增【西江月】一词,末二字与下曲首二字重,以引起曲文。分别为:一、堂上椿庭严命紧,不容分诉推辞。儿夫即便往京畿,痛情难割舍,含泪赴春闱。二、回顾儿夫心惨切,想君难舍爹娘。马行十步九思量,使奴心哽咽,憔悴损朱颜。三、堪诉衷肠无托处,此情惟我偏知。公婆甘旨怎支持?堂前问安否,慢把轻步移。四、辜负椿庭辜负妻,想他别恋忘归。心中思想怎抛离?秋期难准信,料不再春闱。按此四曲语句与第五出所增之词有重复,且语意浅近,当出艺人之手。这种增饰在锦本和富春堂刻本中也可以看到。只是锦本所增为四曲【清江引】,并标有"新增"二字;而富春堂本所列四首作"引首"。大约这里旦角连唱四曲,唱工过重,故艺人增入此种白文,以便于演唱者停顿休息。

其二,较别本为多的曲文与表演。

"强就鸾凰"出,叙成婚告庙一段,同昆本裔本;但又较各本多四曲:

〔净云〕请新人拜天地。

【下山虎】(凡四首)〔生唱〕深深下拜,拜谢神明。天地与三光,覆载照临。〔贴唱〕最喜人惟求结朱陈,惟愿百年同欢庆。〔合唱〕姻缘事,前世因。那更赤绳曾绾定,月老新书注得分明。果然双双成秦晋。

〔净云〕请新人拜牛氏堂上三代宗亲。〔生唱〕深深下拜,拜上宗亲。愧以身为质,又乏乌羊聘。〔贴唱〕今日喜偕伉俪,莫雁告成,伏望先灵悉慰心。〔合前〕

〔净云〕请新人拜画锦堂上泰山老丈人。〔生唱〕深深下拜,拜谢丈人。喜宝窗中选,只恐难报深恩。〔外唱〕嫁女不离家,因光百雨盈门,都缘因亲不失亲。〔合前〕

〔净云〕请新人交拜。〔外唱〕

孩儿,你夫妻交拜,相见如宾。〔末唱〕恰如萧史逢弄玉,鸾凤和鸣。〔净唱〕一个守着糟糠,终不易心。〔丑唱〕一个慕着荆钗为聘。〔合前〕

"两贤相遘"出,牛赵见面时的对白,此本总体接近凌刻本与昆本裔本。但在院子道不知有"祭白偕"其人之后,此本有其独特的处理:

【山坡羊】(凡二首)〔旦唱〕丈夫,我一路里寻踪访迹,都说道在夫人府里。天那,今番不见你必是死。〔旦云〕你若死呵,〔旦唱〕教奴家枉了几多辛勤意。你看我苫尽穿衣尽敝,水宿风餐非容易。〔旦云〕便做他特地不见我呵,(旦唱)那更我九泉的公婆眼悬悬望你。〔合唱〕思之,这苦向谁提?夫婿,何时得见伊?

〔旦云〕院公,贫道不是听人哄说,天神指教来此寻讨。〔贴云〕这道姑说谎。天神和你怎的说?〔旦云〕贫道岂敢说谎?夫人且听禀。〔旦唱〕

我那日葬亲在山里,分明是梦中天神指示。〔贴云〕他如何指示?〔旦唱〕教贫道到此寻丈夫。〔旦云〕如今寻他不见呵,〔旦唱〕又谁知道他身死矣。天哪,若是他身死,还要我这命怎的?不如触死在阶前地,我早乐得阴间和他做夫妻。〔合前〕

按,唐晟刻本此出有批语云:"闽本此处有【山坡羊】二折者,系伪增,从古本删去。"则此二曲来自闽本。从其"合唱"的内容看,系后台从五娘的心理出发而设的帮腔,仍保有早期南戏"合"为帮腔的特征,则其增入于《琵琶记》之演出,似不会迟至嘉隆之后。

《蔡中郎忠孝传》的另一重要而独特的处理,见于"拐儿绐误"出。它让蔡伯喈对拐儿作了盘问:

〔生云〕乡兄高姓?〔净云〕小人姓梅。〔递书,生看云〕乡兄,此书不是俺老相公写的。〔净云〕不是老相公写的，是鬼写的。〔生云〕字意相同，不是老相公的笔迹。〔净云〕真个不是。一时间老相公吃了早酒手振，有一个门馆先生替他写的。〔生云〕莫不是张公写的？〔净云〕正是，正是。我一时间忘记了。〔生云〕你到此何干？〔净云〕贩卖药柴。因老相公有书，特来递书。〔生云〕你几时到我家来？〔净云〕腊月二十五日在老相公门首经过，老相公问道：你往那里去？小人说京都里去。他说，你可与我带一封书去与小儿。我说，休道一封，百封也为你带去。〔生云〕起动起动。乡兄，你在那些住？〔净云〕在老相公门首驀过一直大街，转个湾儿，便是小人家里。梅老官人便是小人的父亲。〔生云〕有个梅大哥是谁？〔净云〕正是小人的叔子。〔生云〕我一时间失记了。我怎么不认得你？〔净云〕相公而今做了官，如何认得小人？〔生云〕我家甚么模样境致？〔净云〕好境致。门首碧流流一湾溪水，两边都是大柳树。〔生云〕溪涧略有些，柳树不曾有。〔净云〕老相公说道，我儿子做官回来，要拴着马。而今都栽着大柳树。〔生云〕甚么样房子？〔净云〕好房子。东厂堂西厂堂，前面三间，后面三间，两边都是夹厢，门首另起一个八字墙门。〔生云〕我家是小房子。〔净云〕老相公说道，我儿子做了官，有上司相访，而今改换门间，都起着大房子。〔生云〕我老相公生得长矮？〔净云〕老相公长长的。〔生云〕我老相公生得矮。〔净云〕老相公发财发禄，上亭长，下亭短，坐了觉长，立了就矮。与我对坐，因此见他长长的。〔生云〕老相公有须无须？〔净云〕须有些。〔生云〕我相公须多。〔净云〕小人不敢说。〔生云〕不妨。你说。〔净云〕老相公原来有须，老夫人恶，一时间和老相公厮闹，把老相公的须这边扯一把，那边扯一把，都扯掉了。〔生云〕都是胡说。院子，你请乡亲到后堂吃饭。〔净云〕不须得。小人就要起程回去，只望相公写一封回书与我覆报老相公便了。〔生云〕既如此，院子，取纸笔过来。〔末云〕纸笔在此。〔生写书科〕——下同诸本。

按，对《琵琶记》原作此处的处理，明人原有非议。如《三先生合评本琵琶记》引汤显祖评云："如此假书，绝无破绽，骗子也是高手。但父亲笔迹也不认得，竟以金珠付之，何疏略至是？"同样的批语也见于李卓吾评本，还为陈眉公评本抄录。汤氏之评未必真出汤氏之手，但这已可见当时的看法了。而《蔡中郎忠孝传》的上引处理，虽然不一定直接回应上述批评，但说它针对时人的非议而发，应无疑问。

总而言之，《蔡中郎忠孝传》为我们提供了昆本系统形成之后，正和古本系统争夺地位而未分轩轾时期的一种调和的本子。对了解明代《琵琶记》传演和改造的情况，具有重要意义。

二十　明人称引之《琵琶记》版本系统探考

《琵琶记》版本系统，今人根据其传本，分作古本系统和通行本（或时本）系统两种；或加上直接着眼于演出的那类舞台改编本，鼎足为三。其中古本系统源出甚早，且所受改动相对较少，因而较为接近原貌，其代表为清陆贻典抄录的《元本琵琶记》、明嘉靖间刊本《新刊巾箱蔡伯喈琵琶记》、《风月锦囊》摘汇本《蔡伯皆（喈）》、凌初成朱墨刻本等。通行本系统则已经在明中叶受到较为统一的改删，成为一种新的写定本而盛行于晚明；但它并不承认自己是一种改定本，而是标称别有"古本"、"元本"为据，其代表为万历元年闽建书林种德堂熊成冶刻本、万历五年金陵唐对溪刻本、万历二十五年汪光华玩虎轩刻本、万历二十六年陈大来继志斋刻本、万历间唐晟刻本、各种批评本、汲古阁刊本等。而所谓舞台改编本，指的是纯出己意——根据各地声腔和戏班演出的需要——而作更大程度的增删，因而成为一种全新的改编本；它既不特别关注原本作何，也不以"元本"为号召，大都流行于某一声腔，为一些戏曲选本所摘选，并在艺人间口相师传，为某些戏班所用，未能作为一种完整的定本而获得广泛承认。当然，所谓的"古本"亦曾一度是"时本"而通行于时；而且无论古本、时本，都是当时舞台演出之本，演员往往根据自己的理解而有所改造。所以上述分法，也仍是有条件的，即以晚明的情况为立足点，兼及改编的具体情况。实际上明代后期，一些校刻本就已经对当时流传的《琵琶记》文本作了系统区分。故本文试图从明人的评论与征引对其所认可的《琵琶记》版本系统作一探讨。

河间长君在嘉靖三十七年（1558）所作的《琵琶记序》中说到《琵琶记》因流传中"好事者竞相私刻，职务新异，各以隙照，妄为臆说"，以致"疏漏抵牾，莫可胜原。而优人传袭，口相师祖，声讹义舛，罔解研求，宫商戾均，首尾判体，殊亦未之思也。……往岁尝于南都，偶得国初写本及续得诸家锓本，凡四十余种，——写本、京本、吴本、徽本、浙本、闽本——同异既多，妍媸浸广，随就寻源讨流，参核证引，旁搜博览，义在甄明。因而诠品释音，依条辨析，谐音分调，统之九宫，庶冀音义相宣，情文增焕"。（见唐对溪刻本"杂卷"、继志斋刻本卷首）以元末至嘉靖三十七年（1558）这二百年内《琵琶记》传本多至四十余种。又，据玩虎轩主人万历二十五年（1597）序，其时所见刻本已达七十余种，即四十年中便已增加了三十余种刻本，可见传刻之盛。河间长君序中提到的代表性的版本即有写本、京本、吴本、徽本、浙本、闽本六种。这"国初写本"大约是他用作底本并据以改正"诸本"之论的独得之秘，相当于别种本子中标称的"古本"或"元本"。京本，当即南京刻本。其余数种，则如其地名所改。惟长君所校刻的原本今已不存。而种德堂本、继志斋本、玩虎轩本、唐晟刻本、《伯喈定本》（即《词坛清玩琵琶记》，明末刻本）等所引以校勘的别本，实不出此六种范围。差别只是另引"古本"、"元本"而已。这些所谓的"古本"，据凌初成说是出于昆本的伪托，见其所刻朱墨本之"凡例"。而另一方面，沈伯英、钮少雅等人也标称得到高东嘉古本，或如陆贻典钞本之底本标称为"元本《琵琶记》"。他们所据的本子可能确系"古本"和"元（原）本"，至少是渊源甚古，但既然出现了这么些"真正老王麻子"字号，令人莫辨真伪，本文在讨论时，便只好姑且将"古本"、"元本"之类置于一旁，先论其有明确界定者。其中昆本将另文讨论，此不赘。

（一）吴 本 考

吴本，即苏州刻本。今存苏州刻本有两种。一种是清陆贻典据

"旧本"和嘉靖戊申重刻的"郡本"而抄录的《新刊元本蔡伯喈琵琶记》,另一种是明嘉靖间苏州坊刻之《新刊巾箱蔡伯喈琵琶记》,它们与吴本可能同源。吴本的特征见诸批评者如下:

(1)第七出(按,各类本子出序与出目有异,此据玩虎轩本、汲古阁本等通行本系统传本,下同),种德堂本、唐晟刻本云:"吴本有【浣溪沙】词,而无后白;徽本、浙本、闽本虽有之,俱驳杂。今从古本。"按,惟陆钞本、巾箱本、凌刻本同吴本。【甘州歌】第四曲,种德堂本云:"'争如流水'句,……吴本改作'旧柴门'者非。"按,此批亦见继志斋本、唐晟刻本、玩虎轩本,惟"吴本"均作"一本"。凌刻本云:"'蘸柴门',系古诗,吴本改作'旧柴门',非。"今传本未见作"旧"字者。

(2)第十三出尾声曲,种德堂本批云:"吴本无此【馀文】,觉无结果。"按,陆钞本、巾箱本、凌刻本同吴本;凌本并有批语引谱例驳种德堂本等处理为非。

(3)第十四出【高阳台】第五曲,种德堂本批云:"吴本'相挺持'遥接下'这读书辈'云云,非惟正调不完,而以【馀文】侵补,甚非。今是古本方合。"按,今传本中惟陆钞本、巾箱本、凌本同吴本;凌本且有批语驳之。

(4)第十七出末上曲,继志斋本、唐晟刻本云:"吴本末折作'不丰岁,荒欠年,生离死别真可怜。纵有八口人家,饥饿应难免。子忍饥,妻忍寒,痛哭声,恁哀怨。'"按,陆钞本、巾箱本、锦本、凌本同吴本。又,种德堂本云:"吴本此白前更有一段骂的言语,殊无足取,今从古本删去。"按,陆钞本、巾箱本、凌本均保有被删的一段韵白;凌本有批语驳之。

(5)第十九出【女冠子】曲,种德堂本、《伯喈定本》云:"'坦腹',吴本作'乘龙',字面虽雅,但非韵。"【鲍老催】曲,《伯喈定本》批云:"诸本皆云'休摧挫',大不通;有本作'推故',亦非是。吴本作'推缩',尽惬韵,今从之。"按前一条,陆、巾、锦、凌均同吴本;后一条,陆钞本作"推速",凌本批云:"'催挫',诸本作'推故',吴本作'推速',皆非。"则凌氏所见之吴本实同陆本也。又，锦本、巾箱本作"推故"，凌本、继志斋本作"摧挫"。

（6）第二十出旦定场白，种德堂本批云："古本'日色惨淡'，吴本作'日日荒云'。"（唐晟刻本亦有批语同此，惟所引吴本作"日色嘉云"）按陆、巾作"日日荒云"（锦本因系摘汇，未录此白；下文此类不再注明）；继志斋本作"日日黄云"；凌本作"日色惨淡"，同唐晟本。又【罗鼓令】曲，种德堂本、唐晟刻本批云："'终朝'下浙本有'里'字，吴本有'的'字。"按陆、巾、锦有"的"字；凌本有"里"字。种德堂本又批云："'疑猜'，吴本作'情怀'，非。"按，陆、巾同吴本；锦、凌同种德堂本。

（7）第二十三出，种德堂本、继志斋本云："末上诗，吴本作'贫无达士将金赠，病有闲人说药方。'"按，陆、巾同吴本；凌本同种德堂本。

（8）第二十九出【三仙桥】第二曲，种德堂本、继志斋本、《伯喈定本》云："吴本'兀自'句作白；浙本'外州'三句通作白。"按，陆、巾、凌、锦此处均不作白，同种德堂本，而与吴本异。

（9）第三十一出【醉太平】曲，唐晟刻本云："吴本'纵归来已晚，归计无暇'，纠缠无味，且不叶歌戈韵。"《伯喈定本》云："吴本'纵归来已晚，归计无暇'，不惬唱；今依浙本'晚景之计如何'。"按，陆、巾同吴本；锦、凌、唐晟本均同浙本。

（10）第三十二出【月儿高】第二曲，种德堂本、《伯喈定本》云："'不瞅睬'，吴本作'不瞧'，无意味。"按，陆、巾、凌同吴本。

（11）第三十三出【番卜算】曲，种德堂本云："古本'堪'，吴本作'难'，后不相应。"按，陆、巾、凌同吴本，凌本并有批语驳之。

（12）第三十四出【佛赚】曲，种德堂本、继志斋本云："通篇都是本色语，吴本刊去，不知为何。"按，陆、巾同吴本；凌本同继志斋本。

（13）第三十五出【啭林莺】曲，种德堂本、唐晟刻本云："吴本删去贴白，'也非夸'句觉无谓。"《伯喈定本》作"吴本删去贴白'这道姑好夸口'句，接下无味。"按，陆、巾同吴本；凌本同唐晟本。又，【二郎神】第二曲，种德堂本批云："'我且问你'，苏本皆作唱：'我且问你咱'。"按，巾箱本同苏本，陆钞本亦有"咱"字，惟"你"作"伊"。称"苏本"，仅此一见。

（14）第三十七出【铧锹儿】第四曲，种德堂本、唐晟刻本云："'只怕你'句，吴本作'兀自未瞧'。"按，陆、巾同吴本；凌本同唐晟本。

上引吴本例证，可以说明：①吴本属于今天学界所认可的"古本系统"。②上引吴本之例，与陆钞本、巾箱本相较，除一二处外全部相同，可知吴本与"斯干轩订正"而且苏州刻印的陆贻典钞本之底本及巾箱本同源，甚至同为一本。陆氏所见的钱遵王藏"元本《琵琶记》"当出明弘治间；而文三桥据此本翻刻的"郡本"也刻于嘉靖戊申（1548），早于河间长君序刻本（1558）十年，故被长玉峰收录而目为"吴本"。③锦本总体上也与上引"吴本"接近，或是因其摘汇时间较早，故改动不多；而凌刻本虽也近于吴本，但有些地方则同于"浙本"和种德堂本、继志斋本、玩虎轩本、唐晟刻本等"昆山本"的裔本（详后，并参见《昆山本〈琵琶记〉及其裔本考》篇），谱系已属"不纯"，在"古本系统"中，实为去"古"最远的。④通行本系统各本之批语显见前后因袭，可证其出于一源。

（二）徽本考

凌初成在其所刻本《琵琶记》之"凡例"中说："《琵琶记》一记，世人推为南曲之祖，而特苦为妄庸人强作解事，大加改窜，至真面目，竟蒙尘莫辨。大约始于昆本，上方所称依古本改定者，正其伪笔；所称时本作云云者非，则强半古本。颠倒错讹，为罪之魁。其后徽本盛行，则又取其本而改易一二处，然仍之者多，而世人遂不复睹元本矣。"据此，则徽本出于昆本之后，而早于河间长君作序之年（1558）。

由于徽本仅据昆本"改易一二处"，两者歧异甚小，故昆本他种裔本对其论评亦不多，今可见的徽本材料仅如下数条：

（1）第五出【谒金门】曲，《伯喈定本》云："京本、闽本'成拆散'。不若徽本'轻拆散'。"又【鹧鸪天】曲云："京本、闽本皆'怎久留'，徽本'敢久留'，'敢'字更佳，今从之。"按，玩虎轩本云："'成'，一作'轻'，亦是；'尽'，一作'敢'，甚佳，且与后'敢'字相照应。"

（2）第七出，种德堂本、唐晟刻本云："吴本有【浣溪沙】词而无后白；徽本、浙本、闽本虽有之，俱驳杂。今从古本。"又云："徽本此处以《易》、《书》、《春秋》、《礼记》为题，各唱一曲，俱太严整，于丑净不称，且又缺一《诗经》，未敢妄入。"按，此条亦见于继志斋本、玩虎轩本，惟"徽本"作"一本"，语略异。凌本云："诸本此词以后妄增入姓字、问志等白，而反诡云古本所有，可恨。徽本又以《易》、《书》、《春秋》、《礼记》为题，各唱一曲，益可叹。"《伯喈定本》于【甘州歌】丑唱曲云："诸本'栖渐尽'，不若徽本'栖欲尽'妙。"玩虎轩本云："'渐'，一作'欲'。"

（3）第十三出【胜葫芦】曲"谐姻眷"下，《伯喈定本》云："徽本作'谐缱绻'，亦通。"继志斋本作："'姻眷'一作'缱绻'。"

（4）第二十二出【桂枝香】曲，《伯喈定本》云："京本作'旧弦已断'，'已'字太煞了，从徽本'欲'字妙。"玩虎轩本云："'已'一作'欲'，似妥。"

上四条除第三条外，今传各本均与徽本不同。看来其"稍改易一二处"的做法曾一度得到流行，但最后并没有得到认同。又，玩虎轩本曾据徽本作了校勘，并附有校记，不过它只说是"一本"；并对这"一本"的某些处理表示许可。

（三）浙 本 考

继志斋本、玩虎轩本均于"凡例"中说"点板黜浙依昆"，这

"浙本"当即"浙腔"海盐腔所用。

浙本的材料如下：

（1）第二出【瑞鹤仙】曲，种德堂本、继志斋本云："'沉吟'句浙本不唱，但作踌躇之状，不惟【瑞鹤仙】缺一句，而梨园丑态日繁，此类作俑也。"按，玩虎轩本批语同，但"浙本"作"一本"。凌本云："'沉吟'句浙本不唱，则本调缺四字矣。"

（2）第四出，【一剪梅】曲，种德堂本云："浙本一作'期逼春闱，心恋亲闱；诏赴春闱，难舍亲闱'，亦通。"今传本未见同浙本者。

（3）第七出，如前引种德堂本、唐晟刻本批语，【浣溪沙】词后浙本有白但"驳杂"，即与种德堂本、唐晟刻本等昆本系统传本有异。

（4）第二十出【罗鼓令】曲，种德堂本、唐晟刻本云："'终朝'下浙本有'里'字。"按，凌本有"里"字。

（5）第二十三出【征胡兵】曲，种德堂本、唐晟刻本云："浙本无【征胡兵】一折。"继志斋本、玩虎轩本作"一本迳无"。按，今传古本系统和通行本系统本均有此曲。

（6）第二十九出【三仙桥】曲，种德堂本、继志斋本、《伯喈定本》云："浙本'外州'三句通作白。"玩虎轩本"浙本"作"一本"。按，今传本均不作白。

（7）第三十出【红衲袄】曲，《伯喈定本》云："古本'穷秀才'，浙本、闽本、京本俱改'一'字，甚妙。"按，种德堂本、继志斋本云："'一秀才'，诸本作'穷秀才'，以妻对夫，欠妥。"玩虎轩本云："'穷'，今改作'一'字，可谓一字千金。"

（8）第三十一出【醉太平】曲，《伯喈定本》云："今依浙本'晚景之计如何'。"按，锦、凌、继均同浙本。陆钞本作："纵归来已晚，归计无暇。"

（9）第三十二出【月云高】之三，《伯喈定本》云："浙本'只怕他庞儿瘦'，亦通。"按，各本与浙本略异。

（10）第三十四出【江儿水】丑唱"我闻知"曲，种德堂本、继志斋本、凌本云:"浙本无丑折。"《伯喈定本》作:"浙本无此折。"按,今传各本均有此曲。

(11) 第三十五出【二郎神】曲,种德堂本、唐晟刻本云:"'潇洒',浙本作'潇索'。"【金衣公子】曲云:"'辞爹'句闽本、浙本俱作'为功名把父母相耽误',于三不从欠应。"继志斋本亦有批语,惟"闽本、浙本"作"诸本"。按,今传本惟锦本作"他为功名把父母相耽搁",与浙本略近。

从浙本与锦本、凌本有相同之例看来,浙本大体仍属今人所说的"古本系统"。只是它的某些删改过于"离谱",所以经过昆本系统批评后,似不再为别本所吸收。但浙本的另一些处理亦为昆本吸收,如"晚景之计如何"句,昆本当即袭自浙本。今传本中尚未发现浙本裔本。

(四) 闽 本 考

闽本的材料较多,但多见于晚出的《伯喈定本》;它与各本间的关系也较为错综复杂。大约因其较有代表性,故引述为多吧。

(1) 第二出,《伯喈定本》云:"京本'桂花堪茂',与上句不贯;闽本作'难茂',太死煞了。"又云:"元本作'桃李芳年',闽本作'芳妍',对下'荣秀'为工,今从之。"按,陆、锦、巾均作"难茂"和"芳妍";继志斋本云:"'芳妍',今作'芳年',对'荣秀'字不过。"玩虎轩本云:"元本'芳年',早埋伏下'早'字;今本一作'芳妍',自称对'荣秀'为工,未尝闻以工胜者也。"据此,闽本亦当有批语,故为两本所称引也。

(2) 第三出【西江月】词,《伯喈定本》云:"闽本有批云:三词并不露一个色字,而三事宛然,甚妙。有一本改'柳眼'为'草色',犯出'草'字,便不妙。"按,此批亦见于继志斋本、玩虎轩本。又【萃地锦裆】曲云:"旧本无此三段,唱曲与前白不相应。今考京本、闽本皆有之,故必录入为是。"按,陆、锦等同旧本;继志斋本等同京本和闽本。

(3) 第五出,《伯喈定本》有云:"京本、闽本'成拆散',

不若徽本'轻拆散'。"又云:"闽本'亲在高堂,儿游怎远',不似引《曲礼》话。"又云:"闽本'倚定门儿遍',不通。"按,陆、锦作"遍";继志斋本、玩虎轩本作"盼",并谓"一作'遍',于'定'字有碍"。《伯喈定本》又云:"京本'孤另'。闽本作'孤零'。俗唱'一旦孤冷',非是。"按,陆本作"冷",当系"泠"之讹。

(4) 第七出,种德堂本、唐晟刻本谓闽本【浣溪沙】词后亦有白,但"驳杂"。

(5) 第二十二出,《伯喈定本》云:"'忽听棋声惊昼眠',本东坡词,闽本从之。"按,凌本同闽本;陆本作"听得";汲古阁本作"忽被"。又云:"京本'雪巘',闽本作'雪槛',今从闽。"按,陆、锦、凌,同闽本;汲同京本。种德堂本云:"'点',一作'阵';'点'字则香胜,'阵'字则风胜。"玩虎轩本云:"'忽被',今多改作'忽听得',不知四首四用眠字,寄意无限,虽千金不能易一字。改者妄耳。'巘',一作'槛',非。'阵',一作'点',且有香胜风胜之辨,鄙泥可哂。"而继志斋本则批云:"'忽听',本东坡词。作'被',非。'雪巘排佳',一作'雪槛开华'。'点',一作'阵',均可。"

(6) 第二十六出,《伯喈定本》云:"俗本作'蔡邕百拜',大非体;京本作'男'字好;闽本同。"按,陆、锦等作"蔡";种德堂本、继志斋本、玩虎轩本亦谓作"蔡"字则"失体"、"不通",故均作"男"字。

(7) 第二十七出【好姐姐】曲,《伯喈定本》云:"闽本'葬了',不若京本'辞了'为是。"按,陆本同闽本。玩虎轩本云:"'辞'今尽作'葬',便与'成'字相背驰。"

(8) 第二十八出,《伯喈定本》云:"闽本'静寂',不如京本'寂静'。"按,今传各本均作"寂静"。

(9) 第二十九出,《伯喈定本》云:"闽本'勉哀求',未是。不若京本'免哀求'为是。"按,陆、锦、汲均作"免";继、玩、凌作"勉"。又云:"详阅坊本,此白与前白相连,四曲俱在末后,看起来白既太长，况一曲而别，似觉少情。乃闽本、京本俱移此白在四曲之后，甚有理，今从之。"按，种德堂本、继志斋本亦有批语谓诸本非是，理由同此，并称"今从古本改正"；陆本同"坊本"。

（10）第三十四出【江儿水】末唱曲，种德堂本、继志斋本、凌刻本均批云："闽本无此折。"又《伯喈定本》云："闽本作'命何乖'，不如京本作'多乖'为是。""闽本作'若是真有才'，亦欠妥。"按，陆、凌作"何"；下句作"若是有文才"。

（11）第三十五出，牛赵相见对白，种德堂本、唐晟刻本云："闽本此处有【山坡羊】二折者，系伪增，从古本删去。"按，【山坡羊】二折今仅见于《蔡中郎忠孝传》，他本所无。《伯喈定本》云："闽本作'卧'字协韵；诸本作'宿'，非也。"按，陆、锦作"卧"，汲本作"宿"。又【金衣公子】曲唐晟刻本有批云："'辞爹'句闽本、浙本俱作'为功名把父母相耽误'，于三不从欠应。"按，锦本同闽本、浙本。

（12）第三十七出【入赚】曲，《伯喈定本》云："京本以生哭倒关目在'听伊言'以后，则情缓矣。今依闽本，一闻'死'字，遂即哭而倒地方是。"按，此一处理今仅见继志斋本、集义堂本采用，继本并谓："诸本曲尽方倒，情节太缓，从元本移此。"《定本》又云："'不信'三句，有本云：'是我葬你爹，葬你娘，独把坟茔造。'与上折犯重。今从闽本正之。"按，此"有本"同锦本；他本同闽本。

（13）第三十八出【虞美人】曲，《伯喈定本》云："京本、古本、官本俱云'青山古木'，殊不得大意。今依闽本作'今古'为是。"按，陆、锦、凌同闽本；汲本同京本。又云："京本作'纸钱绕'，闽本作'纸钱来'，俱未妥。"按，陆、凌同闽本；汲本同京本；锦本作"纸灰到"。"官本"，或指教坊定本，传承未详。

（14）第四十一出，《伯喈定本》云："京本、闽本落场诗云：'多谢深恩不敢忘，稍宽愁绪节悲伤。亲坟共扫添荣耀，不负诗书教子方。'"按,汲本同京、闽两本;陆本别作两句;而凌本前半取京本,后半同陆本。

(15)唐对溪刻本杂卷之"凡例"云:"闽本【画眉序】前有【下山虎】,似觉粗鄙;又后有登驿路一枝,似伤俚鄙,仍有写真一套,增【新水令】、琵琶词,又伯喈夫妇回家奔丧【朝元令】。"按,登驿路陆钞本系统亦有;琵琶词种德堂本附录有之,题"新增琵琶词";【新水令】套亦见于《词林一枝》。奔丧一折,凌刻本有。

从上引例证看,闽本似出自今人所说之"古本系统"而又颇加增删。从上引例闽本亦多同陆贻典钞本的情况看,闽本虽有改删增饰,但与昆本系统相比,或仍较多地保有原来面貌。闽本及浙本亦源出于"古本系统";而这"古本"或即则诚之"原本",故为诸家刻本所宗吧。昆本、徽本亦是据"古本"复又作较大改删者,故去"古"已远却偏说自己的改动是出于真的"古本"。此外,从凌氏刻本多游动于诸家之间的情况看,其底本虽为某种较早的传本,但又因凌氏本人间或据昆本系统而作了二度修订,又不加说明,以致"谱系"难明了。又闽建刻本今存最早的当是万历元年书林种德堂熊成冶刻本,而如前所引,种德堂本实同昆山本系统,且其批语中亦提及闽本,故此种闽本在河间长君作序时即已有之;而万历元年以后,闽建刻本亦以昆本为正宗,故种德堂本之凡例遂有"刻本多未有点板,今照昆山腔逐句逐字批点"之语也。

(五)京 本 考

我们回过头来再探讨河间长君提到而《伯喈定本》曾予引用的"京本"。

种德堂本、玩虎轩本、继志斋本、唐晟刻本等其实均来自前引凌氏所说的"昆本"。昆本也是这些晚明通行本的祖本。昆本裔本系统亦即通行本系统,是明代《琵琶记》传本中最重要的一个谱系。为了掩盖"托古改制"的真相,这些昆本裔本一则标榜取自"古本"和"元本",二则根本不提昆本。所以从中只能看到它们对于别一系统传本的批评，却从未触及昆本自身；但这些情况及各本凡例中"今照昆山腔逐句逐字批点"，"点板黜浙依昆"等语，反过来也正证明了它们与昆本的关系。

所谓"京本"，即金陵（南京）刻本。今存金陵唐氏的两种刻本：万历五年的唐对溪刻本和万历间的唐晟刻本，当系其直系传本。

从《伯喈定本》所引的"京本"材料看，这"京本"实属昆本裔本系统。由于材料稍多，为节省篇幅，略去其与昆本系统和古本系统相同者，仅择其所引京本之合于昆本裔本系统而与古本系统相别者如下。又因汲古阁本读者较易得到，兹以汲本作昆本裔本的例证；汲本有不足时，亦兼取他本为证。

"高堂称庆"出，批云京本作"堪茂"，按，同汲本；陆钞本作"难茂"。"牛氏规奴"出，批云【萃地锦铛】三曲闽本、京本皆有之，按，同汲本，陆钞本无。"南浦嘱别"出，批云京本作"孤另"，且谓俗唱作"孤冷"非是；按，汲本作"另"，陆钞本同作"冷"。"琴诉荷池"出，批云京本作"忽被棋声惊昼眠"，按，同汲本，陆钞本作"忽听得"。又批云京本作"雪厥"、"一阵风来"，按，同汲本；陆钞本作"雪槛"、"一点风来"。"宦邸忧思"出，批云京本作"魔障"，同汲本；陆钞本、锦本作"磨障"。"感格坟成"出，批云京本作"辞了"，按，汲本、陆钞本均作"葬了"；但继志斋本、玩虎轩本均同京本，玩本并批云："辞今尽作'葬'，便与'成'字相背驰。""中秋望月"出，批语谓以京本作"勉哀求"为是，按，汲本、陆钞本均作"免"；但玩虎轩本作"勉"，并有批云："'勉'，一作'免'，近是而非。"又【斗黑麻】曲批云京本作"路途中"，按，汲本、陆本均作"路途远"；但玩虎轩本同京本，并有批云："中，一作赊，似更胜。""乞丐寻夫"出，有批谓张公嘱五娘之白，闽本、京本均移在四曲之后，按，汲本同，而陆钞本在四曲之前。"瞷问衷情"出【红衲袄】曲，有批云："古本'穷秀才'，浙本、闽本、京本俱改'一'字，甚妙。"按，汲本作"一秀才"，陆钞本作"穷秀才"。又批云：

"京本'头又早白',语不顺。"按,汲本同京本;陆钞本无"早"字。又批云京本作"人人",按,此处陆钞本同京本,而汲本作"人儿",与京本异,但继志斋本、玩虎轩本、集义堂本等亦作"人人"。"路途劳顿"出,批云京本、闽本均作"怕消瘦了庞儿",汲本同;陆钞本无"了"字。"听女迎亲"出,批云:"'堪听'俗本作'难听',全戾本旨。今依京本正之。"按,汲本同京本;陆钞本作"难听"。"寺中遗像"出,批谓闽本作"命何乖",不如京本作"命多乖"为是,按,汲本同京本,陆钞本同闽本。"张公遇使"出,批谓京本作"青山古木"、"纸钱绕",按,汲本同;陆钞本作"青山古今"、"纸钱来"。

从上引例证看,除"人人"一例汲本与京本不同(种德堂本、继志斋本、玩虎轩本等实同)之外,其余例证全部与昆本裔本系统传本相同,而与陆钞本相异。由此可知京本必是属于昆本系统,故为河间长君所据;而种德堂本、继志斋本、玩虎轩本等之所以独独未提及京本或昆本,原因即在于他们所据的"元本"或"古本"云云,其实便是京本或昆本。

而据唐对溪刻本中卷及下卷眉栏注云:"京本考正,音释无讹。""京本考正,什(释)义大全。"可知其底本正出自京本。故京本必与昆本有极深的渊源。

(六)各家所引"古本"之归属

昆本裔本多自称据"古本"或"元本",其实出于昆本或京本,已如上述。此外沈伯英、钮少雅、凌初成等人也引录"古本",兹略考其所属。

(1)沈伯英所引的"古本《琵琶记》"。

沈氏曾作有"考正《琵琶记》",今佚。其《增定南九宫曲谱》引录《琵琶记》曲文,并考订诸本之误,谓据"古本《琵琶记》"。笔者将沈谱所引曲文与陆钞本、凌刻本、汲本作对勘,并参考沈氏之批注,发现其所谓"古本",实同于斯干轩订正本系统,亦即同属今人所说的古本系统。而且,这"古本"比之凌刻本更近于陆钞本。除个别字词和曲牌属于沈氏别作校订而相异外，沈谱所录之曲文，基本同于陆钞本而异于汲本，只有极个别地方属于例外。凡沈谱标称是"据古本改正"者，则全部同陆钞本。如卷八【尾犯序】谓"'路远'、'替着我'，俱依古本改正"。【红绣鞋】曲注云"末句依古本"。卷十二【香柳娘】曲谓"古本无叠句"。卷十四【三段子】曲谓"'偏不好'，古本无'是'字"；【太平歌】注"从古本改正"。卷十五【罗帐里坐】谓"古本作'与甚么'"。卷十七【高阳台】谓"古本及旧谱俱作'梦远'"，卷二十【夜游湖】谓从"古本"作"暗中指挑"。卷二一【川拨棹】谓"'爹娘冷看'，甚妙，从古本也"。此类"古本"之例即同陆钞本。沈氏设谱，以古为尚。时行的昆本系统本并不为沈氏所取，而且卷十五【望歌儿】，卷十七【高阳台】特别对"昆山本"《琵琶记》作了批评。此外，《琵琶记》中一些在谱中宫调难明或全曲格式已难考知的曲牌，在昆本裔本和锦本等本子中，多被改为时行曲牌，以便于俗唱；而沈谱则仍保有旧貌。如"勉食姑嫜"出【玉井莲后】，沈谱谓"古本《琵琶记》"如此，"但不知全调几句"；锦本、昆本裔本则均改作【夜行船】，故凌氏讥云："岂因调之不全而私意更益之与？"又"义仓赈济"出张公上场唱【锁南枝】"不丰岁"曲，昆本裔本后半曲重撰；沈谱引此曲之句有"八口人家"之语，则亦同陆钞本。又如昆本裔本刊落"散发归林"出【玉山供】四曲，以一段白文作结束；而沈谱录其第一曲，词全同陆钞本。综合以上例证，已可知沈氏所用的"古本《琵琶记》"实同陆钞本，亦即同吴本。而沈氏的《考正琵琶记》亦必是以斯干轩订正本系统为底本的。

（2）钮少雅所引的"高东嘉古本"。

钮少雅《南曲九宫正始》引录"元传奇《蔡伯皆（喈）》"曲文一百八十余支，自谓得之"高东嘉古本"。而据笔者比较，其文字实同陆钞本，只有极个别例外。考陆钞本之底本及巾箱本所署，均作"东嘉高先生编集"，而稍异于一般晚明刻本之署作"高则诚撰"，故钮氏所说的"高东嘉古本"，当即此种"东嘉高先生编集"

本。又，明高儒《百川书志》著录《琵琶记》，注谓"宋永嘉先生作"；清李调元引《百川书志》，则作"永嘉先生作"。此当是高儒所见本亦仅署"东嘉高先生编集"，故不知其名及时代也。

如此，则有两种可能：一种可能是吴本（或"苏本"）可能便是沈、钮所说的"古本"；另一种可能是沈、钮二人所说的"古本"确实渊源甚古，甚至早于吴本，但因吴本最多保有原貌，遂与沈、钮二人所说的"古本"一致。又，陆钞本实同吴本，或其底本即诸家所说的"吴本"，故说陆钞本是最近原貌的本子的是符合事实的。

（3）方诸馆校注本"前元旧本"。

王骥德《曲律·杂论第三十九下》记云："《西厢记》、《琵琶记》二记，一为优人俗子妄加窜易，又一为村学究谬施句解，遂成千古烦冤。余尝取前元旧本，悉为厘正，且并疏意旨其后，目曰'方诸馆校注'。二记并行于世。"其所校之《西厢记》今存，所附评语亦谓《琵琶记》"遭俗子窜易，又不幸坊本一出，动称古本云云，实不知古本为何物"。方诸馆所校之《琵琶记》今佚。但从《曲律》等所称引者看，其底本实同昆山本。如《论阴阳第六》引【高阳台】之"梦逯亲帏"句，"逯"字陆钞本作"远"，沈谱引此曲，有批云："古本及旧谱俱作'梦远'，远字正与深字相对。昆山本以为不如'逯'字，非也。"又如《论过曲第三十二》说："落韵最要稳当。如《琵琶记》'手指上血痕尚在衣麻'，'衣麻'是何话说？"按，"衣麻"原作"衣罗"，乃是昆山本等因"罗"字过丽，以为五娘应披麻才是，遂加篡改的。又沈自晋《南词新谱》卷一引【胜葫芦】"若是仙郎肯谐缱绻"曲，注云："'缱绻'，王伯良校本作'姻眷'。"按，昆本裔本均作"姻眷"。卷八【永团圆】曲"玉烛调和圣主垂衣"句注云："王本作'玉烛调和归圣主'，谓'圣主垂衣'乃双调尾声，非中吕尾声也。"按，王本同昆山本裔本。卷二十【夜游湖】曲注云："原本'开心'，今从王本作'关心'。"按，陆钞本作"开心"，昆本裔本均作"关心"。从上例看来，王氏所说的"前元古本"，其实也不过是托古改制后的"古本"而已,并非真的"前元旧本"。又沈伯英原谱所引,本是"古本",但沈自晋《新谱》轻信王氏之"古本",结果反失其真了。

二一　陈眉公批评本
　　　《琵琶记》是赝本

　　《陈眉公先生批评琵琶记》，亦称《鼎镌琵琶记》，明末师俭堂原刊本，二卷，又释义二卷。内题：云间眉公陈继儒评，一斋敬止余文熙阅，书林庆云萧腾鸿梓。近代又有暖红室汇刻传奇翻印本，流传稍广。清姚华《菉猗室曲话》云："近贵池刘氏汇刻传奇第二种《琵琶记》，是陈眉公评师俭堂原本，与毛本微有异同。评语无所发明。明人习气如此。末附音释二卷，不知何人所为。"按清代以后毛声山评本流行，明代刻本几湮没无闻，故日人青木正儿《中国近世戏曲史》亦称师俭堂本为胜。20世纪50年代古籍刊行社又有铅印本，多为学者称引。

　　自《古本戏曲丛刊》初集影印《李卓吾先生批评琵琶记》之后，学者已见陈评本与李评本之批语颇多重合，但因不明二者孰先孰后，故无从下断语。

　　按，此本不仅为书坊伪托眉公之名，而且其批语亦系抄撮而成，较一般书坊自撰批语复假托于名人，手法更为拙劣。

　　师俭堂本所用的底本，当出自所谓的《王凤洲、李卓吾合评元本出相南琵琶记》。但王李合评本本身不甚传，晚明较多翻刻的是一种在目录中称作"元本出相南琵琶记"的本子，三卷，附释义一卷，正文则作《琵琶记》，不署作者及评者姓名。其中以"王曰""李曰"的方式录入二人评语，眉栏还有一些未标何人所评的评语，正文亦未说明王、李之评语从何而来。这种明刻本北京图书馆藏有两种。其一原为郑振铎所藏，两册装，只是重装时把释义一卷列在前面了；释义之末题作："新镌伯喈释义大全卷终"。另一种目录已脱，另行抄配，装作四册，正文每卷一册，第四册为释义。此外，上海图书馆、中国社科院图书馆各藏一种，但系后印本，版面已漫漶。观其刻印方式，似乎眉栏之评，是另外付板加印的，所以正文清晰无误，而眉批则多不清，甚至有只印出一半或一角的情况。

师俭堂刻"陈眉公先生批评"本，便是以这种"元本出相南琵琶记"为底本的。所以将原本标示之"王曰"、"李曰"的大段评语，凡三十余条，全部照"王曰"、"李曰"的形式照录不误，却又不作任何说明。故标称"陈眉公"所评，却又出现大量的王、李评语。同时，还任意删节。如第二十三出"李曰：糟糠……"一段，师俭堂本刊落"要之，可整求，不可句描节□"十一字；第二十四出"王曰：这段恍惚……"下删"凄凄，笔端有舌"六字；第二十八出引"李曰：此枝……"一段，"白鸾"改作"白鹤"。此外，原本未标何人所批的批语，师俭堂本则同样径录而未作说明。如第二出【前腔】净唱"芳年"曲，批云："元本芳年，先埋伏下'早'字，今本作'芳妍'，对'荣秀'为工，失下字本意。"第四出"天须鉴蔡邕不孝的情罪"句批云："'蔡邕'，今尽作'孩儿'，自不似矢天语。"第五出【尾犯序】批云："'且为我'，一作'暂为我'，亦可；一作'只替我'，非。"同出旦唱"我频嘱咐，知他记否"，批云："'频'，一作'亲'，非。"第七出白文批云："一本此白中，用《易》、《书》、《春秋》、《礼记》为题，各唱一曲，而《诗》又独缺，亦元本所无，元斥不录。"又"争如流水蘸柴门"句批云："'争如'句，出后汉姜肱作诗以喻其友。末句云云，一本改作'旧柴门'者，不知其本此耳。"又"水宿风餐莫厌贫"句批云："'贫'一作'频'，谁曰不可，苟味末句，自尔惘然。"凡此等等甚多，均系抄录而不加说明，此不一一细列。又第五出"知他记否"句，合评本批云："'他'，坊本以为当作'伊'者，则为荼为茗，一任育长也。"师俭堂本仅节取作："'他'，坊本以为当作'伊'。"则是抄录之中又有删节。师俭堂本之所以未加说明者，乃是因为王、李评本中的这些校语，也是袭自别本。如上引未标何人所评之例,其实均出自汪光华万历二十五年(1597)玩虎轩刻本,可知各家评本之底本也出自玩虎轩本。大约是师俭堂刻本以为既然大家都抄袭,便不必特作说明了。

其次是对《李卓吾先生批评琵琶记》的抄袭。只是师俭堂本多有改删,但其袭用之迹仍十分明显。试举数出为例:

李评	陈评
第二出净扮蔡婆上	
评:妇人虽无远见,姑息之爱乃人常情,不合以净角扮蔡婆,易以老旦为是。不然,因子辱母,为人子忍乎?	不宜用净扮蔡婆,易以老旦为是。
〔生〕孩儿一则以喜,一则以惧。	
评:"一则以惧",人子心上事,缘何对年老双亲说出?	喜惧心事不可告爹妈。
〔旦〕【锦堂月】辐辏……	
评:像个两月的新妇。	是个新妇娇样。
第三出	
〔末〕真个好一位小娘子。	
评:院子不合及此。或出老姥姥、惜春则不妨。大抵赞牛氏的白合在女子口中出。	说牛氏女,不该从院子口中出。姥姥、惜春则可。
〔末〕【西江月】……	
评:三词可厌,删,只换一答话便了。	三词可厌,删去更好。
第四出	
〔净〕真个没饭吃便饿死你。	
评:据蔡母识见,当是圣母。	句句先识,真是圣母。
〔外〕是以家贫亲老,不为禄仕,所以为不孝。	

评:难道做官就是大孝了?	做官就是孝乎?

第五出〔旦〕【江儿水】

评:曲好。	好曲。
〔生〕教我割舍得眼睁睁。	
评:"眼睁睁"三字成句,有无限光景,无限描画。	"眼睁睁"三字如画。

以上举四出批语的比较,已可见师俭堂本抄改李卓吾评本的大致情况了。此外总批如第十三出"到此娶亲已有年岁矣"一大段,第十五出"老牛真俗气"一段,第十六出"当时若有圣君贤相"一段,第十八出"简顿可喜"句等,都照录李评本,或略作改易。

师俭堂本的一些总批则出自汤显祖评本及徐文长评本。兹参照《李卓吾、汤显祖、徐文长三先生合评本琵琶记》所录汤、徐二人批语,以作比较。(《汤若士先生批评琵琶记》、《徐文长先生批评琵琶记》笔者未及见)

汤评	陈评
八出总批:	
作举子戏谑则可,若作试官戏谑欠通。	用举子戏谑则可,若用试官戏谑,大欠通。
十一出总批:	
曲好,白好,关目好。专用蔡婆骂处,尤见作手。	曲好,白好,关目好,极其闹热。专用蔡婆骂处,尤见作手。
二十二出总评:	
不吃药不吃粥俱为糟糠媳妇,读此真山花落尽子规啼矣。	山花落尽子规啼。
二十五出总批:	
餐糠、剪发,俱在空里出奇,餐糠之意寓于糟糠妇	餐糠、剪发,俱在空里出奇,餐糠之

句,剪发之意寓于结发薄　　意寓于糟糠妇句,
幸句。尤贴切有味。　　　剪发之意寓于结发
　　　　　　　　　　　　薄幸句。犹奇中之
　　　　　　　　　　　　奇。

二十六出总评:
　如此假书,绝无破绽,骗　　如此假书,绝无破
　子亦是高手。但父亲笔迹　　绽,这拐子也是个
　也不认得,竟以金珠付　　高手。
　之,何疏略至是?　　　　如何笔迹也不认一
　　　　　　　　　　　　认?

三十一出总批:
　辩驳剀切,节孝两全,而　　辩驳剀切,节孝双
　蔡生反畏牛如虎,真裙衩　　彰,无奈不入牛耳
　所笑。　　　　　　　　何。

三十七出总评:
　父母之年不可不知也,乃　　父母之年不可不知。
　曰"早知你形衰耄"邪?

卷末总评:(据毛声山评本
"前贤评语"引)
　《琵琶记》从头至尾无一　　从头到尾,无一句
　句快活话。读此传奇胜读　　快活话。读一篇
　一部《离骚》。　　　　《琵琶记》,胜读一
　　　　　　　　　　　　部《离骚》。

出于徐文长评本的批语情况如下:
　　　　徐评　　　　　　　　陈评
十四出总批:
　一榜中岂无一人足为丞相　　进士中岂无一人足
　女婿者?必欲蔡生再婚,　　以做丞相女婿者?
　以小姐为人侧室,真牛　　何以执拗若是?
　也。

二十出总批：
　　唉糟吃糠不难，吃婆怨气　　　吃糠不难，吃这婆
　　更难。　　　　　　　　　　　怨气更难。

三十出总批：
　　宁饿杀爹娘，不敢恼了丈　　　宁可饿杀爹娘，不
　　人，一向辞婚，原来是　　　　可恼了丈人。
　　假。

三十五出总批：
　　真两贤岂相厄哉！　　　　　　两贤不相厄，女中
　　　　　　　　　　　　　　　　二难。

三十八出总批：
　　全传俱是骂府，此尤骂得　　　全传都是骂，余俱
　　痛快。　　　　　　　　　　　包藏骂，此独真骂。

　　考师俭堂刻"陈眉公先生批评"本之出末总批，全戏四十二出，内有十三出无总批，十五出未知其抄袭还是另撰，十二出可知抄改自李、汤、徐三家，另有二出袭用李评本语意。数量已达全部总批的半数。其中未知抄袭与否的十五出总批，多系简短一语，并无发明可言。此外眉批与夹批，也大多系抄袭而来。更无论直录"李曰""王曰"的三十余处大段批语了。故所谓"陈眉公先生批评"本，不仅是"评语无所发明"的问题，而且更是纯系抄撮拼凑的问题。

　　古书之传与不传及流传之广与不广，实有幸有不幸。此种"陈眉公评本"的批语，清毛声山于其评本卷首引录"前贤评语"，在陈继儒名下即未引用。盖因当时各家批评本尚易见到，毛氏尚不致被蒙骗。而至近代以来，明人刻本已不易得见。此种"陈眉公批评"本却偶得影印和铅字排印，遂广为流传和引录，以致时人多不辨真伪。如今人编《琵琶记研究资料汇编》，便全部收录"陈评"而未作考究。又《李卓吾先生批评琵琶记》，今人多知其与陈氏评本之批语颇多重合，惟无别本作据，他种评本又多收藏于各大图书馆之善本书库，故难明孰先孰后。今据所见，为之辨析如上。

诚然，所谓"汤若士先生批评"本、"徐文长先生批评"本、"李卓吾先生批评"本、"王李二先生批评"本，是否真出自诸人手笔，亦属疑问。但这种赝本之赝本竟得以畅行，亦殊可慨叹云耳。

二二 "元谱"与《琵琶记》的关系

《琵琶记》的作者是高明,向无疑问。彭飞、朱建明同志著文第一次否定了高明的著作权。① 他们的最主要的证据是:钮少雅、徐于室编纂的《南曲九宫正始》引证"元人《九宫十三调词谱》"(以下简称"元谱")录有《琵琶记》的若干支曲文,与今本《琵琶记》大致相同。而《九宫正始》冯旭所作的序文,称这种"元谱"为"大元天历间《九宫十三调(词)谱》"。可知这种"元谱"在天历年间(1328—1330)就已经存在。而一个剧本从作曲、刻印、流传,到获得相当大的社会效果之后被曲谱采用,在当时情况下需要相当长的时间。曲谱编纂本身也有个过程。这样,"元谱"所录的《琵琶记》的创作时间还要大大提前。而一般认为高明是隐居宁波时,约至正十六年(1356)以后所作。产生于元天历间的"元谱"显然不可能收录比它晚二十年的作品。在此基础上,文章更引证一些材料,否定了高明的著作权。

这一结论的错误,已经有人著文加以驳正了。② 但是,他们对彭、朱两同志文中关于"元谱"的创作时间这一根本问题却没有提出质疑,因而对文中"高东嘉古本"前另有一种"元谱"本存在这一提法也没有加以否认,而且还错误地在此基础上进一步推断:"元谱"本是《赵贞女蔡二郎》与《琵琶记》之间的过渡性

---

① 彭、朱两同志的《〈琵琶记〉非高明作辨》,见《复旦大学分校校庆二周年科学报告论文集》,1980年10月。该文修改后又发表在《文学遗产》1981年第4期上。题目改为《论〈琵琶记〉非高明作》。

② 参阅徐朔方先生《〈琵琶记〉的作者问题》,见《社会科学战线》1981年第4期;侯百朋《高明史料掇拾》,见《温州师专学报》1983年第2期。

作品。而这一提法得到了不少同志的赞同,并加以引用,如《中国大百科全书·戏曲曲艺卷》即取此说。朱、彭两同志文中也认为从"元谱"所引曲文看,其故事轮廓与流传的通行本内容大致相同,"三不从"替蔡伯喈翻案的情况已经存在。所以,如果"过渡本"这一推断属实,那么,高明对原作究竟作了多大程度的加工提高,《琵琶记》的成就或局限有多少是真正属于高明的等等问题,都必须重新加以估量。这的确不是小事。因此,"元谱"的作年以及它和《琵琶记》的关系问题,有再加申述的必要。

事实上,冯旭序中说"元谱"是"大元天历间"作品这一提法本身就存在问题。

第一,《九宫正始》的最后编定者钮少雅在自序中仅仅说是"元人"曲谱,书中也根本没有说明该谱的具体编纂时间。按理,钮少雅如果确知"元谱"成于天历间,绝无不加说明之理。

第二,《九宫正始·臆论》说本谱所收的曲文,主要是元天历至正间作品,有不足,则间取明初作品。若照冯序,则《九宫正始》中据"元谱"移录、考订过若干曲文的十六种之多的南戏,都远远早于这个时间。这就与《臆论》存在矛盾。

第三,从冯旭与钮少雅的关系看。钮少雅最后定稿并作自序,自称"年八十有八"。尾署顺治辛卯(1651)。十年后,辛丑岁(1661),冯旭作该书的第三篇序文。序中提到钮少雅:"今天授遐龄,九十有二矣。"这时钮少雅实际上已经98岁了。冯旭的这一错误判断是从四年前姚思所作该书的第二篇序来的。由此可见冯旭与钮少雅的交情了。钮少雅决不至于让冯旭在序中说明"元谱"的作年以补自序的不足。大约是转手请托作序,冯旭以意度之。从序文的口气看,冯旭也不是另外有所考订,以补钮氏的疏漏。说他的话是从《臆论》中"天历至正间"一语附会来的,与事实不会相差很远。

据上三点,可见冯旭的话不足据。

不仅冯旭的话不能相信,就是钮少雅的话也要打个折扣。除了《九宫正始》外,这以前从来没有人提到还有一种元人《九宫十三调词谱》存在。徐渭《南词叙录》说："今南九宫不知出于何人，意亦国初教坊人所为，最为无稽可笑。"他认为南戏初兴，是"即村坊小曲而为之，本无宫调，亦罕节奏，徒取畸农、市女顺口可歌而已。……间有一二叶音律，终不可以例其余，乌有所谓九宫？"是高明的《琵琶记》"用清丽之词，一洗作者之陋"，这种"宋人词而益以里巷歌谣，不叶宫调"的村坊小伎，才"进与古法部相参，卓乎不可及已"。到嘉靖中叶，常州蒋孝根据陈、白二氏分别收藏的《旧编九宫目录》及《十三调音节谱》，编成《南九宫谱》。他给南九宫六百五十余曲补上曲文，十三调谱五百余曲却只存目录。万历年间沈璟又根据蒋氏谱考定各曲的来历、句式、板拍、四声韵脚，使之成为作者、唱家可以遵循的曲范。又削去十三调谱，只是从中选目补辑了六十余支曲文，独立成卷，附在南九宫后，名为"查定南曲十三调曲谱"。故沈氏一谱之中，实含二谱，其全称亦作"南曲九宫十三调词谱"。由此可见，至少蒋孝以前，既没有十分完备的南曲曲谱，还没有把"九宫谱"和"十三调谱"这两种当出不同时期的曲谱合在一起。也即尚无"九宫十三调词谱"之说。二谱合称，实始于沈璟。

再从《九宫正始》钮少雅的自序来看，钮少雅说他曾在一个偶然的机会，因船遇风而到某一去处，遇到一位"古貌幡然"的老翁，在那里见到锦封上写着"皇帝万岁万万岁"字样的"汉武帝及唐玄宗之曲谱"，他从中抄录了向来无从考订的【渡江云】、【寄生子】、【满庭芳】等曲调式。按，从汉到唐迄明，中国的音乐体系几经变换，怎么可能用汉武、唐皇的古式来订正晚明的时曲呢！钮氏显然是在编造一种神话，目的无非是表明他的曲式来源不同寻常，以引起人们的重视。由此看来，尽管《九宫正始》所引用的确实是罕见的早期南戏的资料，但钮少雅独自标举所谓"元人"曲谱，恐怕也是为了抬高《九宫正始》的地位。它究竟是否元人所作，大有疑问。钮少雅之所以没有能说出"元谱"的具体编辑时间，原因也在这里。如果徐渭的推测不误，则钮氏所引用的所谓的"元谱"也应是明初人所作的东西。作于元末的《琵琶记》

被收入明初的曲谱，并得以保存原貌，是顺理成章的事。

既然冯旭的话不可信，"元谱"本身是否为元人曲谱也存在疑问，所以不仅不能据此否定高明的著作权。而且对它与《琵琶记》的关系，也必须慎重考虑。有些同志推定"元谱"本是先于高明《琵琶记》而存在的过渡性作品，除了沿用关于"元谱"作年的错误见解外，还因为他们没有注意到《琵琶记》版本的差别，把经过明人改删的通行本《琵琶记》与"元谱"引文的差别，当成高明改编他人作品而留下的痕迹，遂有此误。南戏《赵贞女蔡二郎》与《琵琶记》之间，有无其他过渡性作品，可以讨论，但至少这种"元谱"本应该排除在外。又《九宫正始》虽有把"元谱"和"古本"并列印证的例子，但这并不意味着存在彭、朱两同志文中所说的"元谱"本早于"高东嘉古本"的情况。"元谱"本、古本以及沈璟、凌濛初等人提到的旧本、旧谱本、时本、坊本等，都属于高明《琵琶记》的不同系统的传本，而不是不同作者的作品。《九宫正始》的编者也没有这样区分的意思。他们称"元谱"，只点明它是元人所作，离高则诚创作时间最近，所以视为第一等可靠资料。而古本，正如旧本之类，是与今本、时本相对而言的，仅表示来源久远。在那个时代，戏曲小说刊刻中称"古"假冒的情况屡见不鲜，所以古本只能作为第二等可靠资料。如果与"元谱"、古本两者相印证完全相同，就是不可推翻的正确结论。彭、朱两同志的文章显然是误解了曲谱编者的原意。

高明《琵琶记》传本很多。大略可分为两个系统。所谓"元谱"本、清陆贻典钞本、明刊巾箱本等，是接近原貌的同一系统的本子。而经过明人删改的通行本属于另一系统。应当注意的是不要把同一作者的两个系统传本与不同作者的作品相混淆。

（原载《文学遗产》1985 第 2 期）

比较篇

二三 《琵琶记》与中国戏曲史

《琵琶记》在中国戏曲史上的地位,可一言以蔽之:元代戏曲之殿军,明代戏曲之先声。高则诚如同欧洲中世纪最后一位巨人但丁,站在时代的分界线上。

中国戏曲史上有两部作品,是与整个戏曲史相终始的,这就是《西厢记》和《琵琶记》。

《西厢记》的本事源出唐元稹的《莺莺传》。文人士夫"有意为之"的唐代小说,连同讲唱文学一起,在叙事形式和故事情节上为戏曲走向成熟准备了条件。以宋代赵令畤的《蝶恋花》鼓子词为过渡,到董解元《西厢记诸宫调》,达到这一题材在叙事体裁中的极致。而后才有王实甫《西厢记》杂剧,以代言的方式,变通杂剧一本四折的精巧体制,以长达二十一折的篇幅,肆意铺写,极逞妍巧,"天下夺魁"。"元曲"之得以与唐诗宋词并提,《西厢记》杂剧应有一份重要的贡献。其后南戏又改制而有南《西厢记》,在明代北曲杂剧逐渐退出舞台之后,填补了歌演的空白。北曲《西厢记》作为清唱的取材和案头的阅读材料,依然活跃在声口间。其间誉之毁之,颂之禁之,波诡云谲,余绪延及当代。而无论《牡丹亭》、《长生殿》、《桃花扇》,还是《红楼梦》,都受其恩泽。宜其地位如月在中天,令群星黯然失色也。

到如今,《西厢记》获得了它应该获得的一切。而《琵琶记》幸与不幸的历史仍在延续。

《琵琶记》之本事来源已不甚清晰。但明代王世贞和胡元瑞都从唐人小说中找到类似的故事,叹息其"姓氏相同,一至于此"(《曲藻》),可见这一类题材原是唐人小说关注的对象,只是没有获得《莺莺传》那样的成功,那么引人注目而已。《琵琶记》的直接来源是宋代戏文《赵贞女蔡二郎》。它是标志戏文出现于历史舞台的最早作品之一。据陆放翁"死后是非谁管得,满村听说蔡中郎"语,则在宋光宗朝还有同题材的鼓词流传。不排除戏文有其他讲唱形式作先导的可能。此外金院本也有《蔡伯喈（嗒）》之目。但《琵琶记》的出现,使所有同题材创作都相形失色,不仅如此,它的光芒甚至使得整个宋元南戏都黯然失色了——因为光盖于世,在明人看来,南戏出于北剧,而《琵琶记》便是"南曲之祖"了。

客观地说,《琵琶记》为南戏发展史划分了一道清晰的界线,对此,明代徐渭有准确的表述:"南戏始于宋宗朝。永嘉人所作《赵贞女》、《王魁》实首之。……其曲,则宋人词而益以里巷歌谣,不叶宫调,故士大夫罕有留意者。元初,北方杂剧流入南徼,一时靡然向风,宋词遂绝,而南戏亦衰。顺帝朝,忽亲南而疏北,作者猥兴,语多鄙下,不若北之有名人题咏也,永嘉高经历明,……乃作《琵琶记》,用清丽之词,一洗作者之陋,于是村坊小伎,进与古法部相参,卓乎不可及已。"(《南词叙录》)就是说,《琵琶记》的出现,整个地提高了南戏的档次,也提高了南戏的地位,使之在艺术上得以与北曲杂剧相提并论,并"进与古法部相参"。所以,《琵琶记》无疑是南戏发展史上的划时代作品,有着里程碑的意义。

对于明清传奇来说,《琵琶记》也确实担当了"曲祖"的角色。首先是《五伦全备记》《香囊记》等作品直接从表层意义上模袭《琵琶记》,发展了"关风化"的口号;接着是《浣纱记》、"四梦"等,间接从"动人"和载道的内在意蕴中吸取了《琵琶记》的精华。无论是认同高则诚"关风化"的口号还是反对事涉礼教,其实都不能不正视《琵琶记》的存在。另一方面,在技巧上的模袭更是十分明显。如《琵琶记》的双线结构,两种场面的对比以寓言外之意,便是明代传奇作家遵行不悖的范式,对于《琵琶记》的语言,文词派袭取其典雅的一面而张扬之,以致饾饤堆砌;本色论者专取其本色一面,却又滑向俚鄙;善思者因剧中牛府一线与蔡家一线分用雅丽和本色,而悟语言之要在于合乎人物性格;因而《琵琶记》成为一座取用不尽的宝库。至于《琵琶记》的曲律,在沈璟《南曲谱》问世之前,原本是明代传奇作家创作时用以参照的范本之一,即如蒋孝、沈璟、钮少雅等人的曲谱,所取资者也仍以《琵琶记》为多。对于《琵琶记》的声韵,昆腔盛行之后,大多数曲论家和剧作家认同了以《洪武正韵》为南曲创作的标准,以周德清《中原音韵》为参照依据,因而《琵琶记》所采用的入声和相近之韵混押的方式,成为高则诚最受议讥的一个方面,《琵琶记》成为反面的镜子;一些狂放不羁的剧作家,却依然标榜高则诚的"也不寻宫数调",无视沈璟辈的主张。故沈璟苦心相劝道:"《中州韵》,分类详,《正韵》也因他为草创,今不守《正韵》填词,又不遵中土宫商。制词不将《琵琶记》仿,却驾言韵依东嘉样。这病膏肓,东嘉已误,安可袭为常?"(《博笑记》所附"词隐先生论曲")事实上这里两方面都对则诚有所误解,因为源出东南沿海的南曲戏文,并不遵循中原音韵,是南曲出于北曲的观念,使沈璟等人把周德清的韵书奉为圭臬;但这种误解恰恰证明了《琵琶记》巨大的影响力。

家庭婚姻问题是一个永恒的主题。《琵琶记》表现的志诚不负心的孝子和贤妇的形象,也是明人传奇模仿的对象。只是明代传奇中的人物更加高大和合于理想,同时也变得更加概念化而已。另一方面,《赵贞女》故事所蕴含的负心婚变结构也依然在《琵琶记》中发生着作用。所以一些评论家从这一结构中读出蔡伯喈并非"真孝子"的意味;而同一母题下的《赵贞女》式的演绎仍在继续。如《孟日红葵花记》,便是对于《琵琶记》的另一表述:男主人公虽未负心,但更加软弱,故只能将责任归于相府女的可恶了。由于这一负心婚变母题具有普遍的意义,所以清代花部有《赛琵琶》之作,反《琵琶记》而行之,仍归于男主人公的负心。由于地位变化之后如何保障原有妻室的位置依然是一个具有普遍性的社会问题,"富易交,贵易妻",便是议论的题旨之一。《琵琶记》就这样不仅在正面表现不负心的意义上发挥着功效,同时也在反面的意义上影响着戏曲发展史。秦香莲系列戏曲作品，便是《琵琶记》接受史和影响史的一部分，共同作用于戏曲史。

论元曲，人们的观念中通常只有北曲杂剧和散曲。成熟的南戏不是被忽略了，便是被延迟而放入明初的范畴，故向有将《琵琶记》和"四大传奇"归于明初之论。论元代戏曲，学者也习惯于将北杂剧和南戏分开论述，因而合不成整体的概念。

有一些问题颇使人犯难：南戏似乎早于北剧而形成，但其繁盛却又后于北剧，两者在题材和剧目上甚多重合。究竟是谁影响谁呢？南宋灭亡之后，南下的北剧开始了与南戏的共处时期，有共处，也就有交流，但究竟发生了怎样的交互影响？却向无可信的记载。这些问题未能作出回答，也难怪人们只能分而论之。而元杂剧后期的创作明显走向衰落，通常也视作是以杂剧为主体的整个戏曲史走向衰落的表征。

这种感觉和看法其实是错误的。因为元代戏曲是由杂剧和戏文共同构成的整体。虽然元人杂剧到元代后期确实在创作方面衰落了，但从整个元代戏曲史而论，则并未衰落，而是走向新的高峰，因为南戏继起了；这新的高峰的顶尖便是高则诚的《琵琶记》。

作为独立的"声腔"品类，北剧和南戏有着各自的发展之路，有着不同的音乐、结构和表演体制。从逻辑上说，两者的交流是双向和对等的。但历史并不一定按逻辑的进程发展，因为其间有着主次地位的差别。可以说，在最初相逢之时，南戏对于北剧的影响是微乎其微的；而北剧对南戏的影响却是十分巨大的。原因无他，因为北杂剧是伴随着征服者一道来到南方的。当时，北曲杂剧已经成为统治者的玩好之物，已经从民间进入宫廷，进入上流社会，并为北方的文人士夫所喜好；不仅以古乐府流变的身份而得到认可，获得"名公才人"题咏，更重要的是有"屈居下僚"的失意文士的参与，极大地提高了它的艺术水准，短期内即取得了巨大的文学成就，作为当时最新潮和最先进的艺术样式，备受大众的喜好和欢迎，可谓横空出世。"戏曲"这一种艺术形式，正是经过元杂剧，才从百戏技艺中脱颖而出,超越说话、唱词、歌舞大曲、杂戏,获得大众的认可,成为那个时代艺术的象征,同时也宣告了一个新时代的来临。而先于杂剧而形成的南戏,当时仍局拘于东南,一面是封建士大夫的禁止,一面是文人士夫的不屑于参与而依然蛰伏民间,尚无社会地位可言。规模虽已初具,但整体上仍是稚拙粗鄙而无足观。它似乎还被视作是"宋杂剧"的一种,并没有从"百戏"之中脱颖出来,还看不到能够独霸一时、傲视侪辈的迹象。所以从对戏曲发展史的直接贡献而言,在元代中前期,南戏远不及于北杂剧。难怪后人遥瞻前世,惟见南戏始终处于北杂剧的阴影里;北杂剧衰落后,南戏才拨云见日。也正因为南戏谱系甚微,明人宁愿相信南戏出于北曲杂剧,为北曲之变。因为北剧的地位已是日上中天,说南戏出于北曲,多少也是"抬举"了南戏。

南北曲的上述情况,注定了北曲杂剧南移之时,对于南戏有一种居高临下的压倒优势。且以征服者的优越感,最初南戏恐在不足寓目之列。对于尚新异的观众来说,北剧也确实有其不可及处。国变之后,地方当政者身份变换,"唤官身",由南转北,观众的构成又发生变化,缺少政治和经济的支持,则难免如徐渭所说"南戏亦衰"。要改变这种衰象,惟一的办法就只能是向北剧学习,取北剧之所长,提高自身的品格,以期获得社会上层的认可。因而其间的"交流"便主要地只是南戏借鉴北剧,而非北曲取用南戏。观北杂剧至多是像关汉卿《望江亭》那样用了一支南曲,还是用于丑角诨语;而南戏则多有以整套北曲入戏之例,更有《拜月亭》、《小孙屠》等取北为南的剧作,便可见一斑。

但为"戏曲"争得了社会地位的北杂剧,其勃兴之时已寓有危机。它的独特体制,虽为杂剧文学性的发挥创造了条件,但当"戏曲"已从"百戏"中脱颖而出之时,在观众因北剧之熏陶,已经对说话、诸宫调、舞队、杂耍等单一的表演感到不满足,而开始体悟到作为综合艺术的"戏曲"的真谛那一刻,杂剧一人主唱的体制便成为一种枷锁,充分的戏剧表演特性,便必然成为新的追求。欲望的闸门一旦打开,便再难以封堵。而惟有南戏才有着表演艺术的充分发展的可能。于是，悄悄地等待机会的南戏，终于有了露脸的时候，结果便是到元后期，在顺帝朝，"忽亲南而疏北，作者猥兴"。不仅《荆》、《刘》、《拜》、《杀》四大南戏有了出色的写定本而获得定型，而且在《赵贞女》基础上，出现了《琵琶记》这一划时代的作品。正是在这样的背景下，南戏不仅与北杂剧共同成为元代戏曲史的构成部分，而且成为北杂剧遗产的直接继承人。

从宋代南戏《张协状元》与四大南戏及《琵琶记》在文学性和结构、表演上的差距，便可以知道早期南戏自身并没有多少直接的文学遗产可以继承。虽然《琵琶记》和四大南戏的成就与高明、施惠、萧德祥等人的文学艺术素养有关，但从历史的发展来看，却同时也是前代艺术所作准备的自然结果。既然早期南戏家底甚薄，则其在文学和表演上直接的借鉴只能来自元杂剧。如《琵琶记》的"吃糠"、"剪发"等出，明人称"空里出奇""无中生有，妙绝千古"（李卓吾评本、陈眉公评本之语），其实，它们直接受到了元杂剧如《汉宫秋》、《梧桐雨》第四出的因物起兴的写法的启发。另一方面，"临妆"、"吃糠"、"剪发"、"宦邸忧思"等出的旦或生用大段套曲抒情的场面，实近于北杂剧的旦或末主唱的一折，对演员的表演技艺，有着极高的要求；如果没有杂剧一人主唱形式在表演艺术上的开拓，而光靠南戏自身在《张协状元》那种插科打诨方式的基础上作渐进的积累，恐怕是很难想象的。据《青楼集》等记载，杂剧名角亦有兼擅南戏表演者，杂剧演员兼演南戏，只会把杂剧旦或末角的成熟的表演技艺带给南戏。南戏演员如何学习北剧，虽未见诸记载，但从其交互的关系来看，自是题中必有之义。何况南北合套形式出现之后，从四大南戏到《琵琶记》都采用了北曲的若干曲牌甚至整个的套曲，可知北杂剧演员虽不必学南戏，而南戏演员学习北曲，却是当时必备的功课。此外，《琵琶记》中，赵五娘"临妆"一出及蔡伯喈在牛府场次的文采绚烂的写法，可以见到王实甫、白朴、马致远等人的文采之作的影响；蔡家一线的本色描摹，则有着关汉卿等人的本色之作的印痕。可以说，没有元杂剧在文学上和表演上的准备，就没有《琵琶记》等南戏作品的成就,也就没有元末南戏的"中兴"。正是在南戏对北剧的继承和整个元代戏曲史意义上,《琵琶记》不仅成为南曲"中兴之祖",在北曲中衰之时,承担了振兴戏曲的重任;而且,作为元代戏曲的最后的一座高峰,它同时也是元杂剧艺术的最好的继承人,有元一代戏曲的殿军,"元曲"的最后一位巨人,明"传奇"的开创者。

戏曲作品诞生之后,其对现实和历史的影响有两条途径。一是由文本刊刻而来的阅读,一是借演员表演与观众的沟通。前者更直接地对文学史产生影响,后者则与戏曲演剧艺术史相关联。两者各有其价值,更不可偏废。

一般说来,戏曲本质上是一种舞台的艺术;但无可否认,案头的阅读也是戏曲活动中的一种很重要的因素。宜于场上表演的作品通常都会是一部很好的戏曲,但真正伟大的戏曲作品,必然是场上与案头兼擅的。这一方面是古代没有音响图像保存的条件,主要的传存方式只能借助于文本刻刊;另一方面,文本的阅读对于戏曲作品的接受也至关重要,只有刻本,才使戏曲作品在表演中断以后,不至于被湮没,仍能继续产生影响和作用,为后人的新的舞台改编本提供依据,从而始终与戏曲历史融合在一起。阅读本身也有助于加深对作品的理解,有助于更好地体味和欣赏演出。中国戏曲史上只有两部作品在阅读的层面上,与一般文学作品相比毫不逊色,并且一直对明清时代产生着影响,那就是《西厢记》和《琵琶记》。它们首先是在表演上受欢迎,所以被广为传刻。而这两个剧本的文学性,即使作为单纯的文学读物,也足以吸引读者,这又使得它们更多地得到书坊刻印的机会和文人士夫的品评批点、校勘订正,从而更加深入人心。据玩虎轩主人说,在明万历二十五年(1597)前,他所见到的《琵琶记》的钞本、刻本,就有七十余种。《西厢记》的明清刻本,今可考所知者也在六十种以上。这还不计各种选本所录之散出。何良俊说:"祖宗开国,尊儒术,士大夫耻留心词曲,杂剧与旧戏文本皆不传,世人不得尽见,……而《西厢记》、《琵琶记》传刻偶多,世皆快睹,故其所见者,独此二家。"

(《曲论》）在明代，人们习惯以《西厢记》、《琵琶记》作为北剧和南戏的代表，而这两部杰作也为戏曲这种"小道"得到明代士大夫的肯定和喜好，为戏曲融入以士大夫为中心的审美视野，为提高戏曲的文化地位，为促进明代戏曲活动的蓬勃发展，作出了独特的贡献。这是一部戏曲作品对于戏曲文化史所能作的最大贡献。因为它们不仅属于作者，同时也是属于戏曲这一艺术体裁的。

当然，对于戏曲本体来说，上述阅读层面的影响，毕竟还属第二义的。第一义的要素，只能属于表演。《琵琶记》的卓越之处，正在于它同时活跃于舞台，且与戏曲演出史相始终——因为《琵琶记》的前身《赵贞女》，在宋及元代中前期即盛行于世；《琵琶记》自诞生之后，从未脱离过舞台。可以说，以蔡伯喈故事为中心的传演，贯穿了整个戏曲史。

中国戏曲表演艺术的传统，是艺人"口相师祖"，通过一些优秀剧作的手把手的教习，培育新的演员的。这些优秀剧目，从唱腔到身段，一举手，一投足，都凝结着一代甚至数代艺人的心血。其中的表演程式，更是表演艺术的结晶。表演艺术本身的发展历程，在后人已不甚了了。从《张协状元》到《琵琶记》，文本的直观层面是文学性的进步，内在的要素，则可见从杂戏滑稽打诨逗乐，到以人物内心抒发为主，以塑造人物形象为务的演进，体现着表演艺术自身的长足进步。这种进步也是由优秀作品来体现的，即通过把精美的表演积淀于优秀剧目之中而获得传存。《琵琶记》就是最有代表性的作品。《琵琶记》的结构艺术和文学上的成就，使其成为明清戏曲表演艺术新要素的附着点，处于不断的丰富发展之中。如"临妆"、"吃糠"、"宦邸忧思"等文学性甚强的场次，一个角色独自抒发内心的重场戏，最能锻炼一个演员的表演能力。所以，《琵琶记》也成为从南戏传奇到地方声腔、花部戏班所不可或缺的基本节目，甚至新的声腔兴起，《琵琶记》也是依托的对象。昆山腔的奠基人魏良辅在其《南词引正》中谈到演员如何掌握昆腔演唱技艺时，惟一提到的曲目便是《琵琶记》，他说："《琵琶记》……自为曲祖，词意高古，音韵精绝，诸词之纲领，不宜取便苟且，须从头至尾，字字句句，须要透彻唱理，方为国工。"明清以来，《琵琶记》被列于"江湖十八本"之首，为各种戏班的首选剧目。《琵琶记》曲牌的唱法，也是演员演唱的一种标准。以至"也不寻宫数调"背景下创作的某些不甚合律之处，也被遵循不误，令以古为尚的沈伯英大为感慨。所以，若论戏曲演剧史上的贡献与地位，当无出于《琵琶记》之右者。

中国的戏曲批评，习惯于通过对著名作品的批评，来揭示新的理论见解。所以常常可见"偏面的真理"。《琵琶记》以南戏"中兴之祖"的地位，成为一个"箭垛"。明清戏曲史上的一些重大论争，如《西厢记》《琵琶记》高下之论，《拜月亭》《琵琶记》高下之争，本色文采之议，音律之辩，风化之说，都以《琵琶记》为中心而纠结在一起。

何良俊最先提出《拜月亭》"高出于《琵琶记》远甚"之说。其着眼点是张扬"本色"和"当行"。甚至《西厢记》亦在批评之列。他说："《西厢记》全带脂粉，《琵琶记》专弄学问，其本色语少。"（《曲论》）表面上其批评的对象是《琵琶记》，其实针对的是当时盛行的文词派倾向。但何氏奇特的评论方式，使得晚明戏曲作家和评论家差不多都被牵连进来了。如王世贞用评诗文的眼光论戏曲，专重文词，遂谓何氏之论为"大谬"，又提出三点：要有词家大学问，要有关风教，要歌演终场，能使人堕泪。（《曲藻》）也是灼见之中含有偏颇。前二点虽可见其昧于戏曲场上之义，但第三点实际即"动人难"的问题，涉及了悲剧的观念，尤为卓见。王世贞作为一代文坛领袖人物而发表的评论，成为轰动一时的话题，并且影响深远。它使得更多的人开始关注戏曲，并以此为雅事趣韵。其后又如李卓吾以《西厢记》《拜月亭》为"化工"而贬《琵琶记》为"画工"，以提出其"童心说"，强调个性，反对道学。（《焚书·杂说》）王骥德则提出关风化为"《琵琶记》持大头脑处；《拜月亭》只是宣淫，端士所不与也"。他注意到文采与本色各有利弊，故结合具体的场景和个别的人物性格及曲牌体制来作分析。(《曲律》)徐复祚则认为何氏之说,"未为无见",又批评王世贞之说,道是"风教当就道学先生讲求,不当责之骚人墨士也";至于不能使人堕泪之责,他认为:"酒以合欢,歌演以佐酒,必堕泪以为佳,将《薤歌》、《蒿里》尽侑觞具乎?"(《曲论》)这可以说是狂放而不羁礼法的一种宣言。总体而言,随着人们对于戏曲特性认识的深入,崇尚本色,日渐成为一种潮流。至于"关风化",则较正统的文人和晚明倾向于个性解放的作家,各持己见。又如大多评论者都不满则诚"用韵甚杂",虽"宽宏地"以则诚早有"也不寻宫数调"之语而为之开脱,但根底里仍认为"这病膏肓,东嘉已误,安可袭为常?"因为他们把南戏看做是北曲之裔,遂以北曲之韵要求南戏传奇。但奇怪的是,这种错误的理解,作为戏曲用韵的理论指导,居然得到了晚明曲家的遵守。

凡此等等,围绕着《琵琶记》的论争,使有关的戏曲理论问题得到了澄清或统一,即或不能得到一致的意见,也使人们对于戏曲的特性有了进一步的认识。而这种认识,正是晚明戏曲发展的重要保障。所以,真正的得益者其实是"戏曲"本身,因为这种争论使得更多的文人学士关注戏曲,有助于扩大戏曲的影响,加深对戏曲的认识,提高戏曲的社会文化地位,从而为戏曲的进一步繁盛奠定基础。只有当戏曲获得全社会的认可之后,并有了自在发展的可能之时,才能真正摆脱文人士大夫审美视野的束缚,摆脱"文学性"的羁绊,回归以舞台为中心的本质,也即是以花部为代表的,以演员表演为中心时代的来临。因此,《琵琶记》作为一个特殊的"标本",作为"关风化"说的倡言者,在戏曲批评史上有着无可替代的重要地位。

就戏曲创作思想史而言,"关风化"固然是《琵琶记》重要的宣言,影响至远。但《琵琶记》创作上的成就及其与中国传统文化的关系却更值得注意。

中国古代有无悲剧,这曾是一个颇有争议的问题。论争双方似乎都陷入了一个误区,即是以西方古典主义悲剧的形式、结构、结局来作要求或曲为辩解,差别只是理解的分寸和掌握的尺度的歧异。其实悲剧的意蕴并不凝固在结构、形式之中,而在于观众的内心,在于支配着观众的那种文化底蕴。西方人以为是悲剧的东西,东方人未必即以为是悲剧。因为不同的文化背景下,人们对于"悲剧"和"崇高"的"感觉"并不同。一部作品是否属于"悲剧",应当看它能否使观众获得一种悲剧的感受。忽略了观众及观众的喜怒哀乐所赖以存在的文化底蕴,便失掉了理解的基础。

王世贞在批评《拜月亭》歌演终场不能使人坠泪时,即已认为《琵琶记》的高处在于可以给观众这种悲剧性感受。明清人多有观《琵琶记》而不坠泪者必非孝子之说,可见这是其共同的意见。这种悲剧的感受从何而来?因为《琵琶记》揭示了孝道伦常社会中的人们的真实情状。赵五娘之催人泪下,其实并不仅仅在于她所经历的苦难,而在于这样一位"孝贤妇",历尽苦难,却仍不免于遭受婆母的猜疑;小媳妇的身份,还使她无可辩白,只能对着糟糠自叹命比糠苦。正如明人所说的"吃糠不难,吃这婆子冤气难"。这是旧中国千百万妇女在无可怀疑的三纲五常伦理道德下的遭际。蔡伯喈之令人落泪,在于这样一位一心只要尽孝的孝子,在礼教的从父从君的纲纪之下,在夹缝中左右为难,无所适从;其心虽未变,却遭到父亲的强烈的谴责,而且永远不可能得到死去父亲的原谅了。他的可悲是父母早已惨死,而他却仍苦苦做着团圆之梦。虽然最后因"三不从"而得到活着的人们谅解,但"三不孝"已是不可改变的事实,父母已死而不可复生,正如他在得到旌奖时所说的:"何如免丧亲?又何须名显贵?可惜二亲饥寒死,博换得孩儿名利归!"伦理纲常其实便是他们挣脱不开的命运。西方悲剧强调了个人与自然命运的抗争,张扬了个性;中国悲剧却正是在个体努力融入于社会规范的过程中产生的。他们企望这种合于伦理的努力得到应有的回报;而伦常本身的缺陷,使他们面对的便只能是无法把握的命运。所以才有比干忠而剖腹,屈子忠而放逐,岳飞忠而见杀,东海孝妇之极孝而反以不孝之罪问斩,构成感天动地之悲剧。中国人并不畏于死亡,却最受不得来自自己所信仰一方的冤屈;其崇高更在于明知被冤屈误解,却仍坚持操守而不变,凛然面对死亡与苦难，期待天道与公理的裁决。所以抽掉了伦理道德含义，便无从理解中国古代人的悲剧感觉，也无从把握中国人的悲剧含义。而《琵琶记》则是在这一意义上，代表了中国伦理悲剧的最高范式。虽然明清人并不在上述理解上获得明确的意识，却正是在上述角度中，在无意识之中获得共鸣的。所以《琵琶记》在颂扬了孝子贤妇的同时，也揭示了封建时代孝道伦常本身的巨大缺陷。虽然它并未提供一种革命性的内容，但只要艺术地再现了生活本身，亦已足矣。《琵琶记》所表述的故事，折射着中国社会，成为了解中国传统社会的家庭、婚姻关系，家国关系及人们的心理心态的一部百科全书式的作品。从而无论视其为精华还是糟粕，总之它是紧紧地与中国传统结合在一起了。当传统被颂扬时，它也是被颂扬者；当传统被批判时，它同时也是被批判者。但无论颂扬抑或批判，也都表明了它存在的价值。因而若论与中国文化传统关系之深厚，亦无出《琵琶记》之右者。戏曲作为一种大众化的媒体，《琵琶记》对于中国传统观众的影响，更不可低估。即或在当代社会，理想与现实，个体与社会，父与子，婆与媳，夫与妻，新人与旧妇，理智与情感，孝道及家庭的观念，也依然是矛盾重重，令人无所适从；由于《琵琶记》真实地展示了东方以孝道血缘为中心的社会和文化的特征，当人们从激烈的反传统主义中冷静下来，认真思索传统的功过价值与人生、家国的关系的时候，《琵琶记》的当代意义必将获得新的凸现。

　　上文我们对《琵琶记》的影响和地位作了简单的巡礼。可知《琵琶记》的影响范围，不仅涉于戏曲（戏曲文学史、南戏发展史、戏曲批评史、演剧史），而且涉及一般文学史、思想史、文化史。就如此广泛的意义而言，中国戏曲史上，《琵琶记》的地位应是最为独特的。即或对其思想内涵的评价向有分歧，其上述贡献也不可否认。但遗憾的是正因思想价值评价的低迷和分歧，《琵琶记》在20世纪50年代以来，便被剔出了文学史一流杰作的行列，只被作为戏曲史的名作看待。因而恢复《琵琶记》应有地位，看来仍需作艰苦的努力。

二四　从《元本琵琶记》看明人对原作的歪曲

　　元代末年高则诚创作的《琵琶记》，现在有两个系统的传本。接近原貌的清陆贻典钞校的《元本蔡伯喈琵琶记》、明嘉靖年间苏州坊刻《新刊巾箱蔡伯喈琵琶记》及凌初成翻刻臞仙本《琵琶记》等是一个系统；经过明人较多删改的通行本《琵琶记》又是一个系统。这两个系统的版本之间存在相当大的差别，但这种差别没有引起人们足够的重视。一般认为，《琵琶记》版本的差别，总不至于影响到对它的总体评价。所以，现在有些研究者的文章，也还在使用这种通行本作为自己的立论依据。

　　在文学发展史上，有的作品产生之后，作者的创作意图并不能够完全为后世的读者理解和接受。因为读者的接受过程，同时也是一个能动的再创造甚至改造的过程。《琵琶记》的情况就是如此。在明代，人们把《琵琶记》单纯看做是歌颂孝子贤妇的作品，把它当作宣扬封建礼教的典范。这样的理解当然与作品的具体描写相抵牾。因而为使作品适合他们理解中的主题，他们就对原作进行了削足适履的改动。这种改动，从作品的整体来说，数量并不很多。但它在很大程度上影响了后人对作者的创作意图和思想倾向的理解和认识，因而实际上也影响到对《琵琶记》的总体评价。《琵琶记》研究长期以来之所以分歧重重、几成聚讼而又莫衷一是，这也是其中一个很重要的因素。

　　本文将要列举的陆贻典钞校《元本琵琶记》与通行本《琵琶记》的差异，旨在说明明代人的改动是如何歪曲作者的原意以及这种改动如何影响到对原作的思想倾向和创作意图的理解，而不是对两个系统的版本优劣作全面的评价。

用陆钞本为底本立论，是因为它虽然钞录于清代，但所据的底本可信是很古的。它是现存各种本子中最接近原貌的一种。（参见本书《〈新刊元本蔡伯喈琵琶记〉考》一文）而巾箱本、凌刻本与之相比较，都或多或少可以发现属于后人改动的痕迹。

此外，流传下来的各种明刊本，相互间差异很小。它们都属于通行本系统。由于汲古阁刊本较易见到，本文列举明人改动的情况，就以汲古阁刊《六十种曲》本（以下简称汲本）为主。所述种种差异，仅表明汲本中是如此，并不意味着这种改动始自汲本。《琵琶记》的版本问题相当复杂，讨论其演变情况非本文的任务，所以这里仅举最有代表性的两种本子。又，明代人的删改，涉及的问题很多，本文主要取其最显著而足以影响到对整个作品的认识和评价的三个方面。因只取比较的结果，不可能评述产生差异的原因，而且所引各例，单独撷取，脱离上下文，部分例子的理解本有歧异，须从作品整体的高度出发才能解释清楚，而下文比较中只能径下判语，恐难免有武断之嫌，故特此说明。陆钞本原不分出，兹参照通行本；引文标点则据钱南扬校注本。

原作中若干对现实和统治集团的揭露和批判性描写被删去；造成悲剧的原因被歪曲而矛盾不可解。

《琵琶记》是据早期南戏《赵贞女蔡二郎》重新创作而成的。它与《赵贞女》对悲剧根源表现的根本区别，就在于改变单纯对个人负心的谴责，把矛头指向整个现实社会。而通行本恰恰把原作中某些对社会、对统治者的揭露和谴责性的描写给删去了。

"义仓赈济"出，里正自述：
> ……讨官粮大大做个官升，卖食盐轻轻弄些乔秤。……诈得五两十两，到使得五锭十锭。主人家不时要馈送，画卯酉人多要雇请。田园都典卖，并无寸土余剩。

这里既刻画了里正对普通百姓的剥削和贪赃枉法，也揭露出上层统治者的层层盘剥之下，里正的可怜境地。里正不得已才盗用了官粮,甚至想卖妻卖儿来填补亏空。后来因为赈粮不足,里正家里糊口的粮食被搜来赈济给了赵五娘,才产生出里正抢五娘的粮食这一幕。作为统治阶层的一员,对于赵五娘这样的平民,里正有其丑恶的一面;但作为最低级的属吏,里正又有可怜的一面。"老小一家得仓里养"的社长根本不用受处罚,"事发尽不妨,里正先吃棒"。从"主人家不时要馈送,画卯酉人多要雇倩"二语,可知里正正是在统治集团的层层盘剥之下,把灾难转嫁到普通老百姓身上的。而汲本删去此二语,则"田园都卖尽"数语就缺乏前提了。而且,汲本还删去了里正想要卖儿卖妻以补官仓亏空的一段独白,结果,客观上给人的感觉,罪恶完全是下级官吏里正个人的邪恶所造成,与统治者无涉。

同出,陆钞本中张公出场时唱【锁南枝·前腔】云:

不丰岁,荒歉年,生离死别真可怜。纵有八口人家,饥饿应难免。子忍饥,妻忍寒。痛哭声,恁哀怨。

这与赵五娘"勉食姑嫜"出唱的【薄幸】曲:"野旷原空,人离业败。谩尽心行孝,力枯形瘁。幸然爹妈,此身安泰。凄惶处,见恸哭饥人满道,叹举目将谁倚赖?"共同构成了一幅凄惨的灾荒景象,成为蔡家灾难发生的背景。

汲本将张公所唱之曲改成:

不丰岁,荒歉年,官司把粮来给散。见一个年老的公公在那里频嗟叹,待向前仔细看,〔白〕呀。我道是谁,元来是蔡老员外和五娘子。〔唱〕你两人在此有何干?

这样,不仅原作中血和泪的控诉不见了,而且正像放粮官由净改成外扮一样,这里只有对官家赈粮的感激,而再无悲哀之调了。

从上述两例的比较中也可以看出,明人删改中,虽然也允许存在对现实若干丑恶性现象加以暴露的内容,但不允许对整个现实统治有所怀疑、批判和揭露。这是明代社会现实所决定的。

"书馆相逢"出,陆钞本中,牛氏说:"说(设)着圈套,被我爹相招,逼为东床婿,怎行孝道?"牛氏也认为使伯喈无法尽孝和父母惨死的直接原因是牛相的强婚行动。

汲本后二语改作:"相公,你说也不早,况音讯杳。"这样,就变成是伯喈没有及早说明家中情况的缘故了。所以李卓吾评本在这里评道:

> 实是说不早。可恨,可恨!

明人意中,既然牛相同意派人迎亲,那么,如果伯喈及早说明家中的情况,早早派人迎亲,悲剧就不会发生。所以"听女迎亲"出陈眉公评道:

> 这一出牛(相)之罪全担到伯喈身上去了。

这里姑且不论伯喈为什么没有及早说明情况的原因(参见前文《说蔡伯喈》、《说牛丞相》二篇),只要考虑一下:迎亲是否可以避免父母双亡惨剧?试想,年过八十的老人怎么能够经受万里迢迢的路途奔波?(剧中设计如此,于此也可见作者特别强调年龄和路途之意)其次,古训"父母在,不远游"。哪有让八旬高龄的父母奔波万里来"接受"儿子孝养的道理呢?而行将入木的老人,纵到得京师,也只能落个客死他乡的结局,这在封建时代被认为是断不可取的。事实上迎亲还是出于牛相的主动提议,但这并不能改变悲剧。伯喈清楚地意识到这一点,所以他只希望归去。但他无法违抗这"炙手可热"的丞相实际上不可改变的"提议"。伯喈说:"既然如此,多谢岳丈。""既然"两字,曲曲表露出伯喈此刻无可奈何的心情。(汲本作"若得如此,多谢岳丈",意正相反)伯喈担忧地说"何意路途间,难禁这劳役",惟一能安慰自己破碎的心灵的,就只有到佛寺请神灵保佑,保佑父母安然登山涉水,这就充分表现出伯喈的可悲境地。而陈眉公评本在这里评道:"依你说不要去更好!"就是不理解这些描写的深蕴的内涵,把悲剧的责任完全归于伯喈的缘故。

"归守庐墓"出,面对公婆坟茔,赵五娘道:

> 今来庐墓,望双亲相与保扶。亲还有灵歆受此,望恕我儿夫。呀!空劳死后设祭祀,何如在日供喉嗉?知他享

么？知他居何所？

赵五娘并没有责怪丈夫，而是把锋芒对准使伯喈不能在父母生前"供喉嗉"的罪魁，这与整个剧情的发展和思想主题的表述是一致的。汲本中这支语含讥责的曲子被篡改了：

> 百拜公姑，望矜怜怨责我夫。你孩儿赘居牛相府，日夜要归难离步。〔白〕你这新媳妇呵，〔唱〕坚心雅意劝亲父，同归故里守孝服，今日双双来庐墓。

如此，赵五娘果然是"贤而无怨"了，而蔡公蔡婆之死，竟无人过错。所以今天有人认为高则诚把原来《赵贞女》表现负心弃妇悲剧故事，改成了一桩"无头案"。明人的曲解和篡改，使高则诚蒙上了不白之冤。

歌颂孝子贤妻、宣扬封建道德被认为是《琵琶记》的主旨，加以强调。《琵琶记》因而被当成颂扬时世之作。

高则诚作为一个受过正统儒学教育的文人，当然是肯定孝子和贤妇的。对符合礼教孝道的行动，也是加以称颂的。但《琵琶记》的思想内涵却并不仅仅限于这些。蔡伯喈是一个具有孝心的人，他一心只想要终养父母的天年，为此甚至不愿赴试求官。但由于辞试、辞官、辞婚"三不从"，由于在牛府和官场"穿着紫罗襕倒拘束得我不自在，我穿的皂朝靴怎敢去胡踹？口里吃几口荒张张要办事的忙茶饭，手里拿着个战钦钦怕犯法的愁酒杯"的处境，伯喈最后不仅没有实现自己终养父母的心愿，反倒落得"生不能事，死不能葬，葬不能祭"的"三不孝"的结局，"可惜二亲饥寒死，博换得孩儿名利归"，留下永远难以治愈的心灵创伤。赵五娘的行为的确称得上是一位"孝贤妇"。但她心中并不愿做这种"孝贤妇"。"惟愿取偕老夫妻，长侍奉暮年姑舅"，这是她的初愿。她并不愿意伯喈远游，更反对蔡公逼试，说："你爹行见得你好偏，只一子不留在身畔"。但由于强试强官强婚，赵五娘实际上被夺走了丈夫，新婚才二月，就不得不挑起照顾公婆的重担。为此，她做出了一系列崇高的举动，足以惊天地泣鬼神。但，"非奴苦要孝名传"，是"三不从"和大灾荒的天灾人祸，迫使赵五娘一步步陷入苦难的境地，以至于不得不做一个"孝贤妇"。高则诚要揭露的正是使伯喈不能实现终养父母天年的愿望，使五娘落到不得不做孝贤妇境地的罪魁。正因为如此，剧中人物的语言虽然大都不出礼教孝道的范围，但基本上是符合人物性格的，是人物思想的有机组成部分。

而明人完全把歌颂孝道伦理作为《琵琶记》的主旨，并且为使作品符合他们的这种认识（同时也是现实社会的需要），特地外加了不少点明剧中人行动是属于"孝"的范畴的内容，使得原作中本来符合人物性格但涉及孝道言行，也受影响而变成类似说教。这是造成今人把"宣扬封建礼教"作为《琵琶记》主旨并加以否定的一个重要因素。

明刊本中这种强加的说教内容可以举出很多。

"义仓赈济"出，里正半路抢粮，赵五娘说这是公婆性命所关，"宁可脱了奴衣服，就问乡官换"。汲本里正说："罢罢。你说起这话，都是孝心，我不忍问你取了。"陆钞本无。

"代尝汤药"出，蔡公要五娘改嫁，以责伯喈之不孝。五娘以"只怕再如伯喈，却不误了我一世？公公，我一马一鞍，誓无他志"相推辞。这里推说只怕再碰上个不良的人，可见并不以改嫁为非。故玩虎轩本说："假使稍胜，岂真改嫁乎？"汲本作："若是教我嫁人呵，哪些个不更二夫？却不误奴一世？我一马一鞍，誓无他志。"则是有意识地从全节的角度立誓，细细玩味可知。

"祝发买葬"出，赵五娘卖发未成，张公答应帮助五娘收殓蔡公，五娘觉得无以为报，送发聊表寸心。而张公原不图报答，所以一时愕然不解地说："我要这头发做什么？"他并没有想到这与"孝"的概念有什么联系。而汲本却让张公来了一段议论，点明"孝妇"之义：

　　咳，难得，难得。这是孝妇的头发，剪来断送公婆的。

"乞丐上路"出，五娘画完蔡公真容，张公拿去看，本无特别意义，而汲本又让张公加了一句："你孝心所感，一定逼真。"

事实上，明人把剧中凡是可以导向"孝"的描写，都归向这一主题，使所有人物都朝这一目标而行动，并使观众的注意力集中到这一点上来。从这个角度看，通行本在这一意图的统率下有了一定的完整性。而我们评论时，就必须充分注意到原作与改本的这种区别。

高则诚把蔡家灾难的主要原因归于现实的丑恶。《琵琶记》中对于皇帝、牛相、黄门乃至下层的里正、社长的描写，都或隐或显、或暗或明地寓有批判之义。而明人把"一门旌奖"看做是"大团圆"，《琵琶记》作为颂扬时世之作而被推崇。他们当然不允许剧中对上层统治集团有批判性的描写，这不仅表现在前面列举的把罪孽完全归于里正之流，而且剧中原来具有批判意义的牛相、黄门也遭到了篡改。

"丹陛陈情"出，黄门官在这里实际上是皇帝的化身。陆钞本中，黄门官是一副冷冰冰的面孔，不近人情："不得升殿！""此非哭泣之处！""圣旨谁敢别！这里不是吵闹的去处。""不得惊动天听！"在黄门官面前，新科状元蔡伯喈完全是一副可怜相："天天，若能够回家见父母，何消做官！""黄门哥，你与我官里跟前再奏咱，我情愿不做官。""〔慌介〕我自去拜还圣旨，如何？"这样描写，从封建社会的一般情况看，似属荒唐无稽。但这种貌似荒唐的描写，正曲折地反映了元代社会元蒙贵族统治下的普通汉族官员的可怜处境。

当伯喈痛哭："闪杀人么一封丹凤诏"，悲恸亲老妻姣，欲归不能时，黄门官却道："譬如四方战争多征调，从军远征沙场草，也只为国忘家怎惮劳？""毕竟事君事亲一般道，人生怎全得忠和孝？却不见母死王陵归汉朝？"粗看起来，黄门官的话似乎句句在理，但其底里又何尝如是。所谓"多征战""尽忠"及圣旨的"王事多艰，岂遑报父"云云，只不过"太师昨日先奏"，为满足牛相一定要招状元为婿的私欲而已，而这却把蔡家推到了家破人亡的边缘。正是这些地方可以体悟统治集团的虚伪和强词夺理。表明统治者的这些无理行动正是促使蔡家家破人亡的原因。

汲本黄门官的语言改成："状元，吾乃黄门，职掌奏章，有何文表，就此宣披。""状元，此非哭泣之处。""状元，原来如此。吾当与状元传达天听。""这状元好不晓事，圣旨谁敢违背。"自然，蔡伯喈也称黄门官为"黄门大人"，不复有可怜之态。虽然这里黄门的话只多了"状元"两字，但演出时的气氛却全然不同。原作特意渲染的身为状元却战战兢兢，欲归不得的可怜情状顿失，代之而来的是封建社会常见的状元威风，这就使原作强调做官带来家破人亡的忧患，身为状元却无力把握自己命运的构思变成很大的漏洞，遂使后人有身为状元却不能归养父母之疑，原作构思中的一些弱点因此被暴露得愈加明显。

又如牛相，作者没有把他简单地处理成恶人，但也始终没有放弃批判。但经过明人一点染，牛相也变成了"好人"，只不过稍有些"牛气"，好心做了错事而已。

"散发归林"出，牛相蛮不讲理，不允许女儿跟伯喈去守庐墓。老姥姥和院子说以厉害，牛相才悻悻地说："由他去，我管甚么闲是非。"明明骂了，管了，是不得已才同意的，却不肯认输，硬撑着面子，悻悻然的样子如在目前。汲本作："老姥姥，你和院子也说得是，只得由他去吧。"蛮横无理，自恃"朝中惟我独贵"的牛相，竟然肯赞奴婢说得是，而且言听计从，岂非怪事。

"李旺回话"出，陆钞本中，牛相问李旺的第一句话就是："是他爹娘死了么？"言外之意还担心五娘所说是否是真，又担心真的如此，自己也难逃责任。所以听完李旺的话，立即决定替蔡家请来旌表，以"虽违素志，竟成佳名"，文过饰非。汲本作："李旺，我且问你，蔡相公父母既死了，媳妇来了，你到那里，曾见甚么人？"真不知从何说起！或者是为引出下文李旺称赞张公高义那段话吧。因而"一门旌奖"出，牛相送金赠张公，张公推辞，汲本中牛相即对伯喈说："贤婿，张太公高义的人，不可再强。老夫回京，当奏请官职俸禄，以酬大恩便了。"这就成为一位通情达理的贤相了。但这与作品前半部对牛相的性格的刻画和批判性描写相抵牾。今人批评高则诚在后半部把牛相写成了好人，调和了矛盾，根源就在这里。

主要人物的性格遭歪曲，并使人物的思想前后矛盾，导致剧情混乱不清。

这在赵五娘身上表现得最为明显。

"蔡母嗟儿"出，公婆争吵，赵五娘设法相劝。汲本增加了这么一段话："外人不理会得，只道是媳妇不会看承，以致公婆日夜闹吵。"这样，劝架的目的仅是为了免被他人说自己的闲话，难以体现出赵五娘的胸怀。

"代尝汤药"出，蔡公认为一家的灾难都是由于伯喈不归造成的，所以要暴露尸骸以示最大的谴责。他对五娘说："我死呵，你休将我的骨头埋在土。"五娘马上说："愿公公百二十岁，不愿得公公如此。倘或有些凶吉，教媳妇休要埋在土里，却埋放在哪里？"问语委婉体贴，不伤亲意。汲本却作："呀！公公百岁后，不埋在土里，却放在哪里？"仿佛是不懂事的傻媳妇。

"两贤相遘"出，牛赵见面，陆钞本中，赵五娘开口就说明自己从陈留来，寻找丈夫蔡伯喈回去。牛氏虽然早已知道伯喈有妻室，却不料五娘会落到如此地步。她感到有些吃惊，又不便明说。便说是故意推说不知府中有蔡伯喈其人，以试探五娘。五娘不明此中情由，顿时急了：

> 路上寻问来，……一个个道是牛丞相府廊下住，若不在这里，定是死了。苦！丈夫，你若死了，教我倚靠谁为主？〔哭介〕

千辛万苦寻到京师，好容易打听到丈夫下落，又道是没有此人，急切之至，悲苦交集，不禁泪下。写出了纯朴质直的农村妇女的性格。尽管临行时张公再三叮嘱她谨慎行事，但性格驱使五娘只能如此。

明人把这段精彩的对话改得面目全非。汲本中,牛氏问五娘从哪里来,五娘故意答非所问:"贫道远方人士",又以抄化哄骗牛氏。牛氏得知五娘在嫁出家,怕有所不便,不肯收留,五娘又改口说是来寻丈夫的。牛氏问姓名,五娘偏不直说,而把蔡伯喈三字拆成"祭白谐"。牛氏当然不知道"祭白谐"是何人,就回答说府中没有这人。而五娘却哭叫道:

  天那!人人道我丈夫在贵府廊下住,如今既道是没有,奴家想起来,莫不是死了呵?咳,丈夫,你若是死了,教我倚着谁?〔哭介〕

这就使人觉得简直是在耍无赖,破坏了赵五娘的美好形象。这种情况在对蔡伯喈、张公的描写中也存在。

"书馆相逢"出,蔡伯喈看到父母画像后五娘题的诗,道:

  呀,这诗不是原先有的,墨迹兀自未干,敢是刚题的?〔猜介〕什么人入我书房来做甚么?〔生叫介〕

伯喈起初一见画像,就疑心是父母的真容。后见所题的诗墨迹未干,内容又针对自己,觉得事出有因,急于找牛氏加以证实,以了解家中双亲的情况。这是符合伯喈此刻的心情的。汲本作:

  〔读诗介〕这厮好无礼,句句道着下官,等闲的怎敢到此。

这就只有当朝宰相的东床的威风,而原作中伯喈的时刻挂念家乡的那种心理内涵则荡然无存了。照这一性格发展下去,蔡伯喈便只能是一个负心汉,而不是原作中日夜思念父母,寝食不安而处境可怜的悲剧人物了。

张公是一个具有高尚品格的人。但作者并没有把他写成完人。他最初也是力劝伯喈赴试的。当蔡家灾难发生时,他骂伯喈"三不孝逆天罪大"。后来李旺说明伯喈欲归不得的原因时,张公原谅了伯喈,但又把蔡家悲剧的发生归于命运:"这只是他爹娘福薄运乖,人生里都是命安排。"命运观是封建统治者愚弄劳动人民的工具。高则诚为张公这样具有高尚品质的人却仍不免于命运观,无法认识悲剧的真正根源而悲叹。张公形象在元末社会所具有的特殊意义也在此。

明人则把张公改造成一个在"高义"概念中生活的人,使他的一切行动都变成为蔡家而作。还让他作为旁观者,直接点明许多场面的"孝"的含义。这些我们前面已经举例。请参见前文《说张公》篇。

再如"风木余恨"出,张公唱【锁南枝】劝伯喈说:

> 人生如朝露,论生死荣枯有定数。相公,休只管恸哭爹娘,也须要继承宗祖。况腰金背紫,不枉了光荣门户。

这与劝试及遇李旺时的命运思想和功名观念是一致的。

汲本删去这一支曲文,却让他说了这么一段话:

> 蔡相公,你腰金衣紫,可惜令尊、令堂相继谢世,不得尽你孝心。正是树欲静而风不宁,子欲养而亲不逮,这也是他命该如此。你今日荣归故里,光耀祖宗,虽是他生前不能享你的禄养,死后也得沾你的恩典。老夫苟延残喘,又得相见,侥幸,侥幸。你今日在此庐墓,老夫合当陪伴,但有牛氏夫人在此,怕不稳便,暂且告别,再来相看。

这里完全没有了命运观念,连功名也不屑一顾(前文伯喈赴试时,张公道是:"所志在功名,离别何足叹"),从"高义"形象的高度来说,这样改也许是合理的。但这与劝试时的所思和"张公遇使"出因"三不从"而原谅伯喈并把悲剧归于命运的描写相矛盾。而且,这里实际上把悲剧的责任全部加到蔡伯喈身上。这是歪曲了原意。

上面所举的陆钞本与通行本的差异,归根到底,仍是由明人对原作的真实意图理解上的差异所造成的。这种差别,已经不能简单地归结为流传过程中造成的文字的歧异。戏曲作为场上之剧,向无定本。它是通过演员再影响观众的,演出本身就是一种再创作。不断地演出、刊刻,就会有不断的修正、补充,把自己的认识、审美评价、时代思想贯注入作品中。只是当代社会人们改编经典作品，或由导演再排旧剧，多已表明是"改编"，经过新的诠释；而古代艺人心口相传之中的"改编"，却往往当作"原貌""原本"看待的。所以，通行本毋宁说是明代人在当时社会思想制约下，根据时代的需要改造而成的一个《琵琶记》的改编本。它在新的主题制约下，已具有一定的完整性和独立性，并得到了当时社会和后世的承认。本文无意否认它对《琵琶记》流传和对后世产生巨大影响方面作出的功绩。但这并不意味着它能代表高则诚的原作。

要客观地、历史地研究高则诚的思想及《琵琶记》的创作意图，版本问题必须引起重视；作者的原意和明清人理解的思想倾向必须区别对待。只有搞清楚这些基本问题，才能拨开笼罩着《琵琶记》的层层迷雾，把纠缠不清的乱丝析为条理，使《琵琶记》研究更深入一步。

(原载《杭州大学学报》1986年第1期)

二五　从《琵琶记》的评论与改订比较元明之戏曲观

　　戏曲的校勘与一般诗文的校勘有着较大的差异。诗文就其文本而言，一旦经由作者写定，就获得一种凝固特性，各个文本之间不会有很大的歧异。而戏曲无定本。作为一种舞台的艺术，它通过演员的表演而与观众相沟通，演员的表演成为戏曲活动的主体。戏曲文本虽是表演的依据，而演员却也可以根据自己的理解而对文本作出改动，根据观众的反映与要求而予以改变。所以中国传统戏曲中，作者的权利常常被抹杀，只有艺人们为所欲为。这在早期南戏的传演中尤为突出。其结果便是一批"世代累积型"作品的出现。同一剧名而有不同的传本。说它们是一剧，则常常相互间出入甚大，已近于新的改编本；说它非同一剧，则其情节和曲文每多因袭，显出一源。要为读者提供一个可靠的读本，则以何者为底本，便是一个难题。当我们编集戏曲总集之时，以那一个刊本作为定本，校勘中如何取舍，更是令人难以抉择。在以古为尚的观念下，人们总试图寻找一个"最早"或"最好"的本子，而贬低别本。这在《琵琶记》也不例外。如钱南扬先生认定陆贻典钞本的底本为"元本"之后，即将另一系统的传本视作"被明人改得面目全非"的本子。笔者最初撰写有关论文时多少也是认可了这一点，以为论定了其"最好"本子以后可以使理解与评价归于同一。但事实并非如此。无论如何，毕竟流传最广、明清时期影响最大的便是这种"面目全非"的本子。它承担了《琵琶记》接受史的最长的时段。当我们转换一下视角，便可以发现：这一戏曲校勘上的难题，却同时也是一份珍贵的礼物。因为像《琵琶记》这样具有重大影响的作品，不仅影响着戏曲文学史、戏曲批评史，而且也贯穿了戏曲表演史；它不仅把各个时期的改造展示在各种刊本和选本之中，同时在无意中也把各个时期的审美观念和价值观念凝结于其间，给了我们认识戏曲发展史的最好的材料；它甚至比批评家们直接的表述更切近于真实，因为它免去了主观的混杂，直接把无意识呈现出来了。

同样，戏曲批评史也不能只看作好坏对错观点的叠加。其价值或正在于各种观点背后所支撑的审美观念和价值观念、欣赏习惯，正是这些要素影响着戏曲创作和戏曲活动的展开。

从文本比较和各种评论观点的比较中理解和把握戏曲史，这是一个有待拓展的课题。本文试以《琵琶记》为例，从明清人的改动和评论，从版本的差异，剖析其间对于戏曲认识的差别和戏曲观念的变化，以图为重新认识《琵琶记》和戏曲发展史提供一份可靠的资料。

（一）音　律

产生于元末的《琵琶记》，要原封不动地搬演于明代，显然是不可能的。事实上，明中叶前后，随着各种戏曲声腔的兴起，艺人们就已经在曲韵音律上作了改造，以适应新的观众和舞台的需要，这种改造也必然包括文字的修订。另一方面，虽然戏曲声腔勃兴本身表明了南戏正走向繁盛，但这并不意味着人们对于南戏的认识有了同步的提高；更无论对于戏曲史发展规律的把握，虽然其间的论争有何者更切近真谛之别，但更多的情况下，则是瞎子摸象，自以为智珠在握了，其实离题甚远。

观点之一，认为南曲出于北曲，于是以北曲的音律来要求南戏。

王世贞论曲，篇首即说："三百篇亡而后有骚赋，骚赋难入乐而后有古乐府，古乐府不入俗而后以唐绝句为乐府，绝句少宛转而后有词，词不快北耳而后有北曲，北曲不谐南耳而后有南曲。""稍稍复变新体，号为南曲。"（《曲藻》）南曲出于北曲，这也是明代最为流行的看法。从何良俊到沈德符,都有相近的表述。作为北曲"不谐南耳"之后的产物,《琵琶记》遂被视作"南曲之祖"。虽然徐渭在《南词叙录》中对南戏源流作过正确的叙述,但事实上这种正确的意见反倒没有引起注意,《南词叙录》之获得关注和重视更是晚近的事。因而南戏出于东南沿海,由南方语音演唱这样一个显著的事实,便被明人忽视,于是有以北曲音律来要求南戏的情况。《琵琶记》更是首当其冲。

令人哭笑不得的是对于《琵琶记》的颂扬亦不例外。如河间长君在嘉靖戊午(1548)所作《琵琶记序》中说:"爰迨宋元以来,尤尚声歌,更为戏曲,……然皆北音,可以比之丝管,而不可以南音歌之。高则诚此记,虽云专用南音,而移之北音,亦罕称乖调。"并据北曲而论记中字之阴阳,韵之高下,音之短长。又:万历二十六年(1598)刊行的继志斋本所附的《音律指南》,实出周德清《中原音韵》和《唱论》。其按语又说:"调虽有南北,而若此之类,大略相去不远。特金元时专尚北调,故周公偏详之,非谓南调又自有一机局也。"王骥德《重校题红记例目》也说:"周德清《中原音韵》,元人用之甚严。亦自二传(《琵琶记》《拜月亭》)始决其藩。"

北曲无入声,入声派于平上去三声,所用之韵出于中州韵;而南曲实据南方音土语,承自诗词,不仅有入声,而且多借韵混押,故有所谓用韵不纯之事。以中州韵衡量,《琵琶记》在用韵与声律方面便颇多瑕疵。这是明代戏曲批评家最乐于品头论足的一事。徐复祚说:"今以东嘉【瑞鹤仙】一阕言之:首句'火'字,又下'和'字,歌麻韵也;中间'马'、'化'、'下'三字,家麻韵也;'日'字,齐微韵也;'旨'字,支思韵也;'也'字,车遮韵也:一阕通只八句,而用五韵。假如今作一律诗而用此五韵,成何格律乎?吟咀在口,堪听乎?不堪听乎?"(《曲论》)其曲为则诚辩护者则云:"凡歌曲入弦索,难于更端。每以一调自为终始。记中杂曲,间有出调,至于韵脚及间句结煞,字亦多不拘平仄,与拘拘者不同。故首说破'也不寻宫数调'一句。不以辞害意,此记得之。"（此条并见于继志斋本、玩虎轩本等多种昆本裔本第一出之眉栏）而另一些批评家虽然因为高则诚已经如此"说破"而不能直责，但仍以为不无遗憾，如王骥德即说，"不寻宫数调"之一语，"开千古厉端，不无遗恨"。(《曲律》论宫调第四）徐复祚则毫不留情地说："寻宫数调，东嘉已自拈出，无庸再议。但诗有诗韵，曲有曲韵。诗韵则沈隐侯之四声，自唐至今，学人韵士兢兢如守三尺；曲韵则周德清之《中原音韵》，元人无不宗之。曲之不可用诗韵，亦犹诗之不敢用曲韵。"（《曲论》）徐氏执著于用北曲标准，不明白同是"曲"而南北曲用韵本不相同，南曲与唐诗宋词的用韵传统从未割断，只是那种南曲出于北曲的观念，使其不仅误以为南北曲的用韵也是同一，并且强求别人达到这种同一。又如关于汤显祖《牡丹亭》的曲律之争，这一戏曲史上的重要事件的发生，究其原由，其实在于沈伯英等人以周德清《中原音韵》为标准，来要求昆腔传奇；而汤氏之作，本不为昆腔设，是为源出于海盐腔的宜黄戏班而作，所以明人关于曲律曲韵的论争与批评，其实是在不同的标准下展开的。如果不明其间的实质差别，单就字面而论，是不能得出一个公允的结论的。

　　观点之二，以古为尚，借古律今。

　　曲律本身也是处于变化之中的。一些元代及明初尚时行的曲牌，在明中叶以后逐渐退出舞台或不为人们所知，遂不得不加以改订。例如《琵琶记》"代尝汤药"出【歌儿】一曲，明中叶已不明其板式，故昆山本《琵琶记》从《中原音韵》"句字可以增损"的例证中觅得【青歌儿】曲牌以当之，受到沈伯英的批评；而沈氏另觅得【望歌儿】曲牌以当之，其实也不妥当。（见《南九宫曲谱》卷十五）又如"勉食姑嫜"出【玉井莲后】曲仅二句，沈氏引录，注云："不知全调几句耳。然此二句，又不协调，不可晓也。"曲学专家尚且如此，则《风月锦囊》本及昆本裔本均将其改作【夜行船】一曲八名句，以便于歌者演唱，也是很自然的了。

　　又，沈谱于"羽调总论"说："一个曲牌，做二曲，或四曲、六曲、八曲，及二个牌名，各止一二曲者，俱不用尾声。观《琵琶记》之【祝英台】、【高阳台】、【驻马听】、【惜奴娇】、【黑麻序】、【四边静】、【福马郎】等曲，则可以类推。"但这虽是曲律惯例，而民间艺人却并不理会。故所见的则是通行本《琵琶记》较之"古本系统"传本，即使在上述情况范围内仍加入尾声，所以昆本裔本及锦本、《蔡中郎忠孝传》本等较陆钞本多五曲尾声，分别见于"南浦嘱别"、"临妆感叹"、"官媒议婚"、"强就鸾凰"、"宦邸忧思"等出。玩虎轩本还于"官媒议婚"出批云："一本删此【余文】，即如奏钧天而有金无玉，乌乎可？"

此外，还有对个别字句用韵的改订和平仄的改动。如"张公遇使"出【虞美人】曲，沈谱引录，注云："'了'与'少'是一韵；'苔'与'来'是一韵。一调二韵，引子中之最有古意者。"但"古意"却不合"今意"，故通行本改"来"为"绕"，作一韵到底。又如"几言谏父"出【狮子序】曲"奴须是他孩儿的妻"句，通行本改作"次妻"；沈谱有云："牛氏在其父前，岂可就认次妻耶？后人不知'的'字是上声，故妄谓难唱而改之耳。"又"强就鸾凰"出【女冠子】曲"佳婿乘龙"句，通行本为使其叶韵而改作"佳婿坦腹"，却又与下文重复。凡此等等，不一一举例。

中国传统向来以古为尚，故多有借复古而创新者，如韩愈的古文运动。而文学的复古思潮，尤以明代为烈。前后七子的复古运动，文必秦汉，诗必盛唐，以模袭为能事。这种思潮实际上成为明中叶以降的文学主流。它也影响到了戏曲的批评和创作。

戏曲批评的"复古"倾向，则是以元剧为尚，一概抹杀明代的创作，而忽略了一代有一代之文学，一代有一代之特色，不知戏曲本身从曲律到语词都在变化之中，这种变迁是合理的。所以上引沈氏所谓"古意"及其在谱中反复强调的"古本"，在考镜源流方面固然有其必要性，但所谓的"俗本"和"坊本"对原作的改造，就其合于变化了的舞台及观众构成而言，是十分正当的。所以尽管沈谱主要为昆山腔和作家填词而设，但昆腔所演，仍不从沈氏所考之"古本《琵琶记》"，而用经过改造的时本。不过，这种改造后的"时本",当其问世之时,也是"托古改制",假托于"古本""元本"的。结果,明代各家刻本各个标称有独得之秘,或谓囊出"元本",或云别得"古本",每每自诩其所改之处为佳,而斥责别家本子为"俗本""坊本""不通如此",令人莫辨真伪。正如凌刻本之"凡例"所说,则诚原本为"妄庸人"改窜,"大约起于昆本,上方所称依'古本改定'者,正其伪笔;所称'时本云云者非',则强半古本。……而世人遂不复睹元本矣"。王骥德也说:"坊本一出,动称古本云云,实不知古本为何物。"(《新校注古本西厢记》附评)

（二）虚　　实

中国向有历史传统,史传文学尤为发达。故戏曲小说大抵取材于前代的历史或稗官野史。当宋元小说戏曲兴起之时,艺人作家别无依傍,自铸伟词,意之所至,不妨驱遣历史,为己所用。其所注意者乃系"意境"之完整和"真实",乃在于所要表述的"意象"之传神,固不在是否纯合于史事。史事不过是叙事的触发点,一个必须的框架而已。"神"和"意",当是创作者的关注之点。正如宋元文人写意画勃兴,以"写意性"、象征性表演为特征的戏曲,无疑也吸收了此种精髓。而观客听众,因习见此种形式,并不特加深究,观听止于耳目,感泣止于言语,既不知本来如何,亦不必知其原委何如。戏者,戏之耳。是为共识。

宋人论说话,谓最畏"小说"人,一段故事,离合悲欢,顷刻提破。而讲史者,亦是将此种小说的手法用于史事,展开想象的翅膀,幻化出种种情状。戏曲则是在讲唱文学叙事艺术高度成熟的基础上构建起自己的大厦的。戏曲的生命在于戏剧冲突。这虽是西哲首先拈出的,但它也确实是合于戏曲发展的事实的。为了使冲突集中突出,书会才人们往往任意驱遣人物,编织故事,使偶然的历史,变得风情万种、曲折离奇、剑拔弩张。所以关汉卿《关大王独赴单刀会》中,鲁子敬全不知关公之为人,须待乔公、司马徽告知而失色;纪君祥《赵氏孤儿大报冤》中,事历三朝而不妨改作一世。更有甚者，如无名氏之《黄鹤楼》，将姜维与刘备归于一处，此戏虽非佳品，作者亦非名人，但如此驱遣而人不以为非，不能不考虑"接受者"的欣赏习惯。顺此习惯，则汉代的蔡伯喈，不妨中唐代始有之状元，一代名儒，不妨与赘入相门之事有染。观客听众之关注点在戏中之意，而不在乎戏外之人。得意忘形，得鱼忘筌。惟其质朴至极，感之痛之，反以为真。作者编者，以斯为游戏三昧。戏曲本为小道，固非高头讲章，何须拘拘然泥古不化。"大家胡说可也"（徐渭语）。所以要在宋元戏曲中找今人所谓的"历史剧"，难免南辕北辙。

对戏曲小说的纪实性情况的关注，是从明代开始的。如胡应麟谓《三国》"七实三虚"，罗贯中写定《三国志演义》，其实已经尽量往历史史实靠拢，删去"草莽三国"的内容，体现了文人化的特点。故其虚实观得到认可。而"三虚七实"之类，亦成为历史题材创作的基本标准。如果说宋元戏曲小说尚是向民间大众倾斜，无所谓真实与否的话，明人则开始要求其向正统的史传文学回归，并以合于史传为尚。如对梁辰鱼《浣纱记》的一个重要评价便是"不用春秋以后事"。这种变化可以看做是文人化倾向对于戏曲小说的侵蚀。所以元代戏曲尽管有"名公才人"题咏，却仍较多保有其民间性特色，而明代中叶以后的传奇化浪潮，却使戏曲整体上典雅化了。其间的差别正如元代杂剧"文采派"之于明代传奇"文词派"的不同。

这种对于史事的要求也出现在《琵琶记》的评论中。如"春宴杏园"出关于马的对白，继志斋本批云："马色自布汗至苏卢皆元人胡语；马名大半是汉以后诸代畜产；马厩皆是唐宋题额。考诸桓灵以前，此类甚多，岂东嘉未之深思也？"又，"睏问衷情"出，玩虎轩本引《七步余谈》云："解缙学士与客云：怎做得杨子云阁上灾，不若陶渊明归去来，尤工切。客曰：惜为桓灵以后事耳。缙曰：钟乳三千辆，金钗十二行，若非牛僧孺事乎？客曰：虽然，亦东嘉千里之一曲也，何以再为？"徐复祚论《琵琶记》，谓："若其使事，在有谬处。【叨叨令】末句云'好一似小秦王三跳涧'，【鲍

老催】句'画堂中富贵如金谷',不应伯喈时已有唐文皇、石季伦也。"(《曲论》)

但明代文人的批评与艺人的搬演也仍有着很大的差别。前者责怪高则诚用桓灵以后事,后者却为了使观众明白该典故,另入解释,结果把高则诚原本暗用的典故变成明典,便真的不妥当了,例如前引"金钗十二行"下,青昆演出本有直接补叙谓"这是牛僧孺之事"云云。诚如继志斋本所批:"坊本'画堂'下说孟尝君,犹是汉以前人;至'绣屏下'说出牛僧孺,却失体。"这说明高则诚用典亦有其标准,即用暗典,取其意且字面本身亦可说通者;但不用明典,以免突兀。故全剧除"春宴杏园"出有丑角诨语道"我好似小秦王三跳涧"之外,并不直接犯出汉以后人名。(例外的只是流传中的讹字:黄、王不分,通行本将黄允,讹作王允。故胡应麟《少室山房笔丛》辩云:"'王允何其愚',说者以为汉末有二王允,一诛董卓,一乃弃妻再娶者,非也。……盖黄姓,非王允也。")这种方式,也是为宋元戏曲作家所共同遵守的。而明人所谓不得用汉以后事,未免过迂。

明人对《琵琶记》的史实的批评,还集中在本事问题上。对其本事之说颇多。一类是考前代小说,从唐人小说,得故事相近的《玉泉子·邓敞》和《说郛》所载唐人小说"蔡生"条。王世贞责问道:"其姓氏相同,一至于此,则成何不直举其人,而顾诬贤者如此耶?"(《曲藻》)一类是附会于"刺王四"说,其说传之甚广,至清毛声山评本,犹以此说为中心,曲为之解说。对此,徐复祚有较通达的观点:"要之,传奇皆是寓言,未有无所为者,正不必求其人与事以实之也。"(《曲论》)再一类是从旧牒和放翁诗(一作刘克庄诗)而知出宋戏文或说唱,故近于事实,但不及前说之富于传奇性,反而不彰。清周亮工也说:"高则诚传奇,即云有所讽刺,假借托讽,何不杜撰姓名,行其胸臆;乃一无影响,遂诬古名贤若此,诚所不解。"(《书影》)这方面的一个共同倾向,是认为《琵琶记》除了名姓与蔡邕相同外,与历史人物毫无关系。这种观点也影响了当代的一些研究者。

其实，高则诚在创作中，把有关蔡邕的史实，尽可能地用到了剧中，以增加其"真实"感，而蔡伯喈的形象及其悲剧性遭际，与历史人物的人生有着相通之处，（参见本书《诠释篇》）即追求在某种条件下的"神合"，而不在外部的形似；它体现了元剧作家的一个共同准则：大处不妨出自"假定"，而细处却是历历可按，所求为特定艺术"境界"中的真实，而非史的逼真。正如王维雪里芭蕉图，两种绝不可能同生之物却不妨绘于同一画面。王国维论元剧之"文章"，一曰"自然而已"；申言之，则曰："有意境而已。"（《宋元戏曲考》）可谓切中肯綮。因为元剧本质上近于"诗"，作者着眼点不在于事，而是借事为机缘而筑其"意境"，故往往取其一端，意之所至，不妨任意驱遣。说其非史，则人事无不出之于史；说其是史，则时见捏合之迹。其至者，虚者实之，实者虚之，虚实相生，计白当黑，化泯无迹，奇思巧意，反令人忘其为"假"，臻于"自然""化工"之境。明人重实，遂失却"诗"之境。晚明及清初注重密针线，填塞虚空，结果滞涩而无想象生发之余地，似真反假，惟见扭捏。此点下节论"针线"还将论述。

元人重意之一端，还可以从细处得之。如陆钞本所叙五娘筑坟事，道"罗裙包土"。"罗裙"一词，出现于"副末开场"、"筑坟"、"书馆相逢"等出；其传承，乃来自早期说唱与戏曲，故元杂剧叙赵贞女事而有"罗裙包土筑坟台"之语。说"罗"，意指其质地之薄，暗喻女性独身筑坟之不易。但明人坐实了"罗"字，以为饥荒之后，不当仍着"丝罗"之衣，应是披麻戴孝，故改作"麻裙包土"。玩虎轩本并批云："'麻'今尽作'罗'，大谬。"继志斋本则谓"奈何说'罗'"，泥于实的结果，则是当"两贤相遘"出"血痕尚在衣罗"一句尽改作"衣麻"后，王骥德反责高则诚落韵不稳，批评道："'衣麻'，是何话说？"（《曲律》）

（三）针　　线

李笠翁说："若以针线论，元曲之最疏者，莫过于《琵琶记》。无论大关节目，背谬甚多。如子中状元三载而家人不知；身赘相府，享尽荣华，不能自遣一仆，而附家报于路人；赵五娘千里寻夫，只身无伴，未审果能全节与否，其谁证之：诸如此类，皆背理妨伦之甚者。……此等词曲，幸而出自元人；若出我辈，则群口讪之，不识置身何地矣。予非敢于雠古。既为词曲，立言必使人知取法；若扭于世俗之见，谓事事当法元人，吾恐未得其瑜，先有其瑕。"（《闲情偶记·结构第一·密针线》）

以元剧与明清传奇相比较，针线之密实与否，确为其间显著的差别之一。这种差别的产生，却源出于元人重意而明人重事。重意者，高处着眼，计白当黑，偏得空灵生动之致；重事者针线细密，虽一一可按，却往往有重枝节而忽主干之弊，反觉呆板无神。明人传奇创作本身也有一个演进的过程。前期作者多属文词派，曲文典雅，而情节取材多泥于原始素材，显见其凑合拼接和模仿之迹，粗糙而稚拙，尚不能自运匠心。中经汤显祖而达顶峰，但其曲律若依昆腔要求，犹有不足，故时人颇以汤氏为逞才情而乖音律。明末清初戏曲家，以临川之笔以协吴江之律，辞气流畅，笔调华美，而编剧技巧日进，情节益见细密。观其弊端，则为重情节与文采而昧于汤氏所说的"意"。因偏于情节，故追求曲折离奇；其错中有错，巧中见巧，翻奇出新，愈翻愈奇，遂走火入魔，偏离正道。如阮大铖、李笠翁诸剧，多有此弊。演来甚是"新巧"，而不耐咀嚼回味。合于小市民情趣，却无大家气象。针线之密，可谓环环紧扣，固前所未有；但毫无想象之余地，一切填满，不知虚实相生之法。一笑之外，别无余意。求其深思，固不可而得。

凌初成说："戏曲搭架，亦是要事，不妥则全传可憎矣。旧戏无扭捏巧造之弊，稍有牵强，略附神鬼作用而已，故都大雅可观；今世愈造愈幻，假托寓言，明明看破无论，即真实一事，翻弄作乌有子虚。总之，人情所不近，人理所必无，世法既自不通，鬼谋亦所不料，兼以照管不来，动犯驳议，演者手忙脚乱，观者眼暗头昏，大可笑也。"（《谭曲杂札》）凌氏以旧戏与今剧相比较，亦近于本文所说的元明创作之别也。

以此观之，元剧之空灵疏朗，有非明清作家可及之处。笠翁所谓元曲针线之疏，乃是元剧长处所在。盖趣尚有别。明人如王骥德谓汤显祖独得元人三昧，但其着眼点仍不外汤剧之语言，以《南柯记》《邯郸记》二记，削尽蘩芜，入于元人堂坳。正如赞《牡丹亭》而仍以为佳处尽在文采，不知汤氏不可及处乃在其"意趣"。如今看来，汤氏真正所得的"元人三昧"，乃是元人作剧之意和所传之神。"临川四梦"，正在意象高妙，既有别于此前作者之多模袭而生吞活剥，又有别于此后作者密针线而沉溺于情节之离奇曲折。

笠翁论《琵琶记》针线不密，又谓"赵五娘于归二月，即别蔡邕，是一桃夭新妇。算公婆已死，别墓寻夫之日，不及数年，是犹然一冶容诲淫之少妇也。身背琵琶，独行千里，即能自保无他，能免当时物议乎？"（《变调第二》）故为之改作"寻夫"一出，补出张公遣小二同行云云，自以为可补"缺略"，却不知男女同行，更为相悖。清梁廷枏即已指出："添出一人为伴侣，不知男女千里同途，此中更形暧昧。是盖矫《琵琶记》之弊而失之过。且必执今之关目以论元曲，则有改不胜改者矣。"（《曲话》卷三）所以此种"全节"云云，乃是注重节孝的明清人才想得出来的事。剧中多处提到脸儿黄瘦骨如柴，三载饥荒，咽糠度日，又哪得"冶容诲淫"可言！则元人之疏略亦未必真是疏略，乃在于关注之点不同。

对《琵琶记》"缺略"的责疑与补苴，实不始于笠翁。因为明人已做了大量的工作。如李卓吾评本即对子新婚而父母年已八十，不能遣一仆回去，见拐儿假书而不辨父亲的笔迹等提出异议。臧晋叔《玉茗堂传奇引》谓："陈留、洛阳，相距不三舍，而动称万里关山；中郎寄书高堂，直为拐儿绐误：何缪戾之甚也。"又如明人曲选所录青昆演出本，于"丹陛陈情"出作了这样的补充："〔末〕状元，既亲老妻娇，何不寄一封音信回去？〔生〕大人，争奈朝中董卓弄权，吕布把守虎牢三关，纵有音信难寄了。"（据《乐府菁华》、《乐府玉树英》等）潮州出土本于此出补出伯喈陈情时说家有妻室之事。北京图书馆藏本《蔡中郎忠孝传》补出伯喈盘问拐儿的情节。通行本依惯例补出"考试"一出；凌初成刻本独有伯喈夫妇归守庐墓途路一出，这些都可以说是从情节上的补充。

上引各例尚属明显之例。一些看似不起眼的改动，其实更能体现元明观念的不同。如"题真"出，通行本五娘题诗后增入数语云："奴家题诗已了，不免说与夫人知道，待伯喈来看。"继志斋本有批语云："诸本无结尾白。若非先与说知，则牛氏安知真容源委，而后折遂有'丹青入眼'之句也。"其实五娘自说是牛氏叫她到书馆"题几句言语打动伯喈"的，则五娘回头告知牛氏，乃必有之义；且下出牛氏亦自说"教他题诗句暗中指挑"，故高则诚以为可以省略，而明人以为不可省略。高则诚原是留有空白供想象，故并不全部说完；而明人却将这"空白"当"缺略"，全部塞满了。

以故，诸家所说《琵琶记》的"罅漏"也未必即是疏漏，而是观念的差异和理解角度不同之故。高则诚以意为主，故强调新婚二月而父母年过八十，是为逼试张本，因为惟有父母如此高年，才使在家孝养成为不可或缺之事。又如虽未直接描写牛相如何禁着伯喈，其写法却正是从牛之可畏和不敢遣一仆回去的事实来反衬伯喈的处境，来显示"拿着个战钦钦怕犯法的愁酒杯"的功名，"孰知为忧患之始"的情状。所以从科举社会的一般情况看，《琵琶记》的写法有其缺陷；从高则诚所强调的作品"境界"而论，则仍可自圆其说。于此可见元剧的"读法"与明剧的"读法"亦当有所不同。正如今人以阶级对立角度出发，以为惟有负心弃妻方才合乎生活的必然逻辑，并以此挑剔《琵琶记》的缺失，与其说是作品的问题，不如说是"接受者"自身的缘故。这不仅是重意还是重事的问题，而且更是不同时代关注重点有别的问题。明清人看到了孝，今人看到了负心，并从这一角度作出审视，遂居高临下地看出"缺漏"。但高则诚要求"知音君子这般另做眼儿看"的内容或许并不在此，则所有的指责也就并不都是有效和合理的。

再举通行本所作的"密针线"的例子。"庆寿"出，陆钞本只是由称寿而及一家之欢乐，目的是反衬后文之灾难日子，并不涉及其他。通行本则让蔡公在祝酒时即说:"人生须要忠孝两全,方是个丈夫。我才想起来,今年是大比之年,昨日郡中有吏来辟召,你可上京取应,倘得脱白挂绿,济世安民,这才是忠孝两全。"玩虎轩本说:"元本有此外白,与'卑陋'句何等照应。"而据陆钞本,蔡公原本只是要改换门闾而已,这只是一个乡村老人对于功名荣华的虚荣之心,并无"济世安民"的境界。"逼试"出,通行本生唱"天须鉴蔡邕不孝的情罪"句前,有"生跪天科"及一白,玩虎轩本批云:"'蔡邕',今尽作'孩儿',自不似矢天语。"按陆钞本中,此虽是指天为誓,但并不是跪天发誓,此一"跪天科",乃明人所增,虽一小小动作的差别,其实也包含着对于一种争论场景表述的不同。据陆钞本,是平常父子之争,正如我们在日常生活中所见的一样;据通行本,则是依照孝子程式而为,故既然是跪而矢天,自不能作"孩儿"称了。又,"糟糠自厌"出【山坡羊】曲,"几番拼死了奴身己"句,陆钞本作"几番要卖了奴身己",玩虎轩本批云:"'拼死',今尽作'要卖',则'有贞有烈'胡为乎言哉!"意思是卖了己身,亦即失身失节,而有贞有烈的孝妇是不会说出这样的话头的。此类例证尚多,皆是理解的基点不同之故。"疏漏"者有疏漏的原因;补苴者亦自有补苴的道理,他们说的并非同一事。

另外还一些例证,虽不及上引者之关涉颇大,但也可知理解的出发点有别。如"庆寿"出之"一朵桂花难茂","迎亲"出之"女儿话难听",通行本此二"难"字均改作"堪"字;后一条玩虎轩本有批云:"'堪'今作'难',这是乱道。"盖前一条是明人以为伯喈的才学与人品足以称"堪茂";后一条则以为牛相是因牛氏的谏语"堪听"才有改过之意。对前一条,凌刻本驳云:"'难茂',即合下一子不忍遣求功名之意。时本作'堪茂',无解。"今按,后一条"难听"者,指牛氏斥责"爹居相位,怎说着伤风败俗,非礼的言话",正因"难听",才使牛相惕然深思,遂想出一个"团圆策";若"堪听",何来前文之触怒?玩虎轩本之所以觉得难以接受,乃其意中牛氏谏父时所说的完全合于礼教,是不能说成"难听"的,否则便是"乱道"了。这可谓是"诛心之论"。又如"筑坟"出,"教人道赵五娘亲行孝"句,通行本改"亲"为"真",玩虎轩本批云:"'真',今尽作'亲',是行孝岂可情人为?"这是放大镜观照下的苛论。还有"书馆相逢"出决定归守庐墓时,贴唱"与地下亡灵添荣耀"句,通行本改作"使地下亡灵安宅兆",玩虎轩本、继志斋本均有批评责难道:作"添荣耀","岂贤媛口吻",亦属同一理由。

(四)人物:个性与类型化

在《琵琶记》被看做违反"生活的必然逻辑""强扭团圆"的时候,其人物塑造是不可能被视作"个性化"的。一切历史都是当代史。因为人们总是从自身所处的角度来看待古代社会的。当代人先天的优越感,使我们常常居高临下,以为可随心所欲地信口雌黄。不要说《琵琶记》,即使其他当世很"红"的古代作品,也很难获得"个性化"评价。因为中国戏曲小说中类型化的"扁平人物"确实更为普遍。但如果对元明作品作一比较的话,则可以发现,元代戏曲较之明代剧作,或许是更加切近"圆型人物"的要义的。

以《琵琶记》张公这一人物为例。据"古本系统"传本,细玩作者之意,高则诚对张公,肯定之中,仍有所批评。即写出了其复杂性。张公的"施仁施义",这是人所共知的。但高则诚同时又着意叙写了张公可悲可叹的一面,那就是世俗的功名观念。逼试成功的关键便是张公力劝,并主动承担看顾蔡家的责任,使伯喈无可推托,这还算"高义"。可悲的是这一人物只知功名之荣耀而不明功名之忧患。故伯喈痛别双亲时,他却说:"所志在功名,离别何足叹。"蔡家灾难已成,他一度归咎于伯喈,但当李旺告知强官强婚不得已之情,他马上原谅了伯喈,却又道:"这是他爹娘福薄运乖,人生里都是命安排。"守墓时,伯喈痛不欲生,张公却以为"人生如朝露,论生死荣枯有定数。……况腰金背紫,不枉了光荣门户",将灾难归于命运。蔡伯喈从其自身的遭际而知"为功名误了父母",一切实由为官之故;而张公意中,圣明的君王仍是不可怀疑的,所以将灾难归于命运了。

但明人意中张公便是"高义"的化身。继志斋本等批云:"一云张公即高东嘉托名。"所以通行本系统中,一是让张公担当了旁评者的角色;二是将上述"缺点"作了修正,更突出"施仁施义"的形象。所以一面增加了许多张公旁赞五娘贤孝和责伯喈不孝的话头,一面删去伯喈守墓出张公所唱"人生如朝露"等曲,改由张公冷语刺讥伯喈作结;并将张公在场上的所有活动,都直指照顾蔡家这一题旨(原本如"请粮"、"祝发"等出是偶遇五娘,通行本均作张公将访蔡家而遇五娘),以显其"义";末了则改为张公不受牛相之金。继志斋本、玩虎轩本、唐晟刻本都有这样一段批语:"张公终不受谢礼,赵五娘终不易衣装,见得孝妇义士之心,一无所为而为。坊本失东嘉之意多矣。"

有些情况下,牵一发亦足以动全身。既然张公被改成完美的"义"的人物,则原作中另一些并不这般看待张公的描写,便成有问题了。如李笠翁说:"剪发一折,并无一字照管大公,且若有心讽刺者。"例子一是五娘自思是"上山打虎易,开口告人难"。笠翁说道:"此二语虽属恒言,人人可道,独不宜出五娘之口。彼不肯告人,何言其难也?观此二语,不似怼怨大公之词乎?"其二是五娘对张公说:"只恐奴身死也没人埋,谁还你恩债?"笠翁说:"试问:公死而埋者何人?姑死而埋者何人?对埋殓公姑之人而自言暴露,将置大公于何地?且大公之相资,尚义也,非图利也,'谁还你恩债'一语,不几抹倒大公,将一片热肠付之冷水乎?"(《结构第一·密针线》) 这是心中先有这么一个高义的概念,则凡对此种高义而有抵牾的语词,均觉不妥。细味之,则诚笔下,张公固属高义,却是从普通人中显出其高义来的;而明清人的理解和改动却是让一个高义人物来展示其高义。则诚笔下,五娘虽感激张公救助,她也只是感激,并不是把张公作高义人物看的,所以她仍说出"人人可道"的"恒言"。观众的体悟不能代替剧中人的思想,人物仍需从自身的性格和心理出发,这是直奔主题与自然流露、扁形与圆形的区别。

　　所以元明两代戏曲传演中对人物处理的不同，主要在于元剧作家尚无明确的"范本"意识，只是从对具体的人的体悟出发来叙写人物，或任由人物依其性格思想而展开；而明代改本则先有一个"高义""孝妇"之类的框式，处处依照这一理想的标准作改造或创作。前者无意识之中切近了个性化；后者则有意识地按照类型化的要求作了改造。高则诚尽管着意肯定孝子贤妇，却仍达到某种程度的"个性化"；而明人如《五伦全备记》《香囊记》等的"关风化"，却变成了概念的图解。差别便在于是从人物出发还是从概念出发。元剧作家多是从抒发个体的性灵着眼，以为"我家生活"；而明人则多从代圣贤立言入手，"备他时世曲，寓我圣贤言"，从邱浚到沈璟都对此有所强调，而汤显祖的卓尔不群，正在超越了这一关。换言之，明人有一种"宣传"的意识，树"榜样"的要求——这同时也是来自社会的需求，非好即坏，不容"中间人物"，原出于传统——而元人并无此种意识，即如马致远等人以神仙道化剧称，也是对于现实无可奈何之余的一种逃遁，却并未树立一种可供直接仿效的典型；因为它只是着力揭示一种人生，是对无奈的人生的一种感叹，而无意提供一种范本。这体现了元明人对于戏曲功用的理解与处理的不同。

　　这种情况在四大南戏中也可以见到。早期传本和晚明通行本，在人物处理上有显著的不同。如《拜月亭》，原有"误接丝鞭"一出，造成人物的一种尴尬，富于喜剧性；而明人以为于不负心坚贞形象有损，遂改为坚辞不接。又如《杀狗记》，《风月锦囊》摘汇本中，其妻有直接的劝谏争执，而经过"三改"之后的汲古阁本则以贤妇作要求，改作不争。故其形象的差别便是一为符合正常人性的妻子，性格鲜明，冲突构设清新可喜；一为合于礼教的贤妻，概念化的同时又试图回避冲突，而一旦消解或削弱了戏剧冲突，便无足观。从前者可知其列于四大南戏并非无由，从后者则惟觉远逊之。但据说参与改订的有冯梦龙等文人作家，却偏愈改愈拙，惟一的原因，只能是观念的错误所致。（参见拙文《〈杀狗记〉版本考

略》,《文献》1992 年第 3 期)

(五) 主　旨

高则诚于卷首即称:"不关风化体,纵好也徒然。"又说:"只看子孝与妻贤",似乎一剧题旨十分明确,即是关风化。但由于高则诚着力处仍在于人物的创造,从人物本身出发而并不是完全依据概念来安排人物行动,因此在某种程度上达到了"倾向的自然流露",惟其如此,才使人物和主题有着多种生发的可能,给予种种分歧的见解以支持。但明人对《琵琶记》的理解也十分简单明了,即是"《琵琶记》教孝"。王骥德说:"不关风化,纵好徒然,此《琵琶记》持大头脑处,《拜月亭》只是宣淫,端士所不与也。"(《曲律·杂论下》)所以昆本系统的一个重要特色,即是加强了对于孝子贤妇行为的直接或间接的表述,并使人物言行更合于"贤孝"范式;常常是惟恐观众不知而特别"点明",故渐失"自然流露"之义。这是依照明代社会具有共同性的"接受视野"而作的适合于此时此地的改造。正与今人以"古为今用"原则而改编旧剧相同。这使原本有着一定丰富性的主旨,向明人所需的单一性转化。人物的言行,遂更多地带有"直奔主题"的特点。这是上节所说的明人从概念出发安排人物和情节的必然结果。故一般而言,元明戏曲的重要区别之一,也就是"自然流露"与"直奔主题"之别;而汤显祖之得元人三昧,傲视侪辈,其突破此一窠臼,亦为一端。

试举一例:"剪发"出末尾,张公许诺资送后,昆本裔本作:"〔旦〕如此多谢公公。请收下这头发。〔末〕咳,难得难得,这是孝妇的头发,剪来断送公婆的。我留在家中,不惟传留作个话名,后日伯喈回来,将与他看,也使他惶愧。"继志斋本、唐晟刻本有批云:"末白又重在头发上,甚有意味。坊本作'我要这头发作甚么?'非复人言。"玩虎轩本作:"岂是张公盛德语。"这也是明改本为高则诚"密针线"之一例。从场面看,这一改动似乎更为细致入微;一般而论,属"改好"之例而应予肯定。但仔细味之,被责为"坊本"的"古本系统"传本的处理,亦有其不可更易之处。原因在于改者心中有"孝妇"一念，并由人物直接表露；而原作只是人物自身所思。大约元代人并不如明人这般时时有孝之一念，故则诚笔下之张公，面对饥荒现实，只考虑如何过关，初未想到扬孝一事，所以见头发而略为一怔，道是："我要头发做甚么？"——如果不是为了宣传五娘的孝心，确无用处，故并非不近人情。从此点生发开去，可知虽细处亦不得轻忽。如则诚笔下之张公，虽有照顾蔡家之承诺，但张公只是在照应自家之余才及于蔡家的，这是符合一般"邻里"状况的，故"古本系统"中，张公出场并不"直奔"照顾蔡家这一主题。而当公公去世之时，赵五娘也因屡屡烦劳张公，不好意思再求，故有剪发之举，并说："上山擒虎易，开口告人难。"这应当说是符合逻辑的。但通行本却以为不妥，改作凡张公出场，即是为蔡家，仿佛不如此便不足以显其高义；另一方面，正因张公已成高义的化身，再无私事与私虑，他之视五娘，亦以"孝妇"目之，故见了五娘的头发，也就必须有上引议论方合情理；所以李笠翁责难说"告人难"之语，置张公于何地？这种细微处，可见两个系统的传本中，已形成各自的人物面貌。从一个具有善良品质的好人，变成一个毫无私利的完人，这种高大全式的改造，自然也对主题表述不无影响。

高则诚标称"关风化"，只看子孝与妻贤，颇受今人讥议。因为其目标似乎即是"宣扬封建礼教"。但剧中的描写固然有人物合于礼教的一面，却也有违反礼教的一面。如蔡公临终前，自责误了五娘，担心"你身衣口食，怎生区处？"所以写下遗嘱，"我死后，教他休守孝，早嫁个人"。这与"饿死事极小，失节事极大"的程朱理学，便不相同。而五娘的回答是："公公严命，非奴敢违。只怕再如伯喈，却不误了我一世？公公，我一马一鞍，誓无他志。"不改嫁，是因为对婚姻失去信心，而不是因为守节！这是正常人的想法，却不合于"孝妇"声口。所以通行本赶紧将"只怕"句改作"那些个不更二夫"；唐晟刻本有批语说："古本'不更二夫'句，诸本作'只怕再如伯喈'，岂是贤媛口气？"玩虎轩本则说："若稍胜，真嫁乎？"前举"几番要卖"句，也属同例。

高则诚虽标称关风化，但元代社会毕竟是一个"礼崩乐坏"的时代，至少程朱理学尚未渗透到社会的底里，故《琵琶记》仍不妨以人情物理着眼，不必事事紧扣伦常；而明代社会已是程朱理学一统天下，再容不得逸出规范了。所以则诚笔下的"贤媛"与明人所需之"贤媛"仍有所不同。倘不是昆本系统已对此作了"补救"，恐怕这一条也会是李笠翁指摘针线最疏的一例了。以故，可知明清人对《琵琶记》的批评或改造并不全是原作本身的"缺失"，而是时代和社会变迁的缘故。因为，如果以明代的情况而论，则中状元三载而家中不知，不得遣一仆回去等便成为疏漏；而以元代的情况来看，此种尴尬正表明了现实功名之无足取，"为忧患之始"——高则诚在方国珍势力范围中退隐而仍不自由；元末各方势力割据，战火遍地；元代科举和仕途不畅，至元末虽求地方士绅做官而鲜有应者——故元末人不难从当时当地的情状中补足作品未明言之意；但这种意义却不是明人所需，便自然而然地被忽略了。

但高则诚的关风化之说却得到明清剧作家和批评家普遍的赞赏。因为厚人伦，敦风俗，风以化之，原本是《诗大序》以来的传统。文以载道的观念亦已深入人心，为文人士大夫所奉行不悖。在邱浚、邵粲、沈璟、王骥德以及晚明大多数作家看来，戏曲的内容和主旨是既定的，只需将圣贤之言图解演绎出来即可；因而戏曲创作的立足点，便只是一个文采与曲律的问题。汤显祖的"凡文以意、识、神、趣为主"，便被视作逞才情而傲曲律；四梦的成就也只归之于文采而已。汤沈之争之所以不分高下，最终归于调和，亦在于内容和形式之矛盾中，内容既是永恒不变的"道"，则其间的争执，自然也就只能归之于形式，而且是形式的最表层：曲律。殊不知汤氏所载之道，并非图解的伦理，而是真实的情性。以情抗理，却也依然是道；是左派王学之道。然而，元剧作家却似乎并没有这样明确的载道意识。即如高则诚虽然强调"知音君子这般另做眼儿看"，却并不完全拘于伦常纲纪。所以元剧创作在整体上与明代剧作有着区别。因为元剧更多地带有市民阶层的气息，只属于才人们自身独特的人生体验,是礼崩乐坏之后书生们绝望的呼喊,儒家伦常似乎离他们远了一些。除杨梓等少数作家外,可以说总体上是有才人气而无道学气。正因为没有明代那种儒教伦常的强制或自觉的要求,却又能精通曲律,下笔成章,元剧作家才得以自由驰骋,星斗焕耀,固非拘拘然之明代曲家所可比拟也。

(六) 程　式

戏曲表现的具体程式,其细微之处,亦顺时而变。

如《琵琶记》以净扮蔡婆,李卓吾评本批评道:"妇人虽无远见,姑息之爱乃人之常情,不合以净脚扮蔡婆,易以老旦为是。不然,因子辱母,为人子忍乎?"《琵琶记》以净扮蔡母,这是早期南戏的传统。明代人已开始关注角色的代表性,明人传奇就不会让净来扮男主角的母亲。有的明清曲选本所反映的也是以"夫"代"净"演蔡婆,或如《缀白裘》直接以"老旦"演之。但大多数刊本和选本仍循原貌,则是因为蔡婆这一角色的规定性描写有老旦所不能表演的内容。而且"老旦"这一角色也是南戏发展过程中角色分化的结果。

人物的出场,也有了程式化的要求,继志斋本、玩虎轩本等都在第二批云:"此处当道出蔡公蔡婆及张广才姓名,方有原委。"而《蔡中郎忠孝传》本即已依此类批评作了补充。

又如"请粮"一出,在陆钞本中是由净扮放粮官,在通行本中则改为外扮,当是因为属于朝廷命官,以外扮演方为得体吧。

上述之例,可见《琵琶记》承早期南戏滑稽多诨之体,并不特别注意人物的身份类型;而明人则充分注意到了脚色与人物的关系,要求按照时俗可以接受的形式作出处理。此点也反映出前文所说元人重意而无类型化要求,无甚框式。明代中叶以后,随着士大夫文人对戏曲的关注,随着戏曲艺术本身的进化,程式化的要求日益明显。

早期南戏与说唱的关系颇为密切。《张协状元》开场先以诸宫调作引子,可以为证。《琵琶记》也广泛采用鼓词韵句,本书

《〈琵琶记〉与说唱文学》节作了分析。不过这种多取韵词的做法，在明人看来或许已不甚合于戏曲表演特性，故通行本便有所修订。如"请粮"出张公骂里正一段，通行本即改作张公唱一曲。这或许可以看做是戏曲在其发展过程中，日渐摆脱说唱的影响而更合于表演特性的趋向吧。

又如早期南戏的"合"，原是后台帮腔合唱。盖南戏初起，以人声为主，以鼓为节，不入弦索，后台帮腔合唱，便是一个重要的表现手法。这种特点，在后来的弋阳腔中被继承发扬了，以致人们误以为是弋阳腔的发明。而海盐腔盛行之时，其特点是"体局静好"，与喧闹的弋阳子弟，有明显的区别。这注定了原来南戏中帮腔喧闹的成分有所降低。到了昆山腔兴起，更在海盐腔的基础上，"调用水磨，拍挨冷板，如不食人间烟火"，这种从清唱发展而来的艺术，自然禁绝喧哗，以显其雅丽之姿，从而有了"高雅"和"粗俗"之别。在陆钞本中其许多"合"只能作后台帮腔合唱解，昆山本系统中，则多是稍作改换而使之可以作台上合唱。如"再报佳期"出【三换头】曲"〔合〕这段姻缘，只是我无如之奈何"。显然，场上其他角色是不能代"我"（伯喈）合唱的，只能作场下合唱处理；而昆本裔本作"〔合〕这段姻缘，也只是无如之奈何"。一字之差，便不妨作场上合唱了。（详见拙作《戏曲帮腔合唱的渊源与流变》，《艺术百家》1991年第4期）

南戏流传中的增与删，也是一个很有意思的问题。在以人声为主的演唱方式中，曲词可以用较快的速度唱完。若如昆山腔般"调用水磨"，一板三眼，便费时甚久。所以，在潮州出土本中，我们可以看到艺人们为了保证单位时间内可以演完，删去了若干场次和大量的曲文，使得剧情快速发展，这是删。（参见本书《潮州出土本〈蔡伯皆（喈）〉考》篇）但另一面，就单一场次和宾白来看，却更多的是增。如昆山本系统就较之陆钞本增加了大量的"夹白"，其特点是在一角独唱时，由另一角色插入白语，以引起曲文；或由一角边唱边叙，点明曲文之意，以便于观众理解。这种夹白或对白，通常情况下不甚合于原作之意，有"误导"之嫌。

但明乎个中原由，则或可见谅。早期南戏不入丝管，以人声为主，以唱代言，故多曲而少白，由于演唱的速率较快，不至给主唱者带来太大的麻烦。而昆腔唱得较缓，唱者费力，加入夹白或对白，一则易于观众听懂，二则也有利于唱者歇气。弋阳腔和青阳腔则因速率更快，一泄而尽，所以更有加入"滚唱"和"滚白"的。尤其是"临妆闺叹"、"宦邸忧思"等旦或生独角演唱的较典雅的场次，一些演出本几乎句句曲词都增入夹白以描述心理。除去"滚调"，一些青、昆演出本在增白这一点上，是一致的。但这些"大场子"当是属于单出搬演的折子戏，所增比所删为多。晚明折子戏演出之风已盛，至于新编之剧已注意到缩减篇幅和曲文，而旧剧则多被删节，甚少全本不缺地演出，所以张岱《陶庵梦忆》记虎丘万人石上演"全《伯喈》"，以为一时盛事。《琵琶记》的折子，据明人曲选所录，主要集中在"南浦嘱别""临妆闺叹""丹陛陈情""宦邸忧思""五娘写真""书馆相逢"等出。这些场次，增入之白亦多。

　　再如元人的语词，在明代或已不甚习用，便需加以改动。如"再报佳期"出【蛮牌令】"穷酸秀才直恁乔，老婆与他装甚腰？"昆本裔本"装甚腰"三字作"故推不要"。唐晟刻本有批云："'穷秀才'二句，诸本上句同，下句作'老婆与他装甚腰'，不知何所取义。一作'甚乔'，稍通，但与上'乔'字犯重。"按，"装甚腰"即"装甚幺"，元人俗语，此词明代渐不流行，故有此改。又"风木余恨"出，唐晟刻本批云："诸本此下有牛太师登驿路唱【刘衮】【赏宫花】各二折及白，多胡语丑恶，不足寓目，从古本删去。""多胡语丑恶"，即是其被删的原因。而此出古本系统实有之。

　　从戏曲传本之异和评论之别来反观戏曲发展史，是一个有待深入展开的论题。无论元人杂剧还是早期南戏如四大传奇，都为我们提供了丰富的材料。本文只是抛砖引玉，期望有更多的研究者关注这一课题。

二六　《琵琶记》与《红楼梦》

把《琵琶记》与《红楼梦》联系起来，闻者一定会感到十分惊讶的。这并非好奇之谈。高则诚与曹雪芹有着某种相同的思想经历，他们的表现手法也有相似之处。对他们的作品的认识所走过的弯路，更是惊人的相似。两书在中国文学史上同样具有重要地位。如果说《红楼梦》是中国古典小说中思想内涵最深刻而又最复杂，对它的认识分歧又是最严重的作品的话，那么，说《琵琶记》是古典戏曲中的《红楼梦》，并不过分。只是《红楼梦》的巨大价值已经得到社会一致的公认，而《琵琶记》的价值，还远远没有为人们广泛认识。将两者加以比较，不仅有助于我们深入理解这两部伟大作品，而且对于我们认识中国古典文学中存在的一些重要现象，探讨其一般规律，也具有重要意义。

（一）

首先要加以比较的，当然是两书的"创作缘起"了。
《琵琶记》副末开场的第一首词说：

> 秋灯明翠幕，夜案览芸编。今来古往，其间故事几多般。少甚佳人才子，也有神仙幽怪，琐碎不堪观。正是：不关风化体，纵好也徒然。　　论传奇，乐人易，动人难。知音君子，这般儿另做眼儿看。休论插科打诨，也不寻宫数调，只看子孝与妻贤。骅骝方独步，万马敢争先？

高则诚这段话，明清人大加赞赏，而今人又痛加谴责。但这原是文人狡狯之词，正如《红楼梦》的第一回，不可不信，也不能呆看。应当抓住这些字面所隐含的精神实质。

高则诚所处的时代，正是北杂剧重心南移，而南戏日益繁盛的时期。当时戏曲作品中最流行的是两种题材。其一写神仙道化和鬼怪迷信故事。"神仙道化"，明初曲论家朱权把它列为杂剧十二科之首，至少可以窥见其盛行之一斑。另一类就是才子佳人的风月故事，它在早期南戏中，更是占据了大部分。这是因为柔缓的南音，比之铿锵的北调，更适于表现男女风情。高则诚对这种宣扬消极避世、荒诞无稽的神怪题材和一般的风月故事都不满意，说是"琐碎不堪观"。他认为创作必须"关风化"，即必须有思想内容。单纯描写神仙幽怪和风月情事而没有思想意义的作品，纵然"好"——语言好、关目好、故事曲折险怪动人，也都是"徒然"，毫无价值的。"关风化"，这是高则诚标举的旗帜。

《红楼梦》第一回，曹雪芹也是先把眼前所有庸俗作品全部骂倒：

> 历来野史，或讪谤君相，或贬人妻女，奸淫凶恶，不可胜数。更有一种风月笔墨，其淫秽污臭，荼毒笔墨，坏人子弟，又不可胜数。至若佳人才子等书，则又千部共出一套，……逐一看去，悉皆自相矛盾，大不近情理之话。

小说不必像戏曲那样精炼。高则诚寥寥数语，曹雪芹却可以细细叙上数千字。他的评论自然详尽多了。

曹雪芹的时代，才子佳人生编硬造的虚假故事以及《玉娇李》之类淫秽题材泛滥成灾。曹雪芹否定了这种没有意义和"坏人子弟"的作品，可见他也是要"关风化"的。他的第一目标是要"真"：

> 至若离合悲欢，兴衰际遇，则又追踪蹑迹，不敢稍加穿凿，徒为供人之目而反失其真传者。

要写"真传"之事，不是臆造瞎编，也不仅仅是为"供人之目"的"纵好也徒然"的作品，当然也不会"琐碎不堪观"了。

元代由于蒙古族入主中原，传统的孔孟儒学的伦理纲常受到极大的冲击，斯文扫地，读书人更处于社会的底层。所以高则诚标举"关风化"的旗帜，歌颂赵五娘的"孝行"，写蔡伯喈的孝心不能实现的悲剧,是很容易引起人们的共鸣的。而曹雪芹的时代,从明到清初,程朱理学禁锢了人们的思想,扼杀了人的真情。戏曲小说中纯粹宣扬迂腐的封建伦理道德,进行概念图解的作品,不在少数。所以曹雪芹偏说自己的书"非治理之书",不关礼教,只不过供茶余饭后消遣而已。这在当时也有进步意义。由于时代思想的区别,决定了高则诚与曹雪芹采用不同的表述方式。其精神实质却是可以相通的。

高则诚进一步提出:"论传奇,乐人易,动人难。"以巧合的奇事和插科打诨使人哄笑一阵,诚然容易,但这只不过博取了笑料而已。死抠格律,拘于平仄,徒取婉转可歌而忽略了内容,也是高则诚所不取,关键是"动人"。要打动人心,就必须情真,必须有真实的内容,而这内容不同一般,它需要"知音君子这般另做眼儿看"。看什么呢?高则诚绕了几个弯子,还是无法直接明白说出,却归之于"子孝与妻贤"。那么是什么样的"孝"与"贤"呢——一心只想侍奉年迈的父母安度晚年,甘守清贫不图腾达的孝子,却因为"三不从"而落得被责"不孝忤逆"的下场,永远得不到父母的宽恕。由于世俗的为官求荣,由于统治者不近人情的自私的强官强婚,由于牛相的淫威,蔡伯喈被迫留滞京师,不仅不能回家,连派人送信都不可能,最后导致父母双亡的惨剧发生。这是一个欲尽孝而不得成其孝的孝子。另一位是"惟愿取偕老夫妻,长侍奉暮年舅姑"的新妇。赵五娘不图丈夫的功名富贵,她根本就反对伯喈出去赴试求官,结果却由于朝廷黄榜招贤和蔡公逼试,被迫与新婚二月、恩爱难舍的丈夫分手。又因为强官强婚而实际上被夺去了丈夫,一个从不出闺门的新媳妇,只得挑起侍奉公婆的重担。饥荒岁,典尽衣衫,难奉甘旨,她宁肯自己吃糠,也要让公婆吃上一口淡饭。"吃尽控持"而毫无怨言。这些诚然称得上"孝贤"了。可是赵五娘自己又何尝愿做这样的"孝贤妻"呢!"非奴苦要孝名传",是因为饥荒遍地的现实和丈夫被迫稽留不归,才使她落到了不得不做孝妇的悲惨境地。造成这美满的家庭最后家破人亡,使孝子不得成其孝,不想做孝妇的却不得不做孝妇的罪恶根源究竟何在？这才是需要知音君子另做眼儿看的。吞吞吐吐的话中，包含着高则诚难言的苦衷。

曹雪芹又何尝不是这样呢。清初文字狱严酷，曹雪芹也只能晦暗其事：

> 见上面虽有些指奸责佞、贬恶诛邪之语，亦非伤时骂世之旨，及至君仁臣良父慈子孝，凡伦常所关处，皆是称功颂德，眷眷无穷，实非别书可比。虽其中大旨谈情，亦不过实录其事，又非假拟妄称，一味淫邀艳约、私订偷盟之可比。因毫不干涉时世，方从头至尾抄录回来，问世传奇。

居然是"称功颂德""非别书可比"，又声明"不干涉时世"。当然，"朝代年纪"，却反"失落无考"了。还只是"大旨谈情"而已。正如高则诚说"只看子孝与妻贤"。从中也可发现曹雪芹难言的苦衷。然则果真仅仅是"谈情"，供茶余饭后的消遣么？

满纸荒唐言，一把辛酸泪。
都云作者痴，谁解其中味？

《红楼梦》是曹雪芹在悼红轩中，披阅十载，增删五次，用血泪凝成的文字。这首小诗如果放到《琵琶记》里作按语，也同样是合适的。不过，曹雪芹的"荒唐言"，现在人们已经比较深刻地体会到其中的滋味了。可叹高则诚三年苦心积聚的"辛酸泪"，至今仍被当作"狂热宣扬封建礼教"，严加谴责。这是多么可悲呵！

高则诚早年是非常热衷功名的。他希望通过科举这条正当途径，施展自己济世安民的雄才大略。他40岁左右，才进士及第。但仕途并没有他当初预想的那么美满。现实社会灾荒遍地，农民起义风起云涌，元蒙统治已经到了崩溃的前夜。近十年的宦海沉沦，高则诚醒悟到自己当初的想法极其幼稚可笑。"岁晚仲宣犹在旅，年来伯玉已知非。"（《寄屠彦德并简倪元镇·元诗选》）在一次饯别宴会上，他对座客说，前辈曾劝他，求官虽然容易，但这恐怕也是忧患的开端。当时他不以为意，反而觉得这种想法可"卑"。于今始信功名的确是"忧患之始"。他宣称要退居避世。（《东山存稿·送高则诚归永嘉序》）在他的诗作中，也时时流露出厌弃功名的思想："如此江山足行乐，莫将尘土污儒冠。"（《送朱子昭赴都》）"人生温饱不足多，莫羡东家著绮罗。"（《白纻篇送顾仲明》）甚至说："莫说市朝事，功名欲逼人！"（《题一青轩》）这也是对现实统治的否定。

《红楼梦》第一回中，说女娲补天，遗下一石未用，"便弃在此山青梗峰下。谁知此石自经锻炼之后，灵性已通。因见众人俱得补天，独自己无才不堪入选，遂自嗟自怨"。可见曹雪芹原来也是要"补天"，施展自己的才略，以挽救这颓败的末世的，只是没有机会。高则诚是在宦海沉沦后才认识到现实已经无可希冀。曹雪芹则是从自己家族的盛衰，醒悟到封建末世的来临的。

《红楼梦》写的就是这块"石头"，"无材补天，幻想入世，蒙茫茫大士、渺渺真人携入红尘，历尽离合悲欢、炎凉世态的一段故事"。而且尽量客观描述，以存其"真"，"毫不敢穿凿"。偈语云：

　　无材可去补苍天，枉入红尘若许年。
　　此系身前身后事，倩谁记去作奇传？

曹雪芹记的就是自己"身前身后"之事。贾府就是曹家的艺术再现。曹雪芹当然不是真的"大旨谈情"。"假语村言"中饱含着血泪，浸透了自己的无比的爱和强烈的憎。从中我们也不难发现现实的影子。其实又何尝"失落"了朝代年纪呢！

《琵琶记》倒没有失落朝代年纪。开场就标明是东汉大名鼎鼎的学者蔡中郎蔡邕的故事。但东汉的蔡邕不会去做唐以后才有的科举状元，也没有入赘过什么牛府。高则诚是根据民间传说和早期南戏《赵贞女蔡二郎》加以改编的。但无论是写负心，还是写不负心的故事，加到蔡邕身上，都属"荒唐"之言。

高则诚之所以选用这个传说故事，并不仅仅是因为有感于蔡邕被谤，立志替伯喈雪怨而已。高则诚的时代和他的人生经历与历史人物蔡邕颇有相同之处，剧中蔡伯喈身上，也有高则诚的影子。高则诚不仅把传说故事作了彻底的改造，而且把历史人物的悲剧性际遇，熔铸到悲剧主人公身上去了。《琵琶记》不是照史实改编的历史剧，但与历史人物又有着内在的、不可分割的联系。

　　历史人物蔡邕最初是反对做官的。他不愿在宦官把持下的朝廷做文学弄臣，对朝廷的征召，他半路称疾而归。还写了一篇《释诲》，劝解那些务世公子们是只睹暧昧之利而不见昭晰之害，否定了现实的功名富贵思想。但后来他还是出来做了官。又因数忤权贵，差点被杀头，被迫流窜江湖达十二年之久。黄巾起义爆发后，豪强并起，全国陷入一片战乱之中。董卓擅权，蔡邕因为"名高"，欲逃遁而不得。被董卓以死胁迫为官。不幸颇受倚重，三日之间，周历三台。他明知董卓非良善之辈，但推辞不得，想要遁逃山东然后奔兖州也不可能。不久，董卓败，蔡邕受牵累死于狱中。而且因此"于名稍损"。蔡邕的一生，就是一出为官的悲剧。这与剧中蔡伯喈因被迫赴试、被迫为官重婚而陷入悲剧境地，精神实质上是相同的。历史人物以孝著称，高则诚改变民间传说中蔡二郎的负心性格，而以"纯孝"作剧中主角的思想基础，更显出两者紧密的联系。高则诚本人虽然经过官场的沉沦，醒悟到了做官的确是忧患之始，立志退居避世，但也因为略有些"名声"，又被拉出来做官，其间数忤权贵，经历了更大的忧患。元末被调福建，途经宁波，当时做了元朝万户的方国珍想把他强置幕下，他坚决谢绝，即日解官，实践归隐的诺言，才算免于类似历史人物蔡邕的灾难。《琵琶记》虽然不是作者"堕落之乡，投胎之处，亲自经历的一段陈迹故事"，但其中也包含着作者生平经历的辛酸。而饥荒连年，"子忍饥、妻忍寒"，"痛哭饥人满道"的腐败社会，不正是元末社会现实的真实写照么？这实在是点明了朝代而实际上仍然"失落"了年纪的故事。

（二）

　　事实上，《琵琶记》和《红楼梦》诞生不久，它们的"创作缘起"就被人们误解了。因而对作者的创作意图的种种错误解释，也就随之而生。尽管两书都以深蕴的思想内涵和巨大的艺术成就吸引着无数的读者，但在一般人的观念中，两书却是以另一种面貌而存在着，它们的真面目反而被遮掩了。

《红楼梦》因为开首这一番扑朔迷离的表白，"将真事隐去"，便有不少人进行"索隐"，臆造出种种说法。如纳兰性德家事，清世祖与董鄂妃故事，顺治康熙乾隆三朝政治说，色空梦幻说，自传说，等等，无虑数十百家。而索隐派广征博引、穿凿附会，结果肢解了整体，使《红楼梦》成为某些史实的简单影射、拼凑，实际上贬低了它的巨大成就。

旧红学的这段小史已经为人们所熟知。种种附会之说，也只被当作谈资而已。虽然对《红楼梦》的思想内涵和价值还没有达到全部的认识，但《红楼梦》作为一部伟大的现实主义小说，它在中国古典文学中的崇高地位，已经得到公认。曹雪芹的"荒唐言"已经不乏能解其中味的知音君子了。红学的研究正在深入。

《琵琶记》还在走着类似《红楼梦》所走过的道路。虽然它的诞生比《红楼梦》早四百年之久，但对它的面貌的真正认识，却只有刚刚开始。

《琵琶记》的主旨，从明代开始，就一直被误解了。明清时代对它进行索隐的也不乏其人。诸种说法，亦足发噱。

一说是高则诚最初写了蔡伯喈负心的故事，后因蔡邕托梦见告，就改为全忠全孝的了。另一说认为高则诚原来写的是东晋"慕容伯喈"的故事，却是高则诚托梦见告，说《琵琶记》被人误改成蔡邕的名字，自己在地下受蔡邕的责难，所以请求人们"重新"改名为《慕容伯喈琵琶记》。还有一种说法，说"琵琶"两字含有四个"王"字，所以是暗喻刺讥"王四"之意。王四原来是高则诚的朋友。他贱时曾给人作过菜佣，谐音蔡邕。王四得官后入赘蒙古丞相不花家而负心不认前妻，蒙语称牛曰"不花"；一说不花丞相居于牛渚，故以牛相为称，所以高则诚就写了这出戏表示讥谏。这一说法在清人毛声山评点的《第七才子书》中得到更大的发挥，把剧中人、事处处加以比附，不逊于索隐派之索《红楼梦》的本事。所有这些说法实际上也都是贬低了《琵琶记》的思想和艺术成就。

《琵琶记》的思想主题与时代有着密切而不可分割的关系。中国封建社会从唐朝开始设立科举制度。到宋代，科举更成了读书人惟一的仕进之路。宋代抑武重文，主要通过科举大量起用士人。而且不管门望高低，只要科举中式都可以做官。所以，许多人朝为田舍郎，暮登天子堂。那些达官贵人往往借联姻来拉拢新进，扩大自己的势力；发迹变心的士人们，也想高攀权豪以求仕途畅通，就往往隐瞒了家有结发之妻而重婚权门。而法律又不允许停妻再娶。所以他们把患难之妻当作仕途的最大障碍，因而就有蔡二郎马踏赵贞女，王魁负桂英，张协杀贫女等事件的发生，造成严重的社会问题，成为刚刚兴起的大众化的南戏的重要题材。这是时代的因素。

　　但科举制度的罪恶及其带来的一系列社会问题，在元蒙统治时代并不明显。元代开国后有近八十年之久没有开设科举。后来虽然开设了，但取士很少。而且试科汉、南人与蒙古、色目人有区别。能通过科举走上仕途的知识分子极少。即使能够进士及第，在元蒙统治者的种族歧视政策下，也很难仕途得意。元末，随着元蒙统治集团迅速走上崩溃的道路，汉族士人往往消极避世，把仕途当作畏途。在这样的条件下，高则诚摒弃谴责负心汉的婚变故事，在《琵琶记》中表现了一种否定现实，否定为官的倾向，把为官视作悲剧的起因，是很容易理解的了。

　　然而，《琵琶记》得以诞生的社会和时代，很快为朱明王朝所取代。而明代是科举盛行的时代，有着《赵贞女蔡二郎》所谴责的负心故事得以产生的相同的土壤。随着社会安定，做官又能带来荣耀，而发迹变心的故事，反倒具有普遍的意义。人们也就更多地从婚姻问题的角度来认识《琵琶记》，把它当作宣扬孝子贤妻的典范。相传明太祖朱元璋称它是山珍海错，富贵之家不可或缺。（《南词叙录》）从中也可以概见明代人的态度了。

　　表面看来，《琵琶记》比《红楼梦》幸运得多了。它没有像《红楼梦》那样被视作"淫书"而遭到禁毁的命运。《琵琶记》一直流行于明清舞台，畅通无际，连一些道学家也认为它有关世教而大加赞赏。但某种意义上，这也是它的一大厄运。明代人根据他们这一理解,在演出、翻刻过程中不断加以删改,使之更符合他们理解中的主题。从现存比较接近原貌的陆贻典钞本与通行本相比勘,可以发现,有关礼教的说教大大增加了,不少对官场和社会指责的言词被篡改了。牛相被改成知过能改的好人,蔡公蔡婆双亡的惨剧的发生原因,反倒在于蔡伯喈懦弱不早说明情况,等等。随着封建制度的崩溃,人们的评价标准改变了。一些评论正好走到明清人的观点的反面,谴责它"狂热宣扬封建礼教"。新中国成立以来,许多评论家就是拿着通行本《琵琶记》来批评高则诚的"思想局限"的。结果李代桃僵了。

明代还有不少根据歌颂孝子贤妻的理解来模袭《琵琶记》的作品。"不关风化体,纵好也徒然",更被当作宣扬"风化"的公开宣言。邱浚的《五伦全备记》,主人公伍伦全就是封建伦常的概念图解,还公然标举"若与伦常无关系,纵是新奇不足观"。邵灿的《香囊记》又"续取《五伦》新传",宣称:"为臣死忠,为子死孝,死又何妨!"因而有人认为以《琵琶记》为首,形成了一股"反现实主义"的逆流。鞭子又抽到了高则诚身上。

相比之下,曹雪芹比高则诚幸运得多了。虽然《红楼梦》曾遇被禁毁的命运,但随着民主时代的到来,不仅"淫书"帽子被摘除,而且被广泛传颂,视为古典文学中一颗最光彩夺目的明珠。

据证,曹雪芹是完成了全部文稿的。但由于某种至今不明的原因,后四十回"迷失"了。后来高鹗作了续书,凑成全璧,刊行于世。其后又有许多续貂者。模袭《红楼梦》而作的表现色空、艳情乃至纯粹淫秽的作品,也为数不少。幸而历史很快就把它们淘汰了。所以我们不会因"后梦""复梦"之类把悲剧强扭作团圆而去批评曹雪芹。虽然高鹗的思想的局限,也导致了续书中某些情节、结局的安排,违背了曹雪芹的原意,但今天的研究者也不会把高鹗续书中的思想,全部强加到曹雪芹头上。这是曹雪芹的幸运之处。

《琵琶记》是在原作相对完整并寓有特定倾向性的情况下,因"误解性"的"积极接受"而变得面目不同。对于作者"原意"

而论，这是妄改。而高鹗在原作遗失的情况下补作，毕竟替我们留下了最接近曹雪芹原意的续书，并为《红楼梦》的广泛流传作出的贡献。高鹗应该是《红楼梦》的功臣。曹雪芹在九泉之下也应会感谢他。而高则诚的《琵琶记》之所以在今天难以得到人们的广泛重视，并获得比较一致的正确评价，明清人的误解性接受正是一个不可忽略的因素。

（三）

戏曲与小说的表现方式是有着很大区别的。但《琵琶记》与《红楼梦》在现实主义创作方法上所取得的成就，却有相似之处。

首先在于倾向的自然流露。两书都塑造了各具个性的人物，写出了他们个性化的思想言论和行动，通过人物之间的关系构成一幅现实社会的图画，表现出作者的思想评价。

这在《琵琶记》来说，显得更加不容易。因为中国戏曲的传统，向来是好人坏人泾渭分明，脸谱化、类型化倾向非常严重。好人都是赤足黄金，反角都要面涂白粉。结局也必然是好有好报恶有恶报，很少能摆脱大团圆的框子。而《琵琶记》正是在这里显出了它不可企及的现实主义成就。如剧中的牛相、黄门官，都是被批判、鞭笞的否定人物，但高则诚并没简单地把他们丑化成凶相毕露的恶人，而是写出了复杂的个性。牛相在规女时是一副道貌岸然的样子，只有当牛小姐天真地以父亲亲自教育自己的迂腐礼教，来劝谏牛相让伯喈归养父母时，才暴露出牛相那种礼教为他人而设的极端自私、蛮横无理的真面目。他刚刚还在骂"何必顾彼糟糠妇！"转眼对赵五娘又连连称赞"贤哉贤哉"。剧本正是通过这种强烈的对比，通过场面的交叉变换，通过同一人物在不同场合的矛盾表现，来显示作者的评判。它比脸谱式的丑化刻画，更能发人深省。

正面人物也没有写成完人。特别是张公、蔡公希望蔡伯喈施展才华，改换门间的美好愿望，竟成蔡家灾难的导火线。蔡伯喈以真诚而迂腐的尽孝之理，希望得到皇帝的恩准，却被虚伪的圣旨以"王事多艰"为幌子拒绝，导致悲剧的发生。他们没有醒悟到自己面临的是一个腐败而斯文扫地的社会,盛世尚可行通的行动,必然在丑恶的现实面前击得粉碎。

概念化和类型化同样是中国小说中常见的弊病。《红楼梦》的成功之处,也在于塑造了一大批典型人物。当然,比之《琵琶记》更为成熟了。贾政可以说是牛相在另一种意义上的再现。这是一个否定人物。但书中没有直接表示否定的言词,评价全在形象的具体描绘中。曹雪芹通过对元春这个给贾府带来富贵荣耀的悲剧人物的刻画,实际上也否定了皇帝乃至整个统治集团。贾宝玉又是最恨讲"仕途经济"的"禄蠹"的,虽然与《琵琶记》选择的角度不同,但否定为官取功名这一点却是一致的。而各具个性的十二钗悲剧人物的刻画,这一群大观园的天使,在丑恶的现实的摧残下,一个个逃脱不了毁灭性的灾难,形成千红一哭。这与《琵琶记》中和睦快乐的蔡家最后遭到家破人亡的毁灭,有着相同的意义。

高则诚写了一出悲剧。《琵琶记》的结局形似团圆,其实不然。赵蔡重逢,并不是喜庆之时,而是蔡伯喈终养父母之心最后幻灭的悲剧的高潮。蔡公蔡婆死了,是由于儿子为官被迫稽滞不归,是丑恶现实连年饥荒造成的。这一惨剧是任何东西都不能弥补的。蔡伯喈"何如免丧亲,又何须名贵显"的呼喊,也意味着否定了皇帝的旌表。善良的人们被毁灭了,而以牛相为代表的统治者,却以合理的外貌仍将延续下去。他们以一封旌表掩盖了自己的罪孽,同时又"限日下到京",把蔡伯喈重新纳入自己的牢笼中。大幕降下了,冲突仍将继续。

曹雪芹更为彻底。不仅代表真善美的十二钗被黑暗社会吞噬了,连封建的大家族也"落了片白茫茫的大地真干净"。

高则诚否定了一个时代。但他的想法也仍是儒教的"邦无道则可卷而怀之"。他对封建制度仍然抱着幻想,盼望"有道"之日的来临。所以他是积极的入世奋争。而他的这种对社会否定的不彻底性,也决定了他最终仍然找不到出路。所以蔡伯喈的结局只能是回到京师,前途仍然渺茫,不知何处是归宿。

曹雪芹生长于康熙、乾隆这个清代最鼎盛的时期。他从自己家族的衰败，感觉到了封建末世的来临。贾府的最后衰落，就是这封建末世的缩影。但曹雪芹也没有能找到出路。他既无力补这行将崩塌的"天"，又无法预示光明的前景，最后只能归结于四大皆空。不过，曹雪芹生于盛时而能够看到整个封建社会彻底衰败的征兆，比之高则诚于乱世而表述对一个时代的否定，仍然远为深刻。因为历史在发展。

《琵琶记》是中国戏曲史上继往开来的作品。马致远笔下的主人公张镐，"这壁挡住贤路，那壁又挡住仕途"，这是仕进绝望的呼喊。到宫大用时，科举制的设立，仕进之路稍稍宽了些，表现的则是对权豪势要把持仕途不满，迫切要求得到统治者的赏识，施展自己的才华。他们都让自己的主人公最后如愿得官。这是一幕从落魄到做官的喜剧。高则诚继马致远、宫大用的喜剧，完成了后半部悲剧。这是做官的最后结果只能带来灾难的悲剧。蔡伯喈形象的出现，标志着一个时代的终结。另一方面，《琵琶记》的诞生又宣告了南戏新时期的到来。"村坊小伎进与古法部相参，卓乎不可及已。"（徐渭《南词叙录》）所以它被视为中兴南戏的功臣。

而《红楼梦》继《三国》、《水浒》之后，达到了中国古典小说的最高峰。它也是整个中国古典文学的最后一块巨大丰碑。在这个意义上说，它宣告了封建社会上千年的文学终结。

《琵琶记》的许多创造性手法，给后世以巨大的影响。如蔡婆这个人物，在剧中有着特殊的作用。她的冷言冷语，或者恶骂，粗似逗笑而已，联系下文，可知正暗示了悲剧结局。"蔡公逼试"一出，她对伯喈说："一旦分离掌上珠，我这老景凭谁？忍将父母饥寒死，博换得孩儿名利归。你纵然衣锦归故里，补不得你名行亏。"这段话给整个悲剧和蔡伯喈这个主要悲剧人物定下了基调，而且与最后一出蔡伯喈否定旌表的"可惜二亲饥寒死，博换得孩儿名利归"遥相呼应，也显出作者构思的缜密。蔡伯喈的话可以看作《红楼梦》原设想中最后一回的"证情榜"。蔡婆对蔡公说："教孩儿出去，万一有些个差池，……你没吃的便饿死，没衣穿便冻死。"可以说是老两口结局的谶语。蔡婆用东邻李员外孩儿求官,父母进了养济院刺讥蔡公张公为官求荣的想法,也正是做官只能带来灾难的按语。所以明代人称蔡婆是"圣母",未卜先知。

　　这种暗示结局的方法,在《金瓶梅》中是通过看相排八字的迷信手法来实现的。《红楼梦》则更设计了太虚幻境中十二钗正副册字画来表示,同时在诗、谜、偈语中也广泛运用。曹雪芹虽然不是直接受影响于《琵琶记》,但从这里也可知这种手法由来已久。而《红楼梦》中疯僧癫道,冷语警世,以偈语暗示人物的结局,不是与蔡婆的打诨之语,有更相近的血缘关系么?

　　《红楼梦》虽然没有受到过《琵琶记》的直接影响,而且由于高则诚的原意明代以后一直被误解,也许当时曹雪芹对写"孝子贤妻"的作品并不很感兴趣,但不能否认其间接意义上的影响。从文学史纵向的长河看,《红楼梦》可以说同时也是发扬光大了《琵琶记》的现实主义传统。它们应是中国古典小说戏曲中的双璧。

(原载《红楼梦学刊》1986 年第 1 期)

杂 说 篇

二七　论"朱教谕所补"及其他

　　中国古典戏曲小说向无以悲剧为崇高的时尚，而且也缺乏一种系统的悲剧理论作指导，其结局又多从时俗而添上"亮色"或"光明的尾巴"，遂使作品大多不尽如人意，总体成就后半部多不及前半部。《水浒传》、《红楼梦》及《牡丹亭》、《长生殿》等作品尚有此憾，更遑论他作了。《琵琶记》便是因其后半部水准不及前半部而备受责难，以致明人有后八出为"伧父""朱教谕所作"之说；今人则有"强扭团圆"之解。说法虽不同，而不满其后半部则并无二致。

　　明朱孟震《河上楮谈》云："高则诚《琵琶记》，止于'书馆相逢'；'赏月'、'扫松'为朱教谕所补。"

　　此说出现甚早，故王世贞《艺苑卮言》即表示异议说："谓则成元本止于'书馆相逢'，又谓'赏月'、'扫松'二阕为朱教谕所补，亦好奇之谈，非实录也。"

　　但王骥德《曲律》则说："至后八折，真伧父之语！或以为朱教谕所续，头巾之笔，当不诬也。"

　　徐复祚《曲论》也说："或又以'赏荷'、'赏月'俱非东嘉之作，乃朱教谕增入。朱教谕，吾不知其人；'赏荷'之出其手，有之。'赏荷（当作"月"）'之'楚天过雨'，雄奇艳丽，千古杰作，非东嘉谁能办此？'扫松'而后，粗鄙不足观，岂强弩之末耶？抑真朱教谕所补耶？真狗尾矣！内有伯喈奔丧【朝元令】四阕，调颇叶，吴江沈先生已辨其非矣。故余以为东嘉之作，断自'扫松'折止，后俱不似其笔。"

　　所谓后八折，当指"张公遇使"、"散发归林"、"李旺回话"、

"风木余恨"、"一门旌奖"这些各类传本都有的五出;加上陆钞本、巾箱本、凌刻本等所有的"牛丞相出京宣旨出"(钱校本拟目);凌刻本第三十九折伯喈夫妇归守庐墓路途,即徐复祚所说的【四朝元】套;"一门旌奖"出依巾箱本、凌刻本析作两出。如是共为八折。

今人谈《琵琶记》之改编,一种意见是演到"书馆"为止,以保持"悲剧气氛";另一种意见是演到"扫松"为止,让张公责骂蔡伯喈不孝作结。

而明人的批评,似乎主要是从文字着眼,对"大团圆"结局造成的"笔力"之弱感到遗憾。古人说怨苦之词易工。"书馆相逢",对于一心只想尽孝的伯喈来说,始知父母已惨死,故是"真惨凄";但对五娘来说,毕竟是欢娱之始;而且以后一门旌奖,虽然伯喈仍有"可惜二亲饥寒死,博换得孩儿名利归"的缺憾,但团圆封旌,总体毕竟是可喜可贺的了。

这样的一夫二妇、一门旌奖的结局,一般看来已是煌煌"大团圆"了,自然再难以写出"糟糠自厌"那种震颤人心的词句。难怪明人以为能写出前面文字的大手笔,必不至于沦落到后面的"伧父"之语、"头巾之词",故归于"伧父"所补,"朱教谕所补"了。王世贞的异议,是因为他激赏《琵琶记》雅丽的文字,"赏月"出正以文词见长,所以他对"赏月"、"扫松"为朱教谕所补之说,颇不以为然,称之为"好奇之谈"了。

应当说,徐复祚对于后半部几于"强弩之末"的感觉是基本正确的。因为前半部中,蔡伯喈一线有"三不从"的冲突,赵五娘一线有饥荒背景下的公婆之间的矛盾及婆媳之间的矛盾,双线结构,交叉变换场景,在"糟糠自厌"出达到第一个高潮,并有了第一个"解":五娘背地吃糠的孝心获得证实,婆媳之间的矛盾消解;但公婆一病一亡,蔡伯喈不孝罪名因此坐实,五娘"回护丈夫名儿"的努力失败。这两种冲突线索也就此中断,未能贯穿全剧。冲突是戏剧的生命。前半部的成功,在于交织着各种方向、多个层面的冲突。其中既有强官强婚、公婆抱怨、里正抢粮等外在的冲突，又有蔡伯喈和赵五娘的内心的冲突，它使得矛盾一环紧扣一环，直至"吃糠"达到高潮。但在后半部中，蔡伯喈一线的冲突，如强官强婚已成过去，所能表现的便只有伯喈与牛相间接冲突及伯喈自身的内心冲突。由于来自牛相的压力已退居幕后，仅以伯喈的"畏牛"来暗示这种冲突的存在，牛相最后实际上并未禁锢伯喈，而且作了让步，这给人的感觉是：伯喈所感受到的来自牛相的压力，似乎只是伯喈的错觉，未能归养遂变成了伯喈自身的责任。故李卓吾在"宦邸忧思"一出批云："杀才，不孝子，难道差一个人回去，他也来禁着你？就禁着你，大丈夫难道便为他禁了？可恨，可恨。"而陈眉公评本在"听女迎亲"出批云："这一出，牛之罪全担伯喈身上去了。"由于后半部中，这种冲突主要是通过伯喈与牛氏之间的婉曲的方式来表现，虽语含机锋，词寓双关，却因缺乏直接冲突所拥有的"张力"而减小了悲剧的力度。加上将一个负心故事改成志诚不负心故事，却仍保留入赘相府的情节，并以一夫二妇和睦作框架，在这种情况下如何保持冲突的延续与转换，无疑是一个难题。将《赵贞女》贯穿到结局的冲突，改变成一种误解性冲突，只是强调人物性格的软弱，多少也影响了作品的感染力。

另一方面，从赵五娘一线看，与公婆冲突消解以后，便只有对伯喈的怨尤和独力送葬的苦难了。由于这种怨尤又是建立在对伯喈误解的基础之上的，而且伯喈究竟为何不归，情况未明，故其怨与恨也仍在疑虑揣测之中，遂使冲突的力度大为减弱。虽然"筑坟""剪发""描容"等出仍获得相当的成功，但葬送公婆之事一了，与饥荒现实的冲突也随之减轻；紧接着的寻夫，原本是建立在对伯喈的希冀而非冲突的基础上的，则从五娘一线而论，"描容"以后，冲突已基本消解，对于伯喈能否认妻的担心，由于伯喈实质上未曾负心而并未构成真正的冲突，它也是直到寻夫时才生发出来的，几乎可以说是在没有文章可做的情况下，勉强变出花样来的，"题真"及"书馆"的前半，就属于这种情况。故从寻夫之时起，赵五娘这条线索对悲剧的构成和主旨影响甚微。它的作用只是要告诉伯喈父母已死的事实，点醒仍在做着终养双亲之梦的蔡伯喈而已。

《词坛清玩琵琶记》评云:"详玩《琵琶记》全部,至庐墓与张公相会,即可以了当。然以通部皆是悲词,而示以欢会煞之,亦俗见也。但查各本所载荣封团圆处,曲白并鄙陋,不堪观听,而意义亦似浅短矣。想高东嘉精力已悉注于前简,而则聊且作了事语耶?"倒说得较为公允些。

后半部冲突的减弱乃至部分冲突的消解,不仅使悲剧的感染力大大降低,它甚至使得《琵琶记》是否还可以视作悲剧都成为疑问。当然明人并无悲剧的观念,所以也不会从悲剧的角度去寻找原因,便只能把这种感染力的降低,视为文字力量的缺乏,归咎于"伧父"所补了。今人已经从西方移植了悲剧的观念,便将结局力量的缺乏,归咎于"强扭悲剧作团圆"。在他们意中,只有以《赵贞女》的负心弃妻的结局,才是惟一正确的方式。这种题材决定论,使人们认定只能有一种"正确"的主题表述和情节设置,不顾高则诚表述了与《赵贞女》完全不同的主题的事实。结果自不免削足适履。其逻辑与明人看到作品不合自己所认定的标准,便判为"伧父"所补,并无二致。

但明人关于朱教谕所补之说,却也是事出有因。因为《琵琶记》在元明的流传过程中,经历过删削和增补。例如通行本的"文场选士"出,就是"古本系统"所没有的,属于明人增入。凌刻本第三十九折伯喈夫妇奔丧一场,诸本所无。其【朝元令】一套,沈璟《南曲谱》卷二十三亦收录,注云:"按此套古本无之,故予《考正琵琶记》不敢收入。然音律与《荆钗》相合,而更觉和协,亦非浅学所能撰也。"而所谓后八出,正包括凌本此折。又《玉谷新簧》、《秋夜月》等明人选本均录有《伯喈父母托梦》一出,为今传诸本所无。据其内容,当在"寺中遗像"与"两贤相遘"之间。又《南词叙录》记朱元璋激赏《琵琶记》,"寻思其不可入弦索,命教坊奉銮史忠计之。色长刘杲者,遂撰腔以献,南曲北调,可于筝琶被之;然终柔缓散戾,不若北之铿锵入耳也"。此北调《琵琶记》未见流传,但明胡文焕《群音类选·北腔类》收有《赵五娘写真》"双调新水令"一套,疑即其佚曲。此外,"古本系统"本有牛相赴陈留旌奖途况一出,通行本无。凌初成据文中"兀剌赤"等词,认为是"元人走站卒子之常,《拜月亭》'兀剌赤门外等多时'可证也。要知此等非今人所增"。

上述例证已大致可见《琵琶记》在传演过程中增删情况之复杂。事实上,明中叶以后,《琵琶记》也不都是全本演出的,通常都会作删节、压缩处理。如《风月锦囊》标注"奇妙戏式",所录曲文,"扫松"以后,仅摘"风木余恨"一出。潮州出土的《蔡伯皆(喈)》钞本,下半部仅存生角单头本,其中光生角戏就删去了"宦邸忧思"和"中秋赏月"二出,说明"赏月"等出,作案头欣赏诚佳,而场上则未必然,故常常为了压缩时间而予以删削,这或许也是它们被认作他人所补的原因之一吧。

另一方面,"赏荷"、"赏月"等出曲文之佳固无异词,《琵琶记》之不可及之处,正在本色、文采双擅,视乎场景而施之,各得其宜。但晚明人转而推崇本色,排斥文采之作,遂致"赏月"、"赏荷"等以文词见长的场次,有"异种"之嫌疑。凌初成在"赏月"出【念奴娇】曲上批云:"白门词家柳曾父云:曾见前辈道此与'新篁池阁'(按指'赏月'出)非东嘉笔,乃他人取诗余中【贺新郎】夏景诸词,【念奴娇】咏月诸词而为之者。观此记他处多本色,独二折藻丽,如出二手,意其言不妄也。"

细细斟酌"赏月"出之剧情,也自有不足之处。因为它在剧情发展上是停滞的。"赏月"出生上场的定场白作:"逢人曾寄书,书去神亦去。今夜清光好,可惜人千里。"这是承"拐儿绐误"出寄书之事而说的。但紧接着的"瞷问衷情"出,伯喈的定场诗又说:"封书寄远亲,寄与万里亲。书去神亦去,兀然空一身。"则从情节而论,删"赏月"一出,并无影响。而且,"赏月"出文字虽佳,所谓牛氏有牛氏之月,伯喈有伯喈之月。但除了渲染伯喈在富贵乡仍念念不忘亲人的思乡之情外,并无新意。而这种思念,"赏荷"、"宦邸忧思"等出已有充分的表现。故"赏月"一出,确给人以疑问。大约高则诚为使赵五娘一线的情节交代得来过,遂设此一出,使得场面冷热兼济,角色劳逸结合吧。

二八 《琵琶记》与说唱文学

《琵琶记》的前身是南宋光宗朝（1190—1194）前后便已流行而一度遭榜禁的《赵贞女与蔡二郎》。与此同时，有关蔡中郎的说唱故事也在流传。陆放翁在浙江山阴（今绍兴）就听到了盲人所说的鼓词：

斜阳古柳赵家庄，负鼓盲翁正作场。
死后是非谁管得，满村听说蔡中郎。
（《小舟游近村舍舟步归》之四）

这首诗作于宋宁宗庆元元年（1195）。而前此一年的宋光宗朝，同一题材的《赵贞女》遭到榜禁。（祝允明《猥谈》）

宋元关于蔡中郎的说唱底本早已散佚。但以蔡中郎为题材的《琵琶记》中，却有可能保留着若干片断。

最明显的是"义仓赈济"出张公骂里正一段（文繁仅作节录）：

〔末〕原来恁的。我和你骂那厮一和：嘈！官司差你为里正，交你管着乡郡。义仓乃丰年聚敛，以为荒欠之储……我若早来一步，放不过你这横死蛮驴。并着七十老命，和你生死在须臾。

〔介〕休休，人知的道我好心赌是，不知的道我恃老无藉之徒。……分一半与你将去，胡乱救济公姑。

还有"描容"出和张公嘱咐将往京师寻夫的赵五娘一段：

我更有几句言语嘱咐你：小娘子，你少长闺门，岂识路途？当原蔡郎未别去时节，你青春娇媚；你如今遭这饥年荒岁，貌短身卑。……蔡郎原是读书人，一举成名天下闻。久留不知因个甚，年荒亲死不回门……正是和泪眼观和泪眼，断肠人送断肠人。"

这两段韵白，在剧中显得较为突兀。首先用在张公这样的角色身上，不太妥当。其次如"赈粮"出张公所说一段，只是前面剧情的复述，对人物性格刻画和剧情的展开，并无贡献，反显突兀不融。故通行本系统便将其删去，另作一支【前腔】："〔末〕我听你说这言，骂那厮铁心肠，昧心汉。你且不须忧虑，我也请得些官粮，和你两下分一半，你休恁推，莫弃嫌，且将回，权做两厨饭。"又，"描容"出说到"一举成名天下知"，而依据剧情设计，此时蔡家庄上并不知蔡伯喈已中状元。不过，在关于蔡伯喈负心弃妻说唱中，五娘是知道丈夫中状元后，才怀抱琵琶，上京寻夫的。所以这段韵白有可能即出自关于蔡伯喈的说唱故事，甚有可能是鼓词的留存。而且，"描容"出张公此段韵白之后，五娘仍说是"此去孤坟，望公公看着"，并无照应张公韵白之意。这也说明这段韵白可能是移录，故未能化泯无迹。通行本可能看到这一破绽，故将这段韵白移于套曲之后，本出之前，转而让其承接张公所唱之【斗黑麻·前腔】"伊夫婿多应是，贵官显爵"曲。但即便如此，张公的这段韵白，仍只是【斗黑麻】曲的复述而已，未免重复。这种左右为难的情况，透露出一个信息，即这些韵白可能不是高则诚原创，而是据说唱移录的；因其移录，故仍有此种相斥未融的现象存在。

南戏广采说唱之韵白，实始于高则诚。因为现存宋元南戏甚少将说唱韵白直接采入戏中，从《永乐大典戏文三种》到"荆、刘、拜、杀"四大南戏，都是如此。

《琵琶记》采纳韵白的场次，尚有"规奴"出末扮院子叙牛府富贵气象及牛小姐贤德二段韵白；"杏园春宴"出丑扮掌马的祗侯夸说好马一段，及净扮令史叙琼林宴的排设一段；"陈情"出末扮小黄门叙汉室早朝景象一段；"赈粮"出丑扮里正自叙"我做都官管百姓"一段和里正招供一段；"寺中遗像"出末扮五戒叙弥陀寺道场一段；"题真"出末扮堂侯官叙书馆之景一段。全剧此种韵白多达三千余字。其中部分也作四六骈文，虽系显示才学，但与明代文词派作家卖弄词藻有的区别。上述韵白，除则诚自撰外，并不排除直接引自有关蔡伯喈的说唱的可能。至于里正的两段韵白也有可能出自其他说唱故事。

此外，赵五娘在弥陀寺中弹唱身世的【销金帐】五曲，也是一种弹唱形式。

《琵琶记》在传演过程中，还掺入了其他说唱文学样式。如通行本《琵琶记》在"赈粮"出引入"陶真"一段，是研究"陶真"这一形式的重要资料；"寺中遗像"出，通行本增入了净唱【佛赚】一首，计三百余字，即出于唱佛事的【赚词】。而明人曲选本在所选的"乞丐寻夫"一出，还增入旦唱《琵琶词》一段。（亦见于种德堂本附录）凡此种种，究其渊源，均出于说唱形式。

二九 杂说三题

通　感

钱钟书《七缀集·通感》讨论文学中的通感现象。指出："在日常经验里，视觉、听觉、触觉、嗅觉、味觉往往可以彼此打通或交通，眼、耳、舌、鼻、身各个官能的领域可以不分界限。颜色似乎会有温度，声音似乎会有形象，冷暖似乎会有重量，气味似乎会有体质。"这便是通感。文学中多有应用。

通感的现象，在《琵琶记》中也可以找到例证。但由于明代人不知有"通感"之说，遂对作品中的通感之例加以批评与改删。如"琴诉荷池"出，【梁州序】第三支有句云："只见荷香十里，新月一钩，此景佳无限。"继志斋本、玩虎轩本"只见"作"只觉"，并批云："'觉'，今本作'见'，而荷香亦可见耶？"其实，这里正是钱先生所说的"通感"，是视觉与嗅觉的挪移。是作者有意的创造，并非传讹。故同出【烧夜香】曲有"一架荼蘼只见满院香"句，亦是视觉与嗅觉之挪移；【梁州序】第一曲有"只见香肌无暑，素质生风"之句，则是视觉与触觉之挪移；第四曲有"只见玉绳低度，朱户无声"之句，属于视觉与听觉之挪移。而经明人改订的通行本因不明通感之理，遂于"满院香"句删"只见"二字；将"只见香肌无暑"句，改作"自觉香肌无暑"；惟最后一例因为"只见"一词直应"玉绳低度"，而与"无声"两字相隔稍远，才放过不改。

忆昔在杭州就学时听蒋礼鸿先生汉语课，先生举汤显祖《牡丹亭》"游园"出之"翠生生出落得裙衫儿茜"为例，释"翠生生"何以又会是"茜"（红色）？印象至深。读钱先生论通感之文，方悟此句亦可作通感释。盖因极翠而反生红之感觉，如日极亮而有"黑太阳"之感觉，极冷而有炙手之感，均是感觉本身的挪移也。

书馆相逢最惨凄

　　副末开场所吟之【沁园春】词，叙剧情大概，有"书馆相逢最惨凄"之语。李卓吾评本批云："书馆相逢就不惨凄了。"此评是从赵五娘能否被伯喈及牛氏小姐接纳的角度着眼的。从这一角度说，伯喈不负糟糠之妻，两者书馆相逢，自应属喜逢而不当谓是"惨凄"。

　　但高则诚的着眼点却不在此，而在伯喈之能否实现终养父母的愿望一事上。因为赴试为官入赘相府，均非其本愿，伯喈时刻担心的是父母年迈，朝不保夕。虽然"三不从"使他被迫赴试且留滞京师，但即使在富贵乡中，他也仍然没有忘记孝养之事，仍然编织着归养的梦想。所以"琴诉荷池"出悠闲之中，忽转思念而泣下："谩有枕欹寒玉，扇动齐纨，怎遂得黄香愿？〔泪下介〕""宦邸忧思"出则自叹"三被强衷肠说与谁行"。他为请院子找人捎信而说出真相："我夫人虽则贤惠，争奈老相公之势，炙手可热，我待说与夫人知，一霎时老相公得知，只道我去也不来，如何肯放我回去？不如姑且隐忍，和夫人都隐瞒了，直待任满，寻个归计。"而后"拐儿绐误"出，观众虽知其受骗，但伯喈心中，得家书道是父母安好，如今又有钱物带回去，至少可以免却饥荒而等他日任满归养。所以"瞷问衷情"出他又说："只是我的岳父，知我有媳妇在家，必怕我去不来，如何肯放我归去？不如姑且隐忍，改日求一乡郡除授，那时却回去见双亲，多少是好。"依照双线结构，正是从蔡家的家破人亡和家人一致斥责伯喈的不孝，来反衬这位一心只要尽孝的孝子的悲剧处境。观众早已知情势如此，但剧中悲剧主人公却不仅做着团圆之梦，而且给予他的感觉似乎是团圆的希望越来越大，因为牛相都提出个"团圆策"，主动派人迎亲。虽然他也担心年老父母能否经受"万里"跋涉，但多少还是以为自己日夜渴盼的团聚之日即在眼前。满心的希望和极高的期望值,战颤不安之心,在书馆相逢那一刻感到了幻灭,痛苦之极,以至于昏厥倒地。这便是"书馆相逢最惨凄"的含义。因而《琵琶记》的主线仍是以蔡伯喈的心理为转移的;只有从这一线索出发,才能把握住作者的思维脉络。

反过来也可以说,凡与作者在作品中这一规定性描写不合的理解与批评,也就多少"曲解"了作者之意。当然,作者的这一描写是否天衣无缝毫无缺漏是一回事,将作者未有之事强加于作者又是一回事。论这一作品的"当代意义"是一回事,不妨应当代需要而作改造或曲解;但论作者作品之历史意义与"本义"则是又一回事,因为不能削足以适履。无论李卓吾评本之讥,抑将《赵贞女》式结局强加于《琵琶记》,以及根据所谓的"生活的逻辑"而作推演,其实都当作如是观。

罗裙包土

副末开场叙五娘葬公婆的情节,有"罗裙包土,筑成坟墓"之语。"罗裙",晚明刻本多作"麻裙"。后文凡涉及"罗"者,亦均改作"麻"。如据陆贻典钞本,"筑坟"出之"罗裙裹来难打熬";"两贤相遘"出之"土泥尽是我罗裙包裹","血痕尚在衣罗";"书馆相逢"出之"土泥尽是我罗裙裹包",均作"罗";通行本将此数"罗"字全易作"麻"。玩虎轩本于第一出有批云:"'麻',今尽作'罗',大谬。"继志斋本于"筑坟"出批云:"'麻',一作'罗',非。"但"两贤相遘"出之"衣罗"改作"衣麻",又遭王骥德的批评:"'血痕尚在衣麻',是何话语?"(《曲律·论过曲第三十二》)凌初成刻本虽属"古本系统",于此一"罗"字,则在依违之间。其于"副末开场"出及"筑坟"出均作"麻";而"两贤相遘"及"书馆相逢"出则作"罗"。

按,此当是明人因"罗"字太过富贵气,不合赵五娘"披麻戴孝"的身份,故易丝质之罗裙而为麻质之孝服。但"罗裙包土"一词实非高则诚自创,而是宋元以来关于赵贞女故事的具有规定性的语词。元人杂剧提及该故事,武汉臣《散家财天赐老生儿》第一折【混江龙】曲有句云"索强似那孝顺女罗裙包土筑坟台"。岳伯川《吕洞宾三度铁拐李岳》第二折【煞尾】有句云:"你学那守三贞赵贞女,罗裙包土将那坟茔建";无名氏《施仁义刘弘嫁婢》第二折【白鹤子·幺篇】有句云:"方信道赵贞女罗裙包土可也筑坟台"。此数本杂剧均早于《琵琶记》,其所叙当是其时盛传之故事,包括南戏与说唱、院本等,可知"罗裙"一说的渊源颇早。"罗裙"两字更不可呆看。盖赵氏亦未必真的用裙包土而一无其他辅助工具,说"罗裙",只是以罗质之薄脆,隐喻女性力量之娇弱,表明筑坟之非易。即应重意而不可泥于事。正如旧戏舞台,即使表现苦寒之女性,如赵五娘、王宝钏、秦香莲之类,也仍着以丝质之戏服,至多加上补丁以示贫寒,而不至于因丝质之不合事实而改穿破烂不堪之衣物也。足见戏以写意,演以象征,其由来已久。

主要参考书目

[1] （南朝）范晔著：《后汉书》，中华书局标点本。
[2] （明）宋濂等撰：《元史》，中华书局标点本。
[3] （清）柯劭忞著：《新元史》，上海：上海古籍出版社，1989年影印本。
[4] （清）张廷玉等撰：《明史》，中华书局标点本。
[5] （清）钱谦益著：《国初群雄事略》，北京：中华书局，1982。
[6] （元）赵汸著：《东山存稿》，四库全书本。
[7] （元）顾瑛编：《玉山草堂雅集》，玉海堂影印本。
[8] （明）刘基著：《诚意伯文集》，光绪浙江书局刻本。
[9] （明）宋濂著：《宋学士文集》，四库全书本。
[10] （明）陶宗仪著：《南村辍耕录》，四部丛刊本。
[11] （元）谢应枋著：《龟巢集》，四部丛刊本。
[12] （元）裴庚、（明）吴论编：《阆巷陈氏清颍一源集》，浙江图书馆藏钞本。
[13] （元）魏延寿编：《敦交集》，浙江图书馆藏本。
[14] 《中国古典戏曲论著集成》（十册），北京：中国戏剧出版社，1959。
　　（明）徐渭著：《南词叙录》，第三册。
　　（明）何良俊著：《曲论》，第四册。
　　（明）王世贞著：《曲藻》。
　　（明）王骥德著：《曲律》。
　　（明）徐复祚著：《曲论》。
　　（明）凌初成著：《谭曲杂札》。
　　（清）李渔著：《闲情偶记》，第七册。
　　（明）魏良辅著：《南词引正》，据路工《访书见闻录》，上海：上海古籍出版社，1985。
[15] 王秋桂主编：《善本戏曲丛刊》（1~2辑），台北：台湾学生书局，1985。

[16]（明）沈璟著：《重定南九宫词谱》，影印明文治堂刻本。
[17]（清）钮少雅、徐于室编：《汇纂南曲九宫正始》，影印清初钞本。
[18] 张宪文、胡雪冈编：《高则诚集》，杭州：浙江古籍出版社，1990。
[19] 钱南扬校注：《元本琵琶记校注》，上海：上海古籍出版社，1980。
[20]（清）陆贻典钞本：《元本蔡伯喈琵琶记》，古本戏曲丛刊初集本。
[21]《李卓吾先生批评琵琶记》，古本戏曲丛刊初集本。
[22]《新刊巾箱蔡伯喈琵琶记》，民初影印本。
[23]《明本潮州戏文五种·蔡伯喈》，广州：广东人民出版社，1984年影印本。
[24]（明）徐文昭编：《风月锦囊·蔡伯喈》，书林詹氏进贤堂嘉靖三十二年刻本。
[25]（明）熊成冶：《重评元本评林点板琵琶记》（二卷），种德堂万历元年刻本。
[26]（明）唐对溪：《校梓注释圈证蔡伯喈大全》（三卷，附杂卷一卷），富春堂万历五年刻本。
[27]（明）汪光华：《琵琶记》（三卷），玩虎轩万历二十五年刻本。
[28]（明）陈大来：《重校琵琶记》（四卷），继志斋万历二十六年刻本。
[29]（日本）《重校琵琶记》（四卷），蓬左文库藏，明集义堂刻本。
[30]（明）《新刻重订出像附释标注琵琶记》（四卷），金陵唐晟刻本。
[31]《元本出相南琵琶记》（三卷），明刻本。
[32]（明）《元本大板释义全像音释琵琶记》（三卷），云林别墅刻本。
[33]《琵琶记》（三卷），上海图书馆藏明刻本。
[34]《琵琶记》（三卷），浙江图书馆藏明刻本。
[35]（明）《琵琶记》（三卷），黄正位尊生馆刻本。
[36]《蔡中郎忠孝传》，北京图书馆藏明刻本。
[37] 藕硕人改定：《词坛清玩琵琶记》（亦作《伯喈定本》），北京图书馆藏明刻本。
[38]（明）《琵琶记》（四卷），凌初成朱墨套印本。
[39]（明）《琵琶记》（四卷），凌延禧朱墨套印本。
[40]（明）《鼎镌陈眉公先生批评琵琶记》，书林萧腾鸿师俭堂刻本；《暖红室汇刻传剧》本。
[41]（明）李贽、汤显祖、徐渭评：《三先生合评琵琶记》（二卷），明末刻本。

［42］（明）《新刻魏仲雪先生批评琵琶记》（二卷），书林余少江刻本。

［43］（明）《六十种曲·琵琶记》，毛晋汲古阁刻本，北京：中华书局，1958。

［44］（清）《绘风亭评第七才子书琵琶记》（六卷），毛声山评映秀堂刻本。

［45］侯百朋编：《琵琶记资料汇编》，北京：书目文献出版社，1989。

［46］剧本月刊社编：《琵琶记讨论专刊》，北京：人民文学出版社，1956。

［47］董每戡著：《琵琶记简说》，北京：作家出版社，1956。

［48］戴不凡著：《论古典名剧琵琶记》，北京：中国青年出版社，1957。

［49］董每戡著：《五大名剧论》，北京：人民文学出版社，1984。

［50］侯百朋著：《高则诚和琵琶记》，西安：陕西人民出版社，1984。

［51］王永炳著：《琵琶记研究》，北京：北京出版社，1994。

［52］王国维著：《王国维戏曲论文集》，北京：中国戏剧出版社，1984。

［53］青木正儿著：《中国近世戏曲史》，上海：上海文艺联合会，1956。

［54］王季思：《玉轮轩曲论》，北京：中华书局，1980。

［55］钱南扬著：《汉上宦文存》，上海：上海文艺出版社，1980。

［56］钱南扬著：《戏文概论》，上海：上海古籍出版社，1981。

［57］庄一拂著：《古典戏曲存目汇考》，上海：上海古籍出版社，1982。

［58］刘念兹著：《南戏新证》，北京：中华书局，1986。

［59］徐朔方著：《徐朔方集》，杭州：浙江古籍出版社，1993。

［60］福建省戏曲研究所等编：《南戏论集》，北京：中国戏剧出版社，1988。

［61］张庚、郭汉城主编：《中国戏曲通史》，北京：中国戏剧出版社，1981。

后　记

　　今年 3 月，在泉城参加新编中国文学史讨论会，与友人言及学问事。友人于前辈学者为某一作家的研究而耗费毕生精力，颇不以为然，以为此亦一人生，彼亦一人生，彼属原创，此则搜其枯骨，何其不等？

　　我则谓惟惟否否。当年初入校门，也曾有过这样的想法。其后初窥学问门径，便自悔之。何则？角度和态度有所不同。盖学问固然可作一生功业待之，但本应属于兴趣，有所谓痴与迷，却未必尽可称"耗"。如前辈学人多已将学问变成人生乃至生命的构成部分。只有二者分离时，才有"耗"之所谓。当深入某一作家的心灵，便是得到一个永生不渝的知己，静夜之时，每可作心灵的对话；虽或偶尔相别，也必时时挂念，留意其最新消息，关心别人之议论与评价，以至于历数十载而不变，不亦宜乎！

　　我对于高则诚及其《琵琶记》的关注，也是如此。自从 1982 年从徐朔方师习元明清戏曲史，偶从不同版本的比较，发觉"作者原意"与明人所理解和经明人改动之后的"衍生义"有所不同，今人批评《琵琶记》，其所据大多出于明人的改动，或因明人改动而衍生歧见，遂留意广查版本。起初也只满足于证实"原本"与"明人改本"的不同，后来，随着对于"文学接受史"的理解的加深，所思渐多。通过对于《琵琶记》这部歧见迭出、众说纷纭的作品作辩证理解和历史考察，对于文学史和戏曲史的领悟也逐渐深入，从点到面，得益良多。此后也关注《琵琶记》的版本流变以及文本的变更之于戏曲发展史的关系。每出差京、沪、宁及各大城市，必造访各大图书馆善本部，积十数年，终于将有线索可寻的数十种国内藏本，一一披览。其海外藏本，则请出访的师友代为造访、复制，亦间有所获。当数访不得的版本，终得寓目，往日疑团得释，阙疑得补，此中之兴奋与喜悦，非言语所能及。亦以此之故，本书讨论版本诸篇，大多历时数载，改动甚或不下十数稿。即或如此，也仍有一些见诸记载而未知下落或流转海外的本子，未得一见，故本书所论版本，也仍不免有未能定夺者，使人怅怅。他人或以为如此积十数更或数十载为不值，殊不知则诚固嘉惠于我者多矣。遥想前辈学人所为，抑或如是。

本书的完成，首先应当感谢王季思教授、徐朔方教授、黄天骥教授三位恩师多年来的指导与关心，授以惟真理是求的真谛，引领弟子初窥学问的门径。其次是郑尚宪、康保成诸位师兄的相互切磋和多方关心。在资料方面，还得到许多师友的帮助，例如高继祖先生帮助寻访了我数访未得的唐对溪刻本，保成兄在出国任教期间，为我多方查阅留存于日本的版本，复制寄赠，这些都是应当特别感谢的。而我妻定方，在我最困难的时候给予无私的支持，并以她的辛劳，换取我书斋生活的平静，本书得以完成，有她一半的劳绩。

惟憾季思先生今春仙逝，知本书之成，而不能见其出版，令弟子黯然。

作者记于中山大学
一九九六年十月